D1754362

CHURRAMOBOD

STADT DER FREUDE

ANDREJ WOLOS
CHURRAMOBOD

Stadt der Freude

Roman in punktierter Linie

*Aus dem Russischen
von Alfred Frank*

Berlin Verlag

Die Originalausgabe erscheint 2000 unter dem Titel
Churramabad
bei Verlag Nesawissimaja gaseta
© 1999 Andrej Wolos
Für die deutsche Ausgabe
© 2000 Berlin Verlag, Berlin
Alle Rechte vorbehalten
Umschlaggestaltung:
Nina Rothfos & Patrick Gabler, Hamburg
Gesetzt aus der Stempel Garamond
durch psb, Berlin
Druck & Bindung: GGP, Pößneck
Printed in Germany 2000
ISBN 3-8270-0316-4

Gedruckt auf chlor- und säurefreiem Papier

Inhalt

Vorwort 7

Erstes Kapitel: Der Aufstieg 15

Zweites Kapitel: Iwatschows Erbe 35

Drittes Kapitel: Wer reitet im Galopp durch Dshangale 53

Viertes Kapitel: Die Schildkröte 89

Fünftes Kapitel: Zugehörig 113

Sechstes Kapitel: Der Springbrunnenchef 151

Siebentes Kapitel: Ushik 187

Achtes Kapitel: Ein ordentlicher Stein
für das väterliche Grab 207

Neuntes Kapitel: Der erste von fünf 235

Zehntes Kapitel: Das Haus am Fluß 277

Elftes Kapitel: Fremd 317

Zwölftes Kapitel: Sawrashje 349

Worterklärungen 389

Anmerkungen 393

VORWORT

Noch Ende der achtziger Jahre schien alles einfach und klar. Ein riesiges Stück des Planeten wurde auf den politischen Karten einheitlich rot eingefärbt. Das war das monolithische »Reich des Bösen«, die festgefügte, unteilbare Sowjetunion.

Dann aber begann das Land des siegreichen Sozialismus plötzlich in verschiedenfarbige Flicken zu zerfallen. Armenien! Aserbaidshan! Kasachstan! Usbekistan! Kirgisien! Tadshikistan! Und so fort.

Die westliche Welt zeigte sich konsterniert. Aus einem einzelnen Land war plötzlich eine Vielzahl von Ländern geworden. Und jedes von ihnen besaß seine eigene Geschichte und Kultur, seine eigenen Hoffnungen und Ansprüche, seine Enttäuschungen, Erfahrungen voll Leid und Blut ... Wie sollte man sich zu diesen Ländern stellen? Was hatte die Welt von ihnen zu erwarten?

Hätte es irgendwo auf dem Territorium der ehemaligen Sowjetunion tatsächlich eine Stadt Churramobod gegeben, wäre sie zweifellos auf der Karte Tadshikistans verzeichnet gewesen.

Die ehemalige *Sozialistische Sowjetrepublik*, heute einfach *Republik* Tadshikistan, ist eine der südlichsten Regionen der auseinandergebrochenen UdSSR. Dieses gebirgige Land grenzt unmittelbar an Afghanistan und wird von etwa vier Millionen Menschen bewohnt, größtenteils Tadshiken, die eine Varietät des iranischen Forsi (Farsi) sprechen. Bis zur Eroberung des Landes durch die Araber im achten Jahrhundert waren die Vorfahren der heutigen Tadshiken Anhänger des Zoroastrismus – der Feueranbetung –, in ihrem Siedlungsgebiet entwickelte sich ein durch Bodenbewässerung intensiv betriebener Ackerbau, Künste und Handwerk standen in hoher Blüte. Der Einfall der Heerscharen des arabischen Kalifats in den Iran und in Mittelasien, die zwangsweise Islamisierung und Einführung der arabischen Sprache versetzte der uralten iranischen Kultur einen vernichtenden Schlag. Nach den Worten eines Chronisten brachen »Jahrhunderte des Schweigens« an. Ende des neunten Jahrhunderts vermochte sich die iranische Tradition jedoch gegen die Kultur der Eindringlinge durchzusetzen, indem sie sie gleichsam absorbierte. Zunächst bediente man sich der arabischen Sprache, um nicht nur die arabische Literatur auf ein höheres Niveau zu heben, sondern auch die Voraussetzungen zu schaffen für die nachfolgende Herausbildung einer ungemein reichen Literatur in der Muttersprache der Iraner (Tadshiken und Perser).

In seinen heutigen Grenzen ist Tadshikistan kein homogenes Ganzes. Bei genauerem Hinsehen wird deutlich, daß sich die Tadshiken in mehrere territoriale Gemeinschaften untergliedern (ähnlich den Ländern in Deutschland). Sie alle sprechen zwar im Grunde die gleiche Sprache, doch jeder Landesteil besitzt seine Eigenheiten. Lieder, Tänze, Kleidung – alles unterscheidet sich. Ebenso die nationalen Eigenschaften.

Die Landesteile, die das heutige Tadshikistan bilden, sind Chudshand, Kulob, Hissor, Gharm und Pamir.

Der Pamir sticht mit seinen Besonderheiten am stärksten heraus. Die Sprachen der Pamirbewohner (einige werden von kaum mehr als zweihundert Menschen gesprochen) weisen bei gleichen historischen Wurzeln große Unterschiede gegenüber der allgemeinen Landessprache auf. Schughni, Bartangi, Roschorwi, Ruschani, Chufi, Sarykoli, Jasghulami, Wachi, Ischkaschimi … Auf Grund der abgeschiedenen und schwer zugänglichen Lage des Pamirs haben alle diese Sprachen ihre Eigentümlichkeiten bewahrt, die auf die prähistorischen mittelasiatischen Staaten Baktrien und Sogdiana zurückgehen dürften.

Die Stadt Chudshand blickt auf eine über zweieinhalbtausendjährige Geschichte zurück. An einem Schnittpunkt von Handelsstraßen entstanden, entwickelte sie sich zum Macht- und Kulturzentrum. Dem Konformismus nicht abgeneigt, sind die

Chudshander aufgeschlossen für vernünftige Kompromisse und politische Konfliktlösungen.

Die Kulober sind ein wesentlich härterer, rigoroserer Menschenschlag, impulsive Bergbewohner, deren ungebildete Vorfahren jahrhundertelang mit der Natur selbst, nicht aber mit ihren Geheimnissen gerungen haben. Sie schrecken vor keiner Konfrontation zurück, können Kränkungen nicht verzeihen und betrachten die Blutrache als zweckmäßige und legitime Angelegenheit.

Die Gharmer sind stolz auf die Reinheit des Schnees, der Flüsse, der Sprache und des Glaubens ihres Landes.

Hissor ist das fruchtbare und dichtbesiedelte Tal, in dem Duschanbe, die in den dreißiger Jahren erbaute Hauptstadt Tadshikistans, liegt.

Zu Tadshikistan haben seinerzeit auch Buchara und Samarkand gehört, die bis heute überwiegend von Tadshiken bewohnt werden. Als jedoch die Sowjetmacht im Jahre 1929 damit begann, in ihrem Verständnis richtige territoriale Grenzen zwischen den verschiedenen Völkern zu ziehen, wurden diese Städte dem turksprachigen Usbekistan zugeschlagen. Unwillkürlich fällt einem ein, wie unbedacht der liebestolle Hafis vor Jahrhunderten von seiner Bereitschaft sang, beide ruhmvollen Städte für ein einziges Muttermal eines gewissen hübschen Turkmädchens hinzugeben! Mit so leichter Hand sind denn auch Buchara und Samarkand verschenkt worden ...

Bis zur Revolution, dem Anbruch der Sowjetära, war keiner auf den Gedanken gekommen, aus allen diesen Territorien ein einheitliches Staatengebilde formen zu wollen. Jedes einzelne wurde von einem Beg, einem Protegé des Emirs von Buchara, verwaltet. Das ganze Emirat von Buchara wiederum war 1868 von Rußland zu seinem Vasallen gemacht worden.

1929 kam es mit der Gründung der Tadshikischen SSR zum zwangsweisen Zusammenschluß dieser heterogenen Territorien – künftige Konflikte und ein möglicher Zerfall waren vorprogrammiert.

Ans Ruder gelangten die Vertreter Chudshands, das zuerst von der südwärts rollenden Woge der Revolution erfaßt worden war.

Die über sechzig Jahre regierenden Chudshander betrieben die Politik, die ihnen die Zentralgewalt vorschrieb – die Politik der Partei. In dieser Zeit wurde Tadshikistan zu einer Industrierepublik mit entwickelter Landwirtschaft, der Preis, den es dafür zahlen mußte, war der gleiche wie in allen anderen Republiken – zunächst Bürgerkrieg, der sich hier noch bis Ende der dreißiger Jahre hinzog, danach Repressalien, Vernichtung der alten nationalen Intelligenz, Zwangsumsiedlungen und schließlich zahlreiche Verwerfungen in seiner Entwicklung, wie sie in der Planwirtschaft unausbleiblich sind.

1991 brach die Sowjetunion auseinander. Der Wegfall der Machtausübung durch das Unionszentrum eröffnete Möglichkeiten für Versuche, das Leben besser zu gestalten.

Allen war klar, daß dazu vor allem die Chudshander Führungsclique entmachtet werden mußten – man war sie gründlich leid. Da sie jedoch gar nicht ans Abtreten dachte, griff die »grüne« islamische Opposition zu den rigorosesten Mitteln, um sie zur Einsicht zu bringen. Das Ergebnis war ein Bürgerkrieg, in dem ein Teil der Bevölkerung, empört über das bestialische Wüten der Opposition, zur Verteidigung der Sowjetmacht antrat und sich auf die Seite der »Roten« stellte. Die »Roten« – das waren seltsamerweise ausschließlich Leute aus Kulob und Hissor, und die »Grünen« kamen allesamt aus Gharm und dem Wachschtal. Verwunderlich war dabei auch, daß zu den »Grünen« die Ismailiten aus dem Pamir stießen, die sich nicht sonderlich durch Religiosität auszeichnen. Kurzum, die Gegner erkannte man nicht an ihren Überzeugungen oder der Parteizugehörigkeit, sondern daran, woher sie stammten. Die Republik begann wieder in die Einzelteile zu zerfallen, aus denen sie seinerzeit zusammengezimmert worden war. Die Grenzen der Zwietracht schieden die einzelnen Regionen wie in alten Zeiten. Im Grunde handelte es sich um eine Feudalfehde, bei der das Mittelalter den Sieg davontrug.

Soviel zur Geschichte dieses Landes, die sich in meiner Darstellung sehr kurz ausnimmt, in Wirklichkeit aber endlos ist wie die Geschichte jedes Volkes.

Die russischstämmige Bevölkerung nimmt in dieser Geschichte einen nicht unwichtigen Platz ein. Von der Sowjetmacht gerufen, waren die Russen Ende der zwanziger Jahre hierhergekommen, um Kraftwerke zu errichten, feinfaserige Baumwolle anzubauen, Menschen medizinisch zu behandeln, Uran und Gold zu fördern, Posten in Parteikomitees zu bekleiden und als Verbannte Kanäle zu graben. In jüngster Vergangenheit strömten sie zurück in die alte Heimat und gaben, vertrieben durch Krieg und Hunger, dieses einzigartige Land Tadshikistan für immer auf.

ERSTES KAPITEL
DER AUFSTIEG

Der Bus bog auf den Platz ein und fuhr auf die Haltestelle zu. Der Enkel sprang auf den Asphalt, um der Großmutter die Stufen herunterzuhelfen. Den Stock bedrohlich vorgereckt, stand sie unschlüssig oben, bevor sie sich vorbeugte und, eine Verwünschung auf den Lippen, abkippte wie eine Gipsstatue, die plötzlich unvorsichtigerweise von ihrem Sockel herabsteigt. Der Enkel breitete die Arme aus, wich der nach seinem rechten Auge zielenden Krücke aus, fing die alte Frau mit der Schulter ab und stützte sie so, daß sie neben ihm zu stehen kam. Natürlich stand sie nicht so wie er – sie umklammerte den abgespreizten Stock mit beiden Händen und stemmte ihn, vorgeneigt, gegen den Erdboden, um schwer atmend zu verschnaufen.

»Uff! Uff!« sagte sie ein ums andere Mal.

An der Ziegelmauer guckten aus Zinkeimern grellfarbene Blumen hervor. Er suchte vier Stengel mit prallen fliederfarbenen Knospen aus, die zarten Rosenduft verbreiteten.

»Wieviel?« fragte die Großmutter streng, indem sie auf den Strauß wies.

»Zwei Rubel«, antwortete er.

Sie schüttelte entsetzt den Kopf.

»Komm«, sagte er und faßte sie unter.

Sie traten durch das Tor. Er langte aus seinem Stoffbeutel eine emaillierte Kanne, um sie mit Wasser zu füllen. Die Blumen nahmen den Platz der Kanne im Beutel ein und lugten aus ihm heraus wie Hündchen aus einem Korb. Vorsorglich erfrischte er sich noch mit dem Wasser, das aus dem Hahn herausschoß.

Nachdem er sich die Lippen abgewischt hatte, fragte er:

»Nun, gehen wir?«

»Du zerdrückst die Blumen«, sagte die Großmutter nörglerisch. »Gib sie her.«

»Wird ihnen schon nichts passieren«, meinte er seufzend. »Verwelken außerdem sowieso.«

Die Sonne schob sich unerbittlich am Horizont hoch. Die Luft war jetzt, noch taugetränkt, würzig und frisch. Doch bald würde sie dunstig und flimmrig werden und den Schweiß aus den Poren treiben, um auf der Haut klebriges Salz zu hinterlassen.

»Gehen wir«, sagte die Großmutter. »Gehen wir. Die Beine, diese Beine. Abschneiden und den Hunden zum Fraß vorwerfen.«

Sie biß sich auf die Lippe, faßte mit festem Griff nach seinem Unterarm, stellte den Stock vor, spannte entschlossen den ganzen Körper – und ging los.

Der Weg schien nicht sehr steil anzusteigen, doch selbst seine gesunden Beine spürten die Täuschung. Für die Großmutter aber war es ein schweres, qualvolles Gehen, jeder Schritt erforderte Kraftaufwand. Eilig hinkte sie dahin, den Körper vorgeneigt, als wolle sie ihn davontragen, um die Beine endlich von seiner Schwere zu befreien. Obwohl sie sich, hin und her schwankend, mächtig ins Zeug legte, daß der Saum ihres zerknitterten dunkelbraunen Kleides tanzte und hochflog, kamen sie nur sehr langsam voran, denn ihre Schritte blieben trotz allem kindlich kurz. Helfen konnte er ihr kaum, spürte jedoch mit Befriedigung, wie fest sie sich auf ihn stützte – es tat ihm richtig weh.

»Warte ... Die Beine, diese Beine. Uff ...«

Sie machten halt. Die Krücke gegen die Erde gestemmt, stand die Großmutter da, stöhnte bei jedem Atemzug und richtete den Blick nach vorn. Immer höher klomm der Weg, und er mußte bis zu Ende gegangen werden.

»Gleich, ein bißchen verschnaufen«, sagte sie.

Er wartete geduldig. Zu beiden Seiten ein buntes Gewirr von spitzen Einfassungen und Grabsteinen, die schon eine leichte Schräglage eingenommen hatten. Von den Obelisken blickten verstaubte Porträtfotos in ovalen oder runden Medaillons. Hier und da waren sie zerschlagen und das Bild von bösartiger Hand entfernt worden; die Löcher erinnerten auf beklemmende Weise an leere Augenhöhlen. Das bunte Papier der Kränze war in der Sonne ausgeblichen, doch jetzt vergoldete sie es mit ihren Strahlen, und es wirkte ganz frisch.

»Müde?«

»Was?«

»Ob du müde bist.«

»Wir haben schon ein tüchtiges Stück zurückgelegt«, erwiderte sie nicht gerade überzeugt.

Der Enkel fühlte, wie die Hand zuckte, die seinen Unterarm preßte. Er nickte. In Wirklichkeit waren sie noch gar nicht weit gekommen. Es ging immer bergauf. Das schien selbst dem Weg zu mißfallen. Bergab machte er einen viel fröhlicheren Eindruck. Unten sah zwischen dem Grün der Bäume das Asbestschieferdach der Friedhofsverwaltung hervor. Das Tor war bereits verschwunden. Gleich dahinter lag im heißen, staubigen Dunst das Straßengewirr von Churramobod. Der Dunst hatte, wahrscheinlich von den Autoabgasen, die graublaue Tönung von Perlen. Noch weiter weg, über dem jenseitigen Talsaum, an der Trennlinie zwischen Sichtbarem und nur mehr zu Erahnendem, blauten unerreichbar die schneebedeckten Gipfel. Sie waren so weit entfernt und durchsichtig, daß ihre Kühle wie auf Tüll gemalt wirkte.

Er wandte sich ab und überlegte, daß die Silberfarbe womöglich nicht reichte. Bronzefarbe hatte er genug – eine ganze Büchse voll. Davon brauchte er auch nur ganz wenig – für die Kugeln an den Ecken. Sie bekamen einen bronzenen und die ganze übrige Einfassung einen silbernen Anstrich. Silberfarbe hatte er fünf Fläschchen, dabei waren beim letztenmal, wenn er sich recht erinnerte, volle sechs draufgegangen. Damit würde er sparsam umgehen müssen. Diesmal hatte er allerdings einen dünnen Pinsel mit, damals hatte er einen dicken, runden benutzt, das wußte er noch genau. Drei Jahre war das schon wieder her. Wenn nicht vier. Teufel, wie die Zeit dahinflog!

Er warf einen Blick zur Sonne. Sie hing etwa im ersten Drittel. Kurz vor elf war es, und sie hatten noch keinen Handgriff getan.

»Na, kann's weitergehen?« erkundigte er sich.

»Was?« fragte die Großmutter zurück.
»Ob wir weitergehen können.«
»Gehen wir. Die Beine, diese Beine. Was?«
»Nichts, ich habe nichts gesagt.«
»Du mußt lauter sprechen.«
Sie stützte sich auf ihn, spannte ihre Kraft an und setzte, hin und her wankend, den Aufstieg fort. Eine graue Strähne hatte sich aus ihrem Haarknoten gelöst und kitzelte ihr den schweißfeuchten Hals. Das Ausruhen hatte gutgetan. Sie mußte öfter Verschnaufpausen einlegen. Wenn man das nicht macht, wollen die Beine überhaupt nicht. So aber geht es sich gleich viel leichter. Manchmal laufen die Beine gar nicht übel, dann wieder könnte man bei jedem Schritt aufschreien! Die Knie brennen. Schnee müßte man drauflegen ...

Als sie vorhin gestanden hatten, war ihr der Blick des Enkels aufgefallen. Er war auf die Berge gerichtet gewesen. Irgendwie nimmt das Gesicht eines jeden, der schneebedeckte Gipfel betrachtet, einen wehmütigen Ausdruck an. Wie schön diese Gipfel sind – kaum zu glauben. Einbildung, Sinnestäuschung.

Bei dem Gedanken daran fiel ihr ein, wie damals das Wasser, träge wie Öl, unter den Blechflanken des kleinen Grenzschutzschiffes zur Seite geglitten war. Mit tuckerndem Motor hatte es sich den Amudarja hinaufgearbeitet.

Warum fiel ihr das plötzlich ein?

Ach ja, die Berge. Es war in der allerheißesten Jahreszeit gewesen, Ende Juli oder Anfang August. Im Sommer des Jahres dreißig. Das Schiff hielt sich dicht am linken, dem diesseitigen Ufer, ab und an fielen auf das glühendheiße Deck bizarre Schatten von Bäumen, die sich aus letzter Kraft mit haarigen Wurzeln an die Vorsprünge des Steilufers klammerten. Wahrscheinlich waren ihre Wurzeln vom Frühjahrshochwasser ausgespült worden.

Ja, die Berge. Zur Linken und zur Rechten. Auf der anderen, der fremden Seite sahen sie genauso aus wie auf dieser – grau, leblos ... Schnee? Was für Schnee Ende Juli oder Anfang August! Sie würde gelacht haben, wenn ihr jemand erzählt hätte, daß es hier schneien konnte. Sofern sie natürlich nicht hätte weinen müssen. Die Berge standen da wie aus riesigen verstaubten Pappmachéstücken herausgeschnitten. Oder wie aus muffiger grauer Watte gemacht, die zwischen Fenstern überwintert hatte. Unwirklich. Später hatte sie alle möglichen Berge gesehen, doch nie wieder stellte sich dieses Gefühl ein. Völlig irreal.

Unter dem Schutzdach hervor beobachtete sie, wie sich gegen Abend eine ungeheuer große, ekelhaft heiße Sonne zu ihnen herabwälzte. Der Fluß färbte sich rötlich, das Kielwasser leuchtete goldschuppig. Der Motor tuckerte, irgend etwas fauchte da drinnen, und das Schiff begann unvermittelt zu schaukeln. Die Hitze der Deckplanken ließ allmählich nach, vom Wasser kam ein Lufthauch, der zwar noch nicht kühl, aber immerhin ein wenig feucht war. Ihr machte das alles nichts aus. Mit Neunzehn macht einem nichts etwas aus ...

»Halt!« befahl die Großmutter heiser. »Bleiben wir ein bißchen stehen.«

Schwer atmend in vorgebeugter Haltung, wirkte sie noch kleiner. Die braune runzlige Stirn bedeckten feine Schweißtropfen.

»Gut«, stimmte er bereitwillig zu. »Wir brauchen ja nicht zu hetzen.«

Sie hatte ihn ganz offensichtlich nicht verstanden, doch statt nachzufragen, nickte sie nur mechanisch, wahrscheinlich verriet ihr sein Gesichtsausdruck, daß es eine belanglose Äußerung war.

Etwas raschelte und flatterte über ihren Köpfen. Der Enkel erkannte einen Star, der sich übermütig im dünnen Gezweig eines Judasbaumes wiegte. Sein Blick hatte die Wirkung eines Steins oder einer Kugel – der Star flog geräuschvoll auf und verschwand.

»Ein vorsichtiger Vogel«, sagte der Enkel verwundert, immer noch emporblickend, doch plötzlich kniff er ein Auge zu, blinzelte, begann es mit der Faust zu reiben.

»Wie, was für ein Vogel?« wollte sie beunruhigt wissen. »Was ist denn?«

»Ein Staubkorn«, sagte er gepreßt. Es stach im Auge.

»Was für ein Horn?«

»Ein Staubkorn, sage ich!« schrie er. »Ein Staubkorn ist mir ins Auge gefallen.«

»Was schreist du so!« sagte die Großmutter gekränkt. »Ich höre auch so alles. Gib her!«

»Was denn geben«, brummte er, »soll ich das Auge vielleicht rausnehmen?«

»Was? Du mußt lauter sprechen.«

»Aber ich kann doch nicht brüllen, daß es der ganze Friedhof hört!« schrie er, hielt sich das eine Auge mit der Hand zu und riß das andere auf. »Wir stören hier noch alle Toten auf!«

»Pfui!« Die Großmutter spuckte aus. »Hüte deine Zunge! Was redest du da! Gib schon her!«

Mit verzogenem Gesicht wandte er ihr endlich das tränende Auge zu, daß er gegen den Widerstand der zuckenden Lider so weit wie möglich zu öffnen suchte. Er mußte dabei in die Knie gehen. Das war unbequem, doch dafür konnte sich die Großmutter nun über sein hochgerecktes Gesicht beugen. Fast hätte er sich losgerissen, als sie ihm unverhofft derb die Lider auseinanderzerrte und mit der jähen Bewegung des Geiers dem Auge, das lediglich die zarte Berührung der gewichtslosen Träne gewohnt war, mit einer Ecke ihres sackartigen Taschentuchs zu Leibe ging. Einen Moment später konnte er wieder unbeschwert blinzeln, während ihm die Großmutter auf dem Tuch etwas Schwarzes unter die Nase hielt.

»Da! Siehst du das?«

»Ein regelrechter Balken«, meinte er kopfnickend. »Sehe ich. Gehen wir?«

»Spül es mit Wasser aus«, riet sie.

»Ist schon vorbei. Also komm.«

»Was?«

»Komm, sage ich!« wiederholte er laut. »Gehen wir. Alles in Ordnung.«

»Ja, gehen wir«, stimmte sie zu. »Ausgeruht haben wir.«

Sie stützte sich fest auf seinen Arm – fester, als es sein mußte. In Wirklichkeit war das Gehen so kaum weniger qualvoll, dieses

Sich-stützen-Können verschaffte ihr allenfalls moralische Erleichterung. Für ihn freilich war es besser, das Gefühl zu haben, seine Hilfe sei unentbehrlich. Ohne ihn hätte sie sich ja auch wirklich nicht hierhergetraut. Mit solchen Beinen macht es wahrlich keinen Spaß.

Dazu diese Taubheit. Auf dem einen Ohr hört sie fast gar nichts. Auf dem anderen mehr schlecht als recht. Wenn man sich mit einem einzelnen Menschen unterhält, geht es noch. Man setzt sich in dem nötigen Winkel zu ihm, konzentriert sich, und alles ist gut. Spricht er dann noch ein bißchen lauter, geht es einfach fabelhaft. Hat man es aber gleich mit mehreren zu tun, ist rein gar nichts zu verstehen. Die Stimmen verwirren sich, heraus kommt nichts als Lärm und Gedröhn, als läuteten über einem Glocken. Deswegen sitzt sie auch nicht mehr gern auf der Bank im Hof. Die alten Frauen treffen sich dort, ein halbes Dutzend oder mehr, und reden durcheinander. Gut noch, wenn wenigstens eine mal ein Weilchen den Mund hält. Früher hat auch sie versucht, sich auf gut Glück in die Unterhaltung einzuschalten, die Gespräche drehen sich ja immer um ein und dasselbe, man braucht gar nicht hinzuhören – größtenteils um die Kinder, dann um die Krankheiten, das wär's eigentlich schon. Selten, daß mal eine an ihr Leben zurückdenkt, bloß sie ist so eine Zurückdenkerin, ihr ganzes Leben steht ihr wie ein Film vor Augen, sie könnte endlos erzählen ... Ja, also, sie hat versucht, sich auf gut Glück in die Unterhaltung einzuschalten, und meist hat es geklappt, doch ein paarmal hat sie danebengehauen und seitdem damit aufgehört. Es ist eben doch nicht ganz ein und dasselbe, wovon die Frauen sprechen. Die eine hat einen Sohn, die andere eine Tochter. Bei der einen lebt er oder sie noch, bei der anderen nicht mehr. Man platzt mit etwas heraus, was einem gerade durch den Sinn geht, und kränkt jemanden damit. Peinlich.

Sie schielte zu ihrem Enkel. Aus der Kanne schwappte Wasser. Sie hatte ihm gleich raten wollen, sie nicht vollzufüllen, es dann aber gelassen. Ratschläge hört keiner gern. Alle denken, die Alte sieht sowieso nicht mehr klar. Dabei ist sie noch ganz gut beieinander. Allerdings – schrecklich, wie die Zeit entflieht. Der Enkel ist jetzt schon im Alter ihres Mannes, als sie damals zu ihm hierherfuhr.

Wieder erinnerte sie sich, wie das Schiff getuckert und geschaukelt hatte, während es den goldig gleißenden Fluß hinauffuhr. Am Heck stand eine Holzkiste mit Tomaten, von denen sie aßen, ohne sie zu waschen. Wozu auch, da ja alles sauber war – nichts von Chemie. Schura, mit der sie zwei Tage und Nächte lang auf einem Ballen saß, entpuppte sich als richtige Plaudertasche. Die ganze Zeit über sprach sie von ihrem Mann, fand einfach kein Ende. Allmählich kam es ihr so vor, als wisse sie alles von Schuras Mann, genauso wie Schura selbst. Daß er nur Papirossy rauchte, keinen Machorka. Daß er Offizier war und von allen geachtet wurde. Daß er schon drei Jahre in Aiwadsh und Schura vor zwei Jahren zu ihm gefahren war, so, wie sie jetzt zu ihrem Mann fuhr. Daß Aiwadsh der kleinste Grenzposten war, den es hier gab. Und daß in ihrer Kibitka Kattun unter die Decke gespannt war. Damit einem nicht alles mögliche Viehzeug auf den Kopf fiel – Skorpione zum Beispiel.

Sie hörte zu, lächelte nur manchmal, wenn ihr etwas zweifelhaft erschien. Das mit dem Kattun unter der Decke. Hatte man das je gehört, daß Skorpione von der Decke fallen? Bestimmt nahm Schura es mit der Wahrheit nicht so genau. Was eine Kibitka war, wußte sie auch nicht recht, konnte es sich aber denken. Schura war ein Jahr älter. Obwohl sie selbst trotz ihrer Jugend auch schon einiges erlebt hatte, schwieg sie lieber – ihre Worte kamen von weit her, aus einem anderen Leben, nahmen sich hier gar zu fremd aus, einstweilen ohne jeden Bezug zu diesen rauhen grauen Bergen, die in ihrer heißen Einförmigkeit Furcht einflößten. Das war der Grund, weshalb sie schwieg.

Schura riß bei jedem zweiten Wort die Augen auf, als wäre gerade dieses am allerwichtigsten. Ihre Augen wirkten in dem mageren knochigen Gesicht sehr groß. Und glänzten. Schura war sehr dünn, wohl etwas zu dünn. Schon rauschte, vom Vorsteven zerteilt, nicht mehr der Amudarja, sondern der Pandsh unter ihnen. Schura sah zum anderen Ufer hinüber. Von dort habe es früher häufig Überfälle von Basmatschenabteilungen gegeben, sagte sie. Bis vor kurzem noch. Ihr Mann habe einen Orden bekommen. Wieder erzählte Schura von ihrem Mann, sie selbst wußte kaum etwas zu antworten, denn ihren kannte sie erst seit kurzer Zeit und hatte ihn schon lange nicht mehr gesehen, jetzt, da sie überlegte, wie er sie wohl aufnehmen würde, wurde ihr voll Bangigkeit bewußt, daß ihr Gedächtnis kaum etwas von ihm bewahrt hatte. Sie saßen auf dem Ballen, die Dämmerung brach herein, die Moskitos sirrten. Plötzlich sagte Schura: »Bestimmt liebt er dich sehr. Du bist schön.«

Ganz unverhofft begann sie leise zu schluchzen, beruhigte sich aber bald wieder ...

Diesen Bericht der Großmutter hatte er schon etliche Male gehört, wußte also, wie es weiterging und womit alles endete, und er hätte an jeder beliebigen Stelle selbst weitererzählen oder einfach weghören und sich darauf konzentrieren können, die alte Frau gemächlich, wie es ihren Möglichkeiten entsprach, den Schlängelweg zwischen den Grabeinfassungen entlangzuführen. Er glaubte auch wegzuhören, achtete indessen, ohne es selbst zu merken, aufmerksam und eifersüchtig darauf, ob alle Elemente des Berichts richtig miteinander verknüpft wurden. Bisher lief es ohne Holpern und Stolpern.

Schwer auf seinen Arm gestützt, stieg die Großmutter in eiligem Trippelschritt höher und höher den Berg hinauf.

Ihm wurde auch heiß. Die Sonne schien direkt in die Augen, brannte auf der Haut, und schon trieb es jene heiße, unruhige Luft den Hang herab, die bald anfangen würde zu flirren.

Die alte Frau stieß die Krücke gegen die Erde, und die Kieselsteine knirschten, als dringe ein Bohrer in sie ein. Gehen und gleichzeitig erzählen fiel ihr schwer, jedes Wort kam gekeucht, unausgeformt aus ihrem Mund, trotzdem hörte sie nicht auf zu reden, und er, der diese Geschichte so viele Male gehört hatte, daß sie zu seiner eigenen geworden war, wagte es nicht, ihren Redefluß zu stoppen. Der Saum ihres braunen Kleides tanzte und flog hoch, sein Unterarm wurde allmählich gefühllos, während sie so dahinging – leicht hinkend, hin und her schwankend, die Krücke aufstoßend, sich vor Schmerzen auf die Lippe beißend – und ihm mit solcher Beharrlichkeit über eine weit zurückliegende Episode ihres langen Lebens berichtete, als hänge etwas davon ab, wie er sie verstand und sich einprägte.

Ihm kam der Gedanke, daß sie jetzt an ein Mammut erinnerte – ja, an eines jener letzten Mammute, die ehedem die hohen, in Eis und Finsternis sich hüllenden Hügel hinaufgestiegen waren; dabei hatten sie in den dunklen Himmel trompetet, und dieses Gedröhn war weit über die ob der Erhabenheit ihrer Lautäußerungen erschrockene Erde getragen worden. So trompetete auch sie jetzt, während sie den ausgewaschenen Weg hinaufhumpelte, immer höher, ihrem simplen Ausflugsziel entgegen, und die Schweißtröpfchen vereinigten sich zu größeren Tropfen, die auf Stirn und Wangen perlten.

»Puh, halt«, sagte sie mit letzter Kraft, schwer und abgerissen atmend, das Gesicht schmerzverzerrt. »Warte, bleiben wir ein Weilchen stehen. Puh, müde bin ich.«

Er stand da und versuchte sich jenes Wasser vorzustellen, das längst dahingeflossene Wasser des Amudarja oder Pandsh, dunkel, schwer, Sand und Lehm des fernen Vorgebirges mit sich führend. Es gluckste unter dem Schiff, das am Ufer lag, denn es war Nacht, und fahren konnte man nur tagsüber – das Fahrwasser wechselte hin und her, wie Schura ihr erklärt hatte, so daß man leicht auf Grund laufen konnte. Am Bug des Schiffes hob sich schemenhaft ein Rotarmist ab, und das Gewehr über seiner Schulter schien Teil des Gezweigs, das von den lautlosen schwarzen Baumkörpern über den Fluß ragte. Von Zeit zu Zeit schritt er über das Deck, und es hallte leise unter seinen Füßen. Etwas später kroch hinter einem Berg ein orangefarbener Mond hervor, um wie eine krumme Frucht über der gezackten Bergkette zu hängen, der Fluß schimmerte silbrig, die Bäume traten mit ihrem Laub aus dem Dunkel hervor; auch der Posten vorn am Bug wurde jetzt deutlich sichtbar, und der Zweig hinter ihm schimmerte stählern. Die Grillen und Zikaden lärmten in einem vielstimmigen Chor, der an das Gekreisch in einer Holzbearbeitungswerkstatt erinnerte. Aus den Baumkronen kamen Schnalzlaute. Schließlich schlief sie ein und hörte nichts mehr.

Auch wie das Schiff im grünlich-kalten Morgendämmer vom Ufer ablegte, schaukelte, fauchte und zu tuckern begann, hörte sie nicht. Eingedöst in der Wärme der Matrosenjacken, die ihnen in der Nacht jemand umgelegt hatte, erwachten sie eine Stunde später. Die Sonne kam zum Vorschein, das Deck vibrierte, die Wellen schäumten. Am Ufer lief knorriges Gesträuch zum graugelben Wasser herab. Zwischen großen Gesteinsquadern spießte starres vertrocknetes Gras, dahinter ein lebloser brauner Hang und noch weiter weg die im Morgendunst liegende riesige Zunge eines kilometerlangen Geröllfeldes. Das Schiff näherte sich Aiwadsh, und Schura, gleichsam als anderer Mensch erwacht, war schweigsam geworden.

»Puh, die Beine, diese Beine. Den Hunden zum Fraß vorwerfen ...«

Die Großmutter blieb wieder stehen. Auf ihrer Hand, die sich um die Krücke krampfte, pulste heftig eine ungleichmäßige dicke Ader.

»Vielleicht möchtest du trinken? Das Wasser ist noch nicht warm.«

Sie schüttelte den Kopf, dann ließ sie seinen Arm los und fuhr sich über die Stirn. Aus ihrem nach vorn gerichteten Blick sprach Hoffnungslosigkeit. Der Weg stieg bergan, ringsum Grabeinfassungen, hohe, sich wiegende Grasstengel, Schatten huschten über die Grabsteine. Die Blätter der Aprikosenbäume waren löchrig, wie mit Schrot beschossen. Die Bäume selbst standen schief, die Stämme wirkten wie aus halbverbranntem Kork herausgeschnitten. Früchte waren heruntergefallen – ziemlich große Aprikosen von einem dunklen Orange. Dieser Anstieg würde nie ein Ende nehmen. Woanders lagen die Friedhöfe wenigstens unten. Was hatte man ihn so weit oben anlegen müssen? Die Beine, diese verfluchten Beine.

»Es ist nicht mehr weit«, sagte sie unsicher.

Der Enkel warf einen skeptischen Blick auf den Weg und nickte. Sie zuckelten wieder los. Das überschüssige Wasser war aus der Kanne herausgeschwappt und spritzte wenigstens nicht mehr auf die Beine. Heller Lehm bedeckte den Hügel. Wenn man auf einen Brocken trat, zerbröckelte er knirschend. Die Sonne stand jetzt schulterhoch. Dieser Hügel glich einer riesigen, im Aufwallen erstarrten Woge. »Und entgeht dem allgemeinen Schicksal nicht« ging es ihm mit für ihn selbst unverständlicher Erbitterung durch den Sinn. Der Bericht mußte zu Ende gebracht werden, und deshalb rief er:

»Also Aiwadsh – was war damit?«

Aiwadsh? Da gab es eine kleine Anlegestelle. Ein Stück dahinter standen Baracken. Weiter rechts floß aus einem flachen, mit Gesträuch zugewachsenen Soi ein Bach heraus. Eingestaubte Bäume, eingezäuntes Gelände – wahrscheinlich der Übungsplatz. Das war schon das ganze Aiwadsh. Schura verabschiedete sich und ging. Es war sehr heiß. Dann kamen vom Grenzposten zwei Leute herüber – ein Kommandeur und ein Rotarmist. Der Kommandeur war jung und braungebrannt. Er half dem Rotarmisten, den Ballen auf seinen Rücken zu laden, auf dem Schura und sie zwei Tage und Nächte gesessen hatten. Der Rotarmist schleppte ihn zu den Baracken. Sein Schatten zog sich unter der Last zu einem winzigen Fleck zusammen.

Der Kommandeur mußte zu einem anderen Grenzposten. Von irgendwo unten, aus dem Laderaum, brachte er eine kleine Bank und bot ihr Platz an. Auf dem Ballen war es weicher gewesen, aber auf irgend etwas mußte man ja sitzen. Das Schiff legte bereits ab. Aiwadsh verschwand hinter der Biegung, als hätte es diese Bäume und Baracken nie gegeben. Sie kamen ins Gespräch. Wäre nicht dieses vage Gefühl der Unruhe gewesen, das sie schon tagelang nicht verließ, hätte es ihr Spaß gemacht, ein wenig mit ihm zu kokettieren. Er war redselig und tat sich ein bißchen wichtig. Ihre Unruhe war erklärlich – zuviel war ihr ringsum unvertraut. An alles würde sie sich gewöhnen müssen.

Sie hatten eine gemeinsame Bekannte, Schura, und beim dritten Satz kam das Gespräch zwangsläufig auf sie. »Sie fährt oft nach Termes«, sagte er. Sie erwiderte darauf, daß Schura allem Anschein nach ihren Mann sehr lieben und er das offenbar auch verdienen müsse. »Ja«, bestätigte er, »das war ein feiner Mensch.« Sie nickte mechanisch. Der Kommandeur wies auf sonderbare Batzen, die am Ufer lagen, und sagte, das sei Salz. »Warum ›war‹?« fragte sie verwundert. Es stellte sich heraus, daß Schura ihren Mann bereits vor einiger Zeit verloren hatte – er war im Frühjahr bei einem Feuergefecht mit einer vom anderen Ufer herübergekommenen Bande getötet worden ...

»Da, ich sehe es schon!« unterbrach sie sich selbst, während sie innehielt und mit dem Stock vorauswies. »Verschnaufen wir, und dann ... Bleib stehen.«

»Gut«, stimmte der Enkel zu und blickte angestrengt in die Ferne, konnte jedoch nichts Neues ausmachen – den Hang hinauf setzte sich das grüne und bunte Gewirr von Baumstämmen, Metall und Granit fort. Er glaubte, daß sie noch lange zu gehen hatten. Vielleicht täuschte ihn aber auch sein Gedächtnis. Geb's Gott, daß er sich irrte. Die Großmutter atmete laut und heiser, der Schweiß rann ihr übers Gesicht, durchsickerte ihre Runzeln. Rätselhaft, was sie dort erspäht haben wollte. Nun, sie mußte es besser wissen. Sie sah hier wahrscheinlich überhaupt besser. Er hielt Umschau.

Die Sonne fiel fast senkrecht auf die höckerige Erde, die trocken und klangerfüllt war. In diese zum ewig klaren Himmel emporsteigenden Räume waren sie seinerzeit gekommen, um hier zu leben, mit Traktoren über die gelbe Erde zu knattern, sie mit dem Pflug aufzureißen. Bei jedem Schritt hatten sie gefühlt, wie das Koppel von der Pistolentasche heruntergezogen wurde, und manch einer bekam eine Kugel in den Kopf oder die dunkle Klinge eines Ura-Teppa-Messers in die gebräunte Seite. Ihre Toten in sich aufnehmend, war diese fremde Erde allmählich ihre Heimat geworden.

»Gleich ...«, sagte sie. »Ist schon nahe. Da vorn. Gleich.«

Die Geschichte war noch nicht zu Ende. Wenige Dutzend Wörter blieben noch, doch sie wollten erst einmal ausgesprochen und miteinander verknüpft werden, sie setzte zu einer neuen Rede an, aber was herauskam, war nichts als Geächze und Gestammel: »Gleich ... uff ... gleich ...«

Er konnte sich vorstellen, welche Verwirrung sich ihrer auf dem Schiff bemächtigt hatte. Mit tuckerndem Motor strebte es beharrlich dem allerfernsten Grenzposten zu, alles schien wie zuvor, doch sie saß unter dem Schutzdach wie betäubt von dem, was der vielleicht fünfundzwanzigjährige braungebrannte Kommandeur ihr gesagt hatte, denn seinen Worten zu mißtrauen, sah sie keinen Grund. Sie begriff nicht, warum diese unglückliche Schura ihr die Unwahrheit erzählt hatte. Ja, es mußte wohl ihr Fehler gewesen sein, wahrscheinlich hatte sie etwas überhört. Dafür wurde ihr plötzlich klar, daß die Unruhe, die schon tagelang nicht von ihr wich, sich auf sehr einfache Weise erklärte – sie würde nicht begrüßt werden, dort war auch ein Unglück passiert, er war ebenfalls umgebracht worden oder gestorben, sie stand jetzt wieder allein da und kehrte, statt ihren Weg fortzusetzen, am besten um.

Der Motor tuckerte, der Kommandeur, als er bemerkte, daß sie seine Fragen unbeantwortet ließ, zuckte gekränkt die Schultern, drehte sich eine Papirossa und stieg in den Bauch des Schiffes hinab. Dort knüpfte er ein Gespräch mit Bekannten an, und es war zu hören, wie sie lauthals lachten. Sie saß auf der harten schaukelnden Bank, biß sich auf die Lippen, betrachtete die vorbeigleitenden Ufer, die von der entfesselten Sonne so grell beschienen wurden, daß es in den Augen flimmerte wie auf dem Fluß.

Die Anlegestelle Pandsh tauchte nach vier Stunden Wahnsinnshitze aus dem Dunst auf. Man half ihr, den Karton mit ihren Sachen hinunterzuschaffen, und da stand sie nun, ratlos, was sie unternehmen sollte. Die Anlegestelle war nichts weiter als ein Steg. Der Kommandeur, den sie gekränkt hatte, brachte sie zur agronomischen Station, und plötzlich fügte sich alles unerwartet günstig.

Dieser Kusnezow, den sie dort antrafen, wollte morgen früh losreiten, fand sich aber, wenn auch ungern, bereit, gleich aufzubrechen. Die Sachen? Die würden mit der Arba hingefahren, morgen oder in ein paar Tagen – ebenfalls eine günstige Lösung. Den Hof durchflutete gleißende Hitze. »Bald wird es sich abkühlen«, versicherte Kusnezow optimistisch. Sie stand im spärlichen Schatten einer Kibitka und sah zu, wie die Pferde gesattelt wurden. Kusnezow war an die Dreißig, schwarzbärtig und kahlgeschoren, auf dem Kopf trug er einen breitkrempigen Leinenhut. Hin und wieder beäugte er sie – erstarrte für ein paar Sekunden, besann sich jedoch und fuhr in seiner Beschäftigung fort. Sie schwang sich geschickt aufs Pferd und dankte Gott, daß sie einen langen weiten Rock und gewirkte Schlüpfer bis unterhalb der Knie anhatte.

Sie ritten im Schritt auf den staubigen Weg hinaus. Zwar legte sich ihre Unruhe nicht, doch hatte sie sich inzwischen ein wenig an sie gewöhnt. Schließlich lebt Schura ja auch allein, überlegte sie, während sie Kusnezow zuhörte. Die Pferde gingen Seite an Seite, der Pfad war breit, fast so breit wie der Weg, von dem sie abgebogen waren. Kusnezow erzählte etwas von Baumwollschädlingen und fuchtelte dabei mit den Händen, als säße er nicht auf einem Pferd, sondern im Sessel. Die Sonne versank am Horizont, Kusnezow warf ihr Blicke zu, zum Glück war er offenbar ein ziemlich schüchterner Mann. Sie mußte an ihr Ziel gelangen und sich Gewißheit verschaffen – Gewißheit, mehr brauchte sie nicht. Danach würde sie zurückfahren. Es dunkelte rasch. Ihre zaghafte Bitte um eine Rastpause lehnte er ab.

Sie war müde geworden. Die Luft nahm eine fliederfarbene Tönung an, die Sterne gingen auf. Bald war es ganz dunkel. Der Mond würde wohl erst später zum Vorschein kommen. Die Hufe klapperten über die Steine, manchmal knirschte es, wenn einer an einem Stein hängenblieb. Sie ritten an einem Bach entlang, der düster in der Dunkelheit rauschte, als wälzte er Steine mit sich.

Kusnezow schwieg, sein Rücken wiegte sich, er war mit seinem Pferd ganz verschmolzen. Ihr kam es so vor, als seien ihre Augen voll Sand. Aus der Ferne drang Hundegebell herüber, anscheinend näherten sie sich einer menschlichen Ansiedlung, doch der Sattel unter ihr schaukelte und schaukelte, es wollte kein Ende nehmen. Dann erkannte, besser gesagt, erriet sie in der Dunkelheit ebenerdige Häuser ... Zäune ... kein Licht ... wütendes Hundegebell ... Mehrfach wechselten sie die Richtung ... sie saß schicksalsergeben in ihrem Sattel, verzweifelt dachte sie, daß sie hier wohl nie mehr herauskommen würde. Plötzlich machte Kusnezow halt, und auch ihr Pferd blieb stehen. Undurchdringliche Finsternis. »Wir sind da«, sagte Kusnezow und löste sich in der Dunkelheit auf. Bis auf die helleuchtenden Sterne über ihr sah sie nichts. Schatten, nächtliche Schatten – sonst nichts. »Absteigen?« fragte sie. Sie glaubte Kusnezow etwas aus dem Dunkel brummen zu hören. Schließlich saß sie ab, faßte den Zügel kürzer und spähte in die Finsternis. Das Pferd stampfte mit den Vorderhufen, schnaubte. Lautes Gebell setzte ein. Sie wandte sich um und sah plötzlich ein Licht, ein einziges nur, aber deutlich erkennbar. Das war kein Stern. Sie wußte nicht, wo Kusnezow abgeblieben war. Ihr war schon alles egal. Dann vernahm sie Stimmen, und die eine gehörte ihrem Mann. »Wo?! Wo?!« fragte er. Irgend etwas klapperte – möglicherweise war ein Eimer auf die Erde gefallen. Das Pferd scheute, als er aus der Dunkelheit auf sie zugerannt kam. Sie ließ den Zügel los und umschlang ihn, schmiegte ihre Wange an seine Brust. Er roch nach Tabak und Staub. »Aber warum weinst du denn?« fragte er und küßte ihre tränennassen Wangen ...

»Na Gott sei Dank! Guten Tag, Kolenka!« sagte sie, während sie sich an die Grabeinfassung lehnte und den Draht von der kleinen Pforte zog. »Endlich haben wir's geschafft ... So hoch auf diesen Berg, man kommt kaum rauf. Puh ...«

Sie zwängte sich hinein, ging auf die Grabplatte zu und sank in die Knie, um ihre Wange auf den Stein zu pressen.

Der Enkel stellte die Kanne ab und nahm die Büchsen aus dem Beutel. Während er die Farbe durchrührte, wischte sie die staubige Platte ab und stellte die Blumen auf den feuchten Beton. Sie welkten zusehends. Er strich die Einfassung, der Pinsel war dünn, die Arbeit ging ihm rasch von der Hand. Sonderliche Eile war nicht nötig. Sie saß auf der Bank, erzählte ihm etwas, und manchmal drehte sie sich um und sah zu den schneebedeckten Gipfeln hinüber, die in der Luft zu schweben schienen, und wie bei allen Menschen, die Berggipfel betrachten, hatte ihr Gesicht einen wehmütigen Ausdruck.

ZWEITES KAPITEL
IWATSCHOWS ERBE

1 Das Frühjahr des Jahres achtunddreißig war genauso ungestüm wie das erste in die Baumwollfurche geleitete Wasser. Es ließ wilde Sturzregen herniederrauschen und üppiges Grün emporschießen, verstummte jedoch bald und räumte das Feld für die wahre Herrin dieser Landschaft – die stille gläserne Hitze.

Tanja war, unterstützt durch ihre Tochter, gerade dabei, Heizmistfladen zu formen, und Suchonzew blieb eine ganze Weile schweigend an dem Holzzaun stehen, der den heißen Staub der Straße von dem hitzeatmenden weißlichen Lehm des Vorgartens trennte, wo die staubigen Blätter des Wunderbaums und des Karaghotsch matt in der reglosen Luft schimmerten.

Er sah zu, wie sie die mit gehäckseltem Stroh vermischte grünbraune Masse kneteten, wie sie die Fladen an die weiße Wand der Kibitka klatschten, die so einer senkrechten Kuhweide ähnlich wurde. Dann hüstelte er und trat, mit jedem Schritt samtigen Staub aufwirbelnd, näher.

»Darf man, Tatjana Petrowna?« fragte er.

Tanja sah ihn mit zusammengekniffenen Augen an, die Hände von sich gestreckt und die Handflächen nach außen gekehrt, als wolle sie der Sonne zeigen, daß sie nichts darin habe. Suchonzew rückte das Bündel zurecht, das er unter dem Arm trug.

»Treten Sie ein, Wladimir Alexandrowitsch«, sagte Tanja zurückhaltend. »Ich komme gleich.«

Während sie sich die bis zu den Ellbogen verdreckten Arme im warmen Wasser des Aryk säuberte, überlegte sie, ob es wohl das Salz war, was Suchonzew herführte. Salz wurde an den Markttagen in großen rosafarbenen Batzen verkauft, die in der Sonne glitzerten. Zu Hause zerstieß man sie mit einem runden Stein. Von Zeit zu Zeit pflegte Suchonzew bei ihnen vorbeizukommen, um sie oder ihren Mann, falls er zu Hause war, um eine Prise Salz zu bitten. Mit dem Salz hatte er ewig Probleme – er lebte allein, das war der Grund. Hätte er eine Frau gehabt, wäre es anders gewesen. In seinem Alter war es noch nicht zu spät, ans Heiraten zu denken, nur gab es hier keine unverheirateten russischen Frauen, und nach Rußland fuhr er nie, es war, als hätte er Wurzeln geschlagen in diesem von Bergen umringten Tal, aus dem man selbst nach Churramobod nicht so leicht gelangte.

Als sie, die Hände an ihrem Kleid trocknend, ins Haus trat, saß er am Tisch, den kurzgeschorenen Graukopf vorgeneigt. Auf dem Tisch lag sein grüner Wintermantel, und beim Anblick dieses solide gearbeiteten dicken Mantels mit Biberkragen wurde ihr gleich noch heißer.

»Ach, du lieber Himmel«, sagte Tanja lachend, ließ das feuchte Kleid herabfallen und griff nach den Streichhölzern auf dem Tisch. »Wollen Sie den etwa verkaufen, Wladimir Alexandrowitsch?«

»Nicht doch, Tatjana Petrowna«, sagte Suchonzew unfroh. »Ich bin kein Verkäufer.«

Tanja stellte einen Topf mit Wasser auf den Petroleumkocher. Der Kocher prasselte und würzte die ohnehin stickige Luft der Kibitka mit seiner giftigen Hitze.

»Heiß ist es«, bemerkte Suchonzew, zur Seite blickend. »Der Frühling hat zeitig angefangen in diesem Jahr. Den Mantel würde ich gern bei Ihnen lassen, Tatjana Petrowna. Wenn es Ihnen nichts ausmacht, packen Sie ihn irgendwo hin, wo er liegen kann.«

»Ich dachte, Sie wollten sich Salz holen«, sagte Tanja. »Mag er liegen, warum nicht.«

»Es könnte sein, daß ich bald wegfahre«, sagte Suchonzew unbestimmt. »Wenn ich zurückkomme, hole ich ihn mir. Habe ich wenigstens meinen Mantel.«

Er lächelte.

Tanja lächelte ebenfalls und zuckte die Achseln.

»Und sollte ich nicht zurückkommen, so gehört er Ihnen«, sagte Suchonzew scherzhaft, stand auf, indem er die Hände an den Knien abstützte, und verabschiedete sich.

Der Mantel kam an einen Nagel im Zimmer. Daneben hingen

schon andere Sachen – der Staubmantel des Mannes, ein Kleid von ihr. Salz hatte Suchonzew offenbar, da er sich keines holen kam. Der Sommer zog sich lange hin, dann ging er unmerklich in den Herbst über, der bald seine vielfarbigen Flaggen hißte, die allesamt mit dem allgegenwärtigen grauen Staub überpudert waren. Erster Tröpfelregen fiel, der auf den Blättern runde knopfartige Spuren hinterließ. Die Baumwolle war bald abgeerntet, richtiger Regen setzte ein, ein Guß und noch einer. Die Gipfel der Berge bedeckten sich mit frischem Weiß. Anfang Dezember wurde bekannt, daß Suchonzew abgeholt und nach Churramobod gebracht worden war.

Die Nachricht, daß Suchonzew sich als Feind entpuppt habe, machte Tanja betroffen, obwohl ihr schon vorher unglaubhaft erscheinende Gerüchte über seine Herkunft zu Ohren gekommen waren. Sie wußte nicht, was sie jetzt mit dem Mantel anfangen sollte, aber ihr Mann meinte, genau das habe Suchonzew offenbar im Sinn gehabt, als er von Wegfahren sprach, und hieß sie den Mantel gut verwahren, statt ihn wegzuwerfen, was sie schon zu tun im Begriff war. Zum Schutz gegen Motten mit Machorka bestreut und in Zeitungen eingeschlagen, verschwand der Mantel unter dem Bett.

Im Jahre neununddreißig brach in der Baumwollfabrik ein Brand aus, und die ganzen acht Monate, die die Ermittlungen dauerten, verbrachte ihr Mann im Gefängnis. Nicht einen Moment lang glaubte sie, daß er sich schuldig gemacht haben könnte (schon gar nicht, daß er ein Schädling war, wie die Leute erzählten), und behielt recht, denn nach Abschluß des Verfahrens wurde er auf freien Fuß gesetzt und arbeitete wieder in seiner bisherigen Stellung. Dann starb ihr jüngerer Sohn an Diphtherie. Dann kaufte sie eine Truhe – eine große, mit verschiedenfarbigem Blech ausgeschlagene Holztruhe. In ihr kam der Mantel zusammen mit den anderen Sachen unter, wenngleich es ihr ein wenig leid tat um den Platz, den fremder Besitz in ihrer neuen Truhe einnahm.

Dann begann der Krieg.

Suchonzew geriet allmählich in Vergessenheit, doch der Mantel wartete immer noch auf ihn: er konnte ja jederzeit zurückkehren und seine fröstelnden Schultern in den warmen Wollstoff hüllen wollen. Der Krieg ging zu Ende, hier aber, weit weg von den Fronten, spürte man das nicht. Ihr vermißter Mann blieb aus, und eines Tages wurde ihr klar, daß Suchonzew seinen Mantel nie mehr brauchen würde. Aus der Truhe herausgeholt und zusammen mit der Familie in ein anderes Haus umgezogen, lag er jetzt auf dem blanken Fußboden. Die Jahre waren schwer und dehnten sich endlos, und der Mantel schien einer längst dahingegangenen Generation anzugehören, mit der die jetzige allein die Nabelschnur der Erinnerung verband. Tanja saß lange neben ihm auf dem Stuhl und befühlte mit derb gewordenen, an den Gelenken verdickten Fingern das einst solide Gewebe, das vom Liegen in der Truhe stark gelitten hatte.

Nach Suchonzews Willen gehörte der Mantel Tanja, nur war er nicht mehr zu gebrauchen und konnte niemanden mehr wärmen: unbarmherzig hatte ein sinnlich nicht wahrnehmbarer Wind jeden Rest menschlicher Wärme aus ihm herausgeblasen. Bevor sie ihn auftrennte, griff sie nach Art der Hausfrau, die ein Kleidungsstück vor dem Winter weghängen oder waschen will, in die Taschen. Etwas knisterte zwischen ihren Fingern, und als sie das Seidenpapier aufwickelte, hielt sie auf einem Stück Flanell Manschettenknöpfe in der Hand: je zwei miteinander verbundene Metallplättchen, auf denen – gewiß eine kostbare Antiquität – winzige Brillanten funkelten. Das war fremdes Gut, nicht für dieses Haus, nicht für dieses Leben bestimmt, so achtsam verwahrt, als hätte es sich jederzeit in Nichts auflösen können, weggeleckt von der Zunge der Vergangenheit, vor der man auch in der furchtbeschwerten Gegenwart nicht sicher war. Sie war froh, dieses Stück der Suchonzewschen Hinterlassenschaft erst jetzt entdeckt zu haben: in all den Jahren des Hungers und der Not war sie so der Versuchung entgangen, die Rückkehr des Eigentümers nicht abzuwarten und diese Plättchen gegen einen Sack Mehl oder eine Flasche Baumwollöl einzutauschen.

Ein paar Jahre später schenkte sie die Manschettenknöpfe ihrer

Tochter zur Hochzeit. Die Tochter brachte einen Sohn zur Welt. Der kleine Nikita Iwatschow war immerzu darauf aus, an die Manschettenknöpfe in Mamas Schatulle heranzukommen. Mit Fünf erfuhr er ihre Geschichte, wußte, daß sie ihr erstes Leben irgendwo weit, weit weg gelebt hatten, das zweite bei Oma Tanja, das dritte bei Mama, das vierte würden sie bei ihm verbringen, das fünfte bei seinem Sohn oder seiner Tochter – die Bahn des Blutes immer weiter schwimmend von einer Insel zur andern. Das bedurfte keiner Erörterung, das war einfach sonnenklar. Ihr Wert lag weder im Platin noch in dem Gefunkel der Diamantkörnchen, ja nicht einmal in der kunstvollen Arbeit, sondern darin, daß sie so lange über nebelverhangenen Räumen gekreist hatten, durch die sich Menschen bewegten, menschliche Schatten, Schatten von Schatten, von denen zum großen Teil nur noch bekannt war, daß sie einst existiert hatten.

Blätter flatterten, ohne zur Erde herabsinken zu können, gingen von Hand zu Hand und nahmen die Düfte und Klänge der Vergangenheit in sich auf. Auf diese Weise umschlossen sie etwas sehr Kostbares – viel kostbarer als Platingewichte und Brillantenkarate: auf ihnen lag der ewige Schatten des Baumes, von dem sie gefallen waren.

2 Seine Mutter mochte die Schwiegertochter genausowenig wie diese ihre Schwiegermutter, und daran war nichts zu ändern, solange beide nicht neu geboren wurden zu einem besseren menschlichen Miteinander. Da das in absehbarer Zukunft aber kaum eintreten würde, ließ Iwatschow unerwähnt, daß seine Frau den Wunsch hegte, die Manschettenknöpfe zu Ohrringen und einer kleinen Brosche umarbeiten zu lassen (einen gewissen Wagemut des Juweliers vorausgesetzt, konnte das gelingen), als er sagte, daß er sie diesmal mitnehmen wolle, zumal seine Mutter ihm das schon mehrfach angeboten hatte. Sie saßen zu beiden Seiten des aufgeklappten Koffers und sprachen über alles mögliche, das

heißt, Iwatschow redete pausenlos in nervös-gehobener Abreisestimmung, während seine Mutter, die Wange in die Hand gestützt, sich damit begnügte, ihm lächelnd zuzuhören. Daß das so in Ordnung war (daß er sprach und seine Mutter zuhörte), stand für Iwatschow außer allem Zweifel, denn so pflegte es immer bei ihnen zu sein, seit er weggefahren war und von Zeit zu Zeit nach Churramobod auf Besuch kam. Zumal das, was er sagte, für sie einfach interessant sein mußte, während das, was sie sagte, ihm meistens bekannt war oder ihm so vorkam; er schaltete bald ab und dachte an anderes, wurde er dann davon überrascht, daß sie eine Reaktion auf das von ihr Gesagte erwartete, war er gezwungen, sich auf ein unbestimmtes Kopfnicken zu beschränken.

»Die Manschettenknöpfe?« Die Frage seiner Mutter hörte sich etwas anders an, als er es erwartet hatte. »Ich hätte es nicht gern, daß du sie jetzt gleich mitnimmst.«

»Warum?« fragte er zurück, einen Moment lang verwirrt.

Seine Mutter zuckte die Schultern.

»Du gibst sie Vera, sie läßt sie umarbeiten, und damit sind sie hin.«

»Wie kommst du darauf?« widersprach Iwatschow säuerlich. »Sie läßt sie überhaupt nicht umarbeiten.«

»Nun, wie du meinst«, sagte die Mutter trocken. »Ich habe sie dir seit langem versprochen, du kannst sie mitnehmen. Doch wäre es mir lieber, wenn das nicht gleich geschähe.«

Sie konnte ihm nicht alles sagen, was sie darüber dachte, denn es gab Gedanken, die für sie selbst klar waren und ihr überzeugend erschienen, solange sie nicht versuchte, sie aus der Tiefe ihrer Seele hervorzuholen, um sie in die rauhe Hülle der Worte zu packen und damit einem anderen die Möglichkeit zu geben, ihren Sinn wieder auszupacken. Hervorgeholt, nahmen sie sich aus wie jene phosphoreszierenden Tiefseefische, wenn sie ihren schwindelerregenden Abgründen entrissen werden, in denen sie allein existieren können: erschlafft und leblos, mit erloschenen Augen. Albern und unnütz erschienen sie ihr.

Wenn sie hin und wieder doch den Versuch unternahm, sich

Sohn oder Mann mitzuteilen, fehlte ihren Worten jede Überzeugungskraft. Nach einer gewissen Zeit hätte sich möglicherweise herausgestellt, daß sie recht gehabt hatte, sofern jemandem in Erinnerung geblieben wäre, was sie ihm so wenig überzeugend auseinandergesetzt hatte, doch lag ihr selbst nichts mehr daran, denn inzwischen hatten viele ihrer vagen Überlegungen einander abgelöst, eine war ihr wichtiger erschienen als die andere. Mann und Sohn erinnerten sich deswegen nicht, weil ihre Worte ihnen zu substanzlos erschienen und zum einen Ohr herein- und, da keiner einigermaßen ernsthaften logischen Prüfung standhaltend, zum anderen wieder hinausflogen. Glaubte sie trotzdem einmal, sie an etwas erinnern zu sollen, was sie vorausgesagt hatte, reagierten sie verwundert und ungläubig und behaupteten, sie habe etwas anderes gesagt. Kurzum, Äußerungen schlugen nur zu ihrem Nachteil aus, statt irgend etwas Nützliches zu bewirken.

So wußte sie zum Beispiel, daß Nikitas Frau ihm ungleich weniger gehörte als er ihr, und das lag daran, daß sie mit ihren zweiundzwanzig Jahren wesentlich älter war als er mit seinen vierundzwanzig. In einigen Jahren allerdings würde das, was in ihm angelegt war, kräftig emporwachsen und aus ihm einen ganz anderen Menschen von nicht wiederzuerkennender Reife machen; ihr Charakter konnte es ihr indessen nicht erlauben, sich mit solch einer Veränderung abzufinden, und statt sich vernünftigerweise hinter seinem Rücken klein zu machen und ihm zu folgen wie Schiffe dem Eisbrecher, würde sie fortfahren in ihren zum Scheitern verurteilten Bemühungen, ihn durch das Leben zu bugsieren in der Richtung und mit der Geschwindigkeit, die sie für nötig befand. Die Trossen der Ehe mögen fester sein als die von Schiffen, werden sie jedoch überstrapaziert, können sich auch die zahllosen feinen Bindungen der Liebe und Anhänglichkeit mit der Zeit durchscheuern. Besser, wenn ihr Sohn zu dem Zeitpunkt, da sie rissen, noch kein Kind hatte. Die Manschettenknöpfe, die konnte sie hergeben, darauf sollte es ihr nicht ankommen; doch was würde die andere erhalten, die ganz bestimmt in sein Leben treten, ihm vorbehaltlos vertrauen und dem Lauf seines Lebens folgen würde, sosehr es sich auch dahinschlängeln und in welche Fernen es hinausstreben mochte? Was würde sie erhalten dafür, daß in ihren Händen ein drittes Leben lag, so, wie in den Händen ihrer Kinder ein viertes liegen würde?

»Warum also?« fragte Iwatschow.

Seine Mutter zuckte die Schultern und erwiderte:

»Weil sie dich nicht liebt.«

3 Natürlich war das nicht das, genauer gesagt, nicht ganz das, was sie ihm hatte begreiflich machen wollen, und sie konnte die Entrüstung ihres Sohnes verstehen, in dessen Leben sie sich wieder einmal so hemmungslos einmischte. Iwatschow ging hoch, war beleidigt, hüllte sich eine Weile in Schweigen, bevor er, ihr scheele Blicke zuwerfend, von Ungerechtigkeit zu sprechen begann, von ihrer Gewohnheit, partout auf ihren Ansichten zu beharren, von irrationaler Antipathie – hastig räumte er Störendes beiseite, um ihr vor Augen zu führen, wie hell der Stern seiner Liebe strahlte –, davon, daß es zwischen nahestehenden Menschen offenbar unmöglich sei, Verständnis füreinander aufzubringen. Er wußte, daß seine Mutter eifersüchtig war auf seine Frau, manchmal hatte er den Eindruck, daß es ihr nichts ausmachte, die Dinge auf den Kopf zu stellen, aus Weiß Schwarz zu machen und umgekehrt, und das alles zu dem Zweck, ihre haltlosen Vorwürfe zu stützen. Iwatschow sprach auch davon, daß solches Verhalten unverzeihlich sei, wobei er vergaß, daß er seiner Frau ähnliches durchaus verzieh, einfach weil er sie stärker und mit größerer Ergebenheit liebte. Seine Mutter schwieg, nickte hin und wieder, und er hätte gern geglaubt, daß es ihm allmählich gelinge, sie zur Einsicht zu bringen.

»Genug damit, wirklich wahr«, sagte sie sanft.

»Fängst selber an, und dann ist es auf einmal genug«, knurrte Iwatschow. »Ich kann dich manchmal nicht verstehen, ehrlich. Was versuchst du ihr dauernd am Zeug zu flicken?«

Die Mutter seufzte, erhob sich schwerfällig vom Stuhl, holte aus dem anderen Zimmer die Schatulle und stellte sie auf den Tisch.

»Hier«, sagte sie.

Iwatschow legte die Manschettenknöpfe behutsam auf seine linke Hand und betrachtete sie, wie er es als Kind heimlich getan hatte – mit zusammengekniffenen Augen, wodurch sie endgültig ihre Zauberwirkung entfalteten. Eine Art bläulicher Nebel gerann zur Erinnerung: alles, was er von seiner Großmutter wußte – durch ihre Erzählungen und die seiner Mutter, alles, was er durch die Erzählungen seiner Großmutter über ihre Eltern, über die Eltern des Großvaters, über deren Großeltern wußte. Es mußte einen Kristallisationspunkt des Gedächtnisses geben – diese beiden wertvollen Stücke, die durch eine Schicksalsfügung, deren Gesetzmäßigkeit niemand zu bestimmen vermochte, in den Besitz der Familie gelangt waren, hatten seine Rolle übernommen. Er blickte zu seiner Mutter auf. Sie sah ihm ins Gesicht, als müßte es eine Veränderung widerspiegeln, die es für sie zu entdecken galt. Während das ihre ruhig blieb, spürte Iwatschow eine vage Unruhe, las er in ihrem Blick eine gewisse Erwartung, von der er weder wußte, worauf sie gerichtet war, noch ob er sie erfüllen konnte.

»Verlier sie nur nicht«, sagte die Mutter.

Iwatschow nickte: versteht sich, und wickelte die Manschettenknöpfe in das Stück Flanell, in dem sie die ganze Zeit gelegen hatten. Etwas gab ihm einen Stich, und mit Verwunderung begriff er, daß er mit einem ganz anderen Resultat gerechnet hatte: daß seine Mutter sich unnachgiebig zeigen und ihm die Reliquie nicht überlassen würde – und zusammen mit der Reliquie wäre dann auch die Verantwortung bei ihr geblieben. Ja, das war es, womit er gerechnet hatte, und es wäre einfacher für ihn gewesen, Vera zu sagen, es sei nichts daraus geworden, und wo nichts ist, hat auch der Kaiser sein Recht verloren. Jetzt aber würde er sich einem lange anhaltenden und qualvollen Druck ausgesetzt sehen, zumal er Vera die Manschettenknöpfe bereits versprochen hatte – was, wie ihm jetzt klar wurde, ein Fehler gewesen war. Hat sie sie doch hergegeben, dachte er, während er leicht gereizt seine Mutter betrachtete, wie sie seine Hemden zusammenlegte. Als ob das etwas wäre, was man einfach so hergibt. Kann man denn so unbedacht damit umgehen? Selbst wenn es sich um den Sohn handelt – na und? Und wenn der Sohn das Hemd erbittet, das du anhast ... oder den Kopf auf deinen Schultern – was ist dann?

4 Sobald der Vater nach Hause kam, setzten sie sich zu Tisch, und auch zu trinken fand sich. Bevor sie die Gläser leerten, hielt der Vater, das Glas im Takt seiner Worte schwenkend, eine lange, an den Sohn gerichtete Rede, und der hörte mit leicht gezwungenem Lächeln und gespieltem Interesse zu. Iwatschows Vater brachte gern lange Trinksprüche aus, die nicht gerade vor Geist und Witz sprühten, sondern sich im Grunde auf Gesundheits- und Erfolgswünsche beschränkten und zudem der Überzeugung Ausdruck verliehen, daß mit dem festlichen Trunk den Göttern das erforderliche Opfer dargebracht werde, die sich andernfalls von den Menschen, die sie mißachten, abwenden konnten. Der Reiz des gesprochenen Wortes hing für Iwatschow vom Neuheitswert der geäußerten Gedanken ab; sein Vater hatte ihm indessen mit dem, was er sagte, nichts Neues zu bieten und die Mutter mit ihren Erwiderungen ebensowenig. Er fühlte sich hin- und hergerissen zwischen ihnen und dem wachsenden Verlangen, wieder bei Vera zu sein, aß hastig und dachte fortwährend in Richtung seiner Brusttasche: Waren sie noch da? Ja, sie waren es, und das war auch in Ordnung so. Einmal in ihren Besitz gelangt, hatte er sofort eine Veränderung gespürt, die ihn selbst wie seine Umgebung betraf. Hatte er zuvor kaltblütig überlegt, daß es nicht übel wäre, diesen ihm von klein auf vertrauten Klimbim umarbeiten zu lassen, zu Ohrringen und einer Brosche für seine Frau (Schmuck, den er ihr wahrscheinlich nie im Leben würde kaufen können – war es gerecht, daß sie darauf verzichten sollte?), so erschien ihm diese Absicht jetzt, da er die Manschettenknöpfe in

seiner Tasche wußte, als glatter Aberwitz, und es war ihm unbegreiflich, wie er hatte darauf verfallen, ja einen solchen Gedanken auch nur zulassen können.

Der Vater schaltete den Fernseher ein, und schon tauchten aus dem Nichtsein des schwarzen Bildschirms bunte Musiker auf, die unter wilden Zuckungen schrille, scheppernde Klänge erzeugten. Der Scheinwerfer spazierte von einem zum andern wie ein Blinder im Wald, der Baum um Baum abtastet in der Hoffnung, herauszubekommen, ob er eine Pappel oder eine Eiche vor sich hat. Schließlich griff er die Sängerin heraus, um ihr Gesicht ins Bild zu bringen, flach und breit. Sie stand schweigend und wiegte sich in den straff umhüllten Hüften. In ihr Gesicht kam immer mehr Spannung, dann erhob sie sich auf die Zehenspitzen, führte das schwarze Mikrophon an den Mund und schrie gequält auf, als sei ihr soeben ein Messer in den Leib gefahren. Sie sang mit schweißtreibender Anstrengung, jeder Ton kostete sie eine Mühe, daß Iwatschow zu dem Schluß kam, singen müsse wirklich eine schwere Arbeit sein.

»Weißt du, Vater«, sagte die Mutter mit einem Blick zu Iwatschow, »unser Sohn ist ja nun endgültig erwachsen. Ich habe ihm deine Manschettenknöpfe gegeben.«

Iwatschow machte sich auf die üblichen Sätze gefaßt, was man wie behüten müsse und zu welchem Zweck das gut sei. Er wußte noch nicht, daß es im Leben gar nichts wirklich Neues gibt und die Menschen nicht miteinander reden, um ihr Wissen zu vermitteln, sondern lediglich um einander ein übriges Mal ihre Zuneigung zu bekunden.

»Meine?« fragte der Vater verwundert. »Unsere. Recht so. Was sollen sie hier herumliegen. Gib mir mal ein Scheibchen Brot.«

»Wo stopfst du bloß das ganze Brot hin«, bemerkte die Mutter, »iß lieber mehr von dem Gemüse.«

Iwatschow hatte gewußt, daß die Mutter so reagieren würde. Im Leben schien es tatsächlich nichts wirklich Neues zu geben, und möglicherweise war auch nichts anderes zu erwarten gewesen. Bisher hatte dieser Gedanke immer unangenehme Empfindungen in ihm ausgelöst, die Empörung über den Versuch, ihn zu einem faden und tristen Leben zu zwingen, ebenso enthielten wie Mitleid mit den anderen und ein Gefühl der Überlegenheit, weil sie so ein Leben führten. Jetzt aber beunruhigte ihn dieser Gedanke nicht mehr, denn plötzlich hatte sich in seiner Seele ein gleichsam dafür bestimmter Platz gefunden: unmerklich hatte sich das Kaleidoskop um den Bruchteil eines Grades gedreht, das Bild war zerfallen, um sich neu zusammenzufügen, jedoch nicht mehr in der Form, die es eben noch besaß; ein Platz hatte sich gefunden, und der Gedanke ruhte fest in ihm wie ein heiler, sauberer Ziegelstein im frischen Mörtelbett, das fügsam nachgegeben und ihn aufgenommen hat.

Iwatschow erschrak: Sollte seine Jugend etwa schon vorbei sein? Die Seele fuhr fort, ihre stabilen Mauern zu errichten, sie rührte Mörtel an und nahm Maß, wog jeden einzelnen Ziegelstein und überlegte, wie er seinen Platz einnehmen sollte, flach oder auf Kante. Jetzt ist das Bauwerk schon so weit fortgeschritten, daß dieser ruhige, wenig jugendgemäße Gedanke keine Empörung mehr hervorruft, hat doch die Behauptung, daß es auch in einem selbst nichts wirklich Neues gebe und man deshalb die eigene Person gelassen betrachten könne, ohne sich mit so unnötiger wie schädlicher Eigenliebe zu belasten, tatsächlich weder etwas Kränkendes noch Herabwürdigendes. Mehr noch, der Gedanke erscheint verlockend, ja wider Erwarten befreiend. Wie nun – war die Jugend vorbei? Ja, vielleicht war sie es.

Die Musik verstummte, die Sängerin schloß den Mund und verneigte sich mit unvermuteter Leichtigkeit, die schönen biegsamen Hände an die Brust gedrückt, sie machte sogar ein paarmal eine Art Knicks, und zwar erstaunlich gewandt, obwohl nach solch übermenschlicher Anstrengung zu erwarten gewesen wäre, daß ihre Kraft nur noch dazu reiche, sich heftig keuchend den Schweiß von der Stirn zu wischen.

»Wenn man das so sieht«, sagte der Vater mit einer Kopfbewegung zum Fernseher, »begreift man, daß das kein Vergnügen, sondern harte Arbeit ist.«

Er richtete den Blick auf den Sohn, doch der blieb stumm und zuckte nur unbestimmt die Schultern.

5 Tee tranken sie schon in Eile, und plötzlich ging es mit Iwatschow durch, er verbrannte sich an dem heißen Tee, da er dem Vater mit fieberhafter Hast von sich zu erzählen begann – so als habe er die ganzen drei Wochen die Zeit dazu nicht finden können und werde sie möglicherweise auch nie mehr finden. Er sprach ungereimt, vermengte Dutzende verschiedener Dinge zu einem Wust zusammenhangloser Themen, hinter denen weniger Iwatschows Rechtfertigungsdrang stand als sein Bedürfnis, den Vater zu überzeugen, daß auf ihn künftig Verlaß sei – als ob etwas geschehen wäre, was daran zweifeln ließ, weshalb er nun seine Vertrauenswürdigkeit beweisen mußte.

Seine Hektik übertrug sich augenblicklich auf den Vater, der ebenfalls in Erregung geriet. Sie sprachen immer lauter, redeten durcheinander, wechselten von einem Gegenstand zum nächsten, versuchten, den andern an einen Punkt zurückzubringen, den dieser gerade verlassen hatte und zu dem er um keinen Preis zurückwollte und es wohl auch nicht gekonnt hätte. Sie nickten, brummten zustimmend, machten Bemerkungen, aus denen einem Außenstehenden (die Mutter war keine Außenstehende) klargeworden wäre, daß beiden gleichermaßen schleierhaft war, was der andere sagen wollte; sie bewegten ungeduldig die Finger, als hofften sie, ein Satzende in der Luft zu fassen zu kriegen, um etwas dranzuhängen, was ihnen gerade auf der Zunge lag. Die Mutter sah bald den einen, bald den anderen an, bald hellte sich ihr Gesicht auf, bald verdüsterte es sich, bald sprach Zärtlichkeit aus ihm, bald Besorgnis, und hin und wieder warf sie ein, zwei Worte ein, doch sie winkten beide ab, als breche in ihre harmonischen Überlegungen etwas Fremdes ein, das keinerlei logischen Bezug hatte. In Wirklichkeit gab es zwischen ihren Worten und Gedanken keinen Zusammenhalt, und ein Außenstehender hätte den Schluß ziehen müssen, daß hier kein Einvernehmen herrschen konnte, und er hätte recht gehabt, wäre da nicht eine sehr einfache, aber nicht ohne weiteres verständliche Tatsache: wo Einvernehmen herrscht, muß nicht unbedingt Zusammenhalt sein.

Die Mutter zupfte sie bereits am Ärmel, und so gern sie auch die Zeit vergessen hätten, die Zeit dachte nicht daran, sie zu vergessen – die Minuten rannen dahin, Eile war geboten, an der Tür ging ihr hektisches Gespräch – worüber eigentlich? – in Zurufe über: die Schlüssel ... hast du deinen Ausweis? ... der Anorak ... der Mantel ...

Dem Taxifahrer erklärte der Vater als erstes, daß sie ihren Sohn zum Flugzeug brächten, und die ganze Fahrt über sprachen sie von ihm in der dritten Person, was Iwatschow mißfiel. Der Taxifahrer sah ihn schmunzelnd im Spiegel an, als wüßte er etwas über ihn, was nicht einmal ihm selbst bekannt war. Er mochte fünfzig sein und hatte, wie er sagte, sechs Kinder.

»Meiner hat vor kurzem geheiratet«, ließ ihn der Vater wissen, der es sich auf dem Vordersitz bequem gemacht hatte. »Bald bekommen wir Enkel!«

Graue Haarsträhnen sahen unter dem Hut hervor. Die Mutter streckte plötzlich die Hand aus, um sie glattzustreichen.

»Wird Zeit, daß du zum Friseur gehst«, sagte sie.

»Laß!« wehrte er ab. »Stimmt doch, oder?« fragte er, zu Iwatschow gewandt.

»Stimmt, stimmt«, brummte der und drehte sich zum Fenster.

»Setz dem Kind nicht so zu«, sagte die Mutter unwillig.

Der Vater verstummte.

Unverhofft ging aus nahezu wolkenlosem Himmel ein Regenschauer nieder. Wenige Minuten lang klatschten die Tropfen auf die Blätter der Platanen, wo sie runde Flecken hinterließen, auf dem Asphalt stoben schrotartige Staubkügelchen auseinander. Sie überquerten den Platz, über dem feuchter Staubgeruch hing. Der Platz sah aus, als hätte jemand schaufelweise Erbsen vom Himmel geworfen. Die Sonne neigte sich über die ausgedörrten Hügel. Ein Strahlenkranz von blassem Fliederblau umgab sie – es war eine spätherbstliche Sonne. Im leichten Wind raschelten die feuchten Platanenblätter an den Zweigen. Die abgerissen wurden, wirbelten durch die Luft und fielen auf das staubige vertrocknete Gras ...

Drinnen im Flughafen war es geräumig und hell. Iwatschow stellte den Koffer ab, richtete sich auf und drehte mit distanzierter Miene den Kopf hin und her. Im Beisein von Fremden war er immer ein wenig steif.

»Da wären wir«, sagte die Mutter leise.

»Nun ja ...«, erwiderte er schuldbewußt. »Mit der Abfertigung haben sie noch nicht angefangen, wie's aussieht.«

Von Zeit zu Zeit erbebten die Lautsprecher, Namen von Städten und Flugnummern rieselten herab.

Die Mutter sah Iwatschow von unten her ins Gesicht, faßte nach seiner Hand und schmiegte ihre Schulter an die seine. Iwatschow unterdrückte den Wunsch, sich frei zu machen, lächelte ihr zu, wandte alle Kraft auf, ihr nicht zu zeigen, daß hier eigentlich nicht der Ort war für solche Zärtlichkeiten. Die unter seinem Ellbogen durchgesteckte Hand der Mutter streichelte den knisternden Stoff seines Anoraks. Im gleichen Moment streckte der rechts stehende und nach der anderen Seite blickende Vater die Hand aus und berührte seinen Ärmel; es hätte nach Zufall ausgesehen, wäre nicht die Beharrlichkeit der kaum wahrnehmbaren Anstrengung gewesen, mit der sich seine Finger an den Ärmel drückten. Iwatschow, darauf bedacht, sich nicht anmerken zu lassen, daß er etwas spürte, stand reglos zwischen ihnen. So verharrten sie alle drei: Iwatschow hielt den Blick auf die Anzeigetafel gerichtet, der Vater wandte den Kopf, und nun sahen ihm alle beide ins Gesicht, als fließe jetzt von ihm ein Lebensstrom zu ihnen, den sie nicht unterbrechen wollten, doch besaßen sie genügend Stolz, sich nicht zu flehentlichen Bitten herabzulassen; so standen sie in der lärmerfüllten Halle und schmiegten sich an ihn, als sei er ein Ufer oder ein Boot und sie in Gefahr, von der rücklings über sie hinwegschäumenden Woge der Zeit fortgerissen zu werden, sie hielten sich an ihm fest, als könne er allein ihnen helfen, in diesem Meer weiterzuschwimmen. Hitze ging von ihren

Fingern aus, Iwatschows Blick war auf die Anzeigetafel gerichtet, und nur dumme, kaum verzeihliche Gehemmtheit hinderte ihn daran, auf der Stelle, hier in der Menschenmenge, in die zitternden Knie zu sinken und seine Lippen zunächst auf die altersschwachen Schuhe der Mutter und dann auf die ausgetretenen des Vaters zu drücken.

DRITTES KAPITEL
WER REITET IM GALOPP
DURCH DSHANGALE

Mysin hat schon gestern abend eindeutig nein gesagt, deshalb sitzt Mitka jetzt vor dem Küchenzelt und pfeift gleichgültig vor sich hin.

Mergan und Wolodja machen sich aufbruchsfertig. Sie lassen sich Zeit – es ist schon später Morgen, aber sie gehen ja nicht auf Tour ...

Wenn es auf Tour geht, ja, da wird zeitig aufgebrochen, aufstehen heißt es dann in aller Herrgottsfrühe, wenn in der eisigen Luft noch fliederfarbene Morgensterne blinken und auch die Luft selbst fliederfarben ist. Mit schläfrig-ungefügigen Lippen etwas vor sich hin murmelnd, als ihm der kalte Tau im hohen Gras um die Beine spritzt, trabt Mitka zum Bach hinunter und wird erst hier, am Wasser, endgültig munter. Klawdia Petrowna ist Gott weiß wann aufgestanden und schon mit allem fertig: Die Feuerstelle qualmt nur noch schwach, das Holz ist fast niedergebrannt, und auf einem großen flachen Stein – er scheint tausend Jahre an dieser Stelle gelegen und des Tages geharrt zu haben, da sich für ihn endlich eine Verwendung fand! – stehen ein Riesentopf, ein Fünf-Liter-Teekessel und dazu noch ein kleiner Wasserkessel. Gleich wird Klawdia Petrowna neben dem Zelt eine große, quadratische Plane ausbreiten, zwei Brotlaibe darauf legen, dazu fünf Löffel und ein Glas mit Zucker. Bitte zu Tisch! Auf der Zeltplane sitzt es sich unbequem, die Beine schlafen ein.

Eine halbe Stunde später sind die Pferde gesattelt, Mitka hält Orlik am Zügel und tritt ungeduldig von einem Bein aufs andere. Mysin putzt seine Brille unerträglich langsam mit einem roten Tuch, setzt sie wieder auf seine sonnenverbrannte Nase, blickt prüfend von einem zum andern und sagt mißlaunig: »Also dann?«

Da hält es Mitka nicht länger. Mysin sagt ihm doch immer – laß dir Zeit! Und Wolodja auch. Er hat es sich ja selbst schon hundertmal vorgenommen, aber es ist einfach nichts zu wollen – sogar die Hände beginnen vor Hast zu zittern. Er faßt den Zügel kürzer und tritt zwei Schritt zur Seite, um links von Orlik zu stehen zu kommen, und steckt auch schon den Fuß in den Steigbügel. Ach, ist das hoch! Denn Orlik hat normale Größe – Pferdegröße –, Mitka hingegen nicht. Das heißt, für sein Alter hat er auch normale Größe, aber gemessen an einem erwachsenen Menschen, ist er bloß ein Knirps; deshalb sind die Steigbügel an seinem Sattel tief heruntergezogen. Er steckt den Fuß in den Steigbügel und hält sich, um nicht herunterzufallen, am Sattel fest. Im nächsten Moment sitzt er oben, wie er es geschafft hat, weiß er selbst nicht recht. Es muß wohl komisch bei ihm aussehen, denn Mergan grinst immer, und auch Wolodja lächelt manchmal. Ja, wenn Mitka so lange Beine hätte wie Wolodja, würde er sich auch nicht beeilen: den Fuß in den Steigbügel gesteckt, und rauf! Ohne jede Hast würde er behend in den Sattel fliegen … Mysin saust übrigens auch nicht gerade behend in seinen Sattel. Nicht weil er das Aufsitzen nicht beherrscht, sondern weil es ihm einfach egal ist, wie das für andere aussieht – behend oder nicht behend. Er faßt nach dem Widerrist, und sein Brauner strafft wie erwachend seinen Körper, schüttelt unwillig den Kopf. Ohne darauf zu achten, steckt Mysin den Stiefel in den Steigbügel, schmiegt sich kurz an die Flanke des Pferdes und schwingt seine neunzig Kilo die anderthalb Meter hinauf. Der Braune biegt leicht den Rücken durch, tänzelt, schüttelt noch einmal den Kopf, dreht den Hals, als wolle er nach Mysins Bein schnappen. Mysin rutscht hin und her, um sich bequem zu setzen, aus seinem Stiefelschaft guckt der Stiel einer kurzen Kamtschi, und die Feldtasche ist zur Seite gerutscht. Mit geübter Bewegung wirft er sie nach hinten.

»Also dann?«

Und sie setzen sich in Bewegung. Vorneweg Mysin, dahinter Wassiljitsch. Wo es möglich ist, lassen sie die Pferde nebeneinander gehen, aber nicht zu dicht, damit es keine Probleme mit den Steigbügeln gibt, und reden über ihre Angelegenheiten, über die Schürfarbeiten, über irgendeinen Devon oder Jura – das heißt über

Dinge, von denen Mitka kaum etwas versteht und die sich für ihn wie Begleitmusik zum Hufgeklapper anhören. Ihnen folgt Mergan oder Wolodja, dahinter reitet Mitka und hinter Mitka noch jemand – Wolodja oder Mergan: den Schlußmann zu machen, erlaubt Mitka Mysin nicht. So reiten sie im Gänsemarsch – morgens nach Süden, abends nach Norden, und mit jedem Tag wird der im dichten Gras ausgetretene Pfad vom Zeltlager zum Rand des Tales immer deutlicher sichtbar.

Tal? Nein, das ist noch nicht das Tal. Um wieder in das Tal hinabzusteigen, müßte man einen ganzen Tag die Pferde vorwärts treiben – bald im raschen Trab auf dem breiten Pfad, kleine Sois und Bäche durchquerend, bald durch stickiges Gebüsch und über Geröllhänge, auf denen sich der Mensch, das Pferd am Zügel führend, mit seinem aufrechten Gang recht unbehaglich fühlt. Zu Pferde bis Gul-i Nor, wo die in die Felsen gehauene Fahrstraße beginnt. Auf ihr dann immer weiter – bis zum Tal.

Das Tal liegt da unten ... sicherlich durchstreifen seine staubigen Räume immer noch diese gluthheißen Wirbelwinde. Hitze und Staub ... Felder, Felder, Felder ... das Chausseeband mit seiner brütenden Hitze. Die Chaussee durchquert die gelbe Ebene und klettert wieder die braunen Berge hinauf, schlängelt sich über zwei Pässe und strebt zu guter Letzt bergab dem dunstigen Talkessel von Churramobod zu.

Das hier ist kein Tal, sondern ein ausgedehntes Gebirgsplateau. Eingerahmt von blendendweißen schneebedeckten Gipfeln, fällt es auf der einen Seite steil ab, während auf der anderen schroffe Felswände aufragen. Hier wächst grünes Gras mit hohen Steppenlilien, und die Pferdehufe treten weich wie auf Filz.

Am Ende des Plateaus trennen sie sich: Wassiljitsch und Mergan bilden das eine Paar, Mysin und Wolodja das andere. Mit ihnen reitet als dritter Mitka.

So pflegt es an den Tagen zu sein, an denen die Geologen ihre Touren unternehmen, heute aber ist Auswertungstag. Heute ist alles anders. Mysin und Wassiljitsch werden sich bald in das große Zelt setzen und die Wände hochschlagen, um Durchzug zu machen. Sie werden rauchen, Bleistifte spitzen, sich unterhalten, mit Durchschlagpapier rascheln. Am Abend wird sich Wassiljitschs Stimmung trüben, wenn Mysin ihm nachweist, daß im Tschaschmasor noch zwei Touren gemacht werden müssen. Das wird jedoch erst am Abend passieren, und ganz sicher ist das auch nicht. Nachdem Klawdia Petrowna die Männer verabschiedet hat, verschwindet sie für gewöhnlich im Zelt, um weiterzuschlafen. Heute aber hat der Tag geruhsam begonnen, gefrühstückt wurde erst spät, nun muß sie ans Mittagessen denken, so daß zum Schlafen keine Zeit mehr bleibt, Lieder wird sie singen, wenn sie Kartoffeln schält und auf einem Holzbrettchen Kraut schneidet. Wolodja und Mergan reiten in den Kischlak Obikunon in den Laden – Zigaretten holen und sicherlich auch Wodka. Kurz gesagt, alle haben zu tun, nur Mitka hängt herum. Er wird Wasser schleppen dürfen für Klawdia Petrowna, oder Mysin denkt sich noch etwas Langweiligeres aus, nach Obikunon jedenfalls läßt er ihn nicht, gestern abend hat er gesagt: »Da muß nicht eine ganze Horde hin ... Umsonst die Pferde abhetzen!«

»Sollen sie mal«, sagt Wassiljitsch, als müsse er sein Gewissen beruhigen. »Sind ja bloß sieben Kilometer. Etwas eher wäre freilich besser gewesen, es wird heiß werden ...«
Alle sind mit Frühstücken fertig und haben sich bereits etwas vorgenommen, nur Wassiljitsch sitzt noch immer im Schneidersitz auf der Zeltplane. Er nimmt einen Schluck Tee, seufzt, kneift in der grellen Sonne die Augen zu. Genauso wie sein Herrchen kneift auch Wassiljitschs rothaariger Hund Sares die Augen zu. Er liegt drei Meter entfernt im Gras, den kantigen Kopf auf die Pfoten gelegt, und beobachtet friedlich, entspannt, ja mit zärtlichem Blick, was bei den Menschen vor sich geht.
Als Wassiljitsch seinen Becher auf die Plane stellt, glänzen Sares' Augen auf.
Wassiljitsch faßt seelenruhig in seine Tasche, holt eine Schachtel Zigaretten hervor, nimmt sich eine, schnuppert daran, drückt und rollt sie zwischen den Fingern. Er zündet ein Streichholz an und

läßt blauen beißenden Qualm aufsteigen, der rasch vom Winde verweht wird. Nach einem neuen Zug bekommt Wassiljitsch einen Hustenanfall, etwas gluckert, prasselt und rasselt in seiner Kehle; er krümmt sich, wedelt mit der Hand, endlich hat er sich freigehustet und spuckt mit einem schnalzenden Geräusch Schleim ins Gras.

Sares springt augenblicklich auf, ist mit drei geschmeidigen Schritten bei der im Gras hängenden Spucke und leckt sie gierig weg.

»Pfui, du Dussel!« sagt Wassiljitsch ärgerlich. »Weg!«

Sares weicht seitlich aus, um leichtfüßig und mit ergeben zugekniffenen Augen an seinen Platz zurückzukehren.

»Ich habe ihn doch dafür bestraft, den Dämel«, sagt Wassiljitsch, und es klingt wie Rechtfertigung. Er sieht Mitka an. Der verzieht das runde sommersprossige Gesicht samt der sich schälenden Nase, als hätte er in eine Zitrone gebissen. »Dann habe ich mir gesagt – na schön, wenn's dir schmeckt, dann friß …!«

Er greift nach der Teekanne und gießt seinen Becher viertelvoll.

»Ansonsten ist er ein sehr tüchtiges Tier«, sagt Wassiljitsch und nimmt einen Schluck. »Ein Jagdhund.«

An der Koppel machen sich Wolodja und Mergan zu schaffen. Mergan hält ein Stück Filz, und Wolodja schneidet es mit dem Messer in zwei Hälften.

»Gleich reiten sie los«, sagt Mitka hoffnungslos. »Nach Obikunon.«

»Sieben Kilometer.« Wassiljitsch nickt.

Ohne alle Schadenfreude betrachtet er behaglich, wie die beiden ihre Pferde satteln, um dann gezwungen zu sein, sich in dieser Hitze durchschütteln zu lassen, sieben Kilometer hin und sieben Kilometer zurück, während er in der Zwischenzeit tun und lassen kann, was er will, mit einem Becher Tee auf der Zeltplane sitzen und rauchen zum Beispiel. Mitka beobachtet wehmütig, wie Wolodja und Mergan den Filz zerschneiden, steht jedoch nicht auf, um zu ihnen zu gehen, denn er ist nicht nur auf Mysin böse, er ist böse auf die ganze Welt, auch auf Wolodja und Mergan – die werden bald ihre Pferde gesattelt haben, um sich auf den Weg zu machen, und alles wird tanzen und hüpfen vor ihren Augen, die grünen Flecken werden sich abwechseln mit dem Rotgelb des Gesteins und den goldigen Farbpünktchen der grellen Sonne auf dem Blattwerk eines Strauchs, und der Pfad wird eintauchen in dichtes Gebüsch, eine Schlucht ... In der Zeit wird er Wasser schleppen oder eine andere, ähnlich begeisternde Aufgabe erfüllen dürfen.

Als Wassiljitsch seinen Blick auffängt, kommt ihm plötzlich die Ahnung, daß Mitka womöglich ganz andere Wünsche hat als er, Wassiljitsch. Es sieht ganz danach aus, als könne es für Mitka nichts Schöneres geben, als in der Hitze sieben Kilometer hin und sieben Kilometer zurück zu reiten ... sich auf dem Pfad durchschütteln zu lassen ... sich flach legen zu müssen, wenn der Ast einer Artscha oder eines Irghai sich ihm entgegenreckt. Dieser absonderliche Wunsch erscheint Wassiljitsch jedoch so abwegig, daß seine Ahnung eher vage ist.

»Du würdest wohl gern mitreiten?« fragt er Mitka, um sich zu vergewissern.

»Na klar«, sagt Mitka finster. »Mysin läßt mich bloß nicht.«

Wassiljitsch schweigt und versucht sich an seine Wünsche zu erinnern, als er so alt war wie Mitka – und schafft es nicht. Alles überlagern die heutigen Wünsche – die eines sechsundvierzigjährigen Mannes, der mit seiner Arbeit in der geologischen Erkundung den Anspruch erwirbt, fünf Jahre eher in Rente zu gehen.

»Wirst noch oft genug Gelegenheit dazu bekommen ...«, sagt Wassiljitsch aufmunternd, doch nicht sehr überzeugt. »Ach, Mitka, weißt du, manchmal überlege ich mir ... Warum bin ich bloß nicht Biologe geworden? Wie schön wär das! Fängst einen Käfer, steckst ihn in ein Glas ... tust ihm Gras rein. Und beobachtest ihn den ganzen Tag. Was er frißt, was er trinkt, wie er läuft ... Wie er sich eine Freundin sucht ... Hier aber! Nicht einmal für die Zähne findet man Zeit ... so weit ist es schon gekommen – wie man die Zunge auch bewegt, überall stößt sie gegen die Backe!«

Zerknirscht winkt er ab.

»Na ja«, sagt Mitka und dreht sich wieder um, weil er zusehen will, wie Wolodja sein Filzstück auf dem Sattel befestigt.

Wassiljitsch ächzt, trinkt entschlossen seinen Teerest aus und drückt die Kippe auf dem Boden aus. Er steht auf und geht gemächlich zum Arbeitszelt. Unterwegs hebt er den Kopf und blickt zum Himmel. Der Himmel ist völlig wolkenlos. Und blau. Und an den Rändern gezackt. Wassiljitsch seufzt, beugt sich tief herab und taucht ins Zelt.

»Mitka!« rief wenige Minuten später Mysin. »Mitka!«

Mitka blieb mit verschränkten Beinen, gekrümmt wie ein alter Mann, am Zelteingang stehen.

»Bist wohl müde?« erkundigte sich Mysin ironisch.

Mitka seufzte und richtete sich auf.

»Also, du holst sechs Eimer Wasser – mindestens. Und vergiß nicht, die Feldflasche zu füllen. Klar?«

»Ja.«

»Und dann kannst du dein Pferd satteln und mitreiten!« sagte Mysin gereizt. »Damit ich mir hier nicht länger deine saure Miene ansehen muß. Wenn dich das Pferd nicht dauert, dann reite! Von mir aus!«

Heftig nickend trat Mitka zurück, prallte gegen einen Pfahl, bemerkte noch den spöttischen Blick Wassiljitschs, als er zum Zelt hinausschlüpfte, und rannte los zur Koppel, kam jedoch nicht weit, da ihm einfiel, daß er einen Sattel brauchte, hielt abermals inne – er mußte ja erst noch Wasser holen. Als er Wolodja sah, fuchtelte er mit den Armen, und aus seinem Mund kam der stumme Schrei: Er hat's erlaubt! Er hat's erlaubt!

Mysin sah aus dem Zelt heraus und brüllte mit verzerrtem Gesicht und heiserer Stimme, daß es über das Plateau schallte:

»Und treibt es nicht zu toll, wenn's durch die Dshangale geht, ihr Schafsnasen! Wer reitet im Galopp durch Dshangale! Wer tut so was, möchte ich mal wissen. Rennt euch noch die Köpfe ein, und ich darf hinter Gittern sitzen!«

Seine Brillengläser blitzten, als er sich umdrehte und im Zelt verschwand.

Mergan hat ein schmales dunkelhäutiges Gesicht mit vortretenden Backenknochen. Fast unbeweglich ist dieses Gesicht, nicht wie Stein natürlich – auch bei ihm kommt es vor, daß er lächelt und lacht, mit gespitztem Mund einen Pfiff ausstößt oder einem zuzwinkert. Bei anderen aber ist fast immer etwas in Bewegung – die Wangen sind bald aufgeblasen, bald flachgezogen, die Zunge drückt mal gegen die eine, mal gegen die andere Wange, die Stirn ist bald kraus, bald glatt, die Brauen zusammen- oder hochgezogen, und auch die Lippen stehen nie still – bald beißen die Zähne auf die Oberlippe, bald auf die Unterlippe, oder der Mund rutscht ganz zur Seite – ja, bei manchen bewegen sich selbst die Ohren in einem fort, als würden sie an Schnüren gezogen.

Nie lacht Mergan aus vollem Hals, und sein Lächeln sieht so aus: Er entblößt sämtliche Zähne, während die Haut an den Wangen so straff gespannt ist, daß er befürchten muß, sie könnte platzen. Das gleiche Bild, wenn er wütend ist: die Augen ganz klein, die Lippen weiß, offensichtlich erregt etwas seinen Unwillen, macht ihn fuchsteufelswild, doch guckt man genauer hin, ist sein Gesicht kaum anders als fünf Minuten zuvor, als er gelächelt hat.

Mitka ist sofort klar gewesen, daß Mergan seine Mucken hat. Nicht, daß bei ihm eine Schraube locker wäre, aber er kriegt es fertig, einem einen Ziegelstein über den Schädel zu hauen, wenn man ihm in die Quere kommt. In Churramobod gibt es von der Sorte mehr als genug. Grischka zum Beispiel, der im Hof nebenan wohnt, ist es im Ernstfall egal, was er zu fassen kriegt. Wenn der seinen Rappel bekommt, läßt man es besser nicht drauf ankommen. Grischka ist so alt wie Mitka, aber dick und hellhaarig, und seine Augen sind gelb und nicht schwarz wie bei Mergan. Daß Mergan im Streit nach irgend etwas gegriffen hätte, hat Mitka noch nicht erlebt, wer weiß, ob das bei ihm überhaupt schon vorgekommen ist. Völlig verschiedene Menschen also, und doch einander irgendwie ähnlich.

Mit Wolodja ist Mergan befreundet, und eigentlich kommt er mit allen gut aus, streitsüchtig kann man ihn wirklich nicht nennen. Trotzdem ist Befreundetsein bei ihm nicht so wie bei Mitka. Mitka schließt sich dem anderen sofort auf, und nach ein, zwei Tagen ist es, als wären sie schon ewig befreundet. Mit Wolodja war es so, während Mergan ihn immer ansieht, als sei er imstande, ihn jeden Moment stehenzulassen. Zwar hat Wolodja, als Mitka das Gespräch darauf brachte, mit den Achseln gezuckt. Vielleicht merken es andere genausowenig? Jedenfalls wird Mitka mit Mergan nicht warm.

Mergan glaubt offenbar, ihn herumkommandieren zu können, und wem gefällt das schon? Nach Mitkas Auffassung steht das nur Mysin zu. Der hat einen Posten in der Partei, Mitkas Vater hat ihn gebeten, seinen Sohn mit ins Geologenlager zu nehmen. Gegen Mysin gibt es nichts zu sagen, warum auch, er strahlt Kraft und Sicherheit aus, auf ihn hört man gern, und von ihm möchte man gelobt werden. Von Wassiljitsch ließe sich Mitka gleichfalls kommandieren. Auf ihn würde er auch hören – aus Höflichkeit. Doch Wassiljitsch ist das alles schnurzegal, er denkt nicht daran, andere herumzukommandieren. Wolodja, der ist überhaupt ein Mensch ganz besonderer Art. Wenn er etwas sagt und man setzt sich nicht gleich in Trab, steht er im nächsten Moment selbst auf, um es zu erledigen, und zwar ohne vorwurfsvollen Blick und ohne Gebrumm, er habe um etwas gebeten und keiner tue dergleichen. Deshalb bleibt einem gar nichts anderes übrig, als auf ihn zu hören, sofort aufzuspringen und loszurennen. Sagt hingegen Mergan etwas, sträubt sich alles in Mitka, ihm wird unbehaglich zumute, und sich zu fügen, bringt er einfach nicht fertig. Woran das liegen mag? Wer weiß. Es widerstrebt ihm eben.

An die sechshundert Meter waren schon zurückgelegt, und hätte sich einer umgedreht, wären ihm die Zelte des Lagers vielleicht wie braune Lappen vorgekommen. Bis zum Rand des Plateaus, wo ihr Pfad in eine Felsenschlucht mündete, hatten sie die gleiche Strecke noch vor sich.

Gegen die Steigbügel gestemmt und in den Beinen das Gefühl einer federnden Kraft, wippte Mitka auf und nieder. Er suchte sich auf den Rhythmus dieser Bewegung einzustellen, die ihn immer weiter forttrug durch raschelndes Gras.

Er fühlte sich frei. Schaute er nach rechts, strömte die farbige Vielfalt ferner und näherer Hänge auf ihn ein. Noch näher, da, wo das Plateau steil abfiel, Gehölz und Gras, Gras, Gras. Und dicht zu seinen Füßen der Schatten von Roß und Reiter, der über dieses Gras glitt, sich bald von ihnen löste, bald mit Orliks Hufen verschmolz. Zur Linken schien die Sonne so groß und grell, daß man glaubte, nicht allein ihre glutheiße, blendende Scheibe strahle, sondern alles ringsum.

Zehn Meter vor ihm trabte leichtfüßig Mergans Schecke, und der gerade Rücken des Reiters schien losgelöst vom Rücken des Pferdes dahinzufliegen, dessen Hufe taufeucht glänzten.

Mitka drehte sich um, winkte Wolodja zu und rief:

»Eeeh! E-he-hee!«

Orlik bewegte die Ohren und schüttelte den Kopf. Mitka neigte sich vor und stieß ihm die Füße in die Weichen. Orlik wandte den Kopf zurück und warf Mitka einen verwunderten Blick zu. Ruhig Blut! sagte sein Auge.

»Na!« sagte Mitka drohend und stieß abermals zu. »Na los!«

Orlik fiel nicht in Galopp, bekundete aber immerhin durch eine etwas schnellere oder einfach wiegende Gangart seinen guten Willen. Mitka bedauerte, daß er die Gerte vergessen hatte, die er gern beim Reiten benutzte. Eine Kamtschi wie Mysin, der sie so schön in den Stiefelschaft steckte, besaß er nicht. Er hatte ja auch keine Stiefel, sondern nur Halbschuhe. Doch dafür nahm er immer eine Gerte mit, um Orlik anzutreiben, wenn er zu träge lief.

Orlik spürte offenbar seine Hand nicht, wie sich Mysin ausdrückte. Wassiljitsch freilich hatte eine andere Erklärung, und zwar, daß Orlik dem Gedanken ans Paradies wohl nicht abgeneigt sei, die Sünden stünden dem bloß entgegen. Er sei schon ziemlich alt, sollte das heißen.

Wie dem auch sei, Orlik hielt nichts vom Galopp und bot alles auf, sich davor zu drücken. Erst wenn jede Möglichkeit ausgeschöpft war, zu zeigen, daß er, zwar grundsätzlich bereit, allem, was Mitka verlangte, nachzukommen, auch so, in leichtem Trab laufend, ein gutes Pferd sei, machte er zunächst ein paar sonderbare Hüpfer, die sich nicht mit Mitkas unreifen Vorstellungen von Gangarten vertrugen, bevor er endlich in Galopp überging – und neben dem Wind, der ihm in den Ohren rauschte, hörte Mitka ein Kollern irgendwo in der Tiefe des Pferdeleibes.

»Na!« ruft Mitka mit ungehaltenem Flüstern und klatscht Orlik die Hand auf die Kruppe.

Orlik tut so, als beschleunige er seinen Trab, sein Rücken beginnt unter Mitka zu schaukeln und zu schlenkern, doch sogleich verstolpert er sich, schüttelt wie in einem Anfall von Schwindel den Kopf und verfällt wieder in seine alte Gangart.

»Na los, du Biest!« ruft Mitka und bearbeitet seine Flanken.

Die Wut packt ihn: Jeden Moment kann sich Mergan umdrehen und mitbekommen, wie er sich hier abstrampelt! Zwar hat Wolodja hinter ihm alles im Blick, doch das ist halb so schlimm, auf ihn Eindruck zu machen, hat er gar nicht das Bedürfnis. Aber an Mergan vorbeizurauschen, daß der den Zugwind zu spüren bekommt und sich sein Schecke aufbäumt und scheut, das würde er doch schrecklich gern!

Ach, wie schön wäre es, wenn Orlik endlich Galopp anschlagen wollte! Der Reiter verkleinert sich, indem er sich an den Pferdehals schmiegt, und auch das Pferd verkleinert sich, denn um zu galoppieren, muß es sich wandeln – seinen Körper verkleinern und strecken und so dahinfliegen, mit abgeflachten Flanken die Luft durchschneidend! Schade, daß Orlik so alt ist, schade, daß er nicht gern schnell läuft, und wenn er schon einmal dazu gezwungen wird, nichts anderes im Sinn hat, als bei der ersten besten Gelegenheit innezuhalten! Nein, ein anderes Pferd würde Mitka gar nicht haben wollen, denn er und Orlik sind Freunde, und Freunde verrät man doch nicht, bloß weil sie alt werden und nicht mehr durch die Gegend brausen können wie junge Fohlen ... Orlik müßte nur etwas anders sein ... deshalb ist es schade!

»Na, mach schon, mach!« flüstert Mitka zornig.

Anfangs saß er noch ganz zaghaft im Sattel, wunderte er sich doch darüber, daß ein so großes Tier bereit sein sollte, sich dem Willen des Menschen zu unterwerfen. Die Leichtigkeit, mit der andere ihre Pferde beherrschten, war ihm völlig unnatürlich vorgekommen. Dieses riesige wollige Tier mit der langen Mähne, dem glänzenden Schweif und den knöchernen Hufen war ja ungleich stärker als der Mensch, und deshalb mußte seine Fügsamkeit reiner Zufall sein, jeden Moment konnte ihm alles über werden, dann würde es sich aufbäumen und sich des lästigen Reiters auf schreckliche Weise entledigen ... Doch nichts dergleichen geschah: Orlik führte mehr oder weniger gehorsam aus, was dieser nahezu gewichtslose Reiter, unter dem nicht einmal der Sattel knarrte, von ihm verlangte.

Orlik war ein altes Ackerpferd. Der Mittelpunkt seines Lebens war ein vierzig Kilometer von Churramobod entferntes Gestüt gewesen: dort hatte ihn die gescheckte Stute Scharja zur Welt gebracht, dort war er aufgewachsen, und dorthin kehrte er jedesmal nach einer langen Saison zurück, wenn morgens Rauhreif auf dem Gras lag und man sich an dem scharfkantigen Eis der Tränke die Lippen verletzen konnte. Im Schummerlicht der Holzverschläge verstrichen dort die kurzen Winter mit Untätigkeit.

Mit Beginn der Sommersaison, Ende März oder Anfang April, gingen ringsum Veränderungen vor sich, und es stellte sich heraus, daß der Winter wie im Traum verflogen war. Eines schönen Tages wurde der ausgeruhte und gutgenährte Orlik aus dem Verschlag geführt, nicht mehr nur zu einem kleinen Ausritt, sondern weil es sich auf den Weg zu machen galt, tiefer in die Berge hinein und weiter in Etappen hin zu einem mehr oder weniger seßhaften Leben in einer quadratischen Koppel, unweit der Zelte, in denen die Menschen wohnten, die diese Koppel aus Stangen oder Brettern gebaut hatten und in einem ihrer Zelte neben dem Pferdegeschirr auch einen Sack mit Hafer aufbewahrten.

Hier erwarteten ihn manche Freuden und manche Mühsal: es

kam vor, daß man ihm eine Last aufbürdete, an der zwei Pferde genug zu schleppen gehabt hätten und die er die Berge hinauftragen mußte auf einem Pfad, der an dem Geröllhang kaum zu ahnen war. Ihm war das Glück treu geblieben, während andere Pech hatten: mehrfach hatte Orlik mit ansehen müssen, wie schwerbeladene Pferde an solchen Hängen abgestürzt waren, wie beim dritten oder vierten Aufprall die Lasten abrissen und alles – Traglast, staubaufwirbelndes donnerndes Gestein und das sich wie knochenlos mit dumpfem Geräusch überschlagende Tier – wie alles im Abgrund verschwand, in der Hölle der dort brütenden Sommerhitze ... Und dann wird es still, nur das Rauschen des Flusses dringt aus der Tiefe herauf.

Er hatte auch erlebt, wie das Wasser in einer Furt dem Pferd die Beine wegzog und den großen Körper zwischen den schwarzen Steinen hin und her schleuderte, und wenn es dann in seiner Hast und Gier die Traglast abriß, schaffte es das Tier womöglich, sich einen Kilometer weiter ans Ufer zu retten, zitternd, mit einknickenden Beinen. Wenn nicht, dann trieb und wirbelte das Wildwasser den Kadaver noch lange den Fluß hinunter, bis es ihn auf eine Sandbank warf oder zwischen zwei unnachgiebigen Gesteinsblöcken festkeilte.

Jedesmal wenn so etwas passierte, wurde Orlik sofort abgesattelt, und man ließ ihn mit gekoppelten Vorderbeinen weiden. Inzwischen versuchte man zu der Traglast hinzugelangen – den Hang hinab, wenn das Pferd abgestürzt war, oder durch das Ufergebüsch, wenn das Wildwasser es fortgerissen hatte. Meistens kam dabei nichts heraus: eine weniger abschüssige Stelle fand sich nicht, und den Steilhang hinabzuklettern, getraute sich keiner, das hatte auch gar keinen Sinn, denn nicht einmal ein toter Gegenstand konnte einen solchen Sturz überstehen. Und das undurchdringliche Gebüsch entlang dem Fluß wies nur dort Lücken auf, wo die Ufer dicht zusammentraten und das Wasser mit furchterregendem Gebrüll durch die Felsenenge schoß, ein Durchkommen war hier völlig unmöglich.

Gleich am nächsten Auswertungstag nahm der Leiter des Geologentrupps ein Protokoll auf über den Verlust des Pferdes und des Expeditionsgutes. Darin war natürlich anzugeben, was im einzelnen zu dem verlorengegangenen Gepäck gehört hatte, und seltsamerweise stellte sich jedesmal heraus, daß es die wertvollsten Dinge waren: zwei Fotoapparate, drei Daunenschlafsäcke, drei neue Zweimannzelte schwedischer Produktion, mehrere Feldstecher und noch allerlei Kleinkram. Insgesamt ergab das so viel, daß man in der Kommission der Geologischen Verwaltung, die im Spätherbst zur Abschreibung des unbrauchbar gewordenen Inventars zusammentrat, zu tuscheln begann und jemand mit Sicherheit die Bemerkung fallenließ, so eine Menge Zeug hätte nicht einmal ein Kamel schleppen können. »Wenn ich die drei zusätzlich beantragten Pferde hätte«, verteidigte sich der Leiter des Trupps, »dann wäre es nicht nötig gewesen, den Tieren so viel aufzupacken. Tun uns ja selber leid, aber was machen? Die Sachen müssen hingebracht werden!« Ein anderer aus der Kommission höhnte: »Warum ist denn gerade das den Berg runtergefallen? Warum gehen immer nur neue Dinge verschütt? Warum ist das Pferd mit den Küchengeräten nicht abgestürzt?« – »Der Tod schlägt wahllos zu«, erwiderte finster der Leiter des Trupps.

Nach einigem Hin und Her, das damit endete, daß die größten Engpässe aus der Liste gestrichen wurden, unterschrieb man das Protokoll, und wenn die letzte Unterschrift auf dem Papier stand, löste sich das Gespenst des verunglückten Pferdes zusammen mit seiner gespenstischen Riesenlast in der verräucherten Luft des Arbeitszeltes auf ...

Doch von dieser Seite der Geschichte hatte Orlik keine Ahnung.

»Na los, mach!« ruft der leichtgewichtige Reiter und bearbeitet die Flanken des Pferdes.

Orlik läßt das Traben endgültig sein und vollführt ein paar Sätze in dem ehrlich gemeinten Versuch, zum Galopp überzugehen. Mitka preßt sich in den Sattel, der unter ihm wegrutschen will.

Orlik unternimmt eine neue Kraftanstrengung. Tuk-tuk-tuk! trommeln die Hufe gegen die Erde.

Ja! Schneller!

Mitkas Herz pocht. Gleich wird er Mergan überholen!

Mitka senkt die Schultern, legt die Linke, die den Zügel hält, auf den Sattelknopf, läßt die Rechte aufs Knie fallen, entspannt sich und setzt eine melancholisch-eingebildete Miene auf, von der er meint, sie passe zu einem, der im Sattel groß geworden ist.

Mit jedem Satz kommt Orlik immer mehr in Schwung, als erwärme sich in seinen ausgekühlten Gelenken die Schmiere.

Als Mergan das Donnern der Hufe hinter sich hört, wendet er den Kopf und weicht ein wenig zur Seite: direkt auf ihn zu kommt Orlik geflogen.

»Du!« ruft Mergan, bleckt fröhlich seine Zähne und weicht noch weiter nach rechts aus. »Krach nicht runter!«

Mitka saust vorbei, ohne ihn auch nur eines flüchtigen Blickes zu würdigen.

Mergan sieht ihm nach. Mitka schaukelt wie angebunden im Sattel hin und her.

»Halt dich fest!« ruft Mergan. »Festhalten!«

Und er lächelt wieder und macht »tssss!«.

Da, wo das grüne flache Plateau höckerig wurde und der Pfad zur Schlucht abfiel, klapperten die Hufe über Gestein. Bald hatten sie das Gesträuch hinter sich gelassen und ritten am Rande eines Soi entlang. Die Schatten waren merklich kürzer und die Luft trockener und glasklar geworden, die Gerüche gewannen im steil einfallenden Sonnenlicht an Herbheit.

Wolodja und Mergan hielten an einer Pfadbiegung inne, und als Mitka ihrem Blick folgte, bemerkte er, daß etwa fünfzig Meter weiter oben am Hang Rauch aufstieg und jemand unter einem als Schutzdach aufgespannten Stück Stoff saß. Der Mann erhob sich, rief ihnen halblaut etwas zu und winkte einladend mit der Hand.

Mergan antwortete auf tadshikisch, dann fragte er Wolodja:

»Steigen wir hoch?«

Wolodja zuckte die Achseln, wandte sich um und gab Mitka ein Zeichen.

Beim Hinaufsteigen beobachtete Mitka, wie der Mann, die linke Hand an die Brust gedrückt, unter dem Schutzdach hervorkam, wie er erst mit Mergan und dann mit Wolodja einen langen Händedruck tauschte, und zwar mit beiden Händen, wie sie irgendwelche gleichförmigen Reden wechselten, die von ebenso gleichförmigem Kopfnicken begleitet wurden. Dann hieß der Mann sie unter dem Schutzdach Platz nehmen.

Er war hager und von sehr dunkler Hautfarbe. Die Sonne, die sich fünfzig Jahre in seine Haut eingefressen haben mochte, hatte sie tonartig gemacht, gut gebranntem dunklem Ton ähnlich, in dem man Wasser oder Milch aufbewahrt. Hin und wieder kratzte sich der Mann, wie man es tut, wenn einem eine ihren Flug kurz unterbrechende große graublaue Fliege über den Unterarm läuft. Doch nicht bei allen hinterlassen die kratzenden Fingernägel eine weißliche Spur, als habe ein Stahlmesser über einen Tonkrug geschabt.

»Tag«, sagte Mitka, nachdem er den Zügel an einem vertrockneten Bäumchen festgebunden hatte.

Lächelnd und etwas vor sich hin murmelnd, streckte ihm der Mann die Hände entgegen, wie er es soeben bei Mergan und Wolodja getan hatte, Mitka tat es ihm gleich, und während er verlegen und mit einem leichten Ekelgefühl die trockenen und sehr dunklen Hände des Hausherrn hielt, sah er ihm ins Gesicht, um seinen Blick jedoch gleich wieder von den freundlichen zusammengekniffenen Augen abzuwenden.

Solange der Mann Mitkas Hände drückte, murmelte er ihm mit fragender Intonation leise etwas zu. Mitka wußte nicht, was er darauf erwidern sollte, deshalb lächelte er nur angestrengt, nickte und sah ein paarmal hilflos zu Wolodja. »Ja, ja ...«, kam es aus seinem Mund.

»Schin, schin ...«, sagte der Mann, womit er offenbar sein rituelles Gemurmel abschloß, und wies auf das Schutzdach.

Wieder drückte er die Hände an die Brust und begann Mergan schuldbewußt etwas zu erklären. Er sprach erregt, Mergans Antwort klang ebenso erregt, er schüttelte den Kopf und drückte ebenfalls die Hände an die Brust.

»Mitka«, sagte er, »nimm den Kunghon da und hol Wasser! Schnell!«

Wieder sprach er auf tadshikisch mit dem Mann, anscheinend suchte er ihn von etwas zu überzeugen. Mitka sah sich widerwillig um und überlegte, wo denn dieser verflixte Kunghon sein mochte und wohin er damit gehen sollte: der Bach mußte irgendwo weiter links liegen, bis zu ihm waren sie noch nicht gelangt. Lächelnd griff der Mann nach einer an Mergan gerichteten Bemerkung, die sich vorwurfsvoll anhörte, indessen bereits nach dem Kunghon, der neben der Feuerstelle stand, und lief mit einer begütigenden Geste bergab.

»Kannst du nicht Wasser holen gehen?« fragte Mergan.

»Weiß ich denn, wo hier der Bach ist?« gab Mitka empört zurück.

»Wo, wo! ...«

Mergan stieß einen Fluch aus und drehte sich weg.

»Laß gut sein«, sagte Wolodja und fügte, mehr an Mitka gewandt, hinzu: »Gäste schickt man nicht Wasser holen. Und allein läßt man sie auch nicht. Das hat ihn so nervös gemacht. Er wäre sowieso selber gegangen. Als ich mal zu Besuch war, brachte mir der Gastgeber in einer Pijola eine Rose: Mag sie Ihnen Gesellschaft leisten, solange ich in der Küche zu tun habe, sagte er. Damit ich mich nicht langweile, es sei niemand weiter zu Hause. In einer Pijola brachte er sie, eine große Rose.«

»Eine Rose?« fragte Mitka mißmutig.

Wolodja nickte.

»Eine Rose ...«, wiederholte Mitka kopfschüttelnd. Mergan anzusehen, vermied er. »Vielleicht reiten wir besser weiter, hm?«

»Erst mal trinken wir Tee«, meinte Wolodja lächelnd. »Gehört sich so.«

Mitka setzte wieder eine finstere Miene auf. Gehört sich, gehört sich nicht ... Waren sie einmal aufgebrochen, sollten sie auch zusehen, daß sie ans Ziel kamen, statt an Teetrinken zu denken. Das war alles Mergans Schuld! Wozu mußte er haltmachen? Sie verloren bloß Zeit damit ...

»Was macht er hier überhaupt?« fragte er verdrießlich. »Auf diesem Berg?«

Mergan warf ihm einen schrägen Blick zu. Er saß auf einer Kaschma, den Rücken gegen einen Haufen speckiger Lappen und Decken gelehnt, aus denen Wattefetzen herausquollen. Soll das etwa ein Bett sein? dachte Mitka stirnrunzelnd.

»Die Hirten ...«, sagte Wolodja achselzuckend, »sie leben halt so ...«

»Leben«, echote Mitka befremdet. »Wer lebt denn so.«

Das große, stark ausgeblichene schmutzigrosa Stoffstück, unter dem sie saßen, war auf der einen Seite an den Ästen eines staubigen Baumes und auf der anderen an zwei krummen Stöcken befestigt. Mit verächtlichem Fauchen machte Mitka Wolodja auf die Verspannung aufmerksam. Zwei von dem Lappen abgerissene Streifen waren zusammengedreht worden und dienten als Stricke. Schöne Verspannung! Kein Vergleich mit ihren Zelten im Lager ... Schönes Schutzdach! Ein Lüftchen genügte, und fort war es, dieses Schutzdach ...

Mergan warf Mitka wieder einen flüchtigen Blick zu und schien ihm etwas sagen zu wollen, wandte sich aber wortlos ab.

Der Hirt kam gemächlichen Schrittes den Hang herauf. Er setzte den Kunghon neben dem Kessel an der Feuerstelle ab, zog ein paar Stöcke aus dem Holzhaufen, brach sie knackend klein und steckte sie unter den Kessel. Bald quoll der Rauch dichter, bevor er sich allmählich auflöste und in der durchsichtigen Flamme die fernen Felsen zu vibrieren und zu zerschmelzen begannen.

Einem rußverschmierten zerdrückten Karton entnahm der Hirt zunächst einen tiefen Napf und dann eine Art Schöpflöffel. Den Deckel des Kessels hob er ab und legte ihn auf einen Stein. Aus dem Kessel stieg leichter Dampf.

»Ana, chured«, sagte er, stellte den Napf auf die Kaschma und reichte Wolodja den Löffel.

Mitka betrachtete verwundert und angeekelt den Löffel aus unlackiertem, gedunkeltem Holz. Tausende Lippen mußten ihn berührt, Tausende Zungen ihn abgeleckt haben. Der Griff war sehr lang und im rechten Winkel angesetzt, als wäre von einem normalen Löffel der Griff abgebrochen und seitlich angebracht worden. Die Form des Löffels war spitz zulaufend wie bei einer Gießkelle.

Wolodja sagte etwas, tauchte den Löffel in den Napf, führte ihn zum Mund und blies darauf.

Mergan äußerte ebenfalls etwas, dann der Hirt. Alle sprachen sehr bedächtig.

Wolodja reichte den Löffel Mergan. Der tauchte ihn mit würdevoller Miene in den Napf, schluckte vorsichtig die Suppe, leckte sich die Lippen und reichte den Löffel dem Hirten.

Der schüttelte lächelnd den Kopf, und Mitka begriff, daß er an der Reihe war.

»Nein, nein«, sagte er. »Ich habe keinen Hunger.« Und sah hilfesuchend Wolodja an.

»Aber!« rief der verwundert. »Das ist Atola! Iß mal, schmeckt gut.«

»Nein, ich habe keinen Hunger«, wiederholte Mitka.

Angestrengt lächelnd und um eine möglichst höfliche Ausdrucksweise bemüht, schüttelte er wieder den Kopf und sagte zu dem Hirten:

»Danke, danke ... Ich bin satt, danke.«

Der Hirt hörte nicht auf, ihm den Löffel hinzuhalten.

»Chur, chur«, sagte er lächelnd. »Scharm makun, chur!«

»Nein, nein«, Mitka drückte die Hände an die Brust und lächelte, »danke, ehrlich, ich habe keinen Hunger.«

»Du sollst essen!« sagte Mergan leise.

Der Hirt hob beunruhigt die Brauen. Er richtete seinen Blick auf Wolodja und fragte etwas. Mitka lächelte weiter und schüttelte den Kopf. Von dem Lächeln taten ihm schon die Lippen weh. Er sah ebenfalls Wolodja an. Der versuchte den Hirten zu beruhigen.

Mergan beugte sich zu Mitka.

»Iß! Nicht essen geht nicht!«

»Ich möchte aber nicht, ich habe keinen Hunger!« flüsterte Mitka entrüstet. »Wenn ich doch keinen Hunger habe!«

Mergan bleckte die Zähne, rückte dichter an ihn heran und fauchte ihm ins Ohr:

»Iß, du Mistkerl, oder ich schlag dich tot!«

Mitka fühlte, wie seine Wangen kalt wurden und sich zusammenzogen. Er warf Wolodja einen Blick zu. Der sah zur Seite. Mitka schluckte Speichel hinunter, streckte zögernd die Hand aus und nahm den Löffel.

Kränkung und Wut trieben ihm Tränen in die Augen. Die beiden mußten doch einen Knall haben! Wolodja blickte ihn an, und Mitka las in seinen Augen nichts von Mitgefühl. Wenn er doch aber keinen Hunger hatte! Na ja, der eigentliche Grund war das natürlich nicht. Hunger hatte er fast immer. Aber mit einem krummen schmutzigen Löffel diese weiße Suppe aus einem schmutzigen Kessel essen?!

Der Hirt sah ihn besorgt an.

Mitka nahm den Löffel, und da hellte sich das Gesicht des Hirten ein wenig auf.

Mitka litt Qualen, während er den Löffel in den Napf tauchte und ein paarmal hin und her bewegte. Er nahm nur ein klein bißchen, führte den Löffel zum Mund, blies darauf und schlürfte vorsichtig, um sich nicht die Lippen zu beschmutzen, mit zusammengekniffenen Augen. Vor Anstrengung verschluckte er sich fast. Dann reichte er den Löffel dem Hirten.

Der nahm ihn und sagte etwas. Wolodja lachte und beugte sich zu Mitka.

»Na, nicht vergiftet?« fragte er leise.

»Nein«, knurrte Mitka. »Wenn ich doch aber keinen Hunger habe.«

Noch mindestens eine Stunde verging mit Teetrinken. Sie tranken aus einer abgestoßenen Pijola. Der Hirt füllte sie viertelvoll und reichte sie mit einer leichten Verneigung, die Hand an die Brust gedrückt, der Reihe nach herum, auch Mitka, der sich, Wolodjas und Mergans Beispiel folgend, am Ende dieser Stunde nicht nur an die Antwortgesten gewöhnt, sondern an ihnen Gefallen gefunden hatte: wenn man die Schale entgegennahm, mußte man sich ebenfalls leicht verneigen und die freie Hand an die Brust drücken. Schließlich verabschiedeten sie sich, das heißt, sie hörten sich alle möglichen guten Wünsche des Hirten an und wünschten ihm ihrerseits allerlei Gutes. Mitka, da er ihre Sprache nicht beherrschte, nickte nur und lächelte ungeduldig. Nachdem sie eine letzte Serie von Händedrücken mit dem braunhäutigen Mann getauscht und zum Abschluß ebenso wie er die Hände ans Herz gedrückt hatten, banden sie die Pferde los und stiegen den Hang hinunter zum Pfad.

Mergan wiegte sich leicht zurückgelehnt im Sattel, die Hände entspannt auf dem Sattelknopf. Die Pferde gingen im Schritt, der unmerklich ansteigende Pfad schlängelte sich an ausgetrockneten Bächen und Sois entlang. Hier am Südhang des Berges war das Gras halb verdorrt, es raschelte und knisterte unzufrieden unter den aufkommenden Windstößen.

Er hätte die Augen ganz schließen und im Sattel dösen, ja sogar fest einschlafen können, ohne befürchten zu müssen, daß das Pferd fehltrat oder scheute, weil ein Vogel vor seinen Hufen aufflatterte. Sein Körper behielt noch im Schlaf seinen Halt.

Mürrisch und aus ohnehin schmalen Augen sah er vor sich hin, ohne zu bemerken, wie eine Windung des Pfades der anderen folgte und die immer gleichen Grasflächen ihm entgegenkamen.

Die Sonne war hoch emporgestiegen und hatte alle Sanftheit verloren, ihr Licht trocknete die Luft aus, blendete erbarmungslos die Augen, brannte ins Gesicht und schien bis unter die Kleidung vorzudringen; die Laute verstummten mehr und mehr, nur die Heuschrecken im Gras und die Zikaden im Laub der Sträucher lärmten unermüdlich.

Eigentlich mochte er die Sonne. Seiner glatten braunen Haut konnte sie nichts anhaben, und er beobachtete am Badestrand von Churramobod immer wieder verwundert und ein wenig verächtlich die fleckigen Leute, die sich häuteten wie die Schlangen.

An seiner Haut, seinen glänzenden Schultern glitt die Sonne ab. Heute allerdings verspürte er seit dem frühen Morgen ein dumpfes Unwohlsein, das sich in einer unerklärlichen Reizbarkeit äußerte. Deshalb empfand er auch die Sonne als entnervend grell.

Und dann noch dieser Mitka!

Mergan kniff die Augen zusammen und schüttelte mißmutig den Kopf.

Blöder Bengel! Wie alt war er eigentlich – vierzehn, fünfzehn? Könnte schon ein bißchen mehr Verstand haben! Er selbst war ja bloß fünf oder sechs Jahre älter, besaß aber schon einen Fachschulabschluß. Mitka, dem verwöhnten Russen und Städter, fehlte es an nichts, und das würde auch so bleiben, die Welt war nun einmal so eingerichtet. Er dagegen hatte einen Usbeken zum Vater und eine Tadshikin zur Mutter, und aufgewachsen war er nicht in Churramobod, sondern in einem Kischlak am Rande der Stadt – in nächster Nähe zwar, ganze zwanzig Minuten von den Churramoboder Neubauten entfernt, aber Kischlak blieb Kischlak! Mitka durfte im Sommer ins Geologenlager – Pferde, ein herrliches Leben! Er hingegen hatte, größer geworden, ab Ende März mit der Mutter im Gemüsegarten geschuftet und auf dem Basar gestanden. Im Herbst hatte Mitka wieder auf seiner Schulbank gesessen, während Mergan fast bis zum Dezember auf dem Baumwollfeld des Kolchos arbeiten durfte – Plan ist Plan, nicht wahr, Kinder? Ihr seid doch sowjetische Schüler! Um trotz der verfluchten Kolchosbaumwolle die Grundschule zu schaffen und an der Fachschule anzukommen, mußte er sich mächtig ins Zeug legen. Und die ganzen vier Jahre des Studiums genauso, damit er seinen Unterhalt bestreiten und auch noch den Eltern etwas abgeben konnte, er war der Älteste, und ihnen lagen sechs weitere Kinder auf der Tasche ...

Wie es aussah, war Mitka aber doch ein ganz patenter Junge, nun ja ...

Die Sonne brannte förmlich ins Gehirn. Mergan kniff wieder die Augen zusammen und schüttelte den Kopf.

Ja, ein patenter, anständiger Junge, nicht so einer wie ... Er,

Mergan, hatte damals Glück gehabt, daß er so davongekommen war – ja, Glück hatte er gehabt ...

Die Sonne, die Sonne!

Er mußte eingenickt sein, und in diesem kurzen Halbschlaf sah er sich wieder neben der demolierten Bank.

... Man stieß sie in die Mitte einer zertretenen, verdreckten Anlage, die in Churramobod aus irgendeinem Grund als Rasen bezeichnet wurde.

»Also, du, wie heißt du? ... Feuer ihm doch mal ein paar!«

»Langsam, langsam! Zeichen abwarten!«

»Aber der haut ihn doch zusammen! Wirst's sehen!«

Schielauge betrachtete ihn, von einem Fuß auf den andern tretend, mit stumpfem Blick, und nur aus der Tiefe seiner Augen schimmerte Verwunderung herauf. Mergan wußte, wohin er schlagen mußte – auf die Nase, daß das Blut herausquoll. Dann war er erledigt. Er brauchte ihn bloß blutig zu hauen – und fertig ... Sie hatten je ein halbes Glas Portwein verabreicht bekommen, und jetzt wankten ihre jungen Körper wie im Sturm.

Direkt auf die Nase – und fertig. Er tat einen Schritt vorwärts, als ihm Schielauge einen mächtigen Hieb versetzte. Mergans Faust stieß ins Leere. Die Kerle lachten. Das Lachen erreichte sie beide in ihrem unerklärlichen wütenden Haß wie von weitem, wie durch eine Glaswand.

»D-da!«

Nach dem zweiten Schlag wurde sein Kopf ein wenig klarer. Der Rasen schwankte, Kronkorken blitzten im Sonnenlicht. Schielauge, du Misthund!

Erstaunt verspürte er einen neuen Schlag, der seinen Hals streifte, und noch einen, der ihn an der Brust traf. Schwer atmend, auf unsicheren Beinen ging Schielauge, die Fäuste in die Luft trommelnd, wie ein Rammbock auf ihn los. Mergan wich aus, wäre beinahe gestürzt, und als Schielauge wieder auf ihn eindrang, schlug er auf gut Glück mit dem Fuß zu, nur um ihn abzuwehren. Schielauge krümmte sich, brüllte auf, preßte die Hände gegen die Leiste. Und da griff er zu dem, was ihm Perle beigebracht hatte: Er holte aus und trat mit voller Wucht mit der Schuhspitze in Schielauges Visage wie gegen einen Fußball ...

Bald mußte der abwärts führende Pfad in eine lange, fast gerade Bergschlucht münden, die zugewuchert war mit stachligem Buschwerk und Bäumen, die ihre Stämme um bunte Felsblöcke wanden. Von dorther glaubte man bereits stickige Hitze und den leicht benebelnden Geruch von vertrocknendem Moder zu spüren. Mühsam nur schien sich der Pfad wie ein von silbrigen Spinnweben durchzogener Hohlkörper durch diesen Dshangal zu schieben.

Gewiß nahmen nicht erst seit gestern Schafe ihren Weg durch diese Schlucht, hinauf zu den saftigen Sommerweiden hinter Obikunon und dann wieder hinunter in die Täler, wo an den Markttagen das Blut zu schwarzen Pfützen gerann; nicht erst seit gestern trieben die Hirten ihre trappelnden Herden hier vorwärts, deren wellenförmiges Dahinströmen imstande war, nicht nur Gras, sondern auch Bäume und Steine niederzutreten. Doch so groß war die Kraft des Dshangals, so sehr beherrschte er die Schlucht, daß der Pfad über die Jahrhunderte nicht breiter geworden war, sondern nach wie vor eine schmale, umflochtene Röhre bildete.

Im Winter schüttete es die Schlucht bis oben hin zu, doch unter dem Schnee, unter dem Eis der erstarrten Bäche überlebten Wurzeln, die sich darauf vorbereiteten, im Frühjahr, wenn das Wildwasser herabstürzte, Steine mitwälzte, Felsen unterspülte und herunterkrachen ließ, wenn es schwarz verfärbte Wurzelschlangen unter den Felsblöcken hervor- und aus dem mageren Sand herauszerrte, ihren Platz an diesem Ort zu behaupten und etwas später kräftige Triebe zu entwickeln. Was dennoch herausgerissen oder von herabdonnernden Steinen zermalmt wurde, blieb irgendwo hängen, um zu vertrocknen, und neue Generationen von Insekten wurden heimisch auf dem leblosen Holz.

Die Schafe liefen diesen Pfad jährlich zweimal entlang, sie trippelten dahin ohne Eile; ihnen folgten, zu voller Größe aufgerichtet, die Menschen, die Reiter saßen ab und führten ihre Pferde am

Zügel, denn selbst tief heruntergebeugt, setzte man sich der Gefahr aus, unbedachterweise seine Kraft mit einem Irghai zu messen und sich die Stirn an einem seiner stahlharten Äste aufzuschlagen.

Darin bewies sich die Kunst des Reiters – die Arme um den Pferdehals geschlungen, den Dshangal zu durchfliegen, ohne mit dem Geäst in Berührung zu kommen, und nur zu spüren und zu hören, wie die Bäume und Sträucher zentimeternah vorbeirauschten, so daß die Haare wehten.

Als Mergan daran dachte, fühlte er weder einen Kälteschauer noch einen jäh beschleunigten Herzschlag; die Sonne blendete die Augen, irgend etwas brummte in seinem Hinterkopf, und die Schatten erschienen gelblich.

»Also, was ist?« fragte Wolodja, sein Pferd zügelnd. »Im Schritt?«

»Wieso im Schritt?« Mergan zwang sich ein Lächeln ab.

Am liebsten hätte er abgesessen und sich ins Gras gesetzt neben einem grauen, beschatteten und vielleicht sogar kühlen Felsblock. Doch dazu gab es jetzt keinen Anlaß.

»Oho-ho-ho!« rief er statt dessen heiser, warf den Kopf zurück und kniff die Augen zusammen – die Sonne bohrte sich ihm in die Lider.

»Na schön«, sagte Wolodja. »Wozu Zeit verlieren ... Mitka! Mitka!« Er hob die Stimme und reckte sich in den Steigbügeln hoch. »Tief runter! Klar? Paß mir schön auf!«

Er ritt los, duckte sich, und das Pferd unter ihm straffte und streckte sich.

»Oho-ho-ho!« rief Mergan.

»Oho-ho-ho! Ho-ho!« schrie Mitka von hinten.

»Runter!«

Mergan schlug seinem Pferd gegen die Flanken und preßte sie mit den Knien. Der Wind schien sich zu verdichten, und in den Augen huschten Schatten, als suchten sie einander zu überholen. Er spürte nicht, wie er dahinjagte. Eine sonderbare Entrückung – als hätten sich seine Augen über die Schläfen hochgeschoben, um zu beobachten, wie der eben noch vertraute Körper im Sattel wippte – hinderte ihn daran, sich auf die Bewegung zu konzentrieren. Er neigte den Kopf tief hinunter, tiefer noch als erforderlich, und rutschte im Sattel seitlich weg. Ihm wurde angst. Dicke, wie eiserne Äste glitten zusammen mit huschenden Schatten über seinem Kopf hinweg. Die Sonne, die nur noch einzelne Strahlen durch das Dickicht schickte, wirkte greller als zuvor. Die Hufe donnerten über das Gestein, die Luft pfiff, alles ringsum tönte und vibrierte. Von Wolodja, der ihn weit hinter sich gelassen hatte, war nichts mehr zu hören. Von hinten klapperten die Hufe von Mitkas Orlik. Die Sonne drückte auf die Augen. Sie sausten durch den Dshangal, alles verfloß zu einem grauen Flimmern.

Die Hufe donnerten, alles schwankte und schwebte, und Mergan befiel kaltes Entsetzen. Er drehte sich im Sattel um, um zurückzublicken. In diesem Moment explodierte die Sonne und ergoß sich als Schmelze vom Himmel – er fühlte sich augenblicklich beruhigt und begann sich ihr erleichtert entgegenzubewegen. Wovor war er denn so erschrocken! So ein Unsinn! Die Sonne, nichts weiter als die Sonne!

Alles, was ihn vor ein, zwei Minuten noch umgeben hatte, war vergessen, er spürte nichts als den Wechsel von Blau und Gold und richtete sich immer mehr auf.

Das Gefühl, was höher und was tiefer war, hatte er eingebüßt; es blieb nur noch ein Fünkchen Bewußtsein, das nicht von der Sonne und der Aufwärtsbewegung, der Sonne entgegen, übergossen war ... mit geschlossenen Augen, dumpfe Laute ausstoßend, reckte er sich in den Steigbügeln empor ... und flog – höher, immer höher!

Nein, er hatte keinen Grund zur Klage. Auch so fügte sich alles mehr als glücklich. Erstens hatte ihn Mysin weggelassen. Er hätte ihn ja auch nicht wegzulassen brauchen, so, wie er ihn vor einer Woche nicht mit Wolodja hatte reiten lassen. Zweitens ... Mitka wußte nicht, was zweitens war. Aber trotzdem, zweitens, drittens und auch zehntens – alles war bestens. Er rutschte im Sattel hin und her. Nein, wahrhaftig, er hatte keinen Grund zur Klage. Bloß, warum durfte er nie den ersten machen? Nein, er wird darüber natürlich kein Wort fallenlassen. Mergan würde ihn sowieso nicht als ersten reiten lassen, er würde ihn bloß ansehen, als hätte er die Frage überhaupt nicht gehört, und sich wegdrehen. Wolodja, der würde ihn vielleicht lassen, aber ihn zu fragen wäre ihm peinlich – daß er nicht gern nein sagt oder es einfach nicht kann, wissen alle, aber Sorgen wird er sich trotzdem machen. Doch wenn Mitka durch irgendein Wunder einmal vorausreiten dürfte – oh, er würde durch den Dshangal preschen, daß die Teufel Ohrensausen bekamen! Wenn ihm nur Orlik keinen Strich durch die Rechnung machte ...

Mitka streckte die Hand aus und tätschelte Orlik den Hals.

»Duck dich, runter!« rief Wolodja ihm zu.

Weit nach vorn gebeugt, tauchte er in den dunklen Schlund des Pfades, der einem Tunnel glich. Schon stürmte, wie er an den Pferdehals geschmiegt, auch Mergan davon.

»Oho-ho-ho!« schrie Mitka auf und bearbeitete mit den Fersen Orliks Flanken.

Orlik schüttelte den Kopf, setzte sich jedoch fast sofort in Bewegung, als verstünde er, daß es sich hier um keinen einfachen Ritt handelte, sondern um ein Ritual, das nicht verletzt werden durfte.

»Oho-ho-ho!«

So ganz tief brauchte sich Mitka eigentlich gar nicht hinunterzubeugen, schlug ihm doch hier sein kleinerer Wuchs zum Vorteil aus. Trotzdem tat er es gern, denn so, mit seinem Pferd, dem Sattel verschmolzen, hatte er das Gefühl, daß es buchstäblich einen Millimeter über seinem Scheitel pfiff und flimmerte. Außerdem donnerten die Hufe, als führe der Pfad nicht durch Buschwerk, sondern zwischen kahlen Felswänden entlang und das Echo greife jeden Schlag auf. Geflimmer, Wind, die Hitze und Feuchtigkeit des Pferdekörpers, wo die Hand den Hals berührte ...

»Ui-ui-ui-ui-juuu!«

Ach, Orlik, Orlik! Immer sind alle schon sonstwo, nur Mitka poltert immer noch im Dshangal herum! Na los doch, los!

Und plötzlich, als er aus einer Biegung herausschoß, hinter der ein gerades Wegstück von vielleicht vierzig Metern lag, sah er verwundert Mergans Rücken vor sich!

Eingeholt!

»Aaah! Gut! Weiter so!«

Mergan ritt so tief über den Pferdehals gebeugt, daß sein Rücken fast eine Horizontale bildete. Mitka bearbeitete noch einmal Orliks Flanken. Er ließ Mergan nicht aus den Augen. Der schien sogar ein wenig seitlich weggerutscht zu sein, um tiefer zu liegen. Jetzt war sein Rücken nicht mehr gerade, sondern fiel nach vorn ab. Und der Kopf hing herunter. So kann man doch gar nichts sehen! Vielleicht wollte er es auch nicht?

Ja, der hat doch Angst! ging es Mitka auf. Angst hat er! Solche Angst, daß er sich nicht traut, den Kopf zu heben! Er ist aus dem Sattel gerutscht! Angst hat er! Angst! Mergan hat mehr Angst als er, Mitka!

Da begann Mergan sich aufzurichten. Zunächst hob er den Kopf, dann die Schultern. Er richtete sich in seinem Sattel auf, wo neue unnachgiebige Äste auf ihn zuflogen. Mitka begriff nicht, was passiert war. Mergan richtete sich auf und wandte den Kopf nach ihm um. Sein Gesicht war schrecklich verzerrt. Ein Schrei kam aus seinem Mund. Es war kein Wort oder Name, kein Schmerzens- oder Entsetzensschrei, es war nicht mehr als ein Laut – schrill, heiser, herzzerreißend: »Ah!« Schon sauste der Schecke unter neues Astgeflecht. Mergan kippte nach hinten; Mitka begann die Zügel straffer anzuziehen. Der Schecke preschte weiter, Mitka bemerkte, wie die Steigriemen zur Seite flogen: Mergan sackte rücklings vom Pferd und brach rechts in das eisenharte Irghaigeäst ein …

Orlik blieb stehen, und Mitka kullerte aus dem Sattel.

Zunächst vermeinte er, Mergan sei gegen einen Ast geprallt, der ihn durchbohrt habe, und jetzt sterbe er wie ein aufgespießter Schmetterling, der mit dem ganzen Körper zuckt und freizukommen sucht. Mitka erstarrte.

»Mergan!« rief er und machte einen Schritt nach vorn. »Mergan!«

Mergan wand sich in Krämpfen, bog sich wie ein Kater. Jetzt rollte er zur Seite, rollte noch einmal ... Nein, er war unversehrt – ein Ast spießte nicht aus seinem Rücken, und Blut war auch nicht zu sehen.

»Mergan!« schrie Mitka, ohne es selbst zu hören, mit dünner, bebender Stimme.

Mergan rollte wieder herum und röchelte.

Mitka hätte näher treten müssen, doch er stand wie angewurzelt. Mergan war nicht wiederzuerkennen, dem Mergan, den er noch vor zehn Minuten gesehen hatte, völlig unähnlich. Er war überhaupt kaum noch menschenähnlich: wand sich wie ein Wurm, zuckte heftig mit den Beinen wie jener Hammel, den er, Mergan, selbst vor einer Woche abgestochen hatte, der Hammel verdrehte die Augen, und dann streckte sich sein ganzer Körper wie schläfrig, und er begann mit den Beinen zu zucken. Mitka, der den Anblick des herausstürzenden Blutes gerade noch ertragen hatte, hielt das nicht mehr aus – er war hinters Zelt gelaufen. Auch Mergans röchelnde Stimme war wenig menschlich, und auf seine Lippen traten Schaumflocken ...

Wolodja! Wolodja!!! wollte Mitka schreien, bekam jedoch nur ein gepreßtes »W-wa ... w-wa!« heraus.

Er wich zurück.

Der Bruchteil einer Sekunde verging, doch er genügte Mitka, sich vorzustellen, wie er Hals über Kopf davonstürzte: er rannte auf dem Pfad zurück, ohne Zeit damit zu verlieren, Orlik am Zügel zu nehmen oder sich auf ihn zu schwingen; er sauste unter dem Astgeflecht dahin, im lichtgesprenkelten Halbdunkel, stolperte über Wurzeln und Steine, blieb mit dem Hemd an Zweigen hängen und prallte an den Biegungen des Pfades mit dem Gesicht gegen das Gestrüpp; er hetzte wie blind vor Entsetzen – fort, nur fort von dem Geröchel, von dem rhythmischen Geschurre des auf den Steinen sich hin und her werfenden Körpers!

Eine gräßliche Unabänderlichkeit lag darin – er hatte das Weite gesucht, und damit war es aus; ein Zurück gab es nicht! Er stellte sich vor, wie er davonrannte, und begriff, daß dieses Davonrennen eines zu Tode erschrockenen Jungen ihn für immer zum Kind machte – zumindest für alle, die die Umstände kannten: für Mysin, Wolodja, Wassiljitsch. Selbst für Klawdia Petrowna.

Er wich zurück, stieß gegen einen Stein ... und da machte er die zwei, drei Schritte, die sie trennten, und sank in die Knie.

»Mergan! Mergantschik! Stirb nicht, bitte! Mergantschik, stirb nicht!«

Angst, Mitleid und Pflichtbewußtsein, die in heftigem Widerstreit miteinander lagen, lösten einen solchen Sturm der Gefühle in ihm aus, daß er gar nicht merkte, wie ihm die Tränen über die Wangen rannen. Ohne sein eigenes Schluchzen zu hören, wiederholte er unablässig, wie eine Beschwörungsformel: »Mergantschik, mein Guter, stirb nicht!«, versuchte ihm die Arme festzuhalten und wischte zwei-, dreimal, von Schluchzern geschüttelt, mit seinem Hemd Mergans schaumbedeckten Mund ab. Und dann ertönte der rettende Ruf, der für ihn ein jähes Glückserlebnis bedeutete:

»Fester, fester halten, verdammt!«

Wolodja sprang irgendwo von hinten hervor, zückte sein Messer, und Mitka sah verdattert, wie er sich mit blitzender Klinge auf Mergan warf, als müsse er ihn umbringen: keuchend vor Anstrengung, mit den Stiefelspitzen den Erdboden zerscharrend, machte er irgend etwas mit Mergans Gesicht – was, konnte Mitka nicht erkennen. Als er sich von ihm löste und das Messer beiseite warf, stellte Mitka fest, daß zwischen Mergans zusammengepreßten Zähnen ein Stück Zweig steckte und aus seinem geöffneten Mund noch stärker Speichel floß.

»Fallsucht, wie's scheint ...«, sagte Wolodja schwer atmend. »Mist, das hat noch gefehlt!«

Die Krämpfe ließen nach; zunächst wurden die Beine still, dann allmählich auch die Arme. Mitka ließ sie los – es kam wieder Leben in sie, doch bewegten sie sich nicht mehr krampfartig, sondern wie die Arme eines Menschen, der eine leidenschaftliche Rede hält.

Wolodja erhob sich und langte nach seinen Zigaretten.

»Wisch ihn ab, Mitka.«
Als Mitka ihm noch einmal mit dem Hemd über den Mund fahren wollte, den Schaum zu entfernen, schlug Mergan die Augen auf.
»Wisch dich ab, Mergan«, sagte Mitka, da er glaubte, Mergan sei zu sich gekommen.
Doch Mergan sah nichts. Seine Augen wechselten von Gegenstand zu Gegenstand, aber was sie sahen, war nicht das, was Mitka jetzt sehen konnte: nicht die Sträucher, die Steine, die Pferde, die Wolken, die Sonne, die mit ihren spitzen Strahlen durch das Asthindernis stach. Er murmelte etwas, was nicht an sie gerichtet war – nicht an Wolodja, nicht an Mitka, sondern an Menschen, die ihn dicht umringten in diesem vorübergehenden Wahn. Er sprudelte unverständliche Worte hervor, in seinem Gesicht spielte es, als sollten alle bisher verborgenen Möglichkeiten der Mimik jetzt binnen zwei, drei Minuten zur Geltung gebracht werden: ein ums andere Mal wiederholte er einen unverständlichen Satz, bis er endlich, allmählich in diese Welt der Sträucher, Felsen, Wolken und Pferde zurückkehrend, ganz deutlich herausschrie:
»Aber das geht doch nicht, so kann man doch Menschen nicht behandeln!«
Im nächsten Moment starrte er Mitka mit trüben Augen an, setzte sich langsam auf, lehnte den Rücken gegen einen Stein und fragte unverhofft düster:
»Was ist denn? He?«
»Nichts«, sagte Wolodja achselzuckend. »Wir machen eine Zigarettenpause.«

Wolodja rauchte, der Rauch hatte es nicht eilig, zu verfliegen, verfing sich im Laub und Gezweig. Wolodja fragte etwas, und Mergan antwortete. Er sprach langsam, als sei das eine neuartige Beschäftigung für ihn, er schien die Wörter wie aus einer Tube zu pressen, in der sie eins hinter dem anderen lagen und aus der sie nur einzeln herauskonnten.
Mitka hörte nicht zu. Er wußte nicht, worauf sich die ersten

verständlichen Worte Mergans bezogen hatten. Niemand hätte es mehr erfahren können, denn Mergan selbst hatte bereits vergessen, was ihm eben noch so deutlich vor Augen gestanden hatte; und er wäre sehr verwundert gewesen, hätte ihm jemand gesagt, daß so ein Satz aus seinem Mund gekommen sei. Mitka bezog seine Worte jedoch auf sich, der Hirt fiel ihm ein, er setzte eine finstere Miene auf, betrachtete mürrisch die Blätter an den Sträuchern, die Steine, die trockenen Zweige auf dem Pfad … Ein dumpfes Schuldgefühl war in ihm, das er nicht gern eingestanden hätte. Natürlich hätte er Wasser holen gehen können, und überhaupt … Er hatte vorher schon gewußt, daß es hier in den Bergen ein eigenes Leben, eigene Vorstellungen von allem gab, auch daß man sich bemühen sollte, diese Vorstellungen zu akzeptieren und sich nach Möglichkeit auf sie einzustellen … Er sah Mergan an – sein Gesicht hatte schon etwas Farbe angenommen.

Mitka stand auf und schlenderte den Pfad ein Stück weiter. Er fand ein Stückchen Feuerstein, den er an seiner Hose rieb. Dann stieß er auf einen Sandaufwurf. Beim genaueren Hinsehen fand er bald, was er suchte – ein paar kleine Trichter, dicht nebeneinander. Sie waren vielleicht streichholztief. Mitka ging darum herum, tastete den Sand mit den Augen ab, entdeckte aber nur kleine schwarze Pünktchen – nein, das war es nicht … Endlich bemerkte er eine große sehnige Ameise, die zielstrebig dahineilte. Mitka deckte die Hand darüber, um sie einzufangen und, vorsichtig zwischen zwei Fingern haltend, in einen der Trichter zu werfen. Der Bär (in dem Trichter lebte ein Ameisenbär) schickte aus seinem Versteck einen Sandhagel nach oben, um die Beute näher heranzuholen, sie beim Bein zu packen und zu sich herunterzuziehen wie unter Wasser. Mitkas Ameise war jedoch nicht so leicht unterzukriegen: zunächst in Verwirrung geraten, schoß sie aus dem Trichter heraus und nahm Reißaus. Mitka packte sie abermals, murmelte eine Ermahnung und steckte sie in die Falle zurück. So ging das drei- oder viermal, und jedesmal bevor er sie wieder dem Ameisenbären zum Fraß vorwarf, sagte er, sie vorsichtig zwischen den Fingern haltend:

»Na schön, das letztemal – dann ist es gut ... Wenn du wegläufst, fange ich dich nicht mehr.«

Wieder kam sie hervor – schwarz, böse, sehnig, dem Tod entfliehend. Mitka streckte seine Hand aus, doch da hörte er:

»He, Mitka! Wo bist du! Weiter geht's!«

Sie saßen bereits im Sattel. Wolodja hielt Orlik am Zügel.

Wie oft hat er sich schon vorgenommen, sich Zeit zu lassen. Wolodja sagt ihm ja auch jedesmal: Laß dir Zeit! Mysin ebenso. Und trotzdem beginnen ihm vor Hast die Hände zu zittern!

Mitka greift nach dem Zügel, macht zwei Schritte und steckt den Fuß in den Steigbügel.

Auch diesmal vergißt er, was man ihm beigebracht hat, schwingt sich regelwidrig in den Sattel und hört nur noch voller Ungeduld, wie sein Herz pocht und hämmert.

VIERTES KAPITEL
DIE SCHILDKRÖTE

1 Als sie in den Hof traten, hörten sie das Geklapper eines Kafgir. Zwischen den Bäumen und den Weinspalieren stieg herber Dunst von überhitztem Öl auf, den die tiefstehende Sonne mit ihren goldenen Strahlen durchlöcherte.

»Das hält man ja nicht aus!« brummte Nuriddin, mißgelaunt nach zwei Stunden Durchsicht und Korrektur von Interlinearübersetzungen. »Wozu das alles? Wozu die Gedichte? Wozu die Interlinearübersetzungen? Hier haben wir den Garten, Erde, Wasser, Bäume ... Luft, Sonne!« Er hob die Arme, warf den Kopf zurück und kniff die Augen zusammen. »Wozu die Gedichte? Wer wird schon meine Gedichte lesen? Werden das vielleicht die Bäume tun? Oder das Wasser? Oder der Wind? Nein, als erster wird Radshab Nosirow meine Gedichte lesen, um sie dann in der Zeitung herunterzumachen! Woooi! Nikita, wird Zeit, daß wir ein bißchen Wodka trinken, wie?«

»Wo sind denn deine ungebärdigen Neffen?« fragte Iwatschow und sah sich um. »Wahrscheinlich haben sie die arme Marta schon zu Tode gequält.«

»Was hast du bloß immer mit dieser Marta, wie ... ich weiß nicht ... wie mit einem kleinen Kind!«

Iwatschow zuckte die Schultern.

Marta tat ihm leid. Besonders im Winter. Dann lag sie meist unter dem Heizkörper. Alle drei, vier Tage überwand dieses rudimentäre Leben, das entgegen den Gesetzen der Natur in ihr fortdämmerte, den Erstarrungszustand der Anabiose, und sie begann sich träge zu bewegen. Trug man sie in die Küche und setzte sie auf den Fußboden vor ein Krautblatt, knabberte sie apathisch daran herum, bevor sie, ein milchiges Sekret ausscheidend, schwerfällig davonkroch, immer geradeaus, in unregelmäßigen Abständen stockend wie ein defekter Mechanismus. Bald stellte sich ihr ein Tischbein oder eine Wand in den Weg. Das Tischbein zu umgehen, schaffte Marta, auf die Wand hingegen reagierte sie mit sinnlosem Starrsinn: statt kehrtzumachen, scharrte sie mit ihren harten bekrallten Pfoten und wollte partout hindurchkriechen. Schließlich riß sich jemand fluchend von seiner Beschäftigung los und wandte ihre ledrige Drachenschnauze in die Gegenrichtung. Dann trottete sie zum nächsten Hindernis.

Wenn Iwatschow ihre zähen winterlichen Anstrengungen beobachtete, versuchte er sich unwillkürlich vorzustellen, wie dieses unglückliche Wesen vorher gelebt haben mochte. Sicherlich hatte es auch für Marta hin und wieder Glücksmomente gegeben ... vielleicht, wenn sie mit vollem Magen in der prallen Sonne lag, der Panzer sich erhitzte, das Blut schneller strömte und wohlige Mattigkeit durch ihren Körper trug. Und ihr Herz klopfte: tuk-tuk, tuk-tuk, tuk-tuk; wenn auch mit langsamen, schwachen Schlägen, unterstützte es den Pulsschlag des Universums ... Dann war sie rücksichtslosen Menschen in die Hände gefallen, die sie bedenkenlos in einen Sack gesteckt und in eine Gegend gebracht hatten, wo Schnee und Kälte sie erwarteten, dort war sie in eine Zoohandlung gekommen und verkauft worden ... schlimm!

»Chajom!« rief Nuriddin, und sogleich schoß der kauende Chajom die Vortreppe zur Frauenhälfte des Hauses herab.

»Nikita-Amak fragt nach seiner Schildkröte, die einen Besuch in ihrer historischen Heimat macht«, ließ ihn Nuriddin mit wichtiger Miene wissen. »Wo ist die Sangpuschtak, hast du sie gesehen?«

Aus Chajoms immer noch kauendem Mund ergoß sich ein Wortschwall, daß Krümel spritzten, er schüttelte dabei verneinend den Kopf und zeigte mit dem Finger in die Tiefe des Gartens, an dessen anderem Ende, inmitten von Grün, die Wand eines zweiten Hauses auszumachen war – dort wohnte einer von Nuriddins Brüdern.

Iwatschow seufzte und wandte sich ab. Wenn so schnell gesprochen wurde, verstand er nichts.

»Das habe ich kommen sehen«, sagte Nuriddin, als Chajom hüpfend zu der Vortreppe zurücklief. »Ich habe ja gesagt – eine

Schildkröte braucht man bloß drei Sekunden aus den Augen zu lassen, und schon ist sie im Gras verschwunden! Sie haben die Schildkröte für einen kurzen Moment neben dem Zaun allein gelassen, um sich ein Stück frisch gebackenen Fladen mit Kaimok zu holen ... Mahbuba-Chola hatte sie gerufen, und als sie zurückkamen, war sie weg ... Aber Chajom-Boi sagt, er könne nichts dafür, schuld daran sei sein älterer Bruder Foteh! Chajom-Boi sagt, er habe vorgeschlagen, sie mit einem Strick am Bein festzubinden, dann hätte Nikita-Amak seine Schildkröte zurückbekommen, aber statt auf ihn zu hören, habe ihm Foteh bloß eine Kopfnuß gegeben.«

Iwatschow lachte.

»Ochir, sangpuschtak raft! Was zu beweisen war!«

»Raft«, bestätigte Nuriddin. »Die Schildkröte hat ihre historische Heimat glücklich wiedergefunden. Ihre Reise ist zu Ende. Sie ist weg in die grünen ... äh ... Wiesen. Wir beide machen jetzt auch raft in die grünen Wiesen! Wenigstens etwas müssen wir doch heute noch zu Ende bringen! Gleich, warte, ich sage nur noch Bescheid, daß man uns inzwischen etwas zu essen macht. Dann sehen wir uns im Garten um ... ich will dir die Bäume zeigen, auf denen ich als kleiner Junge herumgeklettert bin. Komm ...«

An der Vortreppe vorbei und um die Ecke herum gelangten sie zu einem ruhigen, schattigen Plätzchen. Links wurde es durch eine weiß getünchte Lehmhauswand begrenzt, geradeaus durch einen hohen grün umrankten Zaun, rechts durch zwei Granatapfelbäume, oben durch das Geflecht über Holzbalken gezogener Weinreben und unten durch den festgestampften und sauber gefegten Lehmboden. An der Wand stand eine breite quadratische Pritsche, Kat genannt, mit Decken und Kurpatschas. Auf dem Kat saß an einem niedrigen Tischchen – Sandali –, auf dem eine Teekanne und eine Pijola standen, Nuriddins Mutter.

Am Tage ihrer Ankunft – sie hatten ihre Taschen an der Tür abgestellt, um sie begrüßen zu gehen – war Iwatschow, als er verlegen ihre teilnahmsvollen Fragen beantwortete, das Gefühl nicht losgeworden, daß sich die alte Frau über seinen Besuch mehr freute als über den ihres Sohnes. »Söhnchen, bring den Gast ins Haus«, hatte sie schließlich gesagt. »Was soll er hier in der Hitze stehen!«

Bei ihrem Anblick lächelte sie jetzt und zog mit ihren dunklen runzligen Händen den Kopf und Brust verdeckenden Ruimol zurecht. Den einzigen Kontrast zu ihrer hellen Kleidung bildeten die schwarzen Halbstiefel in ledernen Galoschen.

»Tschi chel?« fragte sie Iwatschow freundlich. »Dsho-ji mo naghs mebini?«

»Naghs«, erwiderte Iwatschow und fügte ziemlich unmotiviert hinzu: »Sangpuschtak raft. E ... raft ba watani torichi!«

Er lächelte schuldbewußt, denn das konnte sie nicht einmal auf tadshikisch verstehen. Sie erkundigt sich, ob es ihm bei ihnen gefalle, und er antwortet, ja, es gefällt mir, bloß daß die Schildkröte weg ist, zurück in ihre historische Heimat! ... Was denn für eine Schildkröte?, mußte sie sich denken. Wo soll sie hin sein? In was für eine Heimat? Eine Schildkröte! Für sie war eine Schildkröte nicht mehr als für ihn eine Krähe oder eine Dohle. Eine Sangpuschtak war etwas ganz Gewöhnliches, sie gehörte zu ihrem Leben. Dewona-i rus, dachte sie bestimmt von ihm. Was hat Nuriddin da bloß für einen Dämel von Russen mitgebracht? Wenn er besser Tadshikisch könnte, würde er sich jetzt humorvoll aus der Affäre ziehen, ihr einfach erzählen, wie alles gewesen ist: daß er seiner Tochter angeboten habe, die Schildkröte mit in die Berge zu nehmen und freizulassen – was solle sie sich bei ihnen auf dem kalten Parkett quälen? Die Tochter hatte widersprochen. »Nein«, hatte sie gesagt, »das geht nicht, Marta hat sich hier eingewöhnt.« – »Marta ist ein Kriechtier. Kriechtiere gewöhnen sich nicht an Menschen. Überleg mal selbst, das ist doch kein Hund!« – »Und wer wird ihr dort Krautblätter geben? Hast du daran gedacht?« – »Ja, wer sollte denn Schildkröten in den Bergen Krautblätter geben?« hatte Iwatschows verwunderte Antwort gelautet. »Natürlich ist es schade, daß sie so steinern ist«, hatte die Tochter gesagt und Martas Panzer gestreichelt. »Fährst du eigentlich für lange?« – »Ich weiß nicht«, hatte er erwidert. »Wahrscheinlich ja.«

»Bale, modardshon-am, sangpuschtak raft«, bestätigte Nuriddin und beugte sich ehrerbietig über den Kat, um seiner Mutter lachend etwas zu erläutern.

Die Alte nickte, schüttelte dann ungläubig den Kopf, sah den Sohn zärtlich an und gab schließlich etwas Tröstliches zur Antwort, etwa: Mach dir nur keine Gedanken, Söhnchen, ist schon alles in Ordnung, zwar kommst du selten nach Hause, aber nun bist du jedenfalls da ... Wie geht es dir in deiner Stadt, dem großen Churramobod? Wie man hört, sind die Leute dort ganz und gar aus der Art geschlagen, beschütze dich Gott! Und daß die Schildkröte weg ist – halb so schlimm; sag ihm, er soll sich nichts draus machen, hier gibt es viele Schildkröten, er wird schon eine andere finden. Es genügt, einen Spaziergang zur Festungsruine zu machen ... weißt du noch, Söhnchen, wie viele Schildkröten es dort gab? Als kleine Jungs habt ihr sie aufgelesen wie Äpfel unter den Bäumen. Und sag mir, Söhnchen, hat man euch frische Fladen gebracht? ... Na wunderbar!

Sie durchquerten den Garten. Hinter dem wackligen Flechtzaun lag eine große abschüssige Weide, dahinter sanft ansteigende Hügel. Schrecklich, sich vorzustellen, was die Sonne schon bald aus ihrem Smaragdgrün machen würde.

»Ich habe gestern ein Gedicht geschrieben«, sagte Nuriddin und verzog dabei das Gesicht, als hätte er Zahnschmerzen. »Über Schmetterlinge ... Da ist so ein Bild ... es wird dir gefallen ... Ich blicke sie an. Und meine Blicke werden zu Schmetterlingen ... verstehst du? Und wenn sie geht, umflattern sie Schmetterlinge! Ihr Gesicht! Ihre Brust! Und sie wundert sich, woher all die Schmetterlinge kommen. Und alle fragen – woher kommen bloß all die Schmetterlinge? Dabei sind das einfach meine Blicke! Wenn wir zurück sind, lasse ich eine Interlinearübersetzung machen. Übernimmst du die Nachdichtung?«

»Schmetterlinge?« fragte Iwatschow stirnrunzelnd und überlegte unwillkürlich, wie lange es wohl dauern mochte, bis Nuriddins Schmetterlinge auf russisch aufflattern konnten. »Eine Interlinearübersetzung? Weißt du, Nuriddin, du solltest dir jemanden suchen, der nicht bloß etwas Russisch aufgeschnappt hat. Das sollen Interlinearübersetzungen sein? Lachhaft, so was als Interlinearübersetzungen anzubieten! Einen halben Tag haben wir heute totgeschlagen, und ...« – und plötzlich bemerkte er die Schildkröte.

»Sieh dir das an!« sagte er verdutzt. »Mach was mit ihr! Da ist sie ja wieder!«

Mit ihrem knöchernen Bauch Luzerne niederwalzend, marschierte Marta zielstrebig einen kleinen Aryk entlang zum Haus.

2 »Was spielt das schon für eine Rolle«, sagte Bahrom. »Mir geht es doch um was anderes!«

»Moment!« fiel ihm Nuriddin ins Wort, der behutsam die Gläser füllte. »Kennst du die beste Art, Sauermilch zu essen?«

»Milch?« fragte Bahrom verwundert. Sie sprachen russisch, und offenbar glaubte er den Bruder falsch verstanden zu haben.

»Milch ... Tschakka, Dshurgot ... ja, ja ... Kennst du sie?«

»Äh!« sagte Bahrom. »Die Hauptsache ist die Milch – die passende Art finden wir schon für sie. Stimmt's, Nikita-Aka?«

Iwatschow nickte.

»Dann hör zu«, sagte Nuriddin. »Diese Art hat Nikita entdeckt. Nachdem er Wosifi gelesen hat ... ich habe auch Wosifi gelesen, aber so eine Geschichte habe ich bei ihm nicht gefunden. Nikita hat es. Bravo! Die Geschichte geht so: Ein armer Schlukker kommt zum Palast und verlangt, zum Schah vorgelassen zu werden – er werde ihm beibringen, wie man auf die beste Art Sauermilch ißt. Der Schah denkt verwundert bei sich: Was soll denn das für eine beste Art sein? Alle essen Sauermilch auf ein und dieselbe Art! Auch er selbst ißt von klein auf Sauermilch auf diese Art! Er überlegt hin und her und befiehlt, den Mann vorzulassen und eine Schale Tschakka mit frischem Fladen zu bringen. Der Arme ißt eifrig und unterhält den Schah durch seine Gesprächigkeit – und so, bei Milch, Fladen und Gespräch, gewinnt er seine Freundschaft. Der Schah entlohnt ihn ... überschüttet ihn geradezu mit Gunstbeweisen. Der arme Schlucker kehrt als reicher Mann in sein Dorf zurück. In dem Dorf aber lebt ein Reicher, ein ungehobelter Klotz, der den Hals nicht vollkriegen kann. Er will nun von dem ehemaligen Armen wissen, wie er es geschafft habe, so schnell reich zu werden. »Ganz einfach!« sagt der Arme. »Geh zum Schah, iß vor seinen Augen eine Schale Sauermilch leer, und er wird dir das auf der Stelle vergolden!« Der Reiche denkt: Aha! Wenn der Schah so dumm ist, dann will ich gleich mal hinlaufen! In Buchara angekommen, donnert er an das Palasttor. Man läßt ihn ein. Bringt ihm Milch und Fladen. Mit gierigen Augen zum Schah schielend, schlingt der Reiche unter lautem Geschmatze und ohne darauf zu achten, daß er sich den Bart bekleckert und seinen Chalat bekrümelt, die Milch hinunter. Als er fertig ist und seine Belohnung verlangt, ordnet der erzürnte Schah an, ihm hundert Stockschläge zu verabreichen. Ja, Bahrom, das war in alten Zeiten die beste Art, Sauermilch zu essen. Nikita aber ist weitergegangen und hat diese Art vervollkommnet. Darum ist Nikita unser Muallim in Sachen Sauermilch, ja ... und jetzt wird er uns die allerbeste Art zeigen. Die neueste!«

»Bitte schön«, sagte Iwatschow lachend. »Schau her, Nuriddin, also ... Du nimmst ein Stückchen Fladen ... schöpfst damit ein bißchen Sauermilch ... so ... dann hebst du das Wodkaglas ... das ist das allerwichtigste bei der allerbesten Art ... sagst ›Nuschbod!‹ ...«, erklärte er und begleitete seine Worte mit den entsprechenden Gesten, »und ißt nach. Das also ist die allerbeste Art. Die vollkommenste! Hast du es endlich verstanden, Nuriddin? Oder soll ich dir das Ganze noch einmal zeigen?«

»Nein, nein!« erwiderte Nuriddin. »Ich kann dir auch die beste Art zeigen, Sauermilch zu essen. Du nimmst zwei Stengel Gaschnis ... legst sie zusammen, so ... dann Sauermilch ... trinkst deinen Wodka ... Aaaah! Und ißt die Kräuter nach. Diese Art ist noch besser.«

Bahrom, der von einem zum andern blickte, trank auch, zögerte einen Moment und biß in eine unreife Aprikose.

»Mein Bruder Bahrom will gar nicht wissen, was die beste Art ist, Sauermilch zu essen«, bemerkte Nuriddin vorwurfsvoll.

»Ach, ist doch egal! Diese Art oder jene ... Was ich sagen wollte ... Du meinst, jetzt, wo jeder seiner Zunge freien Lauf lassen darf, wird alles gut! Tatsächlich? Und was ist mit Baku?«

Fragend sah er Iwatschow an. Der wußte nicht, was er sagen sollte. Bahrom war kein Lyriker, sondern Kraftfahrer, weshalb mit ihm kein so unbeschwertes Gespräch zustande kam wie mit Nuriddin. Man wußte nicht, worauf man sich einließ. Er war ja ein sympathischer Kerl, aber ... Iwatschow wandte den Blick ab und griff nach der Pijola.

»Ich verstehe überhaupt nicht, was die dort wollen, in diesem Baku!« Bahrom winkte trübselig ab. »Wozu soll das gut sein? Wer hat sie auf so was gebracht? Darf man denn Menschen einfach aus ihrem Haus vertreiben?«

Wieder sah er Iwatschow an.

»Nein, natürlich darf man das nicht ... das ist klar«, sagte der.

»Sie sagen ihnen einfach: Ihr seid Armenier, ihr habt uns Karabach-Marabach weggenommen ... was weiß ich noch! Jetzt fahrt mal schön nach eurem Jerewan! ... Als ob das ein und dieselben Leute wären! Wie denn das? Das sind doch ganz andere! In Karabach leben Armenier und in Baku ganz andere! Weswegen müssen die vertrieben werden? Weil sie Armenier sind? Soll ich dann vielleicht zu meinem Nachbarn Gafur gehen und ihm sagen: Du bist Usbeke, Gafur! Fahr du mal nach Taschkent, dort leben die Usbeken! Hier wollen wir dich nicht mehr haben, hier leben ab jetzt nur noch Tadshiken! Soll ich es auch so machen?«

Iwatschow nahm einen Aprikosenkern vom Tellerchen. Er schmeckte bitter.

»Der reinste Irrsinn!« sagte er. »In der Zeitung schreiben sie – Prügeleien, Rowdytum ... Ich kann mir vorstellen, was da los ist!«

»Von wegen, Nikita-Aka!« Bahrom lachte auf. Dem Gast zu widersprechen war ihm offensichtlich unangenehm. »Von wegen! Prügeleien! Rowdytum! Das steht bloß so in der Zeitung ... Von wegen! Ubaidulla Ghaniew – du kennst ihn doch, Nuriddin? ...«

»Möchte sein«, Nuriddin nickte. »Sein Bruder ging in unsere Schule. Er wurde Löffel genannt, weil er so riesige Ohren hatte. Dazu hat ihm sein Vater immer den Kopf kahlgeschoren. Und dann diese Segelfliegerohren …«

»Ja, ja, Nuriddin«, sagte Bahrom ungeduldig. »Darum geht es nicht … Dieser Ubaidulla ist in Baku bei der Armee gewesen und hat dort eine Armenierin geheiratet. Den alten Ghaniew hat das sehr verdrossen. Er spielte mit dem Gedanken, ihn zu verfluchen. Ubaidulla aber hat geheiratet, und basta! Und wie das bei uns so ist – drei Jahre später, als schon zwei Kinder da waren, kamen sie zum Vater um gut Wetter bitten – Sohn, Schwiegertochter und Enkel … Wie sollte er nicht verzeihen! Sie versöhnten sich … Dieser Ubaidulla also …«, Bahrom machte eine Pause und richtete den Blick von Nuriddin auf Iwatschow, »vor drei Monaten hat er alles stehen- und liegenlassen und ist mit zwei Bündeln – Frau und Kinder nicht gerechnet – zum Vater zurückgekehrt!«

»Zum Vater zurückgekehrt? Er hatte sich doch gut dort eingerichtet, wie ich hörte«, sagte Nuriddin verwundert.

»Prügeleien! Rowdytum! Von wegen, Nikita-Aka! Dort werden Menschen einfach umgebracht!« sagte Bahrom. »Er hat mir davon erzählt! Urteilen Sie selbst, Nikita-Aka – was muß man Ihnen wohl antun, daß Sie Ihren ganzen Besitz verkaufen und in die Heimat fliehen? Bloße Worte hätten dazu nicht ausgereicht. Pah, die Zeitungen! Ganze Armenierfamilien werden umgebracht … verstehen Sie?«

Nuriddin preßte die Lippen aufeinander und schüttelte besorgt den Kopf.

»Wie das!« Er sah den Bruder beunruhigt an. »So hat Ubaidulla es dir gesagt?«

»Ja, ja!« Bahrom nickte. »Um ehrlich zu sein, ich glaube ihm auch nicht … Er …«, Bahrom suchte nach den passenden Worten, »gar zu schlimme Sachen erzählt er. Das kann man sich gar nicht vorstellen … Angeblich haben sie Kinder zum Fenster rausgeworfen. Da geht der Horror nun wirklich zu weit.« Wieder sah er Iwatschow lächelnd an, als bitte er um Nachsicht.

Der nahm noch einen Aprikosenkern, um ihn aufmerksam zu betrachten. Er unterschied sich in nichts von dem anderen.

»Ich weiß nicht«, sagte er. »Andererseits, wenn es irgendwo zu einem Pogrom kommt, dann läuft die Sache nach dem vollen Programm ab ... Kinder muß man natürlich zum Fenster rauswerfen ... gegen Männer mit Messern, mit angeschliffenen Eisenstücken vorgehen ... Frauen vergewaltigen und ihnen die Brüste abschneiden ... Besitz plündern. Und nach Möglichkeit alles in Flammen aufgehen lassen.«

Eine Weile schwiegen sie.

»Weil in jedem Menschen ein Ashdar wohnt!« sagte Nuriddin plötzlich düster. »Dieser Ashdar ... wie übersetzt man das doch gleich?«

»Drache«, soufflierte Iwatschow.

»Genau, Drache! Der frißt den Menschen von innen auf! Wie kann der Mensch gut sein, wenn der Drache sein Herz in Stücke reißt? Sowie er auf den Gedanken kommt, gut sein zu wollen, sowie er seine Hand ausstreckt, um ein gutes Werk zu tun, beißt sich der Drache mit allen seinen Zähnen in ihr fest – oi, oi, oi! Wie weh das tut! Ihm steht nicht mehr der Sinn nach guten Werken! Solange der Mensch nicht dieses Ungeheuer in sich tötet ...«, Nuriddin preßte die Fäuste zusammen, als gelte es, einer Gans die Luft abzuschnüren, »kann nichts Gutes herauskommen. Mit wem und wofür du auch kämpfst, es kann nichts Gutes herauskommen, solange du den Drachen nicht tötest ... Das sage nicht ich euch, das hat Nosir Chusrau den Menschen gesagt! Im elften Jahrhundert! Vor tausend Jahren! Nikita, er hat hier, in Kabodijon, gelebt ... Trinken wir darauf, daß der Drache krepiert!«

Bahrom seufzte.

»Lieber Nuriddin, ich glaube dir«, sagte er. »Du bist mein älterer Bruder, du bist ein gebildeter Mann ... du bist ein Lyriker, du wohnst in der Stadt ... Aber was hat das mit einem Drachen zu tun, Nuriddin? Das sind schöne Worte – Drache! Herz! Ungeheuer! Nosir Chusrau hat vor tausend Jahren gelebt! Und wenn das nun wahr ist, was Ubaidulla Ghaniew, den wir von klein auf kennen, erzählt? Wäre vielleicht vor tausend Jahren möglich gewesen, was heute geschieht?! Ja, töte den Drachen in dir, und während du dabei bist, ihn zu töten, kommen Leute und stechen dich ab! Ganze Familien werden abgeschlachtet, sagt er! Nun, vielleicht übertreibt er, aber nicht sehr! Was sollen sie also tun? Den Drachen in sich töten?! Und inzwischen kommen andere Leute zu ihnen ins Haus und töten sie selber, allesamt – Frauen, Kinder, Männer! Ist das denn vorstellbar?« sagte Bahrom, den Blick wieder auf Iwatschow gerichtet und mit der Hand fuchtelnd. »Die Tür geht auf, Leute kommen herein und bringen dich um, weil du ein Armenier bist und kein Aserbaidshaner?! Vergewaltigen deine Frau?! Werfen deine Kinder zum Fenster raus?! Wie denn das?! Für mich ist das unvorstellbar …«

»Für wen ist es denn vorstellbar?« fragte Iwatschow mit einem schiefen Lächeln.

»Und was hat das dann mit dem Drachen zu tun? Kann vielleicht der Drache etwas dafür, daß du keine MPi hast? Das ist deine Angelegenheit! Wenn du eine MPi hättest, wenn dein Nachbar eine hätte – ja, dann …« Bahrom verstummte und schlug sich mit der Faust aufs Knie.

Nuriddin war versucht zu widersprechen, ließ es aber sein.

»Nikita-Aka, Sie sind ein gebildeter Mann«, sagte Bahrom. »Ich weiß nicht, wer Wosifi ist, aber er hat eine lebensechte Fabel geschrieben! Ja, eine lebensechte! Ich will sagen, man versteht auf dieser Welt nicht mehr, wer klug ist und wer dumm! Die Menschen müssen völlig den Verstand verloren haben. Sie wissen selbst nicht, was sie tun! Als ich in Kurghon-Teppa gearbeitet habe, hatten wir auch einen Armenier. Ein ganz normaler Mensch, über den sich keiner beschweren konnte! Sicher, er war ein bißchen … wie sagt man das auf russisch? Nun, er liebte sich selbst …«

»Auf seinen Vorteil bedacht«, half Iwatschow aus, »sah zu, daß er nicht zu kurz kam.«

»Genau! Daß sein Vorteil nicht zu kurz kam! Aber wer von uns möchte nicht für Frau und Kinder sorgen? Wie kann man deswegen jemand verurteilen? Natürlich möchte er, daß sich die Frau schön kleidet, daß die Kinder satt sind und was Ordentliches lernen können, daß sie Bücher haben, Spielzeug … Nein, ich kann das nicht verstehen! Ein ganz normaler Mensch!«

Bahrom nahm vom Dastarchon ein Stück Fladenbrot, zupfte ein Bröckchen ab und begann kopfschüttelnd konzentriert zu kauen.

»Ach, Bahrom!« sagte Nuriddin düster. »Was erzählst du da! Was heißt ein normaler Mensch! Wenn nun dein Armenier kein normaler Mensch gewesen wäre, könntest du dann verstehen, warum die Armenier jetzt in Baku massakriert werden? Ja?«

»Natürlich nicht!« entrüstete sich Bahrom. »Warum redest du so! Natürlich nicht! Ich kapiere überhaupt nicht, was sie da tun! Als das in Fergana passierte, da konnte ich es verstehen! Dort hatten die türkischen Meschen die Macht an sich gerissen! Die Usbeken sahen sich das lange an, bis ihnen schließlich der Geduldsfaden riß … da ging es eben los … Das ist begreiflich! Ich kenne diese türkischen Meschen! Bei uns hat einer von ihnen gearbeitet! Reichst du ihm den kleinen Finger, beißt er dir den Arm bis zum Ellbogen ab! Und sag ihm bloß was – gleich kommt noch einer angerannt und gebärdet sich wie ein tollwütiger Hund! Die sind so! Das leuchtet mir ein! Aber die Armenier! Nein! Das kapier ich nicht!«

»Bei den türkischen Meschen versteht er es!« brummte Nuriddin, »bei den Armeniern aber nicht! Ach, Bahrom! Vielleicht hatten die Armenier in Baku auch die ganze Macht an sich gerissen! Hm? Hast du nicht daran gedacht? Du kommst zum Milizchef – ein Armenier … zum Richter – auch ein Armenier … im Stadtexekutivkomitee – Armenier! Wenn es begreiflich ist, daß man die türkischen Meschen vertrieben hat, wieso ist es dann nicht begreiflich, daß man die Armenier vertreibt?«

»Was redest du da!« rief Bahrom und sprach in empörtem Tonfall tadshikisch weiter. »Wie kannst du nur! Ist das vielleicht dasselbe, ob im Stadtexekutivkomitee ein Armenier sitzt oder ein türkischer Mesche?! Ich bitte dich, Nuriddin! Ich sage dir doch, ich habe mit einem Armenier gearbeitet! Und mit einem türkischen Meschen auch! Ein himmelweiter Unterschied!«

Nuriddin warf zunächst die Arme hoch, und unter heftigem Gestikulieren verfiel er gleichfalls in einen empörten Redeschwall.

Iwatschow gab es auf, ihrem Disput zu folgen, auch wenn einzelne Bruchstücke ihres hektischen Wortwechsels dennoch in sein Bewußtsein drangen. In der Hand wiegte er die Pijola, und in seinem Kopf war ein angenehmes Rauschen. Die fremde Sprache gedieh in ihm so kümmerlich wie Bäume auf einem unfruchtbaren Boden. Er gab sich alle Mühe – las täglich, übersetzte eine Seite, lernte Vokabeln ... wenn er nach Moskau fuhr, schrieb er an Nuriddin Briefe, und er pflegte nicht nur mit der Formel »Duo-ji salomati-ji tu-am« zu schließen, die es ihm so angetan hatte, sondern benutzte noch Dutzende andere solcher Lehrbuchwendungen. Wenn er schon als Kind Tadshikisch gelernt hätte, würde es ihm jetzt bestimmt keine Schwierigkeiten bereiten. Er könnte sich darin von gleich zu gleich bewegen ... Es ist doch seltsam, in Churramobod geboren, aufgewachsen, zur Schule gegangen und mit Tadshiken befreundet zu sein und doch keinen blassen Dunst von der Landessprache zu haben, abgesehen von ein paar zufällig hängengebliebenen Wörtern wie *tiresa* (Fenster) oder *talaba* (Schüler). Und das lag gar nicht mal so sehr daran, daß sich die Tadshikischlehrer an der Schule nicht lange gehalten hatten. Wenn einer ging, kam bald darauf ein neuer, ebenso ärmlich gekleidet, gehemmt, des Russischen kaum mächtig. Der Unterricht mußte für sie eine Art Folter gewesen sein, die Klasse wieherte in einem fort ... kaum drehte sich der Lehrer zur Tafel um, wurde er mit weichgekauten Papierkugeln beschossen, einmal pfefferte der schwachköpfige Nekrassow ein Tintenfaß gegen die Wandtafel, das einen halben Meter neben dem Kopf des Märtyrers explodierte – das besprietzte Gesicht, in dem die weißen Lippen bebten und zuckten, bot einen grauslichen und zugleich urkomischen Anblick. Völlig klar, daß diese Lehrer niemandem etwas beibringen konnten, wußten sie doch selbst nicht recht, wie man das machte, und vor allem wollte keiner etwas lernen. Zudem befanden die Erwachsenen, daß kein Mensch Tadshikisch brauchte. »Tadshiiiiiiiikisch?! Wozu?« Erster Sekretär des ZK der Partei hatte ein Tadshike zu sein, Betriebsdirektor ebenso, doch hinter ihrem Rücken wirkten stets betriebsame russische Stellvertreter. Von den Tadshiken wurde Beherrschung des Russischen verlangt, damit sie verstanden, was ihnen geraten wurde, und nicht umgekehrt. Russe zu sein war ein großes Plus, Tadshike dagegen gar nicht so gut, irgendwie peinlich – Tadshike ... ein *Tierchen* ... auch wenn man keinen Chalat trug, nicht aus dem Kischlak kam, sondern ein Städter war, etwas gelernt und sich ein europäisches Erscheinungsbild zugelegt hatte, seine *Tierchen*-Qualitäten wurde man nicht los. »Ja, was denn! Ein *Tierchen* ist ein Vogel, der nicht fliegen kann!«

Wahrscheinlich haben sie uns auch verachtet, ging es Iwatschow plötzlich durch den Sinn, und ernüchternde Hitze überlief sein Gesicht. Genau! Sie haben uns bestimmt verachtet – diese selbstzufriedenen Russen, die immer auf wichtigen Posten saßen ... die stets nur ihre russischen Belange im Blick hatten ... die sich davor ekelten, mit *Tierchen*-Problemen auch nur flüchtig in Berührung zu kommen ... die auf der dünnen Kruste ihres russischen Städterlebens lebten, unter der das ewige Magma einer fremden Existenz brodelte, des *Tierchen*-Lebens – unverständlich, abstoßend, schmutzig, stumpfsinnig, uninteressant ...

»Wie?« fragte er zusammenzuckend.

»Ich sage, bei den Tadshiken wird es niemals so etwas geben«, wiederholte Nuriddin. »Niemals!«

Bahrom nickte zustimmend.

»Ich kenne mein Volk!« sagte Nuriddin. Beim Einschenken verschüttete er Wodka. »Das ist ein ... wie soll ich sagen ... ein naives Volk, ein Volk mit reinem, offenem Herzen ... keine Mühsal des Lebens kann ihm die seelische Lauterkeit nehmen ... Worauf ich mit euch trinken möchte ... Trinken wir darauf, daß mein Volk irgendwann seinen Festtag erlebt! Daß es ein echter Naurus wird! Ich glaube daran, daß für mein Volk der Naurus kommen wird! Ich glaube daran! Und ich werde ihn lauthals verkünden!

Ich werde ihn verkünden wie der Hahn den Tagesanbruch! Mag man auch den Hähnen, die zu früh schreien, den Kopf abhacken! Mag ich so ein Hahn sein! Mag man mir den Kopf abhacken, wenn ich zu früh schreie, nicht eine Sekunde lang werde ich es bereuen! Trinken wir!«

»Omin«, sagte Iwatschow. »Kalima-i chuschrui!«

3

Chajom stand am Saporoshez und beobachtete, wie Iwatschow Marta in einen Karton setzte.

»Ja, so ist das«, sagte Iwatschow verlegen. »Diese Schildkröte hat sich als sehr eigenwillig entpuppt. Sie denkt gar nicht daran, uns zu verlassen. Dabei habe ich behauptet, daß Schildkröten sich nicht an Menschen gewöhnen!«

Chajom lachte schüchtern.

»Na, macht nichts!« Nuriddin kam mit einer Tasche aus dem Haus. »Jetzt fahren wir sie dorthin, wo sie bestimmt das Weite sucht. Von da ... wie sagt man gleich? ... keine zehn Pferde bringen sie wieder von da weg! Es ist das Paradies auf Erden! So ein Fleckchen gibt es nicht noch einmal. Stimmt's, Bahrom?«

Bahrom blickte seit dem frühen Morgen ziemlich finster drein.

»Tschil duchtaron. Ein Masor. Ein heiliger Ort ... Nein, nicht dahin, stell ihn auf den Sitz.«

Chajom sah seinen Vater hoffnungsvoll an, ohne ein Wort zu sagen.

»Haben wir auch nichts vergessen? Na, dann los ...« Bahrom zögerte und fragte, ohne den Kopf zu wenden: »Was stehst du da, Chajom? Willst du nicht mit?«

Chajoms Augen leuchteten auf, doch zugleich setzte er nach Erwachsenenart eine ernste Miene auf, zog im Bewußtsein der schweren Verantwortung, die er auf sich nahm, die Brauen zusammen und beeilte sich einzusteigen.

Iwatschow saß vorn, den Ellbogen zum Fenster hinausgesteckt, und kniff die Augen zu im Fahrtwind, der gesättigt war mit dem süßlichen Duft der blühenden Dshigda. Der Saporoshez sauste die Chaussee entlang durch ein Tal, alles ringsum war grün – bis auf den blauen Himmel.

Bahrom, dem die Kombination von Sonnenbrille, Schnurrbart und stämmiger Gestalt das Aussehen eines gedungenen Mörders gab, summte eine simple Melodie vor sich hin und beschränkte seine Gesprächsbeteiligung auf ein undefinierbares Ächzen.

Nuriddin und der glückstrahlende Chajom hatten es sich auf dem Rücksitz bequem gemacht.

»Wie's vor tausend Jahren war, so ist es auch heute«, sagte Nuriddin mit hoher Stimme, das Motorengeräusch überschreiend. »Die Leute ändern sich nicht, Bahrom! Das ist mir schon lange klar! Sie sind schon immer so gewesen! Alle Propheten kamen in eine Welt, die stets die gleiche war! Sarduscht genauso wie Budda, Isso und Muhammad – sie alle kamen in eine Welt, die genauso böse und genauso gut war! Nosir Chusrau lebte auch nicht unter anderen Menschen als wir heute! Weißt du, wann mir das klargeworden ist?«

Bahrom gab einen Ächzer von sich.

»Als ich in einem Buch eine Abbildung gesehen habe ... ein Wandbild ... wie heißt das doch gleich?«

»Freske?« fragte Iwatschow.

»Genau! Eine Freske!« rief Nuriddin erfreut. »Aus Pompeji! ›Die Dichterin‹ heißt sie! Tausend Jahre alt! Die Zartheit ihres Gesichts ... wie sie die Rohrfeder hält und draufbeißt ... ihre Augen ... alles sagt mir, daß sie über das gleiche nachdenkt wie ich! Wir beide sind von gleicher Art! Nur daß ich heute lebe, während sie vor tausend Jahren gelebt hat! Das ist der einzige Unterschied!«

»Und die Elektrizität?« brummte Bahrom und rückte die Brille zurecht. »Was heißt – der einzige Unterschied!«

»Was hat die Elektrizität damit zu tun!« rief Nuriddin aufgebracht. »Ich spreche von der Seele! Die Seele ändert keine Elektrizität! Nosir Chusrau sagt – töte den Drachen in dir! Wie vor tausend Jahren, so lebt auch heute der Drache im Menschen!«

»O nein«, widersprach Bahrom. »Früher besaßen die Menschen mehr Güte.«

»Mehr Güte?! Nicht nur Lebende haben sie umgebracht – selbst den Toten gönnten sie keine Ruhe! Du weißt, daß unser großer Ustod, der fast als Prophet zu bezeichnende Weise Adurrahmon Dshomi, lebenslang von Feinden verfolgt wurde, die es nicht wert waren, ihm die Füße zu küssen! Des Lebenden konnten sie sich nicht bemächtigen, doch als er tot war und die Schiiten Herat eroberten, ohne an den Leichnam heranzukommen – weißt du, was sie da gemacht haben, Bahrom? Du sagst, die Menschen hätten mehr Güte besessen! Weißt du, was diese Menschen, in denen der Drache lebte, getan haben?!« Nach einer kleinen Pause setzte Nuriddin hinzu: »Sie haben sein Grab niedergebrannt!«

»Wie denn das – sein Grab niedergebrannt?« sagte Bahrom befremdet. Ääh, fatsch-u latsch ... Verrückte hat es schon immer gegeben.«

Er nahm die Brille ab und warf sie auf das Armaturenbrett.

»Verrückte!« brummte Nuriddin. »Wenn man es so sieht, ist die ganze Welt längst verrückt!«

»Nikita-Amak«, erkundigte sich Chajom besorgt, den Mund an Iwatschows Ohr. »Bewegt sie sich?«

»Und ob!« erwiderte der. »Ganz schön quirlig geworden.«

Wenige Minuten später bogen sie von der Chaussee ab.

»Tschil duchtaron. Ein heiliger Ort. Da, seht ihr die Bäume?«

Ende Juni, wenn die Sonne ihr Vernichtungswerk vollendet hatte, verwandelte sich die Steppe in eine graugelbe staubige Wüstenlandschaft, und nur die Eidechsen und Heuschrecken gaben noch ihre unverwüstlichen Lebenszeichen von sich. Jetzt aber breitete sich ringsum eine leuchtendgrüne Ebene aus. Weiter vorn am Horizont war ein dunklerer Fleck auszumachen – eine mit hohen Bäumen bestandene Oase.

»Platanen?« fragte Iwatschow erstaunt.

Bahrom nickte.

»Platanen, Weiden ... da ist Wasser.«

»Noch vor zwei Jahren hätte keiner an so was gedacht!« sagte Nuriddin.

Iwatschow drehte sich um. Nuriddin sah mit blicklosen Augen zum Fenster hinaus, hinter dem sich die grüne Steppe hinzog und der Wind den Duft der längs der Straße blühenden Dshigda zu ihnen hereinwehte.

»Vor zwei Jahren wäre es keinem in den Sinn gekommen, in Häuser einzubrechen ... Menschen zu mißhandeln ... sie umzubringen. Wie ist das möglich? Was ist geschehen?« Ihre Blicke trafen sich. »Was ist bloß passiert, Nikita-Amak? Wie konnte es dazu kommen?«

»Was passiert ist?« sagte Iwatschow hart und wandte die Augen ab. »Du bist wie ein kleines Kind, Nuriddin! Die Freiheit haben sie gerochen!« Er hob die Faust. »Und wennschon Freiheit, dann für alles und alle! Erinnere dich, wie wir vor zwei Jahren davon geträumt haben, dich gedruckt zu sehen. Egal ob im Original oder übersetzt. Hast du das vergessen? Alles wurde abgelehnt! Als inaktuell abgetan! Dabei war alles aktuell, es gab bloß keine Freiheit! Und jetzt! Zwei Bücher von dir sind erschienen! Dutzende von Publikationen liegen vor! Man reißt dir alles aus der Hand! Du kommst gar nicht nach mit Schreiben! Alles wollen sie herausbringen – in Rußland, in Churramobod, alles! Freiheit! Wie schön! Bloß bedeutet das Freiheit für alle! Du sprichst selber von dem Drachen! Auch den Drachen kommt die Freiheit zugute!«

Er verstummte und warf sich auf dem Sitz herum. Vor seinen Augen flimmerte das graue Band der Straße.

Die Oase kam näher, schon war zu sehen, wie sich die Wipfel der riesigen rauschenden Platanen wiegten.

»Nein«, sagte Nuriddin mit tonloser Stimme. »Nein, hier wird es das nicht geben.«

Bahrom setzte mit einem leisen Fluch die Brille wieder auf.

»Bewegt sie sich?« fragte Chajom.

4 Nuriddin und Bahrom blieben beim Auto – im Schatten einer über den Bachrand geneigten großen Weide –, während Iwatschow unter den Bäumen dahinschlenderte. In seinem Kopf rauschte es, als hätte er dreihundert Gramm von dem starken Churramoboder Wodka getrunken.

Über einem Felsenbecken schoß silberhelles Quellwasser flimmernd hoch, stürzte schäumend herab, um allmählich zur Ruhe zu kommen und als breiter klarer Bach an Bäumen und Menschen sanft vorbeizufließen. Um das Becken herum standen, wie in ein Gespräch vertieft, gewaltige schützende Platanen. Ihre Stämme waren nur von drei, vier Menschen zu umfassen, und ihre graugrüne Rinde hatte die Reinheit von Kinderhaut.

Goldbarren gleich schimmerten riesige Fische im durchsichtigen Wasser, bewegten träge ihre Flossen oder wechselten mit einer plötzlichen Schwanzbewegung zu einer anderen Stelle.

Sie zeigten keine Angst, wenn die Menschen – die Erwachsenen mit einem Gebet auf den Lippen, die Kinder einfach um sich zu erfrischen – in das Wasser stiegen und zusammen mit den Fischen darin herumschwammen. Und stellte sich einer, der sich ausgeplanscht hatte, auf den Grund, so steuerte sogleich ein Schwarm seine Füße an – sei es, um ihm einfach seinen Gruß zu entbieten, oder in der Hoffnung, zwischen seinen Zehen etwas Eßbares zu finden oder aber im aufgewühlten Schlamm einen Wurm aufzuspüren.

Die Fische zeigten vor den Menschen ebensowenig Angst wie die Menschen vor den großen Schlangen, die mit ihren mit langen Schnurrbärten besetzten schwarzen Köpfen langsam die silbergraue Wasserfläche durchzogen.

Alle lebten hier als Gemeinschaft, und keiner fühlte sich von jemandem bedroht.

Iwatschow legte den Arm um Chajom, der schmiegte sich an ihn, und so saßen sie, ohne auf die Zeit zu achten, auf einem grünen Grasbuckel neben dem quadratischen Becken, in dem die Zauberquelle emporschoß.

»Chajom-Boooi! Eeeh, Chajom-Boooi!«

»Sie rufen uns«, sagte Iwatschow bedauernd. »Gehen wir?«
Chajom nickte. Und plötzlich fiel ihm ein:
»Die Sangpuschtak! Wir müssen sie rauslassen, Nikita-Amak!«
»Gleich lassen wir sie laufen«, sagte Iwatschow. »Das ist genau der richtige Moment. Ich habe meiner Tochter versprochen, es in den Bergen zu tun. Sie ist ein bißchen älter als du, Chajom. In Moskau lebt sie ... Aber hier ist es besser als in den Bergen.«
»Natürlich ist es hier besser!« pflichtete Chajom ernsthaft bei. »Ein heiliger Ort. Ein Masor.«
Sie gingen zum Auto.
»Die Sangpuschtak?« sagte Chajom enttäuscht, als er in den leeren Karton sah.
»Da!« sagte Nuriddin. »Als ob ein Panzer entlanggefahren wäre!«
In dem frischen grünen Gras zeichnete sich eine handbreite Spur ab, die sich weiter weg auf einem flachen Hügel verlor.
»Da sieht man mal, was die richtige Heimat ausmacht!« erklärte Nuriddin. »Kaum hatte ich sie aus dem Karton herausgenommen, ist sie los! Und nicht ein Mal – ob du's glaubst oder nicht, Nikita-Amak –, nicht ein Mal hat sie sich umgedreht! Im Nu war unsere Freundschaft vergessen!«
»Na, Gott sei Dank«, sagte Iwatschow. »Wie heißt es doch: Chudo dod, Chudo girift!«
Bahrom, der sich an der Feuerstelle zu schaffen machte, schüttete zerkleinerte Möhren in den Kessel und fragte zwinkernd:
»Nikita-Amak, haben Sie auch nicht die beste Art vergessen, wie man Sauermilch ißt?«
Iwatschow schüttelte den Kopf. Etwas kitzelte ihn an der Hand. Es war ein kleiner grauer Käfer.
»Keine Angst!« sagte Bahrom. »Das ist ein Charak-i chudo!«
»Ein Gotteselchen?« fragte Iwatschow. Die Sonne blendete, alles ringsum war grün und golden. Die Augen tränten. »Wozu braucht Gott so ein Eselchen?«
»Er wird einfach so genannt!« sagte Bahrom achselzuckend.
»Was heißt – wozu? Was heißt – so genannt! Gott braucht alles!«

rief Nuriddin. »Chajom! Schau dich um! Siehst du?« Lachend klatschte er in die Hände, stand auf, faßte den Jungen bei den Händen und tanzte mit ihm durch das hohe Gras. »Sieh! Das ist deine Heimat!« sang er laut. »Siehst du es? Alles braucht Gott! Das ist Gottes Eselchen! Das ist Gottes Gras! Das ist Gottes Mohn! Sieh, Söhnchen! Das sind Gottes Berge! Das ist Gottes Himmel! Das sind Gottes Menschen! Siehst du es?«

Bahrom stellte Gläser bereit und machte eine Flasche auf.

Lächelnd legte sich Iwatschow ins Gras und blickte zum Himmel hinauf.

Hoch oben im wolkenlosen Blau kreiste, nach Beute spähend, langsam ein Geier.

FÜNFTES KAPITEL
ZUGEHÖRIG

Bud, nabud, jak kas-e bud ...

1 Er bog den Rücken gerade und wischte sich mit dem Handrücken den Schweiß von der Stirn.

»Sirodshiddin! He, Sirodshiddiiin!«

Die Stimme klang schrill und wutgeladen.

Makuschin ließ die Axt neben den Haufen zertrümmerter Kisten fallen und ging ohne Eile zur Hintertür.

»Da ist er!« schnaubte der dicke Kosim, die fleischigen Fäuste ballend. »Da ist er! ... Hammel! Schädling! Mistkerl! Der Teufel hat dich mir auf den Hals geschickt!«

»Was schreist du so?« fragte Makuschin, indem er unwillkürlich zurückwich.

»Was ich schreie!« kreischte der dicke Kosim. »Er fragt, was ich schreie! Ich habe schon immer gesagt, daß dümmer als die Russen nur noch die vom Pamir sein können! Hast du die Ölkanne in den Weg gestellt? Ob du sie in den Weg gestellt hast, will ich wissen!«

In der Pastetenbäckerei herrschte Halbdunkel – die Glühlampe war schon lange durchgebrannt, und durch das breite niedrige Fenster über dem Tresen, an dem die Pasteten des dicken Kosim an die Passanten verkauft wurden, fiel an diesem regnerischen Morgen nur spärliches Licht.

»Hast du sie in den Weg gestellt?« Kosim konnte sich nicht beruhigen. »Du!«

Beim näheren Hinsehen bemerkte Makuschin auf dem Fußboden eine glänzende Lache, die einem verstaubten Spiegel glich.

»Acht Liter! Du wirst mir diese acht Liter bezahlen! Bis auf die Kopeke wirst du sie mir bezahlen!«

»Gucken muß man, wo man hintritt«, entgegnete Makuschin. »Sie hat schon immer da gestanden, die Metallkanne ... Farhod kann es bestätigen.«

Farhod wendete gelassen seine Pasteten, die auf einem großen Backblech brutzelten.

»Von mir aus könnt ihr diese dämliche Kanne sonstwohin stellen«, versetzte er. »Damit sie mir endlich aus den Augen kommt. Steht einem bloß ewig vor den Füßen rum.«

»Schurken«, sagte der dicke Kosim unerwartet ruhig. »Ihr bringt mich noch an den Bettelstab.« Er griff sich eine von den frischen, noch dampfenden öligen Pasteten, die Farhod gerade auf ein Tablett gepackt hatte, pustend ließ er sie ein paarmal von einer Hand in die andere wandern, bevor er sie hastig in den Mund stopfte, und natürlich verbrannte er sich trotzdem, fauchte, verdrehte die hervorquellenden Augen, daß es aussah, als rollten zwei Oliven über ein Schälchen.

Makuschin seufzte und ging zurück in den Hof. Einen ekelhaften Charakter hatte der dicke Kosim. Kein Vergleich mit Farhod. Den kann nichts aus der Ruhe bringen. Zum Beispiel sagt er nie Bescheid, wenn sein Feuerholz zu Ende geht. Kosim kann herumschreien, soviel er will, Farhod setzt sich einfach neben sein Backblech und bleibt pfeifend sitzen. Ein fabelhafter Charakter.

Er schlug eine Kiste auseinander, entfernte zwei Seitenwände und zerlegte sie.

Neuerdings wurde er nicht mehr Sergej oder Serjosha, sondern Sirodshiddin gerufen. Nur seinen Familiennamen hatte er behalten – Makuschin. Und auch den nicht ganz: statt auf der zweiten Silbe wurde er jetzt, tadshikisch ausgesprochen, auf der letzten betont. Doch wenn einer auf dem Putowski-Basar in einer Pastetenbäckerei arbeitet, ist sein Familienname erst dann von Bedeutung, wenn man ihn tot bei den Müllcontainern findet. Bis dahin kräht kein Hahn danach, ob er mal anders geheißen hat.

Die Tür knarrte und fiel zu.

»Das reicht«, sagte der dicke Kosim unzufrieden mit kauendem Mund. »Ist ja schon ein ganzer Berg. Mach Schluß und hilf lieber Zwiebeln schneiden. Hörst du?«

Makuschin zuckte die Achseln und lehnte die Axt an den Hackklotz.

»Gut«, sagte er. »Schneid ich eben Zwiebeln.«
»Werden ja doch gebraucht«, sagte der dicke Kosim seufzend. »Obwohl kein Aas was kauft ... Schon nach acht, und nicht eine Pastete haben sie gekauft.«
Makuschin zuckte wieder die Achseln.
»Dann kommen sie plötzlich alle an, und die Pasteten reichen nicht!« fügte Kosim ärgerlich hinzu. »Stimmt doch?«
»Stimmt«, Makuschin nickte, »natürlich werden Zwiebeln gebraucht. Und die Pasteten wirst du schon noch los, keine Bange.«
»Wenn Fais aufkreuzen sollte, sag ihm ...« Kosim schob die Tjubeteika mit dem Finger in den Nacken und kratzte sich die Stirn. »Ach, pfeif drauf, sag gar nichts ... wird sich keinen abbrechen, wenn er noch mal vorbeischaut. So, ich muß jetzt los!«
Makuschin nickte.
Die Zwiebeln lagen in einer ölbeschmierten Pappschachtel. Er griff ein gutes Dutzend heraus und schälte mit einer Geschwindigkeit, daß die Schalen zur Hälfte auf dem Lehmfußboden landeten. Die fertigen Zwiebeln flogen in einen abgeschlagenen Emailleeimer.
»Na«, sagte Farhod honigsüß, »hat der verflixte Kosim dich wieder mal zum Zwiebelschälen angestellt?«
»Hat er«, sagte Makuschin seufzend und lachte: das alte Spiel begann.
»Ts-ts-ts!« machte Farhod und schüttelte den Kopf. »Wozu ist der arme Sirodshiddin bloß aus Moskau hierhergekommen! Wozu hat er sich bloß beim dicken Kosim verdingt!«
Makuschin zeigte nie, daß ihn Farhods Spöttelei völlig kalt ließ. Im Gegenteil, manchmal ermunterte er ihn noch dazu.
»Schweig du lieber!« sagte er und warf eine Zwiebel in den Eimer – dseng!
»Könntest jetzt in Moskau sitzen!« rief Farhod erfreut, und seine Stimme wurde richtig melodisch. »Brauchtest dich nicht mit dem dicken Kosim zu streiten! Und dich nicht mit diesen Zwiebeln-Miebeln, dem Öl-Schmöl, dem Fleisch-Schmeiß abzugeben! Hättest eine russische Frau!« Farhod verdrehte die Augen und

wackelte mit dem Kopf, so begeistert war er von den Aussichten, die er sich da ausmalte. »Eine russische Frau! Ach!« Er sah wieder Makuschin an und murmelte mit dem Ausdruck bitterer Betroffenheit: »Wozu das, wozu?!«

Makuschin seufzte und warf die nächste Zwiebel in den Eimer – dseng!

Wozu, wozu? Wirklich komisch – das hatte er nicht einmal seiner russischen Exfrau erklären können ...

... Vor zweieinhalb Jahren hatte ihn eine Dienstreise für ein paar Tage nach Churramobod geführt. Nach der Landung war das Flugzeug noch lange mit heulenden Turbinen weitergerollt, bevor es stehenblieb und verstummte. Dann wurden sie zum Aussteigen aufgefordert ... Wie aber sollte er jemandem begreiflich machen, was im nächsten Moment geschah? Als er von der Gangway auf den erhitzten Beton des Flughafens trat und sich umblickte, hatte er den Eindruck, daß ihm hier alles auf sonderbare Weise vertraut sei: die sengende Hitze, die im ersten Augenblick auf seinen unwillkürlich zusammengekniffenen Augen wie ein Senfpflaster wirkte, der rechteckige Kasten des Flughafengebäudes – fast wie eine Zuckerdose –, der kitzelnde Staubgeruch und die verschwommenen Umrisse der Berge hinter dem Flugfeld, deren Gipfel mit dem braunen Himmel verschmolzen. Er legte den Kopf in den Nacken und sah angestrengt blinzelnd die erbarmungslose Sonnenscheibe, die ihn als Zeichen des Todes statt des Lebens anmutete.

Dseng!

»Farhod, wieviel Zwiebeln brauchst du denn?« fragte Makuschin.

»Weiß nicht ...« Farhod zuckte die Achseln. »Schäl nur, wird schon nicht umsonst sein ... Ich backe die hier noch fertig, dann mach ich mich an den Teig ... Der Tag ist lang.«

»Der Tag ist lang«, brummte Makuschin. »Aber bis jetzt haben wir noch keine einzige Pastete verkauft. Obwohl es bald neun ist!«

»Die gehen schon noch weg!« sagte Farhod und zwinkerte ihm

zu. »Keine Sorge: wenn die Hunger kriegen, kaufen sie die Pasteten weg! Moskau, ach Moskau! Wie, Sirodshiddin?«
Und er stimmte ein Liedchen an:
>»Jede Beere pflückt' ich mit Genuß,
Gab ihr in der Laube manchen Kuß.
Wo ist jetzt nur jener süße Wein,
Wo der zarte Blick der Liebsten mein?«
»Ein Dussel bist du, Farhod!« sagte Makuschin, um die Spielregeln einzuhalten.
Dseng!
... Eine Woche später, als er nach Moskau zurückgekehrt war, stellte sich heraus, daß die Heimatstadt während seiner Abwesenheit auf sonderbare Weise an Reiz verloren hatte: alles, was bisher großartig und bedeutend geschienen hatte, kam ihm jetzt klein und belanglos vor, und er fühlte sich hier einfach nicht mehr heimisch. Einen Monat später sollte wieder jemand aus seiner Abteilung nach Churramobod fliegen, und man war stillschweigend übereingekommen, Makuschin nicht schon wieder in dieses Nest zu schicken. Vorgesehen war Lewuschkin, der bereits seufzend und fluchend die Reiseformalitäten erledigte, als Makuschin in einer Dienstberatung plötzlich fallenließ: na ja, er könne auch ein zweites Mal hinfliegen, um so mehr als beim zweitenmal alles einfacher sei – es erwarte einen ja nichts Neues ...
Und von dort teilte er nach zwei Wochen telegrafisch mit, er sei bereit, bis zum Ende der Versuche zu bleiben.
»Schon gut, schon gut, nimm's nicht übel«, sagte Farhod. »Aber das mußt du mir doch erklären! Du hast jetzt eine Tadshikin zur Frau, ja? Und hattest eine Russin. Ist es so? Nein, sag mir – ist es so?«
»Ja, so ist es«, sagte Makuschin. »Ich hatte eine Russin.«
»Ich kann mir das gar nicht vorstellen«, seufzte Farhod und fischte die fertigen Pasteten vom qualmumwölkten Blech. »Du kannst dich glücklich schätzen ... Sehr glücklich! Meine Frau ist Tadshikin, eine Russin hatte ich nie ... und werde ich auch nie haben.«

»Mach dir nichts draus«, riet ihm Makuschin. »Es lohnt nicht.«
»Wie meinst du das«, rief Farhod lebhaft, »willst du damit sagen, daß sie alle gleich sind?«
»Was heißt gleich«, sagte Makuschin. »Nein, nicht ganz gleich.« In Wahrheit war er sich dessen nicht sicher.
Wieder fiel eine Zwiebel in den Eimer – dseng!

2 Nach Abschluß der Versuche war Makuschin nicht nach Hause zurückgekehrt. Moskau gab es nicht mehr für ihn: das halbe Jahr über war es in immer größere Ferne gerückt, alles verblaßt, verloschen, verstummt, und zu guter Letzt blieb nichts als ein trüber Fleck – am Horizont oder auf der tränenden Hornhaut?

Moskau gab es nicht mehr und schien es nie gegeben zu haben. So tat es ihm auch um nichts leid. Anfangs beunruhigten ihn noch seine Träume und die Briefe seiner Frau, die ehrlichen Herzens nicht verstand, was passiert war. Er antwortete ihr nicht, weil er ohnehin nichts erklären konnte. Keinem hätte er es erklären können. Wie sollte er auch einem seine unbegreifliche Überzeugung plausibel machen, daß er unter diesem Himmel schon einmal gelebt und die Sprache dieses Landes gesprochen hatte und daß er hier glücklich gewesen war? Den letzten Brief, den sechsten, ließ er gleichfalls unbeantwortet. Nach einem Jahr versuchte er sich einmal ihr Gesicht in Erinnerung zu rufen – und schaffte es nicht. Hin und wieder suchten ihn Traumbilder heim. Zu dieser Zeit sprach er nur noch im Traum russisch.

»Nein«, sagte Farhod plötzlich in verändertem Ton. »Nein, das verstehe ich nicht! Überleg doch mal! Wenn ich ein gebildeter und geachteter Mann wäre, der mit einer Aktentasche herumläuft ... wenn ich eine russische Frau hätte ... so eine weißhäutige, blauäugige ... und Kinder ... Würde ich vielleicht das alles aufgeben und in die Pastetenbäckerei zum dicken Kosim arbeiten gehen?« Unwillig klatschte er den Drahtwender auf den Arbeitstisch. »Da müßte ich doch verrückt sein, oder?«

»Was heißt verrückt?« fragte Makuschin. »Bin ich vielleicht verrückt?«

»Weiß ich nicht«, brummte Farhod.

Makuschin zuckte die Achseln.

Eigentlich hatte ihm etwas ganz anderes vorgeschwebt, als in der Pastetenbäckerei des dicken Kosim zu arbeiten. Um eine Anstellung in dem Institut wollte er sich bewerben. Sie wäre logisch gewesen – nach seinen Dienstreisen blieb er einfach ganz hier. Er war ja wirklich ein recht guter Fachmann. Wer sollte etwas dagegen haben?

Lange hatte er überlegt, wie er die Sache am besten anpackte. Gegen Fasliddin Chudshojewitsch, den Direktor, hatte er seit einiger Zeit eine Abneigung. Er war ein ziemlich unsympathischer Mensch, doch das wurde Makuschin nicht gleich bewußt: zunächst nahm er seine zur Schau getragene Freundlichkeit für Güte.

Vor der Rückkehr von seiner ersten kurzen Dienstreise war er zu einem Abendessen eingeladen worden.

Später begriff er, wie man ihn verhöhnt hatte! Dabei war diese Einladung ihre eigene Idee gewesen, er hatte sich nicht aufgedrängt, zumal er dafür gar keine Zeit erübrigen konnte – morgen sollte er abfliegen, und die Analyseanlage war ausgefallen, ohne erkennbare Ursache, wie immer. Doch das hinderte Fasliddin Chudshojewitsch nicht daran, Alischer, den wissenschaftlichen Sekretär, zu ihm zu schicken, der nicht lockerließ – wie denn, Fasliddin Chudshojewitsch bittet darum ... Fasliddin Chudshojewitsch möchte doch ... zur Festigung unserer Beziehungen ... Sie werden ihn doch nicht kränken wollen! Und Makuschin zog die Schultern hoch und sagte ja. Er vermutete, daß sie mit ihm in ein Restaurant oder zum Direktor nach Hause fahren würden, doch aus unerfindlichen Gründen ging es zu Alischer, und wie sich herausstellte, wurden sie dort bereits erwartet.

Ja, solche Leute gibt es, die größtes Vergnügen daran finden, sich über einen anderen lustig zu machen, weil sie wissen, daß der, statt zu erkennen, wie er verspottet wird, diesen Spott auch noch für die höchste Form von Gastfreundschaft nimmt! Wäre er nicht hiergeblieben, nicht in die fremde Haut gekrochen, die immer noch scheuerte und weh tat, würde auch er nie dahinter gekommen sein ... Wie sie ihn, angesäuselt und glücklich, wie er war, bei ihrem Gelage erniedrigten! Er war ein Fremdling, ein Zugereister, der als solcher nicht akzeptiert wurde; er verstand nicht einmal ein Zehntel ihrer Reden, er sah lediglich die Oberfläche dessen, was da ablief. Sie mokierten sich über ihn, als sei er ein Insekt, das blind über die rätselhafte Oberfläche einer für andere durchsichtigen Glasscheibe kriecht ...

Als er sich in sein Kissen zurücklehnte, satt von der exotischen Lektion, wie man Pilaw ohne Gabel und Messer ißt, so voll, daß er glaubte, jedes weitere Reiskorn werde ihn zum Platzen bringen, lächelte Fasliddin Chudshojewitsch, blinzelte wie eine Schildkröte und sagte mißbilligend:

»Essen Sie nur, Sergej Alexandrowitsch. Warum essen Sie denn nicht?«

Wie um mit gutem Beispiel voranzugehen, streckte er die Hand nach dem Pilaw aus, knetete, am Schüsselrand hin- und herfahrend, einen Reisklumpen, fischte ein Fleischstückchen heraus, warf den Kopf leicht zurück und schob, was er so sorgfältig vorbereitet hatte, mit dem Daumen geschickt in den Mund.

Makuschin schluckte unwillkürlich, und der lachlustige Alischer hielt sich die Faust vor den Mund, als fürchte er herauszuplatzen, und machte ebenfalls eine einladende Handbewegung.

»Essen Sie!«

»Nein, danke«, sagte Makuschin, einen Rülpser unterdrückend. »Hm ... ich bin völlig satt.«

»Bei uns gibt es eine *Sytte*«, sagte Fasliddin Chudshojewitsch kauend, während seine Finger wieder am Schüsselrand entlangfuhren; aus dem Reis rann Fett, als er ihn zu einem kleinen Fladen knetete. »Sie heißt *Osch-i tu.*«

»Ja, ja!« bestätigte Alischer nickend und konnte sein Lachen nicht länger unterdrücken – er prustete los.

Makuschin beugte sich wieder vor – er wollte gern wissen, was das für eine Sitte war.

»*Oschotu?*« fragte er.

»*Osch-i tu*«, korrigierte Alischer, während Fasliddin Chudshojewitsch würdevoll nickte und gleichzeitig eine neue Portion in den Mund steckte. »Das bedeutet: dein Essen. *Osch* bedeutet Essen, Speise. Verstehen Sie?«

»Ja, natürlich!« beeilte sich Makuschin zu bestätigen. Fasliddin Chudshojewitsch stopfte den fettigen Pilaw so genußvoll in sich hinein, daß auch er wieder Appetit bekam. »Eine Sitte! Ich habe etwas übrig für Sitten!«

»Nach dieser Sitte ...«, sagte Alischer, »ist es bei uns nicht üblich, Essen übrigzulassen. Was gekocht worden ist, wird aufgegessen. Früher gab es ja keine Kühlschränke, aufheben ging nicht.«

»Ich verstehe.« Der beschwipste Makuschin nickte und zappelte vergnügt.

»Besonders Pilaw«, sagte Fasliddin Chudshojewitsch und atmete tief und geräuschvoll ein. »Pilaw darf man nicht wegwerfen. Er muß unbedingt aufgegessen werden. Bei uns wirft man nicht einmal Brot weg ... Brotreste kommen dahin, wo die Vögel sie sich holen.«

»Wenn sich schon alle satt gegessen haben«, griff Alischer den Gesprächsfaden auf und mußte sich wieder die Faust vor den Mund halten, »beginnt deshalb der Ranghöchste an der Tafel allen der Reihe nach *Osch-i tu* zu machen – er nimmt eine Handvoll Reis ... so, ja? ...«, Makuschin nickte und beobachtete fasziniert, wie Fasliddin Chudshojewitsch, gewissermaßen die Anweisung des wissenschaftlichen Sekretärs ausführend, tatsächlich in den öligen Reisberg griff, »drückt ihn ein bißchen zusammen ... ja?«, fuhr der Sekretär eilig fort, »früher, heißt es, packte man bei den Gelagen der Begs mißliebigen Gästen noch so ein spezielles Hammelknöchelchen hinein ... kluge Leute berichten, daß Gott es extra zu diesem Zweck geschaffen hat ... ja, man packte also einen kleinen Knochen hinein, damit der Gast garantiert daran erstickte ... oh, solche Sachen leisteten sich die Begs ... die Gäste machen also alle der Reihe nach den Mund auf ...« Fasliddin

Chudshojewitsch richtete den Blick seiner kalten Schildkrötenaugen auf Makuschin und hob die Hand, als wolle er ihm den Reis ins Gesicht werfen. Makuschin lächelte immer noch geschmeichelt und sperrte folgsam den Mund auf. »Und – so!«

Fasliddin Chudshojewitschs Hand klebte ihm mit der Geschmeidigkeit einer Schlange den Mund zu. Als der Knebel – ein fester Knebel aus Reis, Möhren und ein paar Fleischstückchen – Makuschin in den Mund fuhr, war ihm, als habe man ihm einen Kessel auf den Schädel gehauen: er schwankte, schloß die Augen, gab dumpfe Laute von sich und versuchte panisch, den Reis mit krampfhaften kleinen Schlucken hinunterzuwürgen, dann hob er die Hände und fuhr sich damit über die Wangen, wie um Schneeflocken oder Wassertropfen abzustreifen. Keiner Menschenseele erzählte er später davon: in diesem Moment hatte er das Gefühl, als riesle ihm der verfluchte Reis aus den Ohren – ein peinlicher Anblick!

Seit jenem unglückseligen Abendessen war fast ein Jahr vergangen, sein Wunsch war es gewesen, in dem Institut weiterzuarbeiten, und die Entscheidung hing voll und ganz von Fasliddin Chudshojewitsch ab. Er erinnerte sich noch gut an den staubigen Gang und wie er an der Tür des Direktorzimmers stehengeblieben war, tief Luft geholt, ein freundliches, um Entschuldigung bittendes Lächeln aufgesetzt, geklopft und vorsichtig die Klinke niedergedrückt hatte.

»Ah!« rief Fasliddin Chudshojewitsch. »Treten Sie ein, treten Sie ein! Was führt Sie diesmal zu mir? Wieder Komplikationen? Wieder diese Reagenzien-Schmeagenzien?«

»Wie ist Ihr Wohlbefinden?« erkundigte sich Makuschin. Die blauen Augen strahlten in dem dunklen Gesicht. »Wie steht es zu Hause? Alles gut bei Ihnen? Alles ruhig?«

Fasliddin Chudshojewitsch hatte verquollene Lider, und nie richtete sich sein Blick auf den Gesprächspartner, sondern streifte ihn nur. Indem er Makuschin mit jener entrückten Gleichgültigkeit zulächelte, wie man sie von Abbildungen ägyptischer Pharaonen kennt, erwiderte er murmelnd:

»Wie steht es bei Ihnen? Alles gut? Alles ruhig? Die Gesundheit?«

»Danke schön, danke schön«, antwortete Makuschin mit innigem Gefühl und drückte die Hände an die Brust. »Ich möchte Sie um Ihren Rat bitten, Ustod ...«

Fasliddin Chudshojewitsch brummte zustimmend und bot ihm einen Schluck Tee an.

»Sehen Sie, Ustod ...«, begann Makuschin vorsichtig. Er hatte sich schon lange die hiesige Art der ernsthaften Gesprächsführung zu eigen gemacht. »Ihre Arbeiten auf dem Gebiet der Druckpolymerisation ...«, murmelte er, was ihm zufällig auf die Zunge kam, »haben der wissenschaftlichen Öffentlichkeit die intellektuelle Stärke Ihres Instituts bewiesen ... äh ..., und auch die jungen Wissenschaftler ...« Makuschin reckte das Kinn und fügte rasch hinzu: »Ganz zu schweigen vom Polyhydrolchlorid! Ja, davon ganz zu schweigen!«

Fasliddin Chudshojewitsch nickte, und dem Ausdruck seines schwammigen Gesichtes war durch nichts anzumerken, daß er kein Haar seines nicht eben dichten Schopfes dafür hergegeben hätte, zu begreifen, wovon hier die Rede war.

»Noch eine kleine Pijola?« bot er höflich fragend und zugleich bestimmt an, um Zeit zu gewinnen.

»Was ich sagen wollte«, fuhr Makuschin in seinem Redefluß fort, während er die Pijola entgegennahm und dabei nicht vergaß, das rituelle Gemurmel seines Gegenübers auf ebensolche Weise zu erwidern, »als Fachmann kann ich Ihnen versichern, daß es jedem Wissenschaftler zur Ehre gereichen würde, in den Mauern Ihres Instituts arbeiten zu dürfen!« Er wies mit der Hand auf die grünlich getünchten Wände des Zimmers, in dessen Ecke ein schief gewachsener Gummibaum in einem vor Trockenheit rissigen Kübel stand, während die grauen Gardinen wie für Fußlappen gemacht schienen. »Und unter Ihrer Leitung, Fasliddin Chudshojewitsch!«

Beide dachten nicht, was sie sagten, und sagten nicht, was sie dachten. Obwohl Makuschin ein bestimmtes Ziel verfolgte, legte er, wie eine Frau, die sich mit ihrem Liebsten zankt, in seine Worte keinerlei Sinn. Ähnlich wie diese dessen Reaktionen lediglich zu dem Zweck beobachtet, sich wieder und wieder zu vergewissern, daß sie ihm nicht gleichgültig ist, beschäftigte Makuschin, während er wohlgeformte Sätze über die ihm völlig gleichgültigen Eigenschaften gesättigter Kohlenwasserstoffe von sich gab, in Wirklichkeit nur eine Frage: Begriff dieser alte Dussel wenigstens jetzt, da sie eine Sprache sprachen, daß er, Makuschin, hier *dazugehörte*?

Fasliddin Chudshojewitsch sah ihn indessen nicht als *zugehörig* an. Mehr noch, es würde Makuschin schwer getroffen haben, wenn er geahnt hätte, welchen Argwohn der Direktor gerade jetzt diesem *Fremden* gegenüber hegte.

Erstens hatte er natürlich nicht einem seiner Worte Glauben geschenkt. Wie hätte er auch! Einfach lachhaft, so etwas zu sagen: Ich möchte hierbleiben und unter Ihrer Leitung arbeiten! Ha! Was soll das heißen – hierbleiben?! Er ist doch kein Student, kein Praktikant, sondern ein gestandener Mann! Wie das – die Wohnung in Moskau aufgeben? Und hier leben?! Hahaha! Keiner von denen hält sich hier auch nur einen Tag länger auf als nötig!

Durch den aufgeschreckten Sinn des Direktors blitzte der Gedanke, die Hitze habe diesem zufällig hier Gelandeten den Verstand geraubt. Doch was noch viel wichtiger war: Fasliddin Chudshojewitsch wurde plötzlich bewußt, daß Makuschin wahrhaftig in seiner Muttersprache mit ihm redete! So ein Schweinehund! Von lächerlich mühsamen Versuchen, zwei Wörter zusammenzukriegen, womit er bei anderen Teilnehmern unverbindlicher Gespräche laute Begeisterung auslöste, hatte er sich in wenigen Monaten dazu aufgeschwungen, zusammenhängend, ja fließend zu sprechen! Mehr noch – er wußte sich sogar mit einer gewissen Eleganz auszudrücken!

Fasliddin Chudshojewitsch spannte sich innerlich und ging in Positur. Er hätte noch so viel nachgrübeln können, eine andere Erklärung für die unverhoffte Eröffnung hätte er nicht gefunden. Vor ihm saß kein einfacher *Fremder*. Von denen hatte er mehr als genug gesehen. Mit ihnen klarzukommen war leicht, verhielten sie sich doch lediglich gleichgültig zu allem, was ihm nah und verständlich war, was ihm Freude oder ehrlichen Verdruß bereiten konnte, ebenso wie ihm ihre alberne, hohle Welt ohne Freundlichkeit gleichgültig war. Doch in diesem Falle war es anders. Ach, diese Schurken!

Er sah ihn an und konnte es nicht glauben, daß der lächelnd und gnadenlos geführte Kampf zwischen den Vertretern der Clans von Kulob und Chudshand, der dem Leben des Instituts seinen Stempel aufdrückte, in eine neue Phase getreten war: diese Schufte hatten damit angefangen, *Fremde*, die aus Moskau auf Dienstreise herkamen, ganz offen für ihre Zwecke einzuspannen!

Leider zeugte das nicht nur von ihrer sattsam bekannten Schamlosigkeit, sondern auch von einer neuen Qualität ihrer Beziehungen und Möglichkeiten! Ach, diese Aasbande! Wahrhaftig: Ziehen den Schafspelz über und kennen keine Scham! *Bismillohi rahmon-u rahim!* Im Namen Gottes, des Barmherzigen!

Am liebsten hätte er mit den Zähnen geknirscht und die Teekanne auf den Fußboden geschleudert, doch er seufzte nur, da ihn ein Schauer der Verwirrung überlief, und reichte Makuschin mit einem freundlichen Lächeln die Pijola, auf deren Grund ein Schluck lauwarmer Tee stand.

»Bitte schön, trinken Sie noch etwas! Tee, allein Tee versöhnt uns mit dem Leben! So sagt man bei uns ... Nie gehört?«

Makuschin nickte lächelnd, und während er die Pijola entgegennahm und Dank murmelte, prägte er sich ein: Tee, allein Tee versöhnt uns mit dem Leben! So sagt man bei *uns*!

Natürlich kam bei diesem ganzen Unterfangen Null Komma nichts heraus. Schon nach einer Woche wurde er still und leise hinauskomplimentiert – höflich, lächelnd, bedauernd schüttelten sie die Kahlköpfe und ergingen sich in schönen Versprechungen.

3 Dseng!

»Schluß, reicht vorläufig«, sagte Makuschin und wischte sich die Hände an der Schürze ab. Die Augen tränten ihm. »Bei den Russen gibt es so ein italienisches Wort – *basta*, kennst du das?«

»Ne«, Farhod schüttelte den Kopf. »Kenne ich nicht ... Ich bin doch auf eine tadshikische Schule gegangen, Sirodshiddin, unser Russischunterricht war nicht viel wert. Ausdrücken kann ich mich zwar einigermaßen, aber manchmal muß ich nach Wörtern suchen ... Die bei der Armee waren, die können bei uns gut Russisch. Ich war es nicht ..., na, das habe ich dir ja erzählt.«

»Bruder, he, Bruder!« Am Fensterchen stand ein schon lange nicht rasierter Mann mit speckigem Chalat und einer Tjubeteika, die aussah, als seien aus ihr gerade mehrere Portionen Laghmon gegessen worden. »Bruder! Verkauf mir doch eine Pastete! Hier ... es reicht bloß nicht ganz.«

Er legte auf den mit Stahlblech beschlagenen Tresen ein paar zerknitterte Scheine. Sein besorgter Gesichtsausdruck ließ darauf schließen, daß er seine Chancen, eine Pastete zu bekommen, nicht sehr hoch veranschlagte.

»Oh!« sagte Makuschin. »Da ist ja der erste Käufer!«

Er zählte das Geld, sah Farhod nachdenklich an und teilte ihm das Ergebnis mit. Farhod zuckte die Achseln.

»Na schön, weil's die erste ist«, sagte Makuschin. »Hier.«

»Dorthin, auf den Platz, müßtet ihr gehen mit euren Pasteten«, sagte der Mann froh und biß vorsichtig in den knusprigen Pastetenrand. »Da bekämt ihr sie im Handumdrehen los! Da läßt sich ein gutes Geschäft machen! Ein Menschenauflauf! Uuuh! Alle sind hungrig und wild wie die Hunde ...« Er schüttelte den Kopf und tastete vorsichtig mit der Zunge nach dem Spalt, aus dem der heiße Saft zu rinnen begann. Seine Brauen zogen sich zusammen, und seine Rede wurde verworren. »Ein heiliges Werk verrichten sie!«

»Klar!« pflichtete Farhod ihm belustigt zu. »Gleich lasse ich alles stehen und liegen und gehe auf den Platz. Welchen empfiehlst du mir? Den der Freiheit oder den der Märtyrer? Oder ist das egal? Ich setze mich auf ein Stück Pappe, schlage den Chalat unter und bleibe da sitzen! Und schreie: Dies will ich haben, jenes will ich haben! Ja?«

»Warum sprichst du so, Bruder!« sagte der Mann, vorwurfsvoll die Stimme senkend. »Auf den Platz der Freiheit geht man besser nicht, da hast du recht, dort sitzen die Kulober ... warst du dort?« fragte er plötzlich mit einem raschen Blick zu Makuschin.

»Nein«, erwiderte der, »war ich nicht.«

»Ah«, der Käufer winkte ab, stopfte den Pastetenrest in den Mund und fragte erstaunt: »Du bist wohl ein Tatare?« Mit vollem Mund, den unruhigen Blick wieder auf Farhod gerichtet und hauptsächlich an ihn gewandt, fuhr er fort: »Gebärden sich wie toll, diese Kulober! Mit Pferden sind sie angerückt! Mit Futtervorrat! Wie man zu Khanzeiten in den Krieg zog! Mit Kesseln! Den ganzen Platz haben sie schon vollgeschissen!« Er winkte wieder ab, wischte sich die Hand am Chalat ab, schlug ihn fröstelnd fester um sich und trottete davon.

Nach wenigen Schritten drehte er sich um und brüllte mit fröhlichem Grinsen:

»Also, auf mit euren Pasteten! Bloß nicht zu den Kulobern! Auf den Platz der Märtyrer! Da sitzen wir!«

»Ja doch!« sagte Farhod seufzend. »Sofort ... Nein, nein, ist schon besser, wenn ihr herkommt.«

»Das ist vielleicht eine Type«, sagte Makuschin verdrossen. »Ein Tatare ... wie findest du das!«

Kopfschüttelnd sah er diesem Dämel nach.

Für einen Russen hielt ihn keiner mehr – gab er sich selbst zu erkennen, glaubte man ihm nicht, rief »ach«, fehlte nur noch, daß man ihn abtastete. Ein paarmal hatte die Sache eine kuriose Wendung genommen, und er mußte zum Beweis seiner Identität den Ausweis zücken. Danach war der dicke Kosim, das Aas, darauf verfallen, mit ihm Geld zu verdienen, und zwar auf einfache und sichere Weise – er wettete mit zufälligen Käufern um die Nationalität von Sirodshiddin. Doch als einer von denen, die den kürzeren zogen, in seiner Wut auf dem unglückseligen Ausweis herumzutrampeln begann und dazu noch mit Fäusten auf Makuschin losging, lehnte der es kategorisch ab, sich weiter an der Gaunerei zu beteiligen. Allerdings hatte der Ausweis in letzter Zeit auch stark an Beweiskraft verloren – das Foto der wohlgenährten Visage eines fünfundzwanzigjährigen Moskauers hatte kaum mehr etwas gemein mit dem von der Sonne und der schmutzigen Basararbeit gedunkelten, hager und derb gewordenen Gesicht des etwa vierzigjährigen Churramoboders.

Nicht mehr als Russe identifiziert, wurde Makuschin mal den Usbeken, mal den Kasachen, ja sogar den türkischen Meschen und wem nicht alles zugerechnet, nur nicht den eigenen Leuten, den *Zugehörigen*.

»Ein Vagabund«, meinte Farhod. »Ach, weiß der Teufel, vielleicht auch einer aus diesem Kischlakvolk. Die sind ja über die Stadt gekommen wie die Heuschrecken ... Haben nichts weiter im Kopf, als der Wahrheit zu ihrem Recht zu verhelfen! Sollte lieber arbeiten, die Bande ...«

Makuschin erhob sich, rückte die Bank in die Nähe des Tresens, wo er mehr Licht hatte, nahm ein Brett von der Wand – ein schönes Fichtenholzbrett, das er selbst gemacht hatte –, fuhr mit der Hand darüber, legte es auf die Bank, zog mit dem Fuß eine Aluminiumschüssel heran, um es bequemer zu haben mit dem Hineinschütten der geschnittenen Zwiebeln, suchte pfeifend unter den rechts von Farhod liegenden Messern das mit dem weißen Griff heraus, nahm den Schleifstein vom Bord, spuckte darauf, wetzte das Messer, probierte die Schärfe am Fingernagel und legte zufrieden den Schleifstein zurück.

»Na, dann wolln wir mal!« sagte er.

Mit einem Seufzer setzte er sich rittlings auf die Bank, nahm die erste Zwiebel und halbierte sie mit geübtem raschem Schnitt.

»Oh! Farhod, mein Herz! Wie steht's, was macht die Arbeit? Wie geht es der Familie?«

Zum Fenster herein schob sich die violette Fratze von Nuri dem Schönling – der Spitzname rührte daher, daß sein Gesicht in der Jugend von Furunkulose entstellt worden war.

»Oooh! Sirodshiddin! Wie sagt man doch bei euch? *Schwing dich aufs Pferd, iß dein Pastetchen unbeschwert?* Richtig so?«

Durch das Fenster war lediglich das Leuchten der gestärkten Manschetten unter den Ärmelaufschlägen des Seidenjacketts zu erkennen, doch Makuschin zweifelte nicht daran, daß er, wenn er sich hinauslehnte, das vollgespritzte Anthrazit von Nuris Lackschuhen zu sehen bekäme.

Ehrlich gesagt, mochte er ihn nicht. Er hatte eine gar zu dreiste Art. Der mit seinem »Pferd ... unbeschwert«!

Er zuckte die Achseln und begnügte sich mit einem Brummlaut.

»Sei mir gegrüßt, Nuri«, sagte Farhod würdevoll und klatschte das gerade hergestellte Teigstück auf die andere Seite. »Deinen Gebeten sei's gedankt ... Möchtest du eine Pastete?«

»Und ob ich möchte, Farhod!« rief Nuri der Schönling grinsend. Fast alle seine Zähne waren vergoldet. »Aber noch lieber wäre mir eine Schurbo! Du kannst dir nicht vorstellen, wie gern ich jetzt ein Schälchen feine Hammel-Schurbo löffeln würde! Mmmmm! Aber woher nehmen!« Er zog betrübt die Schultern hoch. »Auf dem ganzen Basar arbeitet bloß der dicke Kosim! Ein paar von diesen Dörflern sitzen noch mit ihren Gurken da! Alles zu ... kaum zu glauben!«

»Auch gut!« erwiderte Farhod, indem er flink den Teig schlug. »Dann haben wir die Käufer alle für uns! Wieviel willst du?«

Nuri der Schönling kniff die Augen zu.

»Hundert? Nein, zweihundert! Nein, Farhod!!! Nein!!! Gib mir dreihundert Stück von deinen Pasteten! Dreihundert Pasteten mit Zwiebeln und Fleisch, gebacken in ...«, Nuri schnupperte und verzog das Gesicht, »in gammligem Baumwollöl, in dem schon x-mal irgendwelcher Mist gebraten wurde ... Eselsmagen bratet ihr darin, oder?« fragte er und schnitt eine Grimasse.

»Geh, hol dir Schurbo, Nuri«, empfahl ihm Farhod, der den Teig jetzt mit dem Messer zerteilte. »Für dich wäre Schurbo tatsächlich besser ... Stinkst nach Schnaps – man könnte glatt ein Streichholz dran entzünden!«

Nuri der Schönling schnaubte.

»Hast du mir vielleicht zu trinken gegeben, Basarkäfer du?« Er schüttelte bekümmert den Kopf. »Was verstehst du davon! Alkohol und Frauen – das ist es, was einem guten Moslem echte Freude bereitet! ... Weißt du, was Siebmachen bedeutet, Farhod?« Nuri der Schönling bewegte den erhobenen Zeigefinger hin und her. »Hast du Hungerleider schon mal eine Frau gehabt, die sich aufs Siebmachen versteht?! Wozu lebst du, Farhod? Um diese gammligen Pasteten zu kneten? Das Siebmachen! Verstehst du, was das ist! Heute nacht habe ich mit einer Frau geschlafen, die das macht wie ...«, er kniff die Augen zusammen und stieß einen Laut aus, als sei er mit siedendem Wasser übergossen worden, »wie ein irre gewordener Betonmischer macht sie das!«

»Wieviel?« erkundigte sich Farhod gelangweilt.

»Was – wieviel?« fragte Nuri der Schönling verwundert zurück.

»Wieviel Pasteten? Wenn es dreihundert sein sollen, dauert es eine Weile.«

»Was soll ich mit dreihundert ...« Nuri winkte ab. »Zwei nehme ich. Zwei Stück eß ich, das reicht ... Aber vorher brauche ich was zu trinken! Du weißt doch, Farhod, Abu-Ali Ibn Sino lehrte, daß man Alkohol nur vor dem Essen trinken soll! ... Es gibt so ein Buch, ›Kanon‹ heißt es ... Nicht gelesen?« fragte er bemüht höflich und mit einer Miene, als stünde die Antwort nicht bereits fest.

»Ich kenne mich nicht aus mit den Buchstaben«, sagte Farhod schmunzelnd.

»Aah! Viele, mußt du wissen, halten sich daran!« rief Nuri der Schönling in schulmeisterlichem Ton. »Auch Melonen – nur vor dem Essen. Sonst ist es das reine Gift. Tee – ebenfalls vor dem Essen. Danach auf keinen Fall ... sehr schädlich.« Er schüttelte den Kopf und kniff die Lippen ein – so sehr taten ihm offenbar jene Toren leid, die Tee nach dem Essen tranken. »Und gib mir mal ein Glas ... Ist Rettich da?«

»Woher!« erwiderte Farhod. »Hier ist doch keine Schenke.«

»Ach was ...« Nuri machte eine wegwerfende Bewegung.

»Schenke oder nicht Schenke ... Was macht das für einen Unterschied, verstehe ich nicht ... Rettich sollte man immer dahaben ... Die ganze Welt, Farhod, ist eine einzige große Schenke. Findest du nicht auch?«

Farhod reichte Nuri wortlos ein trübes Glas und schob ihm den mit großen gelben Körnern gefüllten Salznapf hin.

»Schweinefleisch ißt du doch bestimmt nicht, Nuri!« versetzte plötzlich in scherzhaftem Ton Makuschin, der gerade eine Zwiebel kleinschnipselte. Nach der bitteren Pille, als Tatare bezeichnet zu werden, brauchte er wenigstens einen kleinen Sieg. »Es steht ja eindeutig geschrieben! Was sagt die Scharia? Die Scharia sagt dir als Moslem, daß, wenn zehn Fladen aufeinanderliegen ... na, so«, er legte Zwiebel und Messer weg und zeigte es mit den Händen, »und auf den obersten ein Stückchen Schweinefleisch gelegt wird, dann muß man diesen, den obersten, wegwerfen, und die restlichen kann man essen! Wenn aber auf diesen obersten Fladen auch nur ein Tropfen Alkohol fällt ...« Er verstummte dramatisch und fügte rasch hinzu, indem er das Messer heftig in die Zwiebel schlug: »Dann muß man alle zehn wegwerfen!«

»Ts-ts-ts!« sagte der Schönling betroffen-geringschätzig. »Paß auf, Sirodshiddin, daß man dich nicht noch zum Richter macht! Du übertriffst ja im Auslegen der Scharia meinen seligen Großvater! Und der hat ein halbes Jahr die Medrese besucht!«

»Schon gut, schon gut!« schaltete sich Farhod wieder ein und wedelte mit dem Wender, daß die schwarzen Öltropfen nach allen Seiten flogen. »Hör drauf, hör drauf! Sirodshiddin bringt dir schon nichts Verkehrtes bei! Sirodshiddin kennt sich aus, und was er sagt, das hat Hand und Fuß! Kann durchaus passieren, daß man ihn über kurz oder lang zum Richter macht!« Lachend zwinkerte er Makuschin zu. »Ein guter Moslem trinkt keinen Alkohol! Die Moslems haben früher überhaupt keinen Alkohol getrunken!«

»Doch, haben sie, haben sie«, murmelte Nuri, wobei er mit einem verächtlichen Gesichtsausdruck nach dem Glas schielte und überlegte, ob er nachfüllen oder sich mit dem Eingegossenen begnügen sollte. »Wein hat man getrunken und auch Wodka ... der Unterschied ist bloß, daß man Wodka jetzt durch Destillation herstellt. Früher, da ließ man ein dicht verschlossenes leeres Tonkrüglein an einem Faden in Wein hinab, band noch ein Steinchen dran wie an einen Verbrecher, damit es nicht hochkam, und – gluck, gluck, gluck! ... ja? In das Krüglein gelangt aus dem Wein nichts als Spiritus, kein Tröpfchen Wasser! Nun, und allmählich – Stunde für Stunde, Tag für Tag! – füllt sich das Krüglein mit reinem Spiritus! Brauchst ihn nur noch zu verdünnen und kannst ihn trinken!« Nachdem er einen kurzen Moment geschwiegen hatte, fragte er bedauernd: »Hast du jemals so etwas getrunken, Farhod?«

Er winkte hoffnungslos ab und sagte stirnrunzelnd: »Und was man über die Moslems erzählt ... was weißt du, Sirodshiddin, schon von den Moslems?! Was kannst du, Sirodshiddin, mir schon über die Moslems sagen!« Sein Mund verzog sich, und seufzend schloß er: »Na, dann prost, Freunde!«

4 Bei seinem ersten Besuch auf dem Basar vor zweieinhalb Jahren war es Makuschin gewesen, als sei seine Kindheit zurückgekehrt, als habe ihn sein Vater wieder auf ein Karussellpferdchen gesetzt und alles rausche an ihm vorbei und verfließe zu bunten Streifen.

Wie betäubt schob er sich durch die Menge, lauschte auf die Reden der Fladenbrotbäcker und der Sauermilchverkäufer. Vor vielen Jahren war er in der Schule vom Reck gestürzt und hatte sich einen Zahn abgebrochen. Es ging ihm wie damals – wie er mit der Zunge den schmerzenden Zahnstumpf befühlt hatte, so lauschte er jetzt in sich hinein, was sich da plötzlich schmerzhaft regte. Die Antwort war einfach, doch sonderbar: die fremde Sprache, so geheimnisvoll und schwerverständlich sie für ihn blieb, gab ihm das Gefühl, schon einmal gelebt und in jenem früheren Dasein diese kehligen Wörter mühelos ausgesprochen, ihren Sinn klar verstanden zu haben.

Das Karussell brummte laut, der Luftzug kühlte seinen schweißigen Hals, aus nächster Nähe war anhaltendes Eselsgeschrei zu hören, grell schien die Sonne auf das violette Fleisch der Feigen und das rosafarbene der Pfirsiche, Wespen kreisten über den aufgetürmten rauchfarbenen Weintrauben – sie kreisten so langsam, als sei ihr Traum Wirklichkeit geworden und ihre Flügel schwirrten nicht durch Luft, sondern durch Honig ... Makuschin ging schlafwandlerisch durch die Marktzeilen, ohne auf die Rufe zu reagieren, Koriander, Möhren und bläuliche Kartoffeln aus Gharm zu kaufen.

Dann vernahm er die durchdringenden Stimmen zweier alter Händler und blieb wie angewurzelt an ihren benachbarten Ständen stehen. Er traute seinen Ohren nicht – die beiden deklamierten offenbar zornige Verse, warfen sich die kraftvollen melodischen Strophen eines endlosen Werkes zu. Angestrengt lauschend, fand er schließlich heraus, daß sich diese Verse um etwas drehten, was *Pijos* hieß, und überlegte, dieses Wort müsse etwas wie Morgenröte, Geliebte, Nachtigall bedeuten: er hatte schon manches von der Schönheit der östlichen Lyrik gehört. Andererseits konnte es sich auch um ein humoristisches Werk handeln – nicht umsonst prusteten die Leute in einem fort vor Lachen und schlugen sich auf die Schenkel. Der Darbietung ein wenig überdrüssig geworden, versuchte er bei einem ziemlich kurz geratenen Gemüseverkäufer etwas herauszubekommen, und der erklärte ihm schmunzelnd, Schaukat und Foteh stritten einfach miteinander und *Pijos* bedeute Zwiebel, Foteh halte Schaukat eine Standpauke, daß er seine miesen Zwiebeln aus Regar zum gleichen Preis verkaufe wie er, Foteh, seine vorzüglichen aus Danghara.

»Und wieso sprechen sie in Reimen?« wollte der verblüffte Makuschin wissen.

Allem Anschein nach wußte der Gemüseverkäufer nicht, was Reime waren, doch das gestand er einem Fremden nicht gern ein.

»Unsere Sprache ist eben so ...«, sagte er, und damit war das Thema für ihn erledigt. »Brauchst du Rettich? Guck doch, was das für ein Rettich ist, Bruder! Der reinste Zucker!«

… Makuschin faßte den Korb bequemer und sah sich um.

Jetzt kannte er viele hier vom Ansehen. Der eine oder andere riß sich für einen Moment von seiner pausenlosen Basararbeit los, um flüchtig die Hände an die Brust zu drücken und ihm, dem Heizer Sirodshiddin aus der Pastetenbäckerei des dicken Kosim, zuzunicken, als er, den Korb in der Hand, an seinem Stand vorbeiging.

Heute herrschte wenig Betrieb auf dem Basar. Es nieselte; unter dem Schutzdach einer Tschoichona, wo für gewöhnlich um diese Zeit lautes Stimmengewirr war und die kleinen Servierer im Laufschritt die Teekannen zu den Tischen trugen, zerkrümelte ein dunkelhäutiger Glatzkopf in Lederjacke träge einen Fladen über seiner Pijola; auf einem Kat döste der alte Rahmatullo, der einmal im Monat bei ihnen in der Pastetenbäckerei vorbeikam, um die Ofenritzen mit gelbem Lehm zu verschmieren. Am Eingang der Markthalle riefen zwei dicke Tütenverkäuferinnen ihre monotonen Sprüche, Fladenverkäufer priesen hoffnungslos ihre Ware an.

In den normalerweise dicht besetzten Händlerzeilen gähnten Lücken – dort, wo es manchmal heftige Auseinandersetzungen um den Verkaufsplatz gegeben hatte, spazierten Tauben umher und pickten etwas aus den Ritzen.

Das alles mochte er, doch jetzt hatte er es eilig, seine Einkäufe zu erledigen und von hier wegzukommen. Er legte den Kopf in den Nacken und kniff die Augen zu. Die Sonne schien durch die dünnen Wolken, und der sprühende Regen glitzerte wie Baumschmuck.

Seit langem konnte er sich hier mit Fug und Recht als *zugehörig* betrachten. Er beherrschte ihre Sprache und ihre Sitten besser als viele von ihnen selbst, er hatte eine der Ihren zur Frau genommen, und daß sein Kind ihnen zugehörte, stand außer jedem Zweifel. Sicher, hin und wieder wußte er mit einer Wendung nichts anzufangen, oder es ergaben sich Situationen, die er sich erklären lassen mußte. Doch auch darin unterschied er sich nicht von ihnen – genauso schlecht versteht ja der Konibodomer den Karoteginer, nicht anders ergeht es dem Gharmer mit dem Chudshander – und trotzdem behandelt einer den anderen als *zugehörig*.

»Guten Tag, Saud«, sagte Makuschin, am Stand eines Krautverkäufers innehaltend, den er kannte. »Wieviel kostet es heute?«

Hinter seinem Rücken wurde der Händler nicht anders als krummer Saud genannt. Das kam nicht etwa daher, daß er einen körperlichen Defekt gehabt hätte, sondern daß er sich Worte und Taten erlaubte, die dem Ehrenkodex des Basars zutiefst widersprachen. Der Putowski-Basar hatte einen guten Ruf: auf dem Grünen konnte es passieren, daß einer kurzerhand das Messer zückte, hier hingegen wurden hinter dem Rücken des Betreffenden nur giftige Reden geführt: der krumme Saud, dieser blöde Kerl, übertreibt es wieder mal!

Im Unterschied zu allen, die von früh bis spät hier ihre Ware feilboten oder sich einfach in der Hoffnung, etwas durch Vermittlung zu verdienen, in der Basarmenge herumdrückten, war Makuschin, der unter ihnen einen gleichberechtigten Platz einnahm, sonderbarerweise ohne Spitznamen geblieben. Früher hatte er sich darüber keine Gedanken gemacht. Zum Beispiel hätte man ihn Sirodshiddin *den Russen* nennen können ... Doch gab es auf dem Basar bereits Mirso *den Russen*, bloß war der gar kein Russe, hatte nur ein paar Jahre im sibirischen Ussolje im Lager gesessen, daher der Spitzname ... Er selbst wurde einfach Sirodshiddin gerufen.

»Aah, ich weiß gar nicht, was ich dir sagen soll ...« Saud kratzte sich listig lächelnd das Kinn. »Du wirst mir jetzt erzählen, daß der Basar leer ist und die Preise folglich fallen müssen. Stimmt's? Und darauf antworte ich dir – du hast recht, Sirodshiddin! Sie müssen! Nicht wahr?«

»Ja, sie müssen.« Makuschin nickte düster. »Also, wieviel kostet es?«

»So!« sagte Saud und wählte einen schönen runden Kohlkopf aus. »So! Wir nähern uns dem Kern der Sache, sagte ein hoher Chef und kroch unter ... na, egal, wohin er kroch ... Sie müssen! Aber sie tun es nicht!«

»Tatsächlich?« sagte Makuschin mit gespielter Verwunderung und beobachtete düster Sauds Jonglierkünste – wenn man nicht aufpaßte, schob er einem gleich mal einen anderen unter ... zwar keinen fauligen, aber ...

»Natürlich nicht!« rief Saud und warf den Kohlkopf hoch. »Wie der Preis war – sechzig –, so ist er geblieben! Er fällt nicht! Kannst du fragen, wen du willst! Warum sind denn so wenig Leute hier? Weil sie zum Teil auf den Plätzen Kundgebungen veranstalten, zum Teil in ihren Häusern sitzen und darauf warten, daß die auf den Plätzen sich an die Gurgel gehen – dann erwischt es auch die, die jetzt Angst haben, nicht heil auf den Basar zu kommen. Stimmt's?«

»Ich fürchte, du hast recht, Saud«, seufzte Makuschin. »Aber was ist nun mit dem Kraut?«

»Von dem rede ich ja!« rief Saud ungehalten. »Guck es dir an! Ein Köpfchen wie das andre! Schneeweiß, Sirodshiddin! Rund wie die Schneebälle, die wir als Kinder gemacht haben! Warum soll der Preis für solches Kraut fallen, frag ich dich! Morgen oder übermorgen beruhigt sich alles wieder, die Hungrigen verlassen die Plätze und laufen auf den Basar! Kommen angelaufen und sehen: Da liegt es ja, das liebe Kraut! Liegt da und sehnt sich nach ihnen, kann es gar nicht erwarten, gekauft zu werden ... Nicht wahr, Sirodshiddin?!«

»Nein, mehr als vierzig gebe ich nicht«, erklärte Makuschin schroff. »Schöne Lieder singst du, Saud, aber schön ist es auch, wenn das Geld in der Tasche raschelt. Übrigens, warum bist du nicht mit auf dem Platz?«

»Guck doch! Hier, halt mal!« Saud drängte ihm einen Kohlkopf auf. »Spürst du das? Schwer wie ein Stein! Ein einziges kompaktes Stück! Ohne einen unnützen Spalt! Wie? Doch nein, so ist es nicht, Sirodshiddin! Er ist kein kompaktes Stück, dieser Kopf! Wenn du ihn nach Hause bringst und vorsichtig, hier ...«, Saud zeigte mit dem Finger auf die Stelle, »wenn du hier den Strunk herausschneidest, dann ... mmm!, zerfällt er in dünne Blätter! Weiße Blätter, auf denen du nicht einen einzigen Fleck findest! Diese Blätter sind wie Papier mit Wappenmuster! Darauf kann man Erlasse schreiben, Sirodshiddin!« Saud riß sich die Tjubeteika vom Kopf. »Aber wenn du keine Erlasse drauf schreibst, sondern in jedes Blättchen ein Stückchen Fleisch wickelst ... oder das Kraut einfach zerschneidest und in die Schurbo tust ... mmm, Sirodshiddin!«

»Na schön, ich werde mal weitergucken«, sagte Makuschin gelangweilt.

»Und der Strunk!« ließ Saud nicht locker. »Meinst du, den müßtest du wegwerfen, weil er gelb ist und der Geschmack wie bei einem faulen Rettich? O nein! ... Fünfzig – und wir sind uns einig! Zu diesem Preis beziehe ich es vom Feld, Sirodshiddin! Bei Gott!«

Makuschin sah sich um und machte Anstalten zu gehen.

»Fünfundvierzig!« schrie Saud und packte ihn am Ärmel. »Du ruinierst mich, aber gut – fünfundvierzig!«

»Sag mir doch«, bat Makuschin mit düsterem Lächeln, während er den Kohlkopf in seinen Korb packte, »warum bist du nicht mit auf dem Platz, Saud?«

5 Makuschin trat in die Pastetenbäckerei, legte Kraut, Möhren und Kräuter auf den Tisch, zog ein Brett heran und begann den Kohlkopf kleinzuschneiden. Er beeilte sich, und das Messer machte klack! klack! klack!

Als alles geschnitten war, warf er einen Blick in den Kessel und stieß einen Fluch aus. Er goß eine halbe Schöpfkelle heißes Wasser hinein, wischte hastig mit einem Lappen über die fettigen Wände, schwappte den Schmutz in den Hof, besah den Kessel noch einmal mit kritischem Blick, zuckte die Achseln. Nie wurde in der Pastetenbäckerei des dicken Kosim der Kessel ordentlich gesäubert. In dem Öfchen am Zaun prasselte schon das Holz. Er schüttete das geschnittene Gemüse und das Wurzelwerk in den Kessel, füllte Wasser auf und stellte ihn zugedeckt auf den Ofen.

»Farhod, du, Farhod«, sagte er, während er sich die rußverschmierten Hände am Lappen abwischte, »ich habe gerade die Nachbarin getroffen ... sie sagt, Muhiba fühle sich nicht ... ich werd mal rüberflitzen, vielleicht muß ein Arzt geholt werden ... Die Suppe habe ich aufgesetzt ... du mußt sie nur noch salzen, wenn sie zu kochen beginnt.«

»Deine Frau ist eine Städterin«, bemerkte Farhod und stellte die Schüssel weg, mit der er Mehl aus dem Sack auf den Tisch geschüttet hatte. »Man hätte es dir rechtzeitig sagen sollen, Sirodshiddin ... Eine Frau aus dem Kischlak, eine Dörflerin, hättest du nehmen sollen.«

»Was ist sie denn für eine Städterin«, knurrte Makuschin ärgerlich: er hätte schon gehen können, statt dessen mußte er sich auf dieses unnütze Gerede mit Farhod einlassen. »Sie stammt auch vom Dorf, es liegt bloß gleich hinter der Stadt – du weißt doch, aus Charangon.«

»Nein, das ist alles nicht das Wahre«, seufzte Farhod. »Kannst du mir glauben. Ich habe ja selber so eine Zimperliese – mal tut's hier weh, mal da ... ach!« Er machte eine wegwerfende Handbewegung. »Weißt du, was das Gute an den Kischlakfrauen ist? Sie sind nie krank! Wie aus Eisen gemacht. Nicht totzukriegen.«

»Jetzt ist ja nichts mehr dran zu ändern.« Makuschin lachte gezwungen. »Höchstens daß man sich eine zweite zulegt ... Aber zwei durchzufüttern, das schaffe ich nicht.«

»Das stimmt allerdings«, bestätigte Farhod. »Bei Kosim wird keiner dick.« Er spuckte aus und setzte, offenbar verstimmt, eine finstere Miene auf. »Jede Kopeke tut ihm weh, dem Knauser ...«

»Ich geh dann mal.« Makuschin zog hastig den Chalat über. »Sag Kosim ... so und so, ich wär bald wieder da ... kauft sowieso keiner was. Ganze zwei Bleche haben wir bisher verkauft ... Und Brennholz liegt ein ganzer Berg da.«

Farhod zuckte unbestimmt die Achseln und griff, wie gewohnt, nach der Mehlschüssel.

6

Zielstrebig vor sich hin blickend, überquerte Makuschin den farben- und lärmerfüllten Basar, durchschritt das Tor und bog nach links ab, in die entgegengesetzte Richtung.

Die Wolkendecke war dünner geworden, wo sie auseinanderriß, leuchtete der Himmel blau, die Sonne lugte kurz hervor und vergoldete das Laub und den nassen Asphalt. Er schritt rasch aus – so rasch, daß sich seine Stirn unter der Tjubeteika bald mit Schweiß bedeckte.

Am Eingang zum Hotel »Badachschan« ging ein Milizionär auf und ab, die Schaschlikstube war geschlossen: nicht ein Grill qualmte.

Makuschin passierte eilig das Hotel, bog auf den Prospekt ein und sah sich ein paarmal um – zu sonderbar, diese Menschenleere auf dem Platz vor dem Springbrunnen. Der Milizionär blickte ihm mißtrauisch nach.

Schon eine Straße vor dem Fernsprechamt hörte er dumpfes Dröhnen, in das sich metallisches Geklirr mischte. Die von Lautsprechern verstärkte Stimme nahm sich aus wie Donnergrollen über einem Eisendach. Nicht ein Wort war zu verstehen.

Weitere hundert oder zweihundert Meter näher gekommen, sah er, wie sich aus der bereits erkennbaren Menge an die dreißig Mann lösten und in seine Richtung liefen. Makuschin verhielt den Schritt und beobachtete sie argwöhnisch. Es waren junge Burschen, einer wie der andere in einen grünen Chalat gekleidet und mit einem weißen Tuch gegürtet, auf dem Kopf trugen sie einen gleichfalls weißen schmalen Turban. Einander anspornend, rannten sie mit Geschrei auf ihn zu, und ihn befiel würgende Angst – warum rannten sie? Wollten sie womöglich etwas von ihm? Sollte er nicht auch losrennen? Er erstarrte und machte sich, an die Wand gedrückt, auf das unvermeidliche Unheil gefaßt. Das Stampfen der sechzig Füße kam näher, nun war es heran – und sie sausten vorbei, ohne ihm die geringste Beachtung zu schenken, umgaben ihn mit ihrem geräuschvollen Atem, der an den eines wutschnaubenden Riesenwesens erinnerte, stürmten weiter bis zur Kreuzung, bogen um die Ecke und verschwanden.

Zögernd ging er weiter. Rechter Hand sah er eine aus Brettern gefertigte Vorrichtung zum Anbinden von Pferden, an der einige abgesattelte Tiere mit tief herabhängenden Köpfen standen. Vorn, an den Granitstufen der Kolonnade des Ministerratsgebäudes, war ein Lastwagen mit heruntergeklappten Bordwänden zu erkennen. Hier und da flatterten über den Köpfen grüne Fahnen. Über dem Lastwagen wehte ebenfalls eine grüne Fahne und daneben eine weiße. Der Lkw schien in der brandenden Menge zu schwimmen. Auf der Ladefläche, die mit Teppichen ausgelegt war (sie hingen seitlich herab, und der dicke Wollstoff glänzte metallisch im Sonnenlicht), stand ein graubärtiger Mann, ganz in Weiß, der aus Leibeskräften in ein Mikrophon schrie. Als Antwort auf seine Worte reckten sich Arme hoch wie Wald. Weiter weg vom Redner wurde der Wald lichter.

»Schreihals der«, sagte finster ein kleinwüchsiger Mann in zerschlissenem Chalat: überall sahen weiße Wattebüschel heraus. »Sollte besser was erzählen, was Hand und Fuß hat ... Auch so ein Schweinehund!«

Makuschin fing ungewollt seinen bohrenden Blick auf und zuckte die Schultern.

»Wer soll sich da zurechtfinden«, sagte er. »Klingt richtig, was er sagt.«

Der Mann spuckte aus und drehte sich weg.

Der Redner auf dem Lkw hob die Arme gen Himmel und stimmte einen lauten Gesang an. Die Menge schwappte vom Lkw zurück – diejenigen, die ihn umringten, knieten nieder.

»Im Namen des großen, barmherzigen Gottes!« sang der Graubärtige.

Makuschin umging die Ansammlung und stieß auf die Reste eines niedergebrannten Kioskes. Der Rußgestank benahm ihm den Atem, daß ihn heftiges Zittern befiel.

»Aaaah, aaaah, aaaah!« – undefinierbare, metallen scheppernde Worte flogen vom Lkw zu ihm herüber, jedes dieser Worte beantwortete die Menge mit einem tiefen Aufstöhnen: etwas zog sich in ihr zusammen, wie bereit zum Zuschlagen, doch da das erwartete Kommando ausblieb, ließ die Spannung vorübergehend nach.

Fluchend machte er kehrt: um zum Platz der Freiheit zu gelangen, blieb ihm jetzt nichts anderes übrig, als einen Bogen um mehrere Häuserblocks zu schlagen.

Im Eilschritt gelangte er zur Nisami-Straße zurück, bog in sie ein und hastete weiter. Hier war es ganz still – nur das Rascheln des frischen Platanenlaubs war zu hören, und wären nicht da und dort der Haupteingang und die Fenster im Erdgeschoß mit Brettern vernagelt gewesen, hätte die Straße völlig unverändert gewirkt.

Den Kopf vorgeneigt und die Zähne zusammengebissen, schritt Makuschin mit dem energischen, federnden Gang eines Mannes aus, der sich zu einem Stelldichein verspätet, von dessen Ausgang sein ganzes Leben abhängt. Das Zittern hatte sich gelegt, und jetzt ärgerte er sich darüber, daß es ihm nicht gelungen war, die Furcht zu bezwingen, die ihn beim Anblick der unter dröhnenden Megaphonen zum Gebet niederknienden Menge ergriffen hatte. Sein Gesicht brannte. Hätte er nicht solche Angst gehabt, wäre es ihm möglich gewesen, sich der Menge anzuschließen, in ihr aufzugehen ... Er spürte, daß dies der letzte Schritt hätte sein können, die Überwindung der letzten Stufe, die ihn von denen trennte, denen er sich *zugehörig* fühlte.

Zehn Minuten später betrat er den zweiten Platz durch eine Gasse am Sommertheater, dessen Grünanlage vollgedreckt war mit Papier und milchig-weißen Präservativen, und hielt unwillkürlich inne, als er zwischen den Zweigen der Liguster- und Jasminbüsche die Umrisse einer wenn auch noch ziemlich weit entfernten Menge ausmachte.

Die Lautsprecher plärrten auch hier, nur stand der Redner nicht auf einem teppichausgelegten Lastwagen, sondern auf einem grünen kantigen Schützenpanzerwagen.

»Daß die Opposition das Parlament auseinanderzujagen beabsichtigt, ist nach der von ihren Führern abgegebenen Erklärung offenkundig geworden!« Wie schwere Steine schleuderte der Redner, der mit dem schwarzen Mikrophon verschmolzen schien, die Worte hinaus, und sie rollten über den Platz.

Der böige feuchtwarme Wind zerrte an seinem bunten Schlips. Er hielt ihn mit der Hand fest und schrie noch einen Satz hinaus. Er schrie sich fast die Seele aus dem Leib, legte, nachdem er zwei, drei Worte in die Menge geworfen hatte, eine kurze Pause ein, um pfeifend eine neue Portion Luft einzusaugen, und jede dieser Pausen beantwortete die Menge mit zustimmend-düsterem Grollen.

»Die Pflicht des Volkes! ... in diesem für die Ordnung! ... und die Demokratie so schweren Augenblick! ... Als sich der Schatten der Vergangenheit auf unsere Zukunft legte! ...« Die Menge brüllte auf, die Fäuste flogen hoch. »Und auf das gesetzmäßig vom Volk gewählte Parlament! ...«

Makuschin bezwang sein Entsetzen und stimmte, die Augen zusammengekniffen und die geballte Faust gen Himmel gereckt, in das Geschrei ein. Und kaum hatte er das getan, strömte eine Welle heißen Wonnegefühls vom pochenden Herzen durch seinen Körper.

»Aaaah!« schrie er und schüttelte die Faust im Takt der Worte. »Par-la-ment! Par-la-ment! Par-la-ment!«

»Auf persönliche Anordnung des Präsidenten! ...«, der Redner riß den Kopf hoch und bleckte die Sonne an, unerwartet verstummte der Platz, einen Moment lang wurde das Rauschen des Windes hörbar und das Scharren Tausender Füße, »die vom Parlament gebilligt worden ist, beginnt die Bildung von Freiwilligenabteilungen!«

Anschwellendes Tosen und Schurren gleich einer über Sand heranrollenden Meereswoge, Grollen, das jäh in Gebrüll umschlug.

»Der Präsident wendet sich an euch! ... Alle, die in der Armee gedient haben! ... die damit umzugehen wissen! ... können sich eine Waffe aushändigen lassen! ... gegen Vorzeigen des Ausweises! ... Wir müssen antreten zur Verteidigung ... für den Schutz von Gesetz und Ordnung!«

Das Nordtor des ehemaligen ZK-Gebäudes ging langsam auf. Die Torflügel, gegen die ein paar verdreckte Soldaten andrückten, setzten sich in den quietschenden, verrosteten Angeln widerstrebend in Bewegung. Wenige Sekunden später schob sich aus dem Hof das massive Hinterteil eines zweiten Schützenpanzerwagens in die entstandene Lücke.

Die Menge wogte und brandete gegen das Tor an. Makuschin drängelte mit den anderen, keuchend schob er sich näher.

Er hatte Glück: zur Mauer getragen, wurde er vom Rückstrom erfaßt und sofort wieder von Körpern eingezwängt, die ihn diesmal direkt an den Schützenpanzerwagen drückten.

Aus dem Hof wurden Kisten herbeigetragen. Bevor sie sie hochwuchteten, schlugen zwei stämmige Fähnriche die Deckel ab.

»Ausweis!« bellte ein Milizoberst, der sich die nächste Kiste vornahm. Neben ihm auf dem Panzerwagen stand ein Zivilist, der die Ausweise kontrollierte. Der Oberst wollte die MPi, nach der bereits jemand griff, nicht hergeben. »Deinen Ausweis sollst du zeigen, habe ich gesagt!«

Makuschin reckte sich gleichfalls nach der Waffe, doch war er noch zu weit entfernt. Nervös schätzte er seine Chancen ab: vor ihm würden noch mindestens drei oder vier Mann ihre MPi bekommen. Nach Luft ringend, steckte er die Hand in die Tasche und ertastete seinen Ausweis.

»Faisullojew heiße ich!« schrie ein untersetzter Glatzkopf mit mächtigem Schnauzbart, der sich die Tjubeteika vom Kopf gerissen hatte. »Wenn ich doch meinen Ausweis nicht bei mir habe! Wenn ich ihn nicht bei mir habe, darf ich dann den Präsidenten nicht beschützen?! Mich kennen doch alle hier! Frag, wen du willst! Den hier zum Beispiel!« Zornig wies er auf Makuschin. »Oder den! Gib schon her! Giiib heeer!«

»Giiib!« schrie Makuschin wie von Sinnen, »heeer!«

Der Oberst stieß einen Fluch aus und hielt dem Schnauzbärtigen mit einem Ruck den Kolben entgegen. Die ölige Kalaschnikow an sich gepreßt, wühlte der sich durch die Menge.

»Mir auch!« brüllte Makuschin zusammen mit den anderen. »Miiir aaauch!«

»Gott im Himmel!« sagte plötzlich der Zivilist auf russisch, indem er sich zu ihm herabneigte. Ist denn das die Möglichkeit! Sie, Sergej Alexandrowitsch!«

Makuschin erkannte ihn ebenfalls und fuhr zusammen – Alischer, der wissenschaftliche Sekretär. Sein Herz raste wie wild. Wie wissenschaftliche Sekretäre dazu kamen, Waffen auszuteilen, war jetzt unwichtig. Was treibst du hier, du Teufelsbraten! Dieser Mann war ein Stück seines weit zurückliegenden, gänzlich verdrängten Lebens, an dessen Stelle ein anderes, das gegenwärtige getreten war. Er wollte mit jenem nichts mehr zu tun haben. Er wollte nur hierbleiben, in der Menge, er wollte endgültig *dazugehören*.

»Miiir aaauch!« schrie er mit einem Gefühl der Hoffnungslosigkeit. Ihm war klar, daß seine einzige Chance, nicht identifiziert zu werden, darin bestand, auf gar keinen Fall Russisch zu sprechen. Sollte der Kerl doch glauben, daß er sich geirrt hatte! Wie, um Himmels willen, hatte er ihn bloß erkannt! Er durfte sich nicht anmerken lassen, daß er ihn kannte! Nicht mit der Wimper zukken, keine Miene verziehen! Und nichts von wegen Russisch! Er mußte vergessen, einfach vergessen, daß er Russisch konnte! Das fiel ihm leicht – schon lange hatte er kein Wort Russisch mehr gesprochen. »Gib her! Miiir aaauch!«

Alischer richtete sich erstaunt auf und starrte Makuschin sekundenlang an, wobei es in seinem Gesicht heftig arbeitete, dann griente er verächtlich und sagte etwas zu dem Obersten, was der versteinerte Makuschin im Gebrüll der Menge nicht verstand.

7 »Und kannst du dir das vorstellen«, sagte er, wie trunken blinzelnd, »kannst du dir das vorstellen! Sie haben mich rausgestoßen, und dieser ... dieser Widerling Alischer schrie mir nach ... weißt du, was er mir nachgeschrien hat?«

Farhod schüttelte den Kopf.

»Er schrie ... Russenschwein! schrie er«, erklärte Makuschin mit tragischer Feierlichkeit. »Ja, das hat er mir nachgeschrien ... Scher dich weg, du Russenschwein! Kannst du dir das vorstellen? Das sei alles das Werk der Russen ... Als ob ich ... ach!«

Makuschin ballte die Hand zur Faust und ließ sie auf den mit Stahlblech beschlagenen Arbeitstisch niedersausen.

Die Dunkelheit war bereits hereingebrochen und die Pastetenbäckerei geschlossen, auf dem Blech erkaltete das Öl, das nur noch schwach glimmende Feuer erhellte die Wände des offenen Ofens, zur Tür herein fiel das Licht einer Straßenlaterne.

Auf dem Tisch stand eine Wodkaflasche, in einer verbeulten Aluminiumschüssel lagen kalt gewordene Pasteten.

»Verstehst du, Sirodshiddin«, sagte Farhod sanft, »es gibt immer solche und solche ... Pfeif drauf! Ein übler Kerl, selbst wenn du den zum Akademiemitglied machst, bleibt ein übler Kerl! Pfui! Mach dir bloß nichts draus!«

»Wie soll ich mir nichts draus machen, wenn ...«, setzte Makuschin an, brach jedoch ab, weil er das, was sich ihm auf die Zunge drängte, heute schon zwei-, dreimal ausgesprochen hatte. Er verstummte und machte eine wegwerfende Handbewegung. »Ach, gieß lieber ein, und dann gehen wir.«

»Daß du dich da hingetraut hast, verstehe ich nicht!« sagte Farhod leise und füllte behutsam Wodka in eine Pijola. »Das ist doch einfach verrückt! Du hast Frau und Kind! Und gehst auf diesen Platz! Stellst dich nach einer MPi an! Was für eine Dummheit! Meinst du, das Volk hätte sich versammelt, um über sein Schicksal zu entscheiden?«

Er goß den Wodkarest in eine zweite Pijola und stellte die leere Flasche auf den Fußboden.

»Weißt du, was da wirklich geschah?«

»Was denn?« fragte Makuschin.

»Ääh, Sirodshiddin!« Farhod wiegte die Pijola in der Hand. »Du bist ein Einfaltspinsel, Bruderherz ... Dort wurde unser Fleisch geteilt. Verstehst du?«

Makuschin schwieg.

»Man hat das Volk auseinandergehauen wie einen toten Hammel ... und in Stücke zerlegt ... Diese Keule gehört mir und die hier dir, und den Kopf bekommt der Natschalnik ... Sind alle zufrieden mit ihren Stücken? Reicht es allen für ihre Schurbo, ihren Pilaw? Fühlt sich keiner zu kurz gekommen? ... Daß der Hammel niemals mehr Gras zupfen gehen wird ... das ist eben sein Schicksal als Hammel! Verstehst du?«

»Ich weiß nicht«, brummte Makuschin. »Ziemlich verschwommen, was du da redest, Farhod.«

»Na, macht nichts«, meinte Farhod schmunzelnd. »Irgendwann wirst du es begreifen ... Es ist ja nicht so einfach, da durchzugucken.«

Er kippte den Wodka hinter, stellte die Pijola auf den Tisch, machte mit den Händen eine Bewegung, als wasche er sich das Gesicht, und sagte:

»Amen.«

»Amen«, sagte auch Makuschin, der eine sonderbare innere Leere fühlte.

Sie schlossen die Tür der Pastetenbäckerei ab und drückten die Gartenpforte zu. Der Basar lag leer und dunkel, nur neben zwei am Abend eingetroffenen Lastwagen gab es noch Leben – eine Lötlampe summte, ihre blaue Flamme umfing eine schwarze Topfwand, Stimmen waren zu hören, in den Fahrerhäusern der Kamas brannte Licht.

»Kartoffeln haben sie hergebracht«, bemerkte Farhod, ein Gähnen unterdrückend. »Aus Dshirgital. Ein paar Wochen kommen wir über die Runden.«

Sie waren am Tor angelangt.

»Bis morgen dann.«

»Bis morgen«, erwiderte Makuschin.

Leicht schwankend ging er durch eine Gasse, und wie schattenhafte Aquarelle glitten die Ereignisse des Tages in endloser Folge an seinen Augen vorbei, über die in der Dunkelheit nicht zu erkennenden Sträucher, Lehmmauern und Wände. Von Zeit zu Zeit sprach er einen Satz, der fest zu einem der Bilder gehörte, und seine eigene Stimme erschien ihm fremd.

An einer Kreuzung rief ihn jemand an.

»Was?« fragte Makuschin und blieb stehen.

Er spähte vergeblich in die Dunkelheit. Jetzt vermeinte er etwas aufblitzen zu sehen.

»Warte, Bruder!« wiederholte die Stimme einschmeichelnd.

Von einem Duwol lösten sich zwei oder drei Schatten, traten lautlos in das gespenstische, nur mehr zu ahnende Licht einer Straßenlaterne, die zwei Häuserblocks entfernt stand, und verwandelten sich in argwöhnische Menschen.

»Aus Kulob?« flüsterte der eine, über dessen Schulter eine MPi hing, nach Jägerart mit dem Lauf nach unten.

Zurückweichend schüttelte Makuschin stumm den Kopf – ihre Gestalten, die schimmernden Stahlkronen, der lackglänzende MPi-Kolben, all das löste ein solches Entsetzen in ihm aus, daß es ihm die Kehle zuschnürte.

»Ich? Aber nein! Wie kommt ihr darauf ...«

»Bruder«, sagte der eine, mit Goldkrone, sanft und kam dichter heran. »Hab keine Angst, Bruder! Sprich mir doch mal den Satz nach – also, sprich nach: Foruk reitet auf einem krausen Schäflein ... Na los, sprich nach, habe ich gesagt, du Mistkerl!«

Seine Stimme zischte plötzlich, und er machte mit der Hand eine jähe Bewegung, als reiße er einen Faden ab.

»Foruk reitet ...«, sagte Makuschin heiser, ohne zunächst zu begreifen, was sie von ihm wollten; seine Beine zuckten, er war drauf und dran davonzurennen.

»Na!«

»Foruk reitet auf einem krausen ...«, preßte er hervor – er überlegte fieberhaft, doch der geheime Sinn der Prüfung ging ihm erst auf, als seine Zunge das Wort ausgesprochen hatte, wie er es von Muhiba zu hören gewohnt war, Muhiba sang es ja oft an der Wiege ihres Sohnes: »Foruk reitet auf einem krausen Schäfelein ... Sterne funkeln an seinem glänzenden Zäumelein!«

Das war es also! Sie hatten ihn gezwungen, den Kinderspruch

aufzusagen, um seine Aussprache zu prüfen! Den Kulober verriet die Intonation dieser ländlich geprägten Endungen: Schäfelein, Zäumelein!

Er schrie auf und rannte in die Dunkelheit, und vielleicht wäre es ihm geglückt, zu entwischen – diese Gäßchen um den Basar herum kannte er wie das Liniengeflecht seiner Hand. Doch der dritte, der links stand, stellte ihm blitzschnell ein Bein, und er krachte in den Dreck, sein Ellbogen prallte schmerzhaft auf einen Stein.

Jemand stürzte sich mit heiserem Grimm auf ihn, Makuschin warf sich herum, um ihn abzuschütteln, und da riß im die breite schwarze Klinge eines Ura-Teppa-Messers die Leber auf.

Der Kerl ließ ab von ihm, und als er sich an den Leib faßte, hörte er unter eiligen Füßen den Morast schmatzen.

»Foruk reitet auf einem krausen Schäfelein …«, murmelte er, indem er sich streckte, so daß seine Fußspitzen durch den schwarzen Lehm scharrten. »Sterne funkeln an seinem glänzenden Zäumelein …«

Einen Moment packte ihn das Leid, dennoch starb er glücklich – seine *Zugehörigkeit* hatte Anerkennung gefunden.

SECHSTES KAPITEL
DER SPRINGBRUNNEN-CHEF

Der Stolz der Stadt Churramobod waren ihre fünf, sechs großen Springbrunnen, von denen allerdings nur drei Erwähnung verdienen.

An erster Stelle wären die großen Granitschalen vor dem ZK-Gebäude zu nennen. Hier schmückte die Sonne die Wasserkaskaden mit Tausenden kleiner Regenbogen, die, gleichsam erschreckt von der düsteren Gestalt des Postens, der mit einer MPi vor dem Eingang Wache stand, wie ein Schwarm Zaubervögel auseinanderstoben.

Die zweite Stelle beanspruchen durften die fünfundzwanzig silbrigen Strahlen, die vor den Spitzbogenfenstern des Ministerratsgebäudes aus tiefen Marmorkübeln emporstiegen.

Damals jedoch, als bei Einbruch der Dunkelheit die Gefahr, in das Messer eines Churramoboder Ganoven zu laufen, noch gering war, gaben die alten Leute und die Verliebten der demokratischen Kühle des dritten Springbrunnens den Vorzug, die man auf dem Platz vor der Oper genießen konnte. Der dritte Springbrunnen war wesentlich größer als die beiden anderen, mußte es auch, hatte seine Architektur doch gewichtigen Gegebenheiten Rechnung zu tragen – direkt hinter ihm, vom breiten Prospekt aus gesehen, erhob sich ein Hügel mitsamt der Oper und ihren Kolonnaden, rechter Hand ein Hotel und links ein großes viergeschossiges Gebäude mit einem Feinkostgeschäft im Erdgeschoß.

Wären nicht die abgerundeten Kanten gewesen, hätte man die mit Granit verkleidete Schale als quadratisch bezeichnen können. Zu ihren vier Seiten rauschte das Wasser herab, Luftblasen zerplatzten mit hellem Klang, und aus der Mitte schoß mit vehementem Pfeifen der größte Strahl, die Hauptfontäne – um sie in voller Höhe betrachten zu können, mußte man den Kopf weit in den Nacken legen.

Um den Springbrunnen herum zog sich eine mit Marmorgrus bestreute ringförmige Allee, hinter der hohen Einfassung blühten Jasmin- und Rosenbüsche, und in ihren Ecken ragten vier alte Kastanien; im Schatten eines dieser Bäume stand ein Bücherkiosk, und in die knorrige Rinde eines zweiten hatte jemand in schönen Buchstaben den Namen GULJA geschnitten.

Als ihn seine Frau vor sechs, sieben Jahren endgültig aus dem Haus gejagt hatte, war Beljasch in den Ventilraum des Springbrunnens umgezogen. Er befand sich unter der Erde, und hinein gelangte man durch eine rostige Eisentür, die am Fuße des Hügels in die verkleidete Mauer eingelassen war. Von drei Seiten stieß die unverputzte Ziegelwand an den Hügel, deshalb war der Raum fensterlos, und um Licht zu haben, hatte sich Beljasch von einem Theaterelektriker eine Leitung legen lassen.

Er betätigte ausschließlich das Hauptventil, die übrigen fünf, die von zweitrangiger Bedeutung waren – mit ihnen ließ sich der Druck der einzelnen Wasserstrahlen regulieren –, hatte er auf Dauerbetrieb eingestellt und sicherheitshalber mit Draht umwickelt, um sie nicht etwa in betrunkenem Zustand zu verwechseln. An drei Stellen tropften die alten Rohre, doch angesichts der Churramoboder Witterungsverhältnisse bereitete das nur im Winter Probleme. Gegen Kälte und Feuchtigkeit behalf sich Beljasch mit einem auf zwei Ziegelsteinen stehenden verrosteten Elektroheizer (auf ihm kochte er sich auch in einem Aluminiumtopf Kartoffeln). Im Sommer aber war es hier schön kühl.

Zum Schlafen diente Beljasch eine Liege, um die ihn manch einer beneidet hätte. Zu verdanken hatte er sie Kamol dem Zauberkünstler – eines Tages war der mit der Nachricht angelaufen gekommen, daß buchstäblich vor fünf Minuten auf der Müllkippe hinter dem Schuhladen eine noch ganz fabelhafte Liege abgeladen worden sei und er, Kamol, bereits einen Bengel, der ihm zufällig über den Weg gelaufen sei, zur Bewachung danebengestellt habe … Später grübelte Beljasch immerzu darüber nach, warum Kamol sie eigentlich nicht selbst mitgenommen hatte. Er wohnte in einem Kischlak, und dort hätte man wer weiß was dafür gegeben! Kurzum, sie rannten sofort los und taten gut daran – die lahme Saida von der Nagornaja-Straße war schon dabei, keuchend und dem eingeschüchterten Jungen mit dem Krückstock drohend, die Liege in Richtung Basar zu schleppen.

»Gute Sachen bleiben nicht lange herrenlos!« stellte Beljasch fest, nachdem sie die Liege der Alten wieder abgenommen hatten und zum Springbrunnen trugen. »Ist doch so! Erinnerst du dich an Kater-Sjoma? Einmal fand er hier ein Paar Handschuhe. Steht da wie ein Vollidiot, betrachtet sie und weiß nicht, ob er sie nehmen soll! Ich warf bloß einen Blick drauf – fast wie neu! Nimm sie nur, Sjoma, sage ich, nimm sie! Solche Handschuhe, sage ich, findet man nicht auf der Straße!«

Sie warfen die alte Pritsche raus, stellten die Liege auf und hoben vor Freude kräftig einen. Dann drehte Beljasch das Ventil voll auf, und sogleich zog die Kühle des Springbrunnens einen dankbaren Menschenstrom an. Blinzelnd saß Kamol auf einer Bank neben dem angesäuselten Beljasch und betrachtete mit erstarrtem Lächeln, wie der mächtige Wasserstrahl in den dunkelnden Himmel schoß, über den im Zickzack Fledermäuse flatterten.

»Wer ist der Springbrunnenchef?« brabbelte Beljasch. »Ich bin der Springbrunnenchef! Schön ... soll er ... Wenn ich will, stell ich ihn ab ... nicht wahr, Kamol? Vorläufig aber ... soll er ...«

Der Trick, mit dem sich Kamol der Zauberkünstler sein Brot verdiente, machte einen unverändert starken Eindruck auf die Wein-, Auberginen- und Kartoffelhändler, die sich, nachdem sie ihre Ware an den Mann gebracht hatten, in der Basar-Tschoichona aufgekratzt ihren Wodka schmecken ließen und einem Wappen-Zahl-Spielchen nicht abgeneigt waren. War die Wette abgemacht, holte Kamol ein silbernes Halbrubelstück aus dem Jahre zweiundzwanzig aus seiner Tasche und ließ es hochsausen, daß es schwirrte wie ein Propeller. Hatte er es aufgefangen, warf er die Faust empor und verkündete, ohne zu überlegen, wie die Münze lag; behutsam, als fürchte er, das Glück zu verprellen, öffnete er dann die Faust. Jeder, den es interessierte, konnte sehen, daß er auch diesmal recht hatte. Der eine oder andere von denen, die den kürzeren zogen, äußerte die Vermutung, daß Kamol der Zauberkünstler auf geheimnisvolle, aber unredliche Weise den Flug der Münze zu steuern wisse, sie, wenn nötig, eine zusätzliche halbe Drehung ausführen lasse, was eine ehrliche Wette zu einem Bubenstück mache.

Einmal hatte Beljasch, der Kamols Kunst gegenüber voll abergläubischer Hochachtung war, ihn gefragt, wie er das denn so hinkriege. »Ich weiß es eben einfach«, hatte Kamol erwidert. Der betrunkene Beljasch nahm es ihm nicht ab. »Wie das! Wie willst du das wissen!« ereiferte er sich. Kamol zuckte leidenschaftslos die Achseln. »Ich weiß es eben! Als ob ich es sehen würde … verstehst du? Wenn ich sie hochwerfe, sehe ich es schon. Verstehst du?«

So unangenehm es ihm war, den Freund an der Nase herumzuführen, konnte er ihm doch nicht verraten (was zwei wissen, wissen alle!), daß er einen simplen Kniff beherrschte, den er in der Kindheit von seinem Großvater Nurali gelernt hatte. Der Kniff bestand darin, die Münze nicht mit der ganzen Hand aufzufangen, sondern sie zwischen Zeige- und Ringfinger zu klemmen und den Mittelfinger erst den Bruchteil einer Sekunde später draufzudrücken, wenn er bereits gesehen hatte, was er wissen mußte …

»Los, noch mal!« drängte ihn jetzt ein schnurrbärtiger Rotkopf aus Danghara, dessen Gesicht sich auf ungute Weise verfärbt hatte. Da ihn der erlittene minimale Verlust ungemein wurmte, wollte er ihn partout wettmachen und hatte Kamol schon breitgeschlagen, nicht seine Zaubermünze, sondern ein einfaches Fünfkopekenstück zu benutzen. Aber auch damit war dreimal hintereinander das gleiche herausgekommen. »Los, schmeiß schon!«

»Hör zu, Bruder!« sagte Kamol leise und sanft, da er ihn endlich im guten loswerden wollte. »Ist gut, hm? Du vertraust mir nicht, und ich sage dir wie einem Bruder – ich errate es immer! Verstehst du?«

»Los!« Der Danghariner ließ nicht locker – der Offiziersgürtel auf seinem Bauch spannte sich beängstigend. »Willst du, daß ich blamiert dastehe?! Habe ich etwa nicht verloren? Wieso läßt du mir nicht meine Chance? Hier, nimm schon, nimm!« Und er steckte Kamol den nächsten Schein zu. »Los! Wenn du nicht mitmachst, dann werfe ich jetzt selber, und du darfst raten!«

Diese Forderung quittierten die Zuhörer, die teils an kleinen Tischen, teils auf Kats beim Tee saßen und das Duell verfolgten, mit erstaunt-beifälligem Raunen.

Der Danghariner stank dermaßen nach Wodka, daß es Kamol fast den Atem verschlug.

»Na schön ...« Er zog die Schultern hoch. »Ich habe dir alles gesagt, oder?« Und auf russisch fügte er hinzu: »Nimm's mir nicht krumm, aber ich habe dich gewarnt ...«

Vorsichtig, als hinge der Ausgang der Sache davon ab, legte er die Münze auf den Zeigefinger, sog pfeifend die Luft durch seine fauligen Zähne – und im nächsten Moment sauste die Münze wie eine gelbe summende Biene so hoch in die Luft, daß sie um ein Haar die löchrigen verstaubten Blätter eines alten Maulbeerbaums berührt hätte.

»Hopp!« sagte Kamol, indem er sie auffing und die Hand zur Faust ballte.

Er kniff die Augen zu und richtete das Gesicht himmelwärts. Wappen!

»Gleich wirst du sehen, daß die Zahl oben liegt«, verkündete er gelangweilt und öffnete die Hand.

»Aaah!« schrie der glückliche Danghariner auf und schlug sich auf die Schenkel. »Ich habe es doch gesagt! Er hat einfach Glück gehabt! Und jetzt hatte er kein Glück! Von wegen Kunststück!«

Der düster lächelnde Kamol gab das verlorene Geld her und trottete zu seinem Tisch.

»Bring eine neue Teekanne«, sagte er zu dem flinken Jungen, der bei dem Tschoichona-Besitzer Firus als Servierer arbeitete. »Ist der Pilaw fertig?«

»Nein, Ustod ...« Der Junge schüttelte betrübt den Kopf. »In einer Stunde, eher nicht. Ustod, zeigen Sie das Kunststück noch mal?«

»He! Bring lieber Konfekt«, sagte Kamol gespielt ärgerlich. »Und Parwarda und Nabot!«

Lässig warf er einen der gewonnenen Scheine auf den Tisch.

Der Junge brachte das Bestellte im Laufschritt – die Teekanne, dazu eine neue Pijola und ein Tellerchen mit Süßigkeiten – und schüttete das Restgeld auf den Tisch, von dem ihm Kamol mit beruhigendem Kopfnicken genau die Hälfte zuschob; das war das Opfer, dazu bestimmt, ihm anhaltendes Glück zu garantieren.

»Danke, Ustod!« sagte der Junge froh. »Bringen Sie mir bei, wie man die Münze wirft?«

Kamol hob abwehrend die Hand. Der Junge nahm die benutzte Pijola vom Tisch und flitzte davon.

Die Luft war mild, die Sonne wärmte den grauen Asphalt und glänzte in den Pfützen, in denen Spatzen ein Bad nahmen. Kamol der Zauberkünstler kniff die Augen zu, während er an einem mehlig-süßen Stück Parwarda sog. Er sah recht zufrieden aus. Selbst die tiefen Falten zu beiden Seiten der Hakennase, die in seinem dunkelhäutigen knochigen Gesicht wie schwarze Schlitze wirkten, hatten sich ein wenig geglättet.

Die abgeschlagene Pijola in der Hand wiegend, beobachtete Kamol zwei Koreaner, die etwas auf die Schnelle aßen. Sicherlich handelte es sich um Zwiebel- oder Melonenhändler. Er hatte gehört, daß die Koreaner ungewöhnlich leidenschaftliche Spieler waren, sich leicht verleiten ließen und in einen waren Spielrausch gerieten. Angeblich gab es bei ihnen spezielle Etablissements, wo in einer Nacht riesige Beträge durchgebracht oder märchenhafte Summen eingenommen wurden. Für sein im kleinen betriebenes Geschäft war auch das von Bedeutung, denn von der Leidenschaftlichkeit des Kunden hing es ab, wie lange man ihn ausnehmen konnte, ohne zu riskieren, mit ihm aneinanderzugeraten. Den Zwiebelhändlern schien indessen nicht der Sinn nach Zerstreuung zu stehen: Schlürfend und sich verbrennend verdrückten sie hastig je zwei Portionen Laghmon, bezahlten, griffen nach ihren Taschen und verließen die Tschoichona.

Überhaupt ging es auf dem Putowski-Basar heute irgendwie eintönig und hektisch zu. Der Bierausschank am Nordtor war seltsamerweise geschlossen, kein Grill qualmte in der Schaschlikstube. Der Flohmarkt, wo normalerweise alte Leutchen ziemlich erfolglos ihren Krimskrams anboten, hatte sich geleert. Einige Verkaufsstände im Gebäude der ehemaligen Schnellgaststätte waren gleichfalls geschlossen. Auch die Händler schienen mit ganz anderen Dingen beschäftigt, die sie bisher nie gekümmert hatten. Kamol registrierte verwundert, daß die unerfindliche Unruhe der Leute ein bisher nie gekanntes Ausmaß erreicht hatte: die Händler verließen ihre Stände und lungerten, heftig über etwas debattierend, mit den Müßiggängern zwischen den Marktzeilen herum.

»Hier steckst du also!« sagte Beljasch unzufrieden und zog einen Stuhl heran, um sich hinzusetzen. »Trinkst Tee!«

Kamol schmunzelte.

»Ich arbeite!« sagte er, die Augen in der warmen Februarsonne zukneifend.

Dann kippte er den Rest aus seiner Pijola auf den Betonfußboden, goß frischen Tee ein und reichte sie, die Hand an die Brust gelegt, Beljasch.

»Ach«, meinte der wegwerfend, »Tee ist kein Wodka, viel kann man davon nicht trinken.«

Doch dann nahm er die Pijola und probierte einen Schluck, wobei er unwillkürlich eine Grimasse zog.

Normalerweise hinterließen Prügeleien in Beljaschs zerknittertem Gesicht (das, gemessen an seiner gedrungenen, schlaffen, ungefügen Figur, etwas groß erschien) keine Spuren. Heute aber schmückten es ein leicht verblaßtes Veilchen unter dem linken Auge (das stärker verquollen war, aber, wie auch das rechte, den Ausdruck argwöhnischen Gekränktseins bewahrte) und eine frische Schramme an der Wange, über deren Herkunft Beljasch qualvoll nachgrübelte, seit er aufgewacht oder, besser gesagt, zu sich gekommen war.

Bei Kamol stand es mit dem Gedächtnis etwas besser, denn zumindest in einem Winkel seiner Seele blieb er Moslem und trank niemals soviel Wodka wie der Russe Beljasch, dem vor jedem Osterfest einfiel, daß er ein Orthodoxer war.

Deshalb hätte er seinen Freund daran erinnern können, daß sie am Ende des gestrigen Tages im Souterrain der Bierstube am Restaurant »Pamir« gelandet waren. Das letzte Geld ging für säuerliches Churramoboder Bier drauf, wonach Beljasch endgültig die Übersicht verlor, von Stehtisch zu Stehtisch ging und mit aggressivem Krakeelen seine, Kamols, außergewöhnlichen Fähigkeiten in puncto Wappen und Zahl anpries. Ungeachtet der fortgeschrittenen Stunde und der Tatsache, daß beide samt ihren Fähigkeiten bei den Stammgästen der Kneipe bekannt waren wie bunte Hunde, fand sich einer doch bereit, ein wenig Geld in das von Beljasch angebotene Unternehmen zu investieren. Als es dann aber losgehen sollte, war Kamol nicht mehr imstande, den Beweis irgendwelcher Fähigkeiten anzutreten – die Gesichter verschwammen, die Decke über ihm schwankte so schön, er konnte kaum noch vor Lachen ... bloß gut, daß sein Halbrubelstück, mit unsicherer Hand in die verräucherte Luft geworfen, daß es mit einem hellen Klang gegen den Leuchter schlug, nicht in irgendeinem vollgedreckten Winkel verschüttging. Und da um Geld gespielt wurde, kam es natürlich zum Streit ... Er selbst behielt die Kontrolle, Beljasch aber wurde rabiat ... und da fing er eben eine, und zwar so unglücklich, daß er jetzt mit einem Veilchen herumlief.

»Hast du Knete?« fragte Beljasch mit Leidensmiene, wobei er vorsichtig seine Wange befühlte und die Süßigkeiten unverhohlen vorwurfsvoll betrachtete. »Für jeden hundert Gramm, he? Man kriegt die Augen ja nicht auf.«

Der Tisch, an dem Beljasch und Kamol saßen, stand in der Sonne an dem Metallzaun, der die Tschoichona umgab, und war mit allem bestückt, was dazugehört: einem Salznapf, drei leeren, aber noch feuchten Gläsern, ein paar Stücken Fladenbrot und einem abgeschlagenen Tellerchen mit einem auf barbarische Weise zu einem grünen Haufen zerhackten Rettich aus Konibodom.

Drei Gläser waren es deshalb, weil Hamid Tschumtschuk (Hamid der Spatz) sich mit seinen hundert Gramm samt Fladen zu ihnen gesetzt hatte, und nachdem der Wodka getrunken war, plauderten sie zufrieden miteinander – vorwiegend auf tadshikisch, nicht ohne hin und wieder, den unerklärlichen Windungen des Sprachflusses folgend, zum Russischen zu wechseln.

»Du, Beljasch, bist ja ein angesehener Mann«, sagte Hamid Tschumtschuk, der die ganze Zeit lächelte und, zum Zeichen seines Wohlwollens, auch mal auflachte.

Vor vielen Jahren war Hamid durch irgendeine Wirbelsäulenerkrankung krumm geworden. Seitdem hatte er beim Gehen eine gefährlich aussehende Schlagseite und schwenkte kräftig den linken Arm, um das Gleichgewicht zu halten. Wenn er saß, fiel sein Defekt kaum auf, abgesehen davon, daß er den grauhaarigen Kopf mit der speckigen Leninoboder Tjubeteika leicht schräg hielt, als sei er gerade dabei, durch ein Schlüsselloch zu gucken.

»Ein sehr angesehener Mann ... he-he«, sagte er und betrachtete Beljasch mit liebevollen Blicken. »Nicht irgendwer, sondern der Chef eines großen Springbrunnens! Dir, Beljasch, zahlt der Staat jeden Monat Geld! Alle großen Leute bekommen jeden Monat ihr Geld! Mir dagegen ... he-he! he-he!«, Hamid lachte freundlich, damit Beljasch nicht womöglich annahm, seine Worte enthielten auch nur den geringsten Vorwurf, »mir zahlt keiner Geld, darum muß ich sehen, wie ich klarkomme ... Weißt du, wieviel Kinder ich habe, Beljasch? Sieben Stück sind es ... Drei, weißt du, sind noch ganz klein ... mit denen gibt es überhaupt keine Sorgen, man braucht sie nur satt zu kriegen, mehr nicht!«

Fröhlich zwinkerte er Kamol zu, der seinen Offenbarungen indessen keine Beachtung schenkte – die Augen zugekniffen, bot er das Gesicht der Sonne dar. »Die zwei älteren Mädchen – nun, mit ihnen gibt es auch kaum Sorgen, da mögen sich mal die den Kopf zerbrechen, die für sie das Brautgeld aufzubringen haben! Die zwei ältesten Söhne aber – mit denen ist es wirklich schlimm ... Wo sollen sie Arbeit finden? Mit der Schule sind sie fertig, beide acht Klassen ... der eine möchte in den Handel ... wie aber will er das machen, wenn man, selbst um hier bei Firus als Servierer anzukommen, kräftig schmieren muß! Und der zweite ... der zweite ... he-he! ... wenn er sich doch wenigstens bis zur Armee hielte, das würde ich mir wünschen, Beljasch! Hat sich eingelassen mit irgendwelchen ... Schakale sind das und keine Menschen!« Hamid spuckte auf den Asphalt und machte eine wegwerfende Handbewegung. »Nein, nein, Kamol! Zu viele Kinder werden bei uns in die Welt gesetzt! Die Arbeit reicht nicht für alle!«

Kamol zuckte gleichgültig die Achseln.

»Macht nichts!« brummte Beljasch. »Bald fahren alle Russen weg ... viel Platz wird dadurch frei. Urtak der Einäugige hat mir erzählt, sie hätten so ein Gesetz herausgebracht ... bald wird alles auf tadshikisch sein. Die Zeitungen auf tadshikisch, das Fernsehen ... Die Kinder wird man auch auf eure Weise unterrichten ... Was sollen die Russen damit, zum Teufel?«

»Der Einäugige lügt«, versetzte Kamol, der seine Schlitzaugen kurz öffnete. »Er lügt, der Schweinehund! Wie soll das gehn! Will man vielleicht die ganzen Schilder umändern?«

»Na und!« widersprach Beljasch. »Was sind schon Schilder!«

»Ich weiß ja nicht ...«, sagte Kamol und kniff die Augen wieder zu. »Wenn man die Schilder umändert, dann gehen die Russen wirklich alle weg!«

»Was gehen dich denn die Russen an?« fragte Hamid verwundert. »Kann dir doch egal sein, ob sie weggehen oder nicht! Du sitzt tagelang in der Tschoichona auf dem Basar herum! Hier ist auch jetzt kein einziger Russe!«

»Wie?« fuhr Beljasch auf. »Und was ist mit mir?«

»Was bist du schon für ein Russe!« sagte Kamol lachend. »Du bist schon längst tadshikifiziert!«

»Nicht doch!« sagte Beljasch fest. »Wenn ich die Sprache spreche und überhaupt ... muß ich dann gleich ein Tadshike sein?«

»Was hast du gegen die Tadshiken?« fragte Hamid mit naivem Lachen. »Sind sie etwa schlechter als die Russen?«

»Ich sage ja nicht, daß sie schlechter sind!« brauste Beljasch auf. »Sage ich doch gar nicht! Sie sind ebensolche Menschen! Das bestreitet ja keiner! Aber auch mir muß man nicht so kommen! Ich bin ein Russe!«

»Schon gut«, winkte Kamol ab. »Beruhige dich. Übrigens, Hamid«, er richtete sich auf, »wetten wir, wenn ich eine Münze hochwerfe, daß ich errate, ob Wappen oder Zahl oben liegt?«

Zum erstenmal während des ganzen Gesprächs wich das Lächeln von Hamids Gesicht.

»Äääh, ich habe genug gewettet«, erklärte er knarrend. »Geh und miß du dich mit den Jungen. Für sie ist das noch interessant – Wappen oder Zahl ... ich pfeif schon lange drauf! Mich beschäftigt nur, wie ich meine Kinder satt kriege ...«

Eine Weile schwiegen sie.

»Das Sattkriegen – ja, wahrhaftig ... Als ich zum Beispiel klein war ...«, sagte Beljasch seufzend. »Wir haben bescheiden gelebt. Aber Suppe hatten wir trotzdem jeden Tag – das als erstes!« Er bog einen Finger ein. »Zweitens – jeden Tag Kartoffeln! Früh Kascha ... Und wie sieht's bei euch aus? Ein Stück Fladen mit Tee von morgens bis abends, das ist eure ganze kräftige Ernährung!«

»Nein, warum«, bemerkte Kamol, ohne die Augen zu öffnen. »Wer Geld hat – bitte schön ... Schurbo essen die Leute ... Pilaw«, er holte tief Luft, »Mantu ...«

»Ach!« Hamid lächelte spöttisch. »Wo willst du je gesehen haben, daß ein Tadshike Geld hätte! Unser Reichtum sind die Kinder, Kamol! He-he-he-he! Wer Geld hat, der begnügt sich mit einem Kind ... oder zweien ... wozu braucht er viele Kinder, er ist auch so reich! Wir aber, wir breiten eine Kurpatscha auf dem Fußboden aus, auf die wir unsere Kinder legen – das erste, das zweite, das dritte, das vierte, das fünfte ... alle ... decken eine zweite Kurpatscha drüber ... und für uns selbst ist kein Platz mehr zum Hinlegen, he-he-he! Sitz da und erfreu dich am Anblick deines Reichtums!«

Er beugte sich über den Tisch und fragte, von einem zum andern blickend, leise:

»Habt ihr's gehört? Aus Baku sind Armenier hergebracht worden ... viertausend Armenier sollen es sein! Zwei Züge voll sind gestern angekommen! Dort haben die Aserbaidshaner Pogrome veranstaltet, drum sollen sie jetzt hier leben ... und wißt ihr, wo sie wohnen werden?« Er machte eine Pause. »Sie alle werden Wohnungen bekommen!« schloß Hamid und richtete sich mit triumphierender Miene auf. »Ich weiß es genau! Ein Cousin meiner Frau arbeitet im Stadtexekutivkomitee! Er hat es gestern erzählt...«

»Wie denn?« rief Beljasch verwundert. »Hierhergekommen, und gleich Wohnungen? Können sie denn nicht in Wohnheimen untergebracht werden?«

»Äh!« sagte Hamid und verzog betrübt das Gesicht. »Du, Beljasch, bist ein großer Mann und urteilst wie ein kleines Kind! Überleg doch mal! Sag mir, warum hat man sie wohl nach Churramobod geschafft? Warum nicht nach Taschkent, nach Termes? Warum nicht nach Aschchabad? Warum wohl?«

Beljasch legte die Stirn in Falten.

»Was weiß ich!« sagte er schließlich. »Warum denn?«

»Ah! Das ist es eben! Warum? Ich überlege auch, warum sie das machen. Darum, weil hier jetzt schon viele Armenier leben! Weißt du, wo sie arbeiten? Im Exekutivkomitee arbeiten sie.« Lachend begann Hamid seine Finger einzubiegen. »In der Regierung arbeiten sie, im ZK arbeiten sie! Die Armenier aus Baku haben sie angerufen und gesagt: Brüder, wir sind hier übel dran, man bringt uns um, tötet unsere Kinder! Nehmt uns zu euch! Sag mir, könntest du deinem Bruder nein sagen?«

Natürlich hatte Beljasch einmal einen Bruder gehabt. Wann er ihn zum letztenmal gesehen hatte, daran konnte er sich nicht mehr erinnern ... wann mochte das nur gewesen sein? Weiß der Teufel, wann das gewesen war ... Als Beljasch seine Haftstrafe abgebrummt hatte, war der Bruder gleich hergekommen, sie hatten sich wiedergesehen ... das war sicher! Dann noch ein-, zweimal ... Mindestens drei Jahre mußten also vergangen sein. Seine Ljusska, das Aas, hatte sich die ganze Zeit gesperrt – wir brauchen hier keine Säufer, wir brauchen hier keine Schmutzfinken! Doch er erinnerte sich noch ganz genau, wie wohl er sich mit seinem Bruder gefühlt hatte! Erinnerte sich an dieses angenehme Kitzeln in der Kehle, an die Tränen, deren er sich kein bißchen schämte! Er hatte ihn umarmt und gesagt: »Brüderchen! Versteh doch! Versteh …!« Dann hatte er nach seiner Hand gefaßt, um sie fest zu drücken und ihm unter heftigem Blinzeln schweigend in die Augen zu sehen. Was er mit seinen Worten hatte sagen wollen, war ihm selbst unklar geblieben. Es hatte auch gar keine Bedeutung! Die Hauptsache war, daß er sich wohl gefühlt hatte mit seinem Bruder! Der hatte ihn ja auch kaum um Geld angegangen, er kam einfach so, um dazusitzen und sie anzusehen … Ljusska aber, die hatte sie entzweit, ihn vergrault, das Miststück!

»Seinem Bruder …«, sagte er seufzend, »wie sollte man seinem Bruder nein sagen …«

»Eben, eben! Sie können es auch nicht!«

»Dann sollten sie sie doch bei sich aufnehmen«, knurrte Beljasch. »Warum in neue Wohnungen? Wie lange habe ich damals gewartet – einen Dreck habe ich bekommen, aber keine Wohnung! Bei der Schwiegermutter mußten wir wohnen – daß sie …!« Zornesröte überzog seine Stirn. »Und bei denen klappt es gleich?«

»Ist doch bestimmt gelogen«, sagte Kamol unbeeindruckt. »Viertausend! Wo will man so viele Wohnungen hernehmen! Sagen wir mal: vier Mann pro Wohnung … wieviel macht das? Tausend Wohnungen?« Er stieß einen Pfiff aus. »Das sind Lügen, die gekaufte Leute verbreiten! Woher sollen so viele Wohnungen kommen? Überleg mal – da wird gebaut und gebaut, aber reichen tut es vorn und hinten nicht … Und hier gleich tausend!«

»Es wird schon so kommen – was gebaut wird, das kriegen die! Und du guckst in die Röhre!« sagte Hamid.

Ein dichtgedrängter Haufen Jugendlicher – größtenteils mit Chalaten und Tjubeteikas – marschierte forschen Schrittes durch die Marktzeile. Sie warfen sich Bemerkungen zu, brachen unvermittelt in ohrenbetäubendes Gelächter aus und betrachteten selbstsicher und ziemlich von oben herab die irritierten Händler. Voran ging ein hochgewachsener Mann – nein, das war kein Jugendlicher, stellte Beljasch bei genauerem Hinsehen fest, sondern ein stattlicher erwachsener Mann von auffälligem Äußeren – neuer schwarzer Chalat, glänzende Stiefel, blendendweißer Turban. Beljasch spürte plötzlich ein heftiges Ziehen in der Nasenwurzel, ein ungutes, frösteln machendes Vorgefühl – wie vor einer handfesten Prügelei.

»Kischlakvolk, wie's aussieht«, sagte Kamol, »hauen ganz schön auf den Putz!«

»He, Moslems!« schrie der Anführer, der sich unverhofft auf einem der leeren Verkaufstische präsentierte. Ob er hinaufgesprungen oder ihm hinaufgeholfen worden war, hatte Beljasch nicht mitbekommen. »Die Regierenden essen euer Fleisch! Sie essen euer Fleisch und trinken euer Blut dazu! Sie kümmert es nicht, daß ihr arm seid und eure Kinder nicht satt werden! Nicht genug mit den Russen, die in eurer Heimat ihre Gesetze diktieren und euch verbieten, nach dem Vermächtnis der Ahnen zu leben, wird man euch jetzt auch noch die Gesetze der Armenier aufzwingen! Alle neuen Wohnungen sind bereits an die Flüchtlinge aus Baku gegangen! Das ist erst der Anfang, Moslems! Bald wird man ihnen euer Brot und eure Arbeit geben!«

Nach jedem Satz brüllte die Horde auf.

»Was zieht er so über die Russen her«, brummte Beljasch. »Was haben ihm die Russen getan?«

»Sie alle saugen euch im Verein die Lebenssäfte aus! Jeder von euch weiß, wieviel Schweiß das Volk beim Anbau von Baumwolle und Weintrauben, Reis und Äpfeln vergießt! Wo bleibt das alles? Warum müssen sich eure Kinder mit einem Stück trockenem Fladenbrot begnügen – und man kann schon froh und glücklich sein, wenn überhaupt welches da ist! Weil die Russen alles zu sich wegschaffen! In Rußland gibt es keine Baumwolle, keinen Reis und keine Weintrauben – all das nehmen sie euren Kindern weg!«

»Von wegen – wegschaffen! Von wegen!« knurrte achselzuckend Beljasch. »Was faselt er da zusammen?«

Der Redner war sichtlich in Fahrt gekommen. Zornig fuhr sein Arm hoch, er machte einen kurzen Schritt und trat in einen Rosinenberg. Der Händler, der daneben stand und ihn ängstlich beobachtet hatte, schrie auf und packte ihn an der Hose.

»Misthund!« Der Redner begann die Rosinen zu zertreten und wutschnaubend mit den Füßen fortzuschleudern. »Denkst bloß an die eigene Haut! Mistviecher! Schufte! Ihr zittert alle bloß um euren Vorteil! Bloß um eure Ware!«

Der Händler kreischte verzweifelt und versuchte die Beine des Redners zu umklammern, sei es, um ihn zu besänftigen oder ihn einfach an der Vernichtung seiner kostbaren Ware zu hindern.

»Um euren Plunder!« schrie der Mann auf dem Verkaufstisch erbittert.

Er machte sein Bein frei und trat dem Händler gnadenlos ins Gesicht. Der wankte zurück mit schützend vorgestreckten Händen.

Die Horde brüllte auf und hatte ihn augenblicklich umringt.

Diejenigen, die aus Platzmangel nicht mitprügeln konnten, begannen die benachbarten Verkaufstische umzustürzen.

»Aaaah!!!« brüllte vielstimmig der erschütterte Basar. »Aaaah!!! Aaaah!«

Der Haufen entfernte sich bereits rasch in Richtung Nordtor. Ihm hatten sich allerhand Leute angeschlossen, und jetzt marschierte der Anführer mit militärischer Entschlossenheit an der Spitze einer vielleicht sechzigköpfigen aufgestachelten Menge. Viele schrien und reckten drohend die Fäuste. Am Ort der Ausschreitung machten sich ein paar aus ihrer Erstarrung erwachte Händler zu schaffen – die einen hoben unter schrillem Gejammer ihre zertretene Ware auf, andere versuchten die umgestürzten Verkaufstische wiederaufzustellen. Der Mißhandelte saß auf einem Sack mit Kraut und rieb sich heulend das blutverschmierte Gesicht.

»Haben die ihn zugerichtet«, sagte Beljasch gepreßt und schluckte. »Was hat er bloß die Russen so madig gemacht? ... Nun, das mit den Wohnungen ... das war schon richtig ...«

»Sicher ...«, sagte Hamid flüsternd. Er schien sich nicht einmal zu trauen, einen Blick dorthin zu werfen.

Auf dem Basar wurde indessen offenbar Schluß gemacht – die meisten Händler waren dabei, ihre Stände abzubauen und die erst kurz zuvor ausgelegte Ware eilig in Säcken zu verstauen. »Chaliiif! Hee, Chaliiif!« schrie am Eingang zur Tschoichona durchdringend eine dicke Gemüsehändlerin mit grünem Wolltuch. »Den Karren, bring den Karren her! Soll ich noch für dich arbeiten! Was stehst du rum, du Esel!« Die Besitzer der Milchbuden verriegelten ihre Fenster und legten klappernd die stählernen Sicherungsbalken vor; die Käufer hatten gleich zu Beginn des Auftritts das Feld geräumt, wer wiederkam, den mußte der Anblick des Basars mit den leeren Verkaufsständen und der allgemeinen Verwirrung argwöhnisch stimmen – wie dem auch sei, mit den Käufern war heute nicht viel los.

Der Servierjunge rannte herbei und räumte den Tisch ab.

»Moment mal!« protestierte der erstaunte Beljasch, der die Hoffnung nicht aufgab, Kamol habe von dem gewonnenen Geld genug übrigbehalten, daß sie beide noch einmal ihre hundert Gramm bekämen. »Was fällt dir ein! Stell alles zurück, wie es stand!«

»Wir schließen!« rief der Junge froh. »Firus hat gesagt, ich soll alles abräumen! Heute ist bei uns zu!« Und hüpfte unter Geschirrgeklapper davon.

»So was …«, sagte Beljasch enttäuscht. »Dieser Firus muß doch völlig verrückt geworden sein! Am Freitag schließt er!«

»He-he-he!« meckerte Hamid. »Das nimmt kein gutes Ende! Bestimmt nicht! Seht euch das an – den Basar haben sie auseinandergejagt! Den Putowski-Basar! Hat man das je gehört?« Lachend zog er die Schultern hoch und sah Beljasch mit gerundeten Augen erschrocken an.

»Ja, das sind Sachen!« sagte Beljasch gewichtig. Nach einer kurzen Pause konnte er sich die Frage nicht verkneifen: »Hast du noch Knete, Kamol?«

Kamol grinste.

»Ein bißchen«, sagte er.

Beljasch atmete leicht auf.

Er zog es vor, sich mit Gefühlsäußerungen zurückzuhalten, doch was ihn im Leben besonders entnervte, das war das Geld. Wo blieb es bloß, dieses verfluchte Geld? Lohn hatte er erst am Montag bekommen. Heute war Freitag, und schon den dritten Tag saß er ohne eine Kopeke in der Tasche da. Gut, daß Kamol ihn freihielt. Wie sollte er auch nicht, hatten sie doch seit Montag sein, Beljaschs, Geld auf den Kopf gehauen? Ach, war das schön gewesen! Er versuchte sich ins Gedächtnis zu rufen, wie es eigentlich gewesen war, in der Hoffnung, sich wenigstens so eine Art Befriedigung zu verschaffen, doch wollte ihm nichts Konkretes einfallen – bloß irgend etwas Verschwommenes, eine Art Reigen … Nein, warum nur geht alles so schnell zu Ende?

»Vielleicht gucken wir mal nach drüben?« fragte er gleichgültig. »Hinter der Brücke ist bestimmt alles geöffnet.«

Kamol überlegte.

»Können wir machen«, sagte er. »Kommst du mit, Hamid? Nehmen wir noch einen? Damit die Sonne heller scheint, wie?«

»Aber, wo denkst du hin! Du siehst doch, was hier los ist!« antwortete der besorgt. »Nach Hause gehen muß man, nach Hause!«

Und damit erhob er sich, drückte beiden mit Gemecker die Hand, wünschte ihnen eilig, aber höflich viel Spaß und hastete hinkend und sich häufig umwendend zum Ausgang.

»Ein richtiger Tschumtschuk, wirklich und wahrhaftig!« sagte Beljasch, der ihm nachsah. »Spatz bleibt Spatz! Wie er hüpft! Zum Schießen! Reden hält er gern, aber sobald es ernst wird, verzieht er sich lieber nach Hause … Nein, sehr gesellig ist der Mann wirklich nicht!«

Sie passierten die inzwischen ebenfalls geschlossene Schaschlikstube, in der der lahme Sohn von Mirso dem Russen die Stühle polternd mit den Sitzflächen auf die Wachstuchdecken der Tische kippte, durchquerten eine schmale Gasse, in der ein paar verschreckte Frauen beharrlich ihre auf leeren Beuteln ausgebreiteten angewelkten Kräuterbündel feilboten, gelangten zu einer breiten Straße, auf der sie, links einbiegend, gemächlich weitergingen.

Vom goldenen Licht der Frühjahrssonne übergossen, führte die abschüssige Straße zu einer langen Brücke, die eine breite steinige Aue überspannte, in der mehrere Flußarme zusammenströmten und sich wieder trennten; braunes Wasser stürmte gegen das Gestein und glänzte in der Sonne.

Beljasch hatte die Hände in die Taschen seiner ausgebeulten blauen Trainingshose gesteckt. Mit zugekniffenen Augen betrachtete er das regenfeuchte frische Grün, die lackglänzenden Heckenrosenbüsche, die sich rechts und links der Straße die Hänge hinaufzogen, die mit fliederfarben bis rosa blühenden Mandelbäumen gefleckten grünbraunen Hügel, das scharfe Zickzack der schneebedeckten Gipfel über ihnen und die puschligen Wolken am tiefblauen Himmel, die sich wie aufgesprungene Baumwollkapseln ausnahmen. Rechts hinter dem Fluß schimmerten grün die jungen Saaten auf den Feldern; die Gärten der Kischlaks in den Bergen muteten wie frische Kräuterpacken an. Links tauchten, aus der Ferne wie Ziegel anzusehen, die Häuser des 65. Wohnviertels auf, weiter weg ebensolche Ziegel und Kästen der Satellitenstadt Ispetschak ... Vorn, dicht an beide Seiten der Straße heranreichend, zwei riesige Schalen: eine dunkelgrüne, das Frunse-Stadion, und eine hellblaue, der Komsomolsee. Irgendwo dort, zwischen dem Weidengebüsch am See, befand sich Dardachons Tschoichona, wohin sie unterwegs waren, denn Dardachon würde, im Unterschied zu dem ängstlichen Firus, den Freitag wohl kaum ungenutzt verstreichen lassen.

»Wie herrlich!« sagte er seufzend und schluckte unwillkürlich. »Hab ich recht, Kamol? Ein Anblick, daß man gar nicht sterben möchte!«

»Wann möchte man es schon?« Kamol lächelte spöttisch.

Gemessen an Beljasch, sah er geradezu geckenhaft aus – seine hagere Gestalt steckte in einem schmutzigen, an einigen Stellen von Zigaretten angesengten Nylonhemd und einem grauen Anzug, dessen bläulich schimmernder Stoff über zwei bemerkenswerte Eigenschaften verfügte: erstens war er praktisch knitterfrei, so daß man in ihm schlafen konnte, ohne befürchten zu müssen, er könne Schaden nehmen, und zweitens sprühten im Dunkeln bei der geringsten Bewegung aus den Achselhöhlen blaue Funkengarben. Am Jackett fehlten mehrere Knöpfe. Dafür verlieh ihm der aus der Brusttasche herausguckende gelbe Kugelschreiber eine elegante Note.

Er hatte auch keinen watschelnden Gang wie Beljasch, sondern schritt hocherhobenen Kopfes aus, mit jener halbmechanischen Zielstrebigkeit, wie sie manchen Insekten eigen ist, vor allem aber an einen Pilger denken läßt.

»Eigentlich nie«, sagte Beljasch. »Das ist ein Ausspruch meines Großvaters. Wenn er sich manchmal in die Sonne setzte ... da möchte man gar nicht sterben! sagte er. Wozu sollte er es auch wollen? War ordentlich gekleidet, bekam eine anständige Rente ... nicht wie die jetzigen ... sind die heutigen Renten etwa so? Hundertzwanzig Rubel bekam er, mußt du wissen. Und wieviel konnte man dafür kaufen! Jetzt dagegen, was kriegst du dafür? Einen Dreck kriegst du dafür! Dann hatte er etliche Vergünstigungen ... früher, weißt du, standen den Leuten für alles mögliche Vergünstigungen zu ...«

Ohne es recht zu bemerken (Beljasch schwatzte, während ihn Kamol mit zerstreutem Brummen oder verstehendem Nicken ermunterte), waren sie fast an der Brücke angekommen, als jenseits des Flusses zwei Lastwagen auftauchten. Sie bogen auf die Hauptstraße ein und näherten sich rasch der Brücke.

Kamol beschirmte die Hand mit den Augen, um sie genauer zu betrachten. Die Lastwagen waren mit Leuten überladen. Plötzlich fiel ihm auf, daß es die ersten Fahrzeuge waren, die ihnen auf ihrem Weg begegneten.

»Man sieht ja so wenig Autos«, sagte er und verhielt den Schritt. »Und gar keine Busse ...«

Beljasch blickte um sich – und da sah er den großen gelben Ikarus, der, vom Basar kommend, in Richtung Putowski-Hang fuhr.

»Was heißt gar keine! Da ist doch einer!« sagte Beljasch. »Da!«

Selbst auf die Entfernung konnte man erkennen, daß der Bus total überfüllt war.

»Na, und natürlich brauchte er sein Gläschen!« nahm Beljasch seinen Gedankenfaden wieder auf. Er hatte die Hände aus den Hosentaschen genommen und gestikulierte jetzt lebhaft. »Er war schon ein alter Mann und kränklich, aber sein Gläschen zum Mittagessen – eisern! So ein blaues, altertümliches Glas hatte er – noch aus Zarenzeiten! Achtzig Gramm mochten reingehen ... Das hilft gegen alle Krankheiten, sagte er. Kippt es – und aufs Ohr, sein Stündchen schlafen.«

»Sieh dir das an!« sagte Kamol. »Was soll das?«

Zwanzig Meter von ihnen entfernt hielten die beiden Lkws und riegelten mitten auf der Brücke die Fahrbahn ab. Von den Ladeflächen sprang schreiendes Volk, Halbwüchsige waren das.

Der Bus verlangsamte laut quietschend und mit schlingerndem Hinterteil, das durch eine schwarze Harmonika mit dem Kopfstück verbunden war, seine Fahrt und hupte ohrenbetäubend.

»Ist denn das die Möglichkeit!« rief Beljasch. »Die spinnen wohl!«

Der Bus neigte sich knirschend zur Seite und hielt wenige Meter vor der Absperrung. Sofort hing die herbeistürzende Meute an ihm dran.

Der Fahrer öffnete die Tür, schlug sich mit der Faust gegen die Stirn und schrie heiser auf sie ein. Sein Gesicht war weiß, als hätte es jemand mit Weizenmehl bestäubt.

Im nächsten Moment war er von seinem Fahrersitz heruntergezerrt und weggetaucht.

Hinten ging eine Türhälfte auf, und um sie herum bildete sich eine wütende Menschentraube: Geschrei, Gewirr von Armen und Beinen – jemand wurde die Stufen heruntergezerrt und rücksichtslos zu Boden geworfen.

»Alles aussteigen!« kreischte auf russisch ein kleiner bärtiger Mann in dunkler Kleidung. »Aussteigen, aber schnell!«

Zwei junge Kerle zerrten eine Frau mit einem Ruck von den Stufen, daß sie aufschreiend auf den Asphalt krachte.

Beljasch wich entsetzt zurück.

»Bleib stehen!« sagte Kamol, der ihn am Ärmel packte, und

Beljasch begriff, daß er recht hatte: Wenn man wegrennt, werden sie aufmerksam und nehmen die Verfolgung auf ... so aber hat man vielleicht doch Glück.

»Saaan!!!« brüllten und heulten die Kerle, die den Bus umringten. »Saaan!!!«

Außer Atem keuchte Beljasch eine menschenleere Gasse entlang, die zum Basar führte. Er war rot wie eine Tomate, die Beine knickten ihm ein, doch blieb er erst stehen, als er spürte, daß er nicht mehr weiterkonnte und im nächsten Moment umfallen würde – da ließ er sich mit seinem kraftlosen, rasselnden Körper auf einen Staketenzaun fallen und wiederholte mit jedem Atemzug, der ihm die Kehle versengte: »Oh, verdammt, was ist das bloß ... was ist das bloß, verdammt!«

Er mußte sich übergeben. Erschrocken fühlte er, daß sein Herz stehenblieb ... nein, es stockte nur und schlug weiter, ungleichmäßig und stolpernd infolge der Überanstrengung, doch es schlug wieder.

Er wußte selbst nicht, wie er hierhergelangt war, in diese Gasse hinter dem Putowski-Basar, wie er es geschafft hatte, der Meute zu entkommen.

»Was soll das bloß!« murmelte er, wer weiß an wen gewandt. »Nein, so was!«

Er kniff die Augen zusammen – und sah wieder den Mann vor sich, der von der Brücke gesprungen war; seine dunkle Gestalt vor dem Hintergrund des sonnenüberfluteten Flusses hatte sich ihm in die Augen eingebrannt. Beljasch schüttelte den Kopf, um das grauenhafte Bild zu verscheuchen. Er war zu dem Geländer abgedrängt worden ... so ein stämmiger Bursche ... zunächst war es ihm gelungen, sich die Angreifer vom Leibe zu halten, dann aber drängten sie ihn gegen das Geländer – und da schwang er sich hinauf, warf die Arme hoch und flog hinunter, auf die Steine ...

Beljasch richtete sich auf, und sein verstörter Blick wanderte von Haus zu Haus, von Baum zu Baum. Hier war es still, ein leichter Wind nur zauste die zart begrünten Zweige, und von irgendwoher – kam es vom Platz? – drang ein undefinierbares Geräusch zu ihm ... es hörte sich an wie fernes Gebell.

In seinen Ohren hallte noch jenes Gebrüll, Geschrei und Gekreisch.

Kamol hatte nur noch »Man todshik! Man todshik!« schreien können, als er schon abgedrängt wurde, Beljasch schrie ebenfalls »Man todshik!«, weil ihn ein Dutzend von den Jüngelchen umringten und jeder von ihnen einen Knüppel oder ein angeschliffenes Eisenstück in den Händen hielt. Offenbar war es ihm mit seinem Schrei gelungen, sie zu irritieren, und er hatte sofort begriffen, daß es darauf ankam, wenigstens hinter den Bus zu kommen – und von dort schaffte er es vielleicht, die Straße hinauf in Richtung Basar zu entwischen.

»Nein!« hatte eine Frau auf tadshikisch geschrien. »Niiicht!«

Kleidungsstücke flogen in die Luft. »Warum die russische Kleidung!« brüllte jemand mit brüchiger Stimme. »Warum russische, du Miststück!! Was bist du für eine Tadshikin!!! Du bist eine russische Matratze! Und drum sollst du auch als Matratze dienen!!!« Sie schrie gräßlich, versuchte sich loszureißen, die Ohren waren blutverschmiert, wahrscheinlich hatte man ihr die Ohrringe abgerissen ... er sah, wie man sie zu Boden warf ... gegen den Asphalt drückte ...

Beljasch riß sich vom Zaun los und trottete mit gehetztem Blick die Gasse entlang.

Plötzlich fiel ihm auf, daß er hinkte – das linke Knie schwoll bereits an und tat weh. Wo mochte er sich bloß so gestoßen haben ... vielleicht als sie begonnen hatten, den Jungen zu mißhandeln? Was gab es denn dem Jungen vorzuwerfen ... Aasbande! Kopfschüttelnd stieß er unartikulierte Laute aus, legte einen Schritt zu. Er wußte nicht mehr, ob er tatsächlich versucht hatte, sich schützend vor den Jungen zu stellen, der mit Eisenstäben geschlagen wurde, oder nur gern den Versuch gewagt hätte, den mageren kindlichen Körper zu beschützen.

»Nein, was ist das bloß!«

Er humpelte eilig weiter, bloß weg von der Brücke, wo wahrscheinlich immer noch geschlagen, mißhandelt, Kleidung heruntergerissen wurde, und in ihm waren nur zwei sehnliche Wünsche, die ihn vorwärts trieben: erstens, sich in seinem stinkenden Loch zu verkriechen, die Tür zuzusperren, damit sie nicht hineinkamen, falls sie ihn ausfindig machten, denn noch nie im Leben hatte er solche Angst empfunden, und zweitens: sich vollaufen zu lassen, einen halben, einen ganzen Liter in sich hineinzuschütten, die vor seinen Augen tanzenden Bilder loszuwerden … um nicht mehr diese Schreie in den Ohren … nicht mehr die von der Brücke fliegende Gestalt vor Augen zu haben!

Urplötzlich durchfuhr es ihn: und Kamol? Er hielt einen Augenblick inne, sah sich hilflos um … zuckte zusammen bei dem Gedanken, umkehren zu müssen, da Kamol dort geblieben war, überlegte dann jedoch erleichtert, daß Kamol nichts Schlimmes passiert sein dürfte, da er ja Tadshike war … ja, ein richtiger Tadshike, nicht so einer wie er selbst. Er, Beljasch, konnte noch von Glück reden! Kamol war Tadshike, die tadshikischen Männer aber hatten sie ungeschoren gelassen und lediglich weggejagt, damit sie nicht störten … und viele hatten sogleich das Weite gesucht, nach der anderen Seite, zum See, wer sich allerdings mit ihnen anlegte, den hatten sie zusammengeschlagen, ja … aber das waren nicht viele gewesen. Sicherlich war Kamol auch nach der anderen Seite davongerannt, als sie in der Menge getrennt worden waren … Nein, Kamol dürfte nichts Schlimmes passiert sein!

Das Geräusch verstärkte sich, je näher Beljasch dem Platz kam, und schon war klar, daß es sich hier um kein Gebell und kein Rauschen des Windes handelte. Da war wieder das Gebrüll der Menge, einstweilen noch abgeschwächt durch die Entfernung, doch bereits offenkundig feindselig, furchterregend, angefacht vom eisernen Dröhnen eines Megaphons – und plötzlich peitschte ein Schuß, ein zweiter, ein dritter! Schuß folgte auf Schuß, und nach jedem einzelnen heulte der Platz mit erstickten Entsetzensschreien auf. Das Megaphon verstummte, dann drang es wieder durch – jemand brüllte hinein aus Leibeskräften.

Beljasch zog den Kopf ein und humpelte weiter bis zu einer

Kreuzung. Die schmale Straße links führte zum Platz. Einige Sekunden verwandte er darauf, die sonnenbeschienene Perspektive der zusammenrückenden Häuser zu betrachten. Von dort kam Brandgeruch. An einer O-Bus-Haltestelle brannten Verkaufsbuden. Weiter weg, an der Kolonnade des ZK-Gebäudes, hinter den silbern glänzenden Fontänen des Springbrunnens, war Bewegung auszumachen – etwas Dunkles, Massives, das auf und ab und hin und her wogte. Fluchend wandte sich Beljasch ab und lief nach rechts, fort von der Menge, von den Schüssen, von den glutroten Rauchschwaden, die im grellen Sonnenlicht wie ein billiger Trickfilm wirkten.

Er begriff nicht, was da vor sich ging. Das war genauso unerklärlich, so absurd, als wenn die Bäume zu laufen begonnen hätten oder die Häuser, die entsetzt davonstürzenden Leute vor sich hertreibend, die Straßen hinabgerannt wären.

»Oh, verdammt!« sagte Beljasch, kniff die Augen zusammen und schüttelte den Kopf.

Nach Hause, nach Hause! Durch die Gassen zum Prospekt ... dort ist wahrscheinlich der Teufel los ... na schön, vielleicht schafft er es doch irgendwie ... Kamol wird schon nachkommen! Er kann ja nicht verschwunden sein! Und wo will er sonst hin? Am hellichten Tag in seinen Kischlak? Ja, was soll er dort ... Nein, Kamol wird ganz bestimmt zu ihm in den Ventilraum nachkommen! Und wenn er noch Geld hat ... ach, wenn er doch bloß noch Geld hätte! Beljasch läuft fix mal in den Laden an der Ecke, und dann setzen sie sich auf die rote Liege und heben ordentlich einen! Und wenn das alles (wieder stieß er einen Fluch aus und schüttelte, die Bilder verscheuchend, den Kopf) vergessen ist ... wenn sie ordentlich einen gehoben haben, so, wie es sich gehört, dann dreht er, Beljasch, das Hauptventil voll auf! Daß die Fontäne nur so hochschießt! Am Morgen dann wacht er auf – mag es ruhig mit Brummschädel sein, das ist egal! –, und es stellt sich heraus, daß da gar nichts gewesen ist: weder der Bus auf der Brücke noch dieses Gebrüll auf dem Platz ... in seinem Suff hat er Dussel sich alles nur eingebildet, und das war's!

Fröstelnd angesichts des Schrecklichen, das da auf dem Platz vor sich gehen mußte und ihm als Echo in den Rücken schlug, passierte er eilig eine Gasse, bog wieder ab und sah einen Mann vor sich.

Der drehte sich fortwährend um, während er auf ihn zu hastete – mit der charakteristischen vorgeneigten Körperhaltung eines Menschen, der bereit ist, jeden Moment die Beine in die Hand zu nehmen. Nicht eben groß, im Anzug, mit Aktentasche ... die Halbglatze glänzte feucht in der Sonne ... das Hemd war ihm aus der Hose gerutscht.

Beljasch stand einen Augenblick still, dann holte er tief Luft und setzte seinen Weg fort.

Der Mann bemerkte ihn – und zuckte zusammen, als sei er mit Hochspannung in Berührung gekommen. Er ging instinktiv in die Hocke und in Deckung hinter seine Aktentasche, gab einen durchdringenden Schrei von sich und stürzte davon.

»Was hast du, Mann!« rief Beljasch ihm zu. »Was ist los!«

Aus gebückter Laufhaltung setzte der andere plötzlich gewandt über einen niedrigen Zaun und brach durch das Jasmingebüsch des Vorgartens.

»So ein Dämel«, brummte Beljasch, sein Zittern unterdrückend. »Muß sich doch glatt in die Hosen gemacht haben!«

Er ahnte, was den Mann so verängstigt haben konnte ... trotzdem mußte er zum Prospekt.

Er legte hundert Meter zurück, dann, unwillkürlich seinen Schritt verlangsamend, noch fünfzig ... noch fünf.

Jetzt stand er fast an der Ecke des Prospekts, an den Stufen des Zentralen Warenhauses, und sah sich argwöhnisch um. Unter seinen Füßen knirschte Glas, Stoffetzen lagen auf der Straße.

Die Kreuzung war leer. Der Wind wehte Rauchschwaden durch die Gegend, rollte verbranntes Papier vor sich her. Es war still, abgesehen von dem Gekrache und Getöse, das nach wie vor vom Platz herüberscholl – hier an der Kreuzung waren diese Geräusche deutlicher und lauter zu hören. Auf der gegenüberliegenden Seite des Prospekts, am Buchladen, brannte ein Zeitungskiosk, daneben stand mit gähnenden Fensterlöchern ein O-Bus, der ebenfalls qualmte. Auf dem Gehsteig und der Fahrbahn lagen Steine – ein sonderbarer Anblick auf dem Asphalt einer städtischen Straße.

Schon im Begriff, auf die andere Seite hinüberzurennen, warf Beljasch einen letzten Blick nach links und bemerkte plötzlich, daß sich hinter dem zersplitterten Schaufenster des Juweliergeschäfts etwas bewegte.

Beljasch wußte sehr wohl, was es mit Fingerabdrücken auf sich hatte ...

An die Wand gedrückt, beobachtete er gebannt die Leute in dem Laden, die auf den ersten Blick kopflos hin und her stürzten.

Zu dem Pogrom war es hier erst vor kurzem gekommen – die Scheiben waren herausgeschlagen, die Vorhänge, die die Fenster von innen verhüllten, teils heruntergerissen, teils verbrannt, ihre Reste qualmten jetzt unter der Decke; auf dem Asphalt vor der Tür Blutflecken. Das Geschäft lag im Erdgeschoß an der Ecke, so daß es Beljasch voll einsehen konnte – von der linken Wand, wo ebenfalls noch etwas ruhig vor sich hin brannte, bis zur rechten, an der eine große Uhr hing. Qualm erfüllte den Raum; von Zeit zu Zeit trieb Zugluft Schwaden durch die Fensterhöhlen. Im schräg einfallenden Sonnenlicht erschien der Rauch fliederfarben.

Was da im Laden vor sich ging, war unschwer zu erraten.

Tief geduckt wich Beljasch ein Stück zurück, in die Gasse hinein, spähte vorsichtig um sich und überquerte sie. Dreißig Meter trennten ihn noch vom Ladeneingang.

»So sieht das also aus«, murmelte er und hatte das Gefühl, das Herz wolle ihm aus der Brust springen. »So also ... alles klar ...«

Wäre nicht dieser Qualm gewesen, er hätte keinen Schritt in Richtung Tür gemacht ... War er vielleicht so dämlich, in ein Juweliergeschäft einzusteigen? Wenn sie einen wegen so etwas griffen ... oho! Gar nicht auszudenken, was sie einem dafür aufbrummten! Nein, danke, einmal Knast genügte ihm! Er war doch kein Bandit, kein Dieb! Für nichts und wieder nichts hatte er damals vier Jahre bekommen ... Auf wie hinterhältige Weise ihn Hauptmann Muhriddinow hereingelegt hatte! Ach so, der Kater, hatte er gesagt – brauchst also einen Schluck? Na, dann geh mal und hol dir was ... Und hatte ihm eine Flasche in die Hand gedrückt: bring eine volle ... und als er unter Bewachung mit dieser verfluchten Flasche zurückgekommen war, hatte Muhriddinow danach gegrapscht, und er, Beljasch, war geliefert: seine Fingerabdrücke auf der Flasche genügten vollauf, ihm wie einem dummen Jungen einen Wohnungsraub anzuhängen ... Nein, nein, Beljasch wußte bestens Bescheid, was es mit Fingerabdrücken auf sich hatte. Aus bitterer Erfahrung! Dabei hatte der Schuft von Verteidiger immerhin versucht, ihn herauszuhauen: die Beweise reichen nicht aus; Fingerabdrücke hin, Fingerabdrücke her, wo aber sind die Beweise? Natürlich mußte er ihm dankbar sein ... sonst hätte ihm die leichte Hand Muhriddinows auch acht Jährchen einbringen können. Und wofür? Wenn man es genau besah, doch nur dafür, daß er betrunken in einer Grünanlage eingeschlafen war! Der Verteidiger verdiente Dank, aber auf Verteidiger baute man besser nicht – nein, die Erfahrung wollte er nicht noch einmal machen!

Doch der Qualm, dieser verfluchte Qualm, machte Beljasch völlig irre. Etwas brannte in dem Laden – das Feuer verrichtete verläßlich, mit starker Rauchentwicklung sein Werk ... Das war alles so sonderbar, so verrückt ... dieses Juweliergeschäft hatte überhaupt keine Ähnlichkeit mehr mit dem, was es vorher gewesen war ... Die Schaufenster ... eine Pracht ... und jetzt – Qualm ... Glassplitter ... Verdammt! Hauptsache, keine Fingerabdrücke hinterlassen – das wußte er ja nun. Wenn man bloß für eine Minute hineinlief ... ach was, für eine Minute – ein paar Sekunden genügten, um sich zu greifen, was einem zwischen die Finger kam – und zurück ... Nichts da mit Fingerabdrücken! Und dann – der Rauch! Dort verbrannte doch jetzt alles, zerschmolz, ging zum Teufel ... Ging das Ganze in Flammen auf, war es zu spät! Dann konnte man nicht mehr rein!

Er machte ein paar Schritte und sah sich um. Die Gasse war leer wie zuvor.

So viel Angst hatte er heute schon durchgemacht, daß ihn jetzt, da sein Entschluß feststand, kein Zittern mehr befiel.

»Gleich! gleich!« murmelte Beljasch. »Gleich!«

Er rannte zur Ladentür und schlüpfte hinein. Der giftige heiße Rauch benahm ihm den Atem. Hier ging es seltsam geräuschvoll zu – der Fußboden war mit Glassplittern übersät, und jeder Schritt der zehn oder fünfzehn Personen, die wie verdichteter Qualm anmuteten, war mit Knirschen und Geklirr verbunden. Rechts von ihm wühlte im graublauen Halbdunkel ein Kerl in einem Schubkasten ... nein, es waren zwei, die da wühlten und hastig, aber systematisch aus kleinen Pappschachteln Schmuck auf den Tisch schütteten. Völlig klar: Schachteln kriegte man nicht viele in seine Taschen, die konnte man höchstens packen – und ab damit!

»Uschtur! E, Uschtur!« rief hustend der eine, als Beljasch als flache schwarze Silhouette in der Tür auftauchte.

»Man, man! Tintsch!« antwortete er halblaut und stürzte dahin, wo es brannte, wo der Rauch am dichtesten war – zu den hintersten Tischen.

Alle Vitrinen waren zertrümmert und ausgeraubt. Offenbar aber war mit größter Eile vorgegangen worden: hier und da lag noch, vermischt mit Glassplittern, Gold auf dem Samt. Atemlos vor Angst und ohne zu spüren, wie er sich die eiskalten Finger zerschnitt, stopfte sich Beljasch in die Taschen, was er zu fassen bekam – Schmuck und Glassplitter, alles zusammen.

Die Sekunden tickten in seinem Kopf – eine ... zwei ...

Der Rauch würgte ihn.

»Gleich ... gleich«, murmelte er heiser.

Die Sekunden tickten, und jede einzelne verhieß ihm Glück – endlich Glück. Gemessen daran, wie die Gedanken durch sein Hirn jagten, verging die Zeit doch langsam.

»Uschtur! E, Uschtur!« brüllte der Mann. »Hosir!«

Er rief ärgerlich noch etwas, aber was, das konnte Beljasch in dem Geknirsche und Gekrache nicht verstehen. Er begriff nur, daß er für irgendeinen Uschtur gehalten wurde, doch der Irrtum konnte nicht von Dauer sein.

Es hieß sich beeilen. Mit einem Satz war er am nächsten Tisch und erstarrte für einen Moment – Gold über Gold. Er grapschte, soviel er greifen konnte, stopfte sich die Taschen voll und stolperte atemlos krächzend zur Tür.

Beljaschs Lungen schienen bersten zu wollen. Dem Ersticken nahe, warf er sich nach draußen und sog mit einem Schluchzer die reine Luft ein. Vor seinen Augen verschwammen Bäume, Häuser, der verfluchte Qualm, die Sonne, der Asphalt. Alles war rot gesprenkelt. Die Hosen rutschten unter der Schwere der Taschen. Er mußte sie mit den Händen festhalten.

»Aaah!« brüllte es betrunken von hinten. »Das ist er ja gar nicht! Schweinehund! Dich kenne ich!«

Das Herz krampfte sich zusammen, und Beljasch wollte sich umdrehen, doch in dieser Sekunde war alles zu Ende, und ohne einen Schmerz oder ein Bedauern zu spüren, ohne sich auch nur an den eingeschlagenen Schädel fassen zu können, sackte er auf den Asphalt.

Großvater Nurali pflegte zu sagen, daß sich ein toter Mensch kaum von einem lebenden unterscheidet. Der lebende wacht, selbst wenn er schläft, während der tote immer schläft. Doch hat er einen feinen Schlaf, nicht so wie der lebende, und er hört alles, was es auf der Erde zu hören gibt: die Schritte der Lebenden, den Gesang der Vögel, das Rauschen des Regens, das Rollen des Frühjahrsdonners, das Zirpen der Zikaden und Grillen ... Er hört alles, wacht aber nicht auf, sondern registriert sämtliche Geräusche in seinem Schlaf – da fährt ein Windstoß durch das Laub der Bäume ... da schlägt eine Nachtigall ... da geht hoch oben in den Bergen eine Lawine ab ... Jahre vergehen, Jahrhunderte, die Generationen wechseln, eine nach der anderen werden sie von der gleichen Erde aufgenommen, während er lauschend im Schlaf liegt. Eines Tages jedoch erbebt er und schlägt die Augen auf, denn es ertönt das, worauf er die ganze Zeit gewartet hat – der furchterregende Gesang der goldenen Posaune des Erzengels Isrofil! ...

Als Kamol von Beljasch abgedrängt worden war, hatte er sich unverhofft von einer Gruppe dieser Jüngelchen umringt gesehen. Wahrscheinlich waren sie nicht mit an die Tür des gestürmten Busses herangekommen, und da sie nicht wußten, wohin mit ihrer Energie, drängten sie sich hinter den Rücken der Glücklicheren wie eine Meute wild gewordener junger Hunde, heulten und stießen Drohungen aus.

»Warum mit Jacke?!« brüllte geifernd einer von ihnen und richtete den irren Blick seiner weißen Augen auf Kamol. »Anzuuug!! Waruuum!«

Sofort zog sich der Kreis um ihn zusammen – wie eine Faust einen Gegenstand umschließt.

»Du bist kein Tadshike!« schrie der Weißäugige zitternd. »Ein Tadshike hat den Tschapon zu tragen! Russenschwein! Alles den Armeniern geben! Und wir können krepieren?!«

Um sich aus der Klemme zu ziehen, mußte man sie ablenken. Kamol ging in die Hocke, um den nach ihm zielenden Händen zu entgehen, und rief unvermittelt wehklagend, das Gesicht zum Himmel hochgereckt:

»Geld ist Verwesung, der Mensch ist Staub!«

Er stampfte auf und vollführte eine Drehung auf einem Bein.

»Teuer ist uns allein Allah!«

Noch ein Stampfer und noch einer und wieder eine Drehung.

»Geld ist Verwesung, der Mensch ist Staub!«

Stampfer, Stampfer, Stampfer! Er wirbelte herum, hob die Arme über den Kopf, schlug mit gebleckten Zähnen die Hände zusammen.

»Teuer ist uns allein Allah!«

Eine erneute Drehung mit hocherhobenen Armen.

»Geld ist Verwesung, der Mensch ist Staub!«

Jemand lachte.

»Moment!« rief Kamol. »Wer errät es!«

Sein Halbrubelstück schwirrte hoch.

»Wer errät es!«

Noch mehr von den Angreifern wurden auf ihn aufmerksam, und sie betrachteten verblüfft diesen Verrückten, der eine Münze hochwarf, daß sie wie ein Insekt durch die Luft schwirrte, Tänze vollführte, die fauligen Zähne bleckte und einmal ums andere in kreischendes Gelächter ausbrach.

»Wer errät es – Wappen oder Zahl! Sterne oder Sonne, Arsch- oder Fotzenwonne!!!«

Sie standen da – grinsten, johlten, wiesen mit dem Finger auf ihn, kugelten sich vor Lachen, und einer spuckte so geschickt nach ihm, daß er sein Jackett traf; sie wieherten, weil sie seine albernen Verrenkungen komisch fanden, seine unanständigen Verschen, die er um sich warf, an besonders pikanten Stellen ins Russische wechselnd – doch sie standen da, statt Menschen zu malträtieren ...

Jetzt strebte Kamol auf Schleichwegen dem Putowski-Basar zu, durch eine schmale Straße, die für gewöhnlich verstopft war von Menschen, die es eilig hatten, ihre Einkäufe zu tätigen, nun aber unheimlich leer und still dalag.

Immer ging es hier laut und eng zu, vom Morgen bis zum Abend waren Stimmen und Rufe zu hören – Bekannte blieben stehen, um sich zu begrüßen und die Hand zu drücken, zu fragen, wie es ging ... hier, unter einer alten Platane, standen mehrere kleine Tische, roch es verführerisch nach dem Rauch des Tanurs, nach Sambusa ... Der Jude Alik aus Buchara schob sich bis zur Hüfte aus seinem Schusterbüdchen heraus und lockte mit schallender Stimme Kunden an ...

Jetzt war es leer hier, und Kamol fühlte sich auch wie entleert.

Er ging dahin und hielt sein kostbares Halbrubelstück abergläubisch in der Faust.

Vom Platz her waren Schüsse zu hören, und er beschleunigte unwillkürlich seinen Schritt, obwohl in ihm keine Angst war – nur ein Gefühl der Erniedrigung und Bitternis.

Die Kreuzung war verraucht.

Das Juweliergeschäft mit seinen eingeschlagenen Schaufenstern bot ein Bild der Verwüstung.

Vor dem Eingang lag ein Mensch, und ehe er dazu kam, ihn genauer zu betrachten, fühlte Kamol sein Herz stocken.

Er ging näher heran. Seine Füße zertraten Pappschachteln.

Darauf bedacht, seine Hand nicht zu beflecken, drehte Kamol Beljasch auf den Rücken. Auf Stirn und Kinn war das Blut bereits verharscht. Das rechte Auge war geöffnet, das linke hingegen zugekniffen – und wäre nicht die auf dem Gesicht erstarrte Grimasse des Entsetzens gewesen, hätte er annehmen können, daß Beljasch ihm schalkhaft zuzwinkere.

»Wai doood!« flüsterte Kamol kopfschüttelnd. »Tsss! Oh, du Ärmster! Was haben sie mit dir gemacht!«

Er wußte genau: Wenn ein Mensch gestorben ist und seine Augen haben sich nicht geschlossen, bedeutet das, daß auf der Seele des Toten eine schwere Sünde lastet. Betroffen verzog er das Gesicht und grübelte, was Beljasch in seinem Leben Böses getan haben konnte. Er dachte daran, daß Beljasch Springbrunnenchef gewesen war und daß er keine Familie gehabt hatte ... und daß es ihm nie leid tat, sein Geld auszugeben – sofern er natürlich welches besaß ... Ihm wollte nicht einfallen, ob Beljasch Kinder gehabt hatte – von Kindern hatte er nie gesprochen ... Kamol hockte vor dem Getöteten und versuchte angestrengt, sich Beljaschs Leben in Erinnerung zu rufen, wie er es kannte. Und als sich herausstellte, daß er auf nichts Ernsthaftes kam, weswegen die Augen des Toten geöffnet bleiben müßten, streckte er behutsam seine Hand aus und schloß reinen Gewissens Beljaschs Auge, und dessen Gesicht nahm einen sanfteren Ausdruck an.

»Eee, Betschora!« sagte Kamol. »Was haben sie mit dir gemacht, Bruder! Wofür das?«

Wie vermutet, fand sich bei Beljasch kein Geld.

Um sich schauend, räumte Kamol hastig die Taschen von Beljaschs Trainingshose aus – mal ein Finger-, mal ein Ohrring fiel auf den blutigen Asphalt – und verstaute eine Handvoll nach der anderen in seinen eigenen Taschen: Halsketten, diverse Anhänger,

Ringe ... Alles nagelneu – mit glänzenden weißen Schildchen dran, auf denen das Blut besonders auffiel.

Nach kurzem Zögern breitete er sein Taschentuch auf dem Asphalt aus und kniete sich darauf.

Der Wind zauste das frische Grün und verwehte die Asche.

»Führe uns auf geradem Wege ...«, murmelte er, »auf dem Wege derer, denen Du Deine Gnade erwiesen hast ... nicht derer, denen Du zürnst ... und nicht der Verirrten.«

Nachdem er das Gebet viermal verrichtet hatte, kniete er ein letztes Mal nieder, strich dem Toten mit den Händen über das Gesicht und ging davon, ohne sich umzuwenden.

SIEBENTES KAPITEL
USHIK

1 Das Haus stand direkt an der Straße, die vom Flughafen zum Zentrum von Churramobod führte. Mitte Februar war eine Truppenkolonne an ihm vorbeigerollt – tags zuvor mit großen Transportmaschinen eingeflogene Panzer. Für Anna Valentinowna stand fest, daß die Erde das schwere Gerumpel ihres kriegerischen Durchmarsches nicht vertragen und nachgegeben, sich womöglich gesenkt hatte ... kurz gesagt, es mochte zu einer Verschiebung, einer Rißbildung gekommen sein – dadurch hatte die verschreckte kleine Natter aus dem Keller, wo sie wahrscheinlich bis dahin lebte, zu ihrer Küche hinaufgelangen können, bis direkt unter den Fußboden ... und eines Tages steckte sie den Kopf durch den Spalt, der in der Ecke zwischen den Dielen klaffte.

Ganz bestimmt hatte es zu einer Verwerfung kommen können – das Gerumpel und Gedröhn besaß größte Ähnlichkeit mit den Begleiterscheinungen verheerender Erdbeben. Zunächst begann aus heiterem Himmel das Glas zu klirren. Anna Valentinowna stellte sich automatisch in die Türöffnung, unter den Querbalken, wie es ihr die Mutter schon als Kind beigebracht hatte: das ist der sicherste Ort, wenn Wände einstürzen. Das Glas klirrte stärker ... ein tiefes Dröhnen kam auf, bei dem sich ihr die Haare sträubten; sie wußte, daß das Gedröhn der Vorbote vehementester Vorgänge in der Erdrinde war, die das grüne Churramobod in rauchende Ruinen verwandeln konnten, das Herz krampfte sich ihr zusammen ... sie schwankte, ob sie nicht doch lieber ins Freie rennen sollte. Das machte normalerweise keiner: in Churramobod besaß man ein fatalistisches Verhältnis zu Erdbeben – wer ausharrt, ermüdet das Unglück, hieß es ... was soll man auch dauernd rausrennen, wenn Leuchter und Möbel mitunter gleich dreimal am Tag zu tanzen beginnen ... Doch bald vernahm sie schrilles Geschrei – in ihrer Verstörtheit vermutete sie zunächst Äußerungen menschlicher Furcht vor dem Wüten der Natur, dann wurde aus dem Gedröhn Gerumpel, aus dem wenige Sekunden später das Gerassel von Raupenketten und das Geknatter von Dieselmotoren herauszuhören war ... Sie lief zum Fenster und sah, entsetzt die Hände um die Schultern schlagend, eine Panzerkolonne, die sich durch eine bunte Menschenmenge wälzte. Dieses Bild prägte sich ihr augenblicklich so unauslöschlich ein wie seinerzeit, in den drei Jahren Kunstakademie, die antiken Gipsfiguren – bis hin zu einzelnen Poren, abgeplatzten Stellen, zufälligen Kratzern am Hals des Antinous ...

Die grünen Ungetüme glänzten im Februarregen. Wie Kriegselefanten die Rüssel schwenkend, drangen sie brüllend auf die wild schreienden Menschen ein, die sich vor ihnen zusammendrängten in dem fruchtlosen Bemühen, ihnen den Weg zu verlegen. Steine und Flaschen flogen gegen das Eisen; die Steine prallten ab, die Flaschen zerschellten, ihr Inhalt hinterließ ölige Flecken. Die verzweifelt schreiende Menge war gezwungen, zurückzuweichen und die Straße freizugeben – die qualmenden höckerigen Scheusale machten einen erbarmungslosen Eindruck und verbreiteten Furcht und Schrecken. Wer sich in seinem ohnmächtigen Aufbäumen zu weit vorwagte, bis unter die Raupenketten, der wurde von den wutschäumenden Soldaten unter wüstem Gefluche auf die Panzerung hinaufgezogen – zwischen den Helmen der Panzersoldaten tauchten hier und da Tjubeteikas auf.

Das war Mitte Februar gewesen, und die Natter stellte sich Ende des Monats ein ... zeitlich paßte also alles zusammen.

Nie zuvor war Anna Valentinowna eine Natter begegnet. Sie hatte lediglich von ihrer Mutter gehört, daß bei Mariupol, wo ihre Familie vor dem Krieg gelebt hatte, die Jungen gern im Brennesselgestrüpp Nattern aufstöberten, um den Mädchen damit Angst einzujagen. Wäre sie dort, bei Mariupol, zur Welt gekommen, so hätte sich bestimmt ein Junge einfallen lassen, ihr damit imponieren zu wollen, und sie hätte schon als Kind ihre erste Erfahrung mit Nattern gemacht. Im Herbst des Jahres dreißig suchte jedoch ein Bekannter heimlich ihre künftigen Eltern auf und flüsterte dem Vater zu, es sei für ihn das beste, stehenden Fußes sein Zuhause in Richtung Bahnstation zu verlassen: der Haftbefehl sei bereits unterschrieben und er habe keine Zeit zu verlieren. Ihre Rettung verdankte die Familie dem Geld, das der Vater für einen Hauskauf gespart hatte – ohne Geld hätten sie festgesessen und keine andere Wahl gehabt, als auf die Verhaftung zu warten. Zwei Tage später stiegen sie bereits in Moskau in den Zug nach Taschkent um. Unterwegs kam der Vater mit einem energiegeladenen Mann ins Gespräch, der Nikulin hieß – viele Jahre lang nannte ihn der Vater nur »mein Engel Nikulin«, wenn er von ihm sprach – und von der schnellstmöglichen Erschließung des Wachschtals schwärmte; als er herausbekam, daß sein Gegenüber Agronom war, verbiß er sich in ihn wie eine Zecke. Das Angebot einer Tätigkeit in entlegenster Gegend mußte den Wünschen ihres Vaters auf ideale Weise entsprochen haben. Anna Valentinowna wurde in einem über hundert Kilometer von Churramobod entfernten Städtchen geboren, womit sie ein vergleichsweise glückliches Los gezogen hatte, nahm sich dieser staubige kleine Ort doch den Worten der Mutter zufolge gegenüber dem Kischlak, in dem die Familie die drei Jahre davor gelebt hatte, geradezu wie ein Klein-Paris aus.

Die Geschichte ihrer wundersamen Errettung mußte natürlich als Geheimnis behandelt werden. Als ihre Eltern schon lange tot waren, gelangte Anna Valentinowna eines Tages zu der traurigen Erkenntnis, daß der Vater im Grunde gar nichts hätte zu unternehmen brauchen: als er die Flucht ergriff vor Gefängnis und Verbannung, verschlug es ihn in ebenjene Gegenden, wohin die Häftlingstransporte bereits unterwegs waren: zur Verwirklichung der Ideen des schwärmerischen Nikulin wurden zahllose Arbeitskräfte benötigt, und deshalb durften im Raum Wachsch/Pandsh Häftlinge Kanäle ziehen und Zwangsansiedler feinfaserige ägyptische Baumwolle häufeln.

Das Wort »Natter«, das unangenehme Gefühle – kalt, glitschig, gruselig – weckte, verband sich in ihrem Bewußtsein fest mit ihrer Kindheit, mit der Wärme des mütterlichen Wolltuchs, mit

Behaglichkeit und Ruhe, die sie umgeben hatten, wenn sie den Erzählungen der Mutter lauschte: Sorgen, Hunger und Dürftigkeit der Lebensverhältnisse traten zurück, vor ihrem geistigen Auge erstand die sagenhafte Stadt Mariupol ... mit einer Fülle aufregender Dinge, zu denen vor allem die harmlosen Nattern gehörten, Symbol des Werbens und der geheimnisvollen Liebe. Deshalb war Anna Valentinowna auch nicht im geringsten erschrocken, als sie zum erstenmal den kleinen glänzenden rautenförmigen Kopf bemerkte.

»Sieh mal einer an!« sagte sie freundlich und wollte sich niederkauern, um ein Gespräch mit dem unverhofften Gast zu führen, so, wie sie sich mit den beiden furchtlosen großäugigen Geckos unterhielt, die jedesmal in der größten Julihitze kurioserweise an der Küchendecke auftauchten.

Doch die leiseste Bewegung genügte, und der kleine graue Kopf verschwand.

»So was!« sagte Anna Valentinowna kopfschüttelnd. »Jetzt hat man schon Nattern im Haus! Ist ja auch kein Wunder!«

Trotzdem goß sie Milch in eine Untertasse, die sie in eine Ecke stellte.

2 »Na, ich weiß ja nicht ...«, sagte Marina und mummelte sich in ihren Mantel. »Ich hätte diesen Spalt längst zugenagelt, und Schluß!«

»Aber!« protestierte Anna Valentinowna. »Das ist doch ein Lebewesen! Sie lebt schon fast ein Jahr bei mir!«

»Lebewesen – na und!« Die Tochter verzog das Gesicht. »Wie kann man irgendwelches ekliges Viehzeug päppeln wollen!«

»Erstens fangen sie Mäuse«, bemerkte Anna Valentinowna, »und zweitens ist sie sehr hübsch, wenn du sie sehen könntest, würdest du bestimmt Gefallen an ihr finden. Sie kommt bloß nicht raus, wenn Fremde da sind.«

Die Tochter winkte bitter ab.

»Gott im Himmel!« sagte sie und fischte mit dem Löffelchen ein durchsichtiges Stück zuckriger Quitte aus ihrem Schälchen. »Es gibt ja sicherlich noch Gegenden, wo es normal zugeht! Mäuse kann man im Haus haben ... Kakerlaken vielleicht ... Hier aber – Nattern! Geckos! Termiten! Fehlen bloß noch Krokodile!«

»Nun hör aber auf! Sind Ratten vielleicht besser?«

»Lobatschows wollen auch weg«, sagte die Tochter nach einer kurzen Pause und nahm einen Schluck aus ihrer Pijola. »Wir sollen mitkommen, meinen sie. Irgendeine Gesellschaft ist gegründet worden, jetzt wird Geld gesammelt.« Sie seufzte. »Sie wollen in Rußland Häuser bauen.«

Anna Valentinowna seufzte ebenfalls und schüttelte den Kopf.

Als ihr Mann noch lebte, waren sie hin und wieder auch auf dieses Thema zu sprechen gekommen. Die Russen gehen weg aus Churramobod ... Wir sollten es auch tun ... Natürlich sollten wir das ... Bloß, wohin? Das Hauptproblem war, Arbeit zu finden ... Das heißt, noch schwieriger war es mit der Wohnung. Gebraucht wurde deshalb die goldene Lösung: Arbeit plus Wohnung. Manchmal saßen sie abends zu viert beim Tee und überlegten hin und her: Wenn keine Wohnung zu bekommen ist, kaufen wir uns ein Haus. Möglich muß das doch sein? Keiner von ihnen kannte sich darin aus, was Häuser kosteten. Die Kinder erhoben kategorische Einwände: Dieses Rußland kann uns gestohlen bleiben! Die Schule wechseln! Hier im Hof haben wir unsere Freunde! Nicht ernsthaft genug betrieben, blieb alles vage, und nach ein, zwei Tagen geriet das Thema für Monate, ja für Jahre in Vergessenheit.

Als ihr Mann seine Dissertation verteidigt hatte, war Anna Valentinowna mit ihm nach Moskau gefahren. Da sie noch ein paar Tage zur Verfügung hatten, kamen sie auf die Idee, einen Ausflug in die Moskauer Umgebung zu unternehmen, nach Aprelewka, womöglich gab es da Häuser zu kaufen? Es war an einem verschneiten Januartag, als sie den Vorortzug verließen, auf dem kahlen Bahnsteig trieben eisige Windböen ein vergilbtes Etikett vor sich her: Portwein, Marke »Agdam«. Anna Valentinowna hatte einen leichten Mantel an. Sie schlenderten durch die verschneite Siedlung und lasen alles, was an den Zäunen ausgehängt war. Alles mögliche stand da geschrieben, Verkaufsangebote aber fanden sich nicht darunter. Wahrscheinlich wäre es am besten gewesen, gleich selbst einen Aushang zu machen, mit Angabe ihrer Telefonnummer. Oder der Adresse. Doch darauf waren sie nicht rechtzeitig gekommen, und jetzt hatten sie weder Papier noch Klebstoff zur Hand. Vor Kälte mit den Zähnen klappernd, erkundigte sich Anna Valentinowna verzweifelt bei einer alten Frau, ob hier in der Nähe nicht ein Haus verkauft werde. »Und wenn's weiter weg ist, schaffst du's wohl nicht, weil du dich totbibberst?« erwiderte die Alte zänkisch. Zu guter Letzt stießen sie auf eine Kneipe, ihr Mann trank hundertfünfzig Gramm georgischen Kognak und sie zwei Gläser heißen Tee, wonach sie sich auf den Rückweg in die Metropole machten ...

»Och, ich weiß nicht«, seufzte Anna Valentinowna. »Kalt ist es dort! Nein, nein, wohin soll ich auf meine alten Tage ... besser, man bleibt hier ...«

»Ja, ja«, pflichtete ihr die Tochter müde bei, »und wartet, bis man auch eins über die Rübe bekommt ... Guck dich doch um, was los ist!«

»Was soll denn los sein?« meinte Anna Valentinowna verwundert. »Ist doch alles ruhig! Haben sich ausgetobt und wieder beruhigt.«

»Was heißt beruhigt!« Die Tochter sah sie spöttisch an. »Du machst mir Spaß, Mama ... Weißt du, was Valera sagt? In der Zeitung schreiben sie ständig darüber: Diese Halbwüchsigen hat man auf Lastwagen gesetzt und nach Churramobod gefahren! Alles an einem Tag! Eine regelrechte militärische Operation! Kannst du dir das vorstellen? Fahrzeuge wurden bereitgestellt! Steine, Knüppel und Eisenstäbe – alles vorbereitet! Direkt von den Schulen wurden die Bengel hergekarrt: Die Lehrer ordneten es an, und sie stiegen auf die Lkws. Hier bekamen sie dann Wodka verabreicht! Und klargemacht, daß Gewalt angesagt sei! Ist das vielleicht ein

Scherz? Überleg doch mal, wieviel Geld es gekostet haben muß, das Ganze zu inszenieren.« Sie holte tief Luft und schloß: »Valera sagt, wenn diese *Tierchen* in der Lage wären, hier etwas anderes auch so gut zu organisieren, würden wir längst im Paradies leben!«

»Warum redest du so – *Tierchen*!« Anna Valentinowna verzog das Gesicht.

»Glaubst du wirklich, daß sie sich damit begnügen, nachdem sie es geschafft haben, diese Stadt das Fürchten zu lehren? Haha! Einfach lächerlich! Valera sagt, das ist erst der Anfang! Und wer wird dich beschützen? Erinnere dich – als es losging, hat die Regierung vorgeschlagen, Selbstschutzabteilungen zu bilden! Die Re-gie-rung! Sie kann den Leuten nämlich nicht helfen – verteidigt euch selbst! Valera hat vier Nächte lang Wache gestanden! Abends eine weiße Binde um den Ärmel, einen Spatengriff in die Hand, ein Messer«, sagte sie, den Tränen nahe vor Erregung, »ein Messer in den Stiefelschaft! Und vorwärts, zur Toreinfahrt, die Pogromhelden in Empfang nehmen! Ich habe das Licht in der Wohnung ausgemacht und gewartet – werden sie in das Haus einbrechen oder nicht? Die Miliz! Wo war die Miliz?!«

»Schrecklich, schrecklich!« bestätigte Anna Valentinowna. »Schrecklich, schrecklich! Aber letzten Endes sind doch Truppen eingesetzt worden! Jetzt ist das alles vorbei!«

»Schön wär's, Mama!« Der Löffel der Tochter fuhr klappernd ins Konfitüreschälchen. »Gar nichts ist vorbei ... alles fängt erst an. Erinnere dich, was im Februar dieser Schuft Jussupow gesagt hat: Die Russen in Churramobod sind Geiseln!«

»Dieser Jussupow ist doch auch längst abgesetzt ...«

»Du weißt immer alles besser.«

Anna Valentinowna seufzte.

»Na ja ...«, sagte sie schuldbewußt. »Vielleicht muß es wirklich sein ... Wieviel Geld braucht man denn?«

Die Tochter winkte bedrückt ab.

»Ich habe Geld«, erklärte Anna Valentinowna. »Marina! Ich fahre ja sowieso nirgendwohin! Ich gebe es euch!«

»Ja, natürlich! Wir fahren, und du nicht ...«, sagte die Tochter stirnrunzelnd. »Wir lassen dich hier ... damit sie dich auffressen ... Was redest du für Dummheiten!«

»Nein«, sagte Anna Valentinowna nach einer kurzen Pause und goß ihrer Tochter frischen Tee ein. »Nichts ist, sollen sie mich lieber hier umbringen.«

3 Die ersten zwei, drei Monate spürte Anna Valentinowna eine dumpfe Unruhe. Wie man es auch nahm, immerhin war es ein Wesen aus einer anderen Welt, aus einem anderen Universum, genauso fern und fremd wie ein Marsmensch. Was verbarg sich in dem elfenbeinartigen, gleichsam lackierten Kopf? Warum war diese Natter hier aufgekreuzt, um zwischen Küchenfußboden und Keller zu leben? Ob es tatsächlich daher kam, daß sie verschreckt worden war? Was gefiel ihr dann hier? Die Wärme? Aber im Sommer war es überall warm, sogar zu warm; und im Winter war es auch hier kalt und feucht, weil die Heizung nicht funktionierte – genauso kalt und feucht wie im modrigen Keller.

Doch die Zeit verging, und sie gewöhnte sich an sie, wie sich ein Mensch an alles auf der Welt gewöhnt, besonders an Lebewesen.

Die Natter gewöhnte sich ihrerseits allmählich an sie – sie spielten sich aufeinander ein und legten beide ihre Furcht ab.

Das geschah langsam, unmerklich.

Anfangs verschwand sie bei jedem Annäherungsversuch so rasch in ihrem Versteck, daß Anna Valentinowna ein leichtes Schnappgeräusch zu hören glaubte, als würde der Verschluß eines Fotoapparats ausgelöst. Nach einer Weile versteckte sie sich nicht mehr ganz: mißtrauisch lugte sie aus ihrem Spalt hervor und lauschte auf ihr absichtlich monoton gehaltenes gurrendes Gerede.

Eines Tages dann versteckte sich die Natter gar nicht mehr. Statt bei ihrem Erscheinen in ihr Loch zu kriechen, rollte sie sich in der Küchenecke zu einem Halbring ein und zischte – ein Geräusch, vergleichbar mit einem Wassertropfen, der über eine erhitzte Pfanne rollt. Anna Valentinowna kam zu dem Schluß, daß sie wohl Angst vor der eigenen Courage bekommen haben mußte, deshalb tat sie so, als bemerke sie weder ihre Anwesenheit noch dieses herausfordernde Zischen: sie trat nicht näher, sondern ging im Gegenteil ins Zimmer zurück, kurz darauf wieder in die Küche. So pendelte sie zehn Minuten hin und her, und die Natter, die sich allmählich beruhigte, beobachtete sie mit starren glänzenden Augen, die an polierte Steine erinnerten.

Mit der Zeit beachteten sie sich immer weniger, aus einander fremden Wesen, zwischen denen (auf Grund ihrer gegenseitigen Unberechenbarkeit) ein besonderer argwöhnischer Umgang angebracht erschien, wurden sie mehr und mehr zu Nachbarn, ja zu einer Art Verwandten, die man gar nicht wahrnimmt, solange sie einem nicht durch Geklopfe oder betrunkenes Gesinge auf die Nerven gehen.

Öfter stellte sie in der Küchentür ihre Staffelei auf und malte die Natter, versuchte wieder und wieder, den Graphitglanz der kleinen Schuppen einzufangen und das faszinierende Muster, das den Blick immer weiter gleiten ließ: zwei helle, nach unten zu dunkel abgesetzte zickzackförmige Streifen an den Seiten, oben helle ovale Flecken, die auf den Spitzen der Zickzacklinien aufsaßen. Farben gab es schon lange keine mehr, nicht einmal Aquarellfarben, doch sie besaß noch Reste von Fettbuntstiften und alte Graphiken, deren Rückseiten sich verwenden ließen. Wenn Anna Valentinowna das rauhe Papier bemalte, erstarrte sie von Zeit zu Zeit für ein paar Sekunden mit einem Gesichtsausdruck, wie er für Menschen typisch ist, die sich angestrengt etwas Vertrautes in Erinnerung zu rufen suchen: es liegt einem auf der Zunge, aber man kommt einfach nicht darauf. Die Natter ruhte reglos an der Wand, den Kopf über dem zum Halbring eingerollten Körper, und beobachtete ihre Bewegungen, änderte lediglich hin und wieder die Stellung des abgeflachten Kopfes. Er trug ebenfalls ein hübsches kreuzförmiges Muster, das an die Silhouette eines fliegenden Vogels erinnerte.

Die Natter trank gern Milch, aber die war in der Stadt schon bald zu keinem noch so horrenden Preis aufzutreiben. Die Versorgungskrise konnte der Natter freilich nicht allzuviel anhaben – gewiß gab es im Keller weiterhin Mäuse in ausreichender Zahl. Die Leute indessen waren gezwungen, sich vor leeren Geschäften vergebens die Beine in den Bauch zu stehen. Der Winter zog sich endlos hin, und allmählich verfiel Churramobod in eine Apathie, einen Dämmerzustand, wie er bei der Natter die ganzen Wintermonate über anhielt. Um Brot zu bekommen, stand Anna Valentinowna um vier Uhr nachts auf und ging durch die dunklen Straßen zur Brotfabrik. Im schwachen Licht der Straßenlaternen erschien die schweigsame Menge am Fabriktor genauso leblos wie ein Haufen Grabsteine. Das lange Anstehen wurde dadurch vergolten, daß die Brotlaibe schwer und heiß waren; wenn sie sie heimtrug, spürte sie nichts von Müdigkeit. Doch eines Tages öffnete sich das Tor weder um neun noch um zehn, noch um elf … Es war ein trüber, feuchter Tag. Sie schleppte sich zurück mit ihrer leeren Tasche, die ihr ungewöhnlich schwer vorkam, ohne etwas ringsum wahrzunehmen. Zu Hause angekommen, öffnete sie die Tür, setzte sich auf einen Stuhl und brach in Tränen aus. Die Natter glitt lautlos auf sie zu, und als sie, unter Tränen lächelnd, nach unten faßte, umschlang sie ihre Hand und ihren Unterarm gleich einem breiten gemusterten Armband.

4 Im Frühjahr ergab es sich, daß Anna Valentinowna nach Rußland fahren sollte – zunächst in die Gegend von Belgorod, wo bereits eine Siedlung für Umsiedler im Bau war, und danach in das Gebiet Kaluga, und zwar in die Gegend von Tarussa. Ihre Aufgabe bestand darin, sich alles genau anzusehen, alles Für und Wider in Erfahrung zu bringen und nach ihrer Rückkehr einen präzisen Bericht zu liefern. Je nachdem, wie diese Erkundung ausfiel, wollten Marina und Valera entscheiden, wohin die Umsiedlung am besten erfolgte. Selbst zu fahren, sahen sich beide

vorläufig nicht imstande – Valera war der einzige in der Familie, der noch einigermaßen Geld verdiente (Gehälter und Renten wurden schon ein halbes Jahr nicht mehr gezahlt), und konnte deshalb nicht weg, während Marina die Kinder nicht allein lassen wollte.

Ehrlich gesagt, verspürte Anna Valentinowna keine große Reiselust. Jetzt im Frühjahr hatte man es leichter – erstens war es wärmer geworden; zweitens gab es nach einer langen Unterbrechung wieder Gas, so daß man fast immer, wie in alten Zeiten, den Teekessel auf dem Herd zum Kochen bringen konnte, statt sich mit der primitiven Feuerstelle in der Loggia abzuquälen; drittens war der Basar neu aufgelebt, nur nachts wurde noch geschossen, und die wieder mutiger gewordenen Händler begannen nach und nach ihre Plätze in den Zeilen einzunehmen. Sie boten für diese Jahreszeit sagenhaft billiges Gemüse an; die niedrigen Preise erklärten sich sehr einfach – da Bargeld fehlte, war die Geldzirkulation praktisch zum Erliegen gekommen.

Doch blieb ihr keine Wahl.

Einen Tag vor ihrer Abreise klingelte sie bei dem eine Treppe höher wohnenden Alexej Wassiljitsch.

»Oh!« sagte er, die Tür öffnend. »Anna Valentinowna!«

»Alexej Wassiljitsch«, sagte sie. »Ich möchte Sie um einen Gefallen bitten. Ich fahre weg, nicht für lange. Das heißt, für wie lange, weiß ich nicht.«

»Ja, was stehen wir hier in der Tür!« besann sich Alexej Wassiljitsch plötzlich. »Treten Sie ein!«

»Nein, besser, wir gehen zu mir«, schlug sie vor. »Da kann ich Ihnen gleich alles zeigen.«

Als die Natter die Schritte und die Stimme eines Fremden hörte, schlüpfte sie in ihr Versteck. Später konnte sie sich ja dem Besucher zeigen, doch vorerst zog sie die verdeckte Beobachtung vor.

»Sie sind schon auf dem Sprung ...«, sagte Anna Valentinowna, während sie frisches Wasser in den Teekessel füllte. »Alles vorbereitet, Käufer für beide Wohnungen sind gefunden, und die

Möbel hat Valeri auch an den Mann gebracht ... bei mir hier ...«, sie deutete lachend auf ihren Besitz, »das kann man ja nicht als Möbel bezeichnen – Bretter und Papier. Können Sie nicht vielleicht das Klavier gebrauchen? Oder wollen Sie auch weg?«

»Ich?« erwiderte Alexej Wassiljitsch verwundert. »Wohin denn? Dahin? Ich bitte Sie, Anna Valentinowna! Was habe ich da verloren! Nein, nein, fahren Sie mal allein ... dann können wir uns Briefe schreiben!« Und er lachte, sehr angetan von seinem Scherz.

»Wenn es nach mir ginge, ich würde nirgends hinfahren«, gab sie zu. »Wozu hat man das nötig auf seine alten Tage? Bei meiner Tochter, das ist etwas anderes: sie ist jung, hat Kinder, es muß sein. Ich aber – wozu? Andererseits – was soll ich hier ohne sie? Die Enkel ... nein, es geht nicht anders, was will man machen ... Jetzt werde ich losgeschickt, um alles auszukundschaften«, meinte sie schmunzelnd. »Es wird mir anvertraut.«

»So«, Alexej Wassiljitsch nickte. »Eine Aufklärungsmission also. Verstehe.«

»Nehmen Sie sich Konfitüre, Alexej Wassiljitsch ... hier, das ist Quitte ... die habe ich noch vor dem Krieg gemacht, ist gar nicht eingedickt, wie Sie sehen! Und hier – Erdbeere ... Wieviel Zeit ich dort verbringen muß, weiß allein der Himmel. Außerdem will ich noch meine Schwester in Samara besuchen, um nach dem Rechten zu sehen ... so sieht es also aus ...«

»Jaaa«, seufzte Alexej Wassiljitsch und tat sich Quittenkonfitüre in sein Schälchen. Schmatzend leckte er den Löffel ab.

»Und nun lebt bei mir hier eine Natter«, sagte Anna Valentinowna.

»Wer lebt hier?«

»Eine Natter! Na, so eine Amphibie – oder wie sagt man dazu?«

»Eine Natter?« fragte er verwundert zurück. »Wo?«

»Na da! Sehen Sie? Das Loch zwischen den Dielen ... da versteckt sie sich ... aber eigentlich lebt sie direkt hier, in der Küche ... Wir haben uns angefreundet. Sie ist ganz zahm, Ushik rufe ich sie.«

»Interessant!« sagte Alexej Wassiljitsch. »Höre ich zum erstenmal, daß Nattern in Wohnungen leben! Ich bin doch ein alter Hase, Anna Valentinowna! Mein halbes Leben habe ich in den Bergen verbracht ... Von diesem Geschmeiß habe ich mehr als genug zu sehen gekriegt! Brrr!« Er verzog das Gesicht und nahm sich noch Konfitüre.

»Wieso Geschmeiß!« widersprach sie. »Die Natter ist doch ein harmloses Lebewesen!«

»Na, eine Natter, das mag noch angehen«, sagte Alexej Wassiljitsch skeptisch. »Ja, wenn einem bloß Nattern begegnen würden! Eine Natter, tatsächlich, das ist nichts weiter ... Gelbbäuchlein nennen wir sie.« Wieso Gelbbäuchlein? dachte Anna Valentinowna verwundert, überging jedoch die Bemerkung. »Was gibt es da nicht alles! Die Levanteotter! Die Kobra! Grau-en-haft! Einmal ...«, Alexej Wassiljitsch lachte plötzlich auf, »es war irgendwo bei Lachsch ... na, das Übliche – Tour auf Tour, jeden Tag durch die brütende Hitze. Und bei einer dieser Touren habe ich eine Levanteotter getötet ... Riesenhaft! Ich komme angeritten, und sie kriecht quer über den Pfad! Also, wie ein Schlauch! So ein Viech! Und langsam kriecht sie – kein Ende zu sehen! Weder Kopf noch Schwanz, nur dieser dicke Körper! Von einem Gebüsch über den Weg in ein anderes! Ich reiße das Gewehr runter – peng! Der Schrot hat sie buchstäblich durchgetrennt! Dann haben wir sie gemessen – fast zwei Meter lang, das Biest!«

»Gräßlich!« sagte Anna Valentinowna und fröstelte.

»Natürlich verfolgte sie mich den ganzen Tag über, immer glaubte ich noch eine zu sehen ... Am Abend kehrten wir ins Lager zurück, aßen und legten uns schlafen. Früh wachen wir auf ... Sonne! Auswertungstag! Auf Tour müssen wir heute nicht! Der Fluß rauscht! Himmlisch! Ich krieche aus dem Schlafsack ... dehne mich, gähne ... vom Fluß weht es kühl herauf! Die Sonne strahlt gerade erst die Baumwipfel an ... Ich stecke ein Bein in den Stiefel – gleich so, barfuß ... ich will mich waschen gehen ... den zweiten – und da ... unter der Ferse ...!«

Anna Valentinowna schrie leise auf und schlug die Hand vor den Mund.

»Ich fühle – etwas Eiskaltes! Eine Schlange! Was tun? Ehe ich das Bein rausgezogen habe, hat sie mich doch gebissen, das Mistvieh! Und da drücke ich die Ferse runter, mit aller Kraft! Sie zerquetschen! Ihr zuvorkommen!«

Alexej Wassiljitsch lachte wieder.

»Die Uhr!!!« sagte er endlich. »Vor dem Schlafengehen hatte ich zufällig die Uhr da reingetan! Eine gute Uhr – eine ›Slawa‹! Und die habe ich – Sie werden es nicht glauben – vor Schreck zermalmt! Das Glas zersprungen, die Splitter im Werk ... die ganze Uhr zum Teufel!«

Kopfschüttelnd goß ihm Anna Valentinowna Tee nach.

»Und Sie meinen – bloß eine Natter!« belehrte Alexej Wassiljitsch sie. »Es gibt ganz verschiedene Nattern.«

»Meine ist völlig zahm«, beruhigte sie ihn. »Worum ich Sie eigentlich bitten wollte ... Da steht ein Schälchen mit Wasser. Ich lasse Ihnen den Schlüssel da. Gießen Sie ihr alle drei, vier Tage Wasser nach ... gut?«

»Geht schon klar«, sagte Alexej Wassiljitsch und blickte zu der Stelle, auf die Anna Valentinownas Finger wies.

Ushik lag ruhig neben seinem Spalt, wie stets zum Halbring eingerollt.

»Ach, du ...!« brüllte plötzlich der Geologe auf, sprang von seinem Stuhl hoch und zerrte Anna Valentinowna fort.

Erschrocken von dem Lärm, schlüpfte das Tier pfeilschnell in den Spalt.

»Eine Efa!« schrie Alexej Wassiljitsch und stieß Anna Valentinowna in den Flur. »Das ist doch eine Efa, Sie dumme Gans! Eine Efa! Eine Efa ist das und keine Natter!«

5 Der Geologe wollte den Spalt zwischen den Dielen, in den das giftige Reptil geschlüpft war, unverzüglich mit Sperrholz vernageln.

»Am allerbesten wäre es, sie herauszulocken und totzuschlagen!« erklärte er laut und sah Anna Valentinowna empört an. »Was denken Sie sich denn! Wenn nun jemand in den Keller geht! Und die Efa beißt zu! Das ist kein Spaß! In zwanzig Minuten kann man hinübersein!«

»Im Keller hat niemand was zu suchen«, versetzte sie. »Was soll er da auch? Und fallen Sie mir nicht auf die Nerven, Alexej Wassiljitsch! Erstens können Sie sich geirrt haben!«

»Ich? Mich geirrt?« rief Alexej Wassiljitsch mit sardonischem Lachen. »Wollen Sie sich lustig machen über mich? Dieses Biest erkenne ich auf einen Kilometer Entfernung! Einmal gehe ich einen Hang entlang – so ein unangenehmer Hang, Geröll ... eine Hitze! ...«

»Ach, ich habe genug von Ihren Horrorgeschichten!« rief Anna Valentinowna und faßte sich an die Schläfen. »Hören Sie auf damit! Und ich erlaube Ihnen gar nichts zu vernageln! Und den Schlüssel kriegen Sie auch nicht!«

Die Fahrkarte war jedoch schon gekauft, der Zug würde nicht auf sie warten. Als sie schließlich völlig verwirrt losfuhr, baute sie darauf, daß Ushik im Keller schon etwas zu fressen finden würde und notfalls auch Wasser, da die rostigen Rohre ständig tropften. Sie wußte nicht, ob sie Alexej Wassiljitsch glauben sollte oder nicht, und fauchte immer wieder vor sich hin: »Auch so ein Kenner! Eine Efa, eine Efa! – grad wie ein Papagei!«

Der Zug schleppte sich durch grüne, noch nicht ausgedörrte Steppen, der schmutzige Wagen schlingerte, als könne er jeden Moment entgleisen. Die Fenster des Abteils waren größtenteils herausgeschlagen und mit stinkenden Matratzen zugestopft. Riesige Landstriche glitten unter den Rädern dahin, zeigten flüchtig ihre ganze Armseligkeit und Not; unaufhörlich weinte ein erkältetes Kind, von der Toilette kam fürchterlicher Mief, mit schwerem, düsterem Getöse flogen Gegenzüge vorbei ... In ihrem Abteil fuhr eine tatarische Familie, die zu Verwandten nach Bugulma übersiedelte. Anna Valentinowna selbst reiste mit einem einzigen Koffer – das ganze Abteil war vollgestopft mit tatarischen Gepäckstücken. Der Zug zuckelte von Grenze zu Grenze, und die

Bündel und Ballen mußten fortwährend aufgemacht und die ausgeführte Habe den Zöllnern der einzelnen Staaten vorgewiesen werden. Staaten, Grenzen und Zollkontrollen aber gab es so viele auf ihrem Weg, daß Anna Valentinowna als Zeugin dieser ermüdenden Prozedur zu guter Letzt mit dem Zählen nicht mehr klarkam.

Der Zug holperte und polterte, rollte und rollte, es war, als würde da ein Knäuel abgewickelt, sie saß eingemummelt in ihrer Ecke in einem Schwebezustand zwischen krankhaftem Fröstelin und Dösen und wickelte gleichfalls irgendwelche alten Knäuel der Erinnerung ab – zog man an einem Faden, löste sich ein zweiter, ein dritter ... es waren so viele, daß sie sich vergeblich anstrengte, alles auf einmal ins Bild zu holen, ihr ganzes Leben von Anfang bis Ende, und endlich zu begreifen, wozu das alles sein mußte: die Panzer in Churramobod, der Krieg, der Zug ... warum es eine Efa und keine Natter sein ... warum so ein eisiger Wind wehen mußte.

Vier Tage später – Moskau ... Allmählich wurde ihr wieder warm in der geräumigen Wohnung Ninas, ihrer Schulfreundin, die vor fünfundvierzig Jahren mit den Eltern aus Churramobod weggefahren war. Ein Tag verging nach dem anderen, und es war ihr peinlich, einzugestehen, daß sie kein Verlangen hatte, diese Stadt wieder zu verlassen: hier gab es immer Strom ... und durch die Rohre floß Gas ... und im Laden bekam man Butter ... und die Rente wurde einem sogar ins Haus gebracht. Zwischen den Büchern im Arbeitszimmer entdeckte Anna Valentinowna ein siebenbändiges zoologisches Werk, in dem sie die Bestätigung dafür fand, daß Alexej Wassiljitsch recht hatte – ja, leider, Ushik blickte ihr von einer Farbillustration entgegen. Ushik war eine Efa, unklar blieb lediglich, welcher der beiden Unterarten er zuzurechnen war. Verwirrt stellte sie den Band zurück und setzte sich in einen Sessel! O Gott! Wie denn das! Aber konnte man vernünftigerweise mit einer Giftschlange in einem Haus zusammenleben wollen? Freilich hatte ihr Ushik die ganze Zeit in keiner Weise seine Giftschlangennatur offenbart! Er mochte sie ... er wärmte sich bei ihr ... er kam zum Vorschein, wenn er ihre Schritte hörte. Nein, dumm war das, wirklich dumm – Schlange bleibt Schlange! Wer weiß, worauf sie verfällt. Und außerdem: Eine Schlange ist schließlich keine Katze, kein Hund! An einen treuen Hund kann man sein Herz hängen ... an eine puschlige anschmiegsame Katze. Ist das aber auch bei einer Schlange möglich? Doch, offenbar ja – auch an eine Schlange konnte man sich hängen, und deshalb machte sie sich Sorgen, wie es Ushik ohne sie erging, ob er ihre Rückkehr abwarten würde. Und gelangte zu dem Schluß: Nein, er würde es nicht, er war ja keine Katze und kein Hund – er würde sich entwöhnen, sie vergessen, sich in den Keller zurückziehen. Na schön, auch gut: man konnte die Sache drehen und wenden, wie man wollte – Schlange bleibt Schlange! Letzten Endes war es besser so ... was sollte sie tun, wenn die Dinge so lagen. Sie konnte ja ein Kätzchen zu sich nehmen.

Dann kam Belgorod ... ein paar Tage im Hotel ... Sie sah sich um, wie die Umsiedler lebten – wie würde ihr wohl selbst bald in dieser Lage zumute sein? Wieder in Moskau, betrachtete sie sich aufmerksam im Spiegel: trotz der Reisestrapazen und der Tatsache, daß sie nicht zu Hause war, wirkte sie etwas erholt, ihre Haut hatte sich geglättet ... Einige Tage später setzte Ninas Sohn Wolodja die beiden Frauen ins Auto und fuhr mit ihnen auf einer schönen Chaussee weit weg – bis hinter Tarussa im Raum Kaluga, in das Dorf Sawrashje.

Der Schnee war fast überall weggetaut, es war warm. Anna Valentinowna mußte vor dem grellen Sonnenlicht die Augen zukneifen. Hier gefiel es ihr besser – die Luft, der Wald ... Nicht wie in Belgorod – dort wurde überall gebaut, Dreck ... Wohnwagen an Wohnwagen ... Sie machten einen Spaziergang durch den Wald, kamen in ein ruhiges Dorf, unterhielten sich mit zwei netten älteren Frauen – wo der Laden war, wie es mit der Versorgung stand ... Schließlich gelangten sie zu einem Feld, über das eine Betonstraße gebaut wurde. Neben einem Autokran, der Platten abgeladen hatte, standen ein paar Männer.

»Platz gibt es hier noch und noch!« sagte der am meisten angesäuselte von ihnen. »Da brauchst du keine Bedenken zu haben! Hier leben – ohoho! Bald gibt's eine Straße! Eine Wasserleitung! Warum sollte man hier nicht leben wollen! Guck doch, wieviel Walderdbeeren ringsum wachsen! Vorläufig sind bloß Blättchen dran, aber im Sommer – Beeren über Beeren!«

Zurück nahm sie das Flugzeug. Sie betrat die Gangway, und endlich schlug es ihr heimatlich entgegen: Hitze, Staub ... In Churramobod war es bereits heiß – Südwind, von Afghanistan her, der gelbe Himmel trübte sich ... und es war ein eigentümliches Gefühl, sich vorzustellen, daß das alles bald für immer der Vergangenheit angehören würde.

Als sie auf das Haus zuging, überlegte sie, daß der Spalt natürlich mit Sperrholz vernagelt werden mußte. Wenn er weg war, hatte die Sache eben ein Ende.

Anna Valentinowna machte die Tür auf und fuhr zusammen.

Im ersten Moment glaubte sie, Ushik habe doch ihre Rückkehr abgewartet.

Leblos ausgestreckt, lag er an der Schwelle. Wahrscheinlich hatten Ameisen den Kadaver leer gefressen. Nichts als die gemusterte Hülle war übriggeblieben, und als Anna Valentinowna sie berührte, raschelten darin die wegrollenden Wirbel – wie Samenkörner in einer ausgetrockneten Paprikaschote.

ACHTES KAPITEL
EIN ORDENTLICHER STEIN FÜR DAS VÄTERLICHE GRAB

1 Das Schloß gab endlich nach, und Platonow öffnete die Garage.

Halim sah vorsichtig hinein.

»Oh!« rief er. »Sieht ja toll aus.«

»Es fährt einwandfrei!« sagte Platonow, während er den zweiten Torflügel zur Seite schwenkte. »Wir können es gern anlassen. Ich habe bloß kein Benzin. Wirklich nicht! Wenn du willst, füllen wir was aus deinem rein. Der Motor kommt sofort! Ist doch ganz neu! Sieh mal: die Reifen sind überhaupt nicht abgenutzt ... die Lichtmaschine war unmittelbar vor dem Unfall kaputtgegangen, ich habe eine neue eingebaut ... Aber was soll ich dir viel erzählen! Du bist ja nicht blind! Den Blechschaden beheben – und fertig! In zwei Wochen läßt sich alles hinkriegen!«

Er hob die verbeulte Kühlerhaube hoch.

»Hier, guck! Eine tschechische Batterie! Daß es lädiert ist – was kann ich dafür! Ich sage dir ja – auf glatter Strecke! Es schleuderte ... ich dachte schon, ich hätte es abgefangen, als es sich plötzlich überschlug – da war's passiert!«

»Jaaa ...«, sagte Halim, »wie eine Pirogge.«

Der Vergleich gefiel ihm: er schüttelte lachend den Kopf und wiederholte: »Eine richtige Pirogge! Eine richtige Pirogge!«

Platonow seufzte.

»Pirogge hin, Pirogge her ... Also, gib mir anderthalbtausend, und die Sache ist klar. Anderthalb. Der Wagen ist doch wie neu!«

Halim ging um den Shiguli herum. Schüttelte den Kopf. Stieß mit dem Fuß gegen das Rad, das ohne Luft war.

»Ja, ja«, sagte er. »Wie neu ... Verstehe ... Weißt du was, Mitja ...«

»Na gut«, unterbrach ihn Platonow. »Kriegst deinen Nachlaß! Tausenddreihundert, und wir sind uns einig! Tausenddreihundert!

Weißt du, wieviel so ein Auto in Rußland kostet? Oder in Taschkent! Weißt du das? Auch wenn es lädiert ist! Drinnen ist alles neu, das ist doch die Hauptsache!«

»In Rußland ... in Taschkent! Hier ist aber nicht Taschkent! Kannst es ja nach Taschkent bringen und dort versuchen ... oder nach Rußland ...«

»Was ist schon dabei! Rauf auf einen Plattformwagen – und ab! Wie viele aus unserem Haus haben ihre Autos fortgebracht!«

»Sie haben es«, sagte Halim überlegen und befühlte das verbeulte Blech – unter der abgeplatzten Farbe kam Rost zum Vorschein. »Du aber hast es nicht ...«

»Trotzdem«, beharrte Platonow. »Willst du dich über mich lustig machen? Es ist natürlich zehn Jahre alt, ja ... aber mein Vater hat es eigenhändig repariert! Er hatte es auch lädiert übernommen! Und dann hat er es Schräubchen für Schräubchen instand gesetzt! Es wird noch zehn Jahre fahren!«

»Nun ja ... Wenn man die Karosserie auswechselt«, bemerkte Halim. Er stand da, die Hände in den Taschen seiner schwarzen Seidenhosen, und wippte von den Fußspitzen auf die Fersen.

»Gleich nach dem Unfall hat man mir zwei Tausender geboten«, sagte Platonow. »Ich habe es nicht verkauft! Ich dachte, ich kriege es selbst wieder hin! Wenn mein Vater es hingekriegt hat, werde ich es auch schaffen ... aber dann ging das los hier ...«

»Ich weiß nicht«, sagte Halim. »Wenn es so ein Angebot gab, dann hättest du darauf eingehen sollen ... Jetzt bietet das keiner mehr.«

Vor der Garage standen zwei kleine Jungen: der eine vielleicht vier-, der andere sechsjährig. Der jüngere hatte einen hübschen geblümten Chalat an. Er lauschte gebannt dem Gespräch und hatte darüber das Fladenstück in seiner Hand vergessen. Wahrscheinlich war bei ihnen zu Hause irgendein Fest – der Fladen war mit Butter und Milch zubereitet und mit Sesam bestreut. Der ältere, der den Kleinen an der Hand hielt, schniefte mit der Nase und sagte verlegen: »Tag ...«

»Tag, Tag«, murmelte Platonow. »Na gut ... schön.«

Zweitausend hatte ihm Sultan Odinajew geboten ... der Lump! Wir können auch gleich den Kaufvertrag unterschreiben, hatte er gemeint ... wozu die Sache in die Länge ziehen! Zwar habe er das Geld im Moment nicht ... das heißt, er hätte es schon, habe es bloß seinem Bruder geborgt ... sobald der es zurückgebe, könnten sie sofort ... unverzüglich ... er sei doch kein Betrüger! Nur gut, daß seine Mutter ihm wenigstens ausgeredet hatte, das Auto auf Sultan umzuschreiben. Aber einen Floh ins Ohr gesetzt hatte ihm der Kerl: er Dussel wartete die ganze Zeit, daß Sultans Bruder das Geld zurückgab. Und setzte sich damit in die Nesseln! In einer Woche fuhren sie ab, die Wohnung war verkauft, das ganze Geld aufgebraucht für die Reisevorbereitungen, den Zoll, für den Zug ... jede Kopeke zählte! Gelogen hatte er, der Misthund! Platonow hatte ihm vertraut, und das hatte er nun davon: die Zeit war ihm weggelaufen, und jetzt drückte ihn Halim an die Wand! Weniger als tausend konnte ein Auto doch nicht kosten! Ehrlich gesagt, am liebsten hätte er losgeschrien ... oder zugeschlagen ... und sei es auf die ramponierte Karosserie ... auf die gesprungene Windschutzscheibe ... Doch nichts dergleichen durfte er sich erlauben.

Er lächelte verzagt und fragte:

»Wieviel dann?«

»Vierhundert«, erklärte Halim nach kurzem Überlegen.

Wippend verharrte er sekundenlang auf den Zehen.

»Chub, na schön! Maili! ... Fünfhundert Grüne. Die Formalitäten übernehme ich.«

Platonow lachte unsicher.

»Aber nur zusammen mit der Garage«, setzte Halim hinzu.

»Ach nein.« Platonow war bereits dabei, den knarrenden Flügel zurückzuschwenken. »Und zu der Garage möchtest du nicht noch was dazuhaben?«

Das Tor krachte zu.

»Wozu hast du mich dann überhaupt gerufen?« versetzte Halim bissig. »Dachtest du, ich gebe dir eine Million? Mehr ist es doch nicht wert! Fünfhundert ist ein guter Preis!«

»Von wegen!« sagte Platonow wütend und hängte das Schloß ein. »Ein guter Preis, natürlich! Ein guter Preis, wenn du weißt, daß mir keine andere Wahl bleibt! Und einen Tag später streichst du das Doppelte dafür ein! Nein, danke! Ganz so schlimm bin ich nicht dran! Keine Bange! Ich warte noch! Finde ich vielleicht für tausenddreihundert keinen Käufer? Na schön, wenigstens für tausend! Morgen schon finde ich einen!«

»Na, dann such mal, Mitja, such«, sagte Halim kalt. »Such. Und wenn du dich ausgesucht hast, dann ruf an. Mein Wort: Fünfhundert mit Garage.«

Er wandte sich ab und ging zu seinem Wolga.

Platonow trat mit dem Fuß gegen die Eisentür. Durch die Garage ging ein dumpfes Hallen. Halim drehte sich nicht um. Er kramte in seiner Tasche – sicherlich suchte er den Autoschlüssel.

Als er den Starter schnarren hörte, hielt es Platonow nicht länger aus.

»Haaalt!« schrie er. »Halt, sage ich dir!«

2 Der O-Bus hielt an der Haltestelle, eine Menschentraube stürzte sich auf ihn, und noch lange knarrte und schwankte er unter dem Ansturm. Dann setzte er sich mühsam in Bewegung und gewann an Fahrt. Häuser, Bäume, sonnenüberflutete Gehsteige, mit ihren Dingen beschäftigte Leute glitten am Fenster vorbei. An den Kreuzungen gingen frohgestimmte Burschen mit MPi auf und ab und hielten die wenigen Pkws an. Einige von ihnen trugen Tarnanzüge, die meisten aber ganz normale Zivilkleidung.

Platonow blickte aus dem Fenster, ohne etwas wahrzunehmen.

Um ganze hundert Dollar hatte er den Preis noch hochbekommen. Zwei Hunderter als Anzahlung hatte er aber wenigstens durchgedrückt. Zwei grüne Scheinchen hatte Halim herausrücken müssen. Sie jetzt in seiner Tasche zu wissen tat Platonow wohl.

Sein Plan war recht einfach. Er kannte eine Steinmetzwerkstatt in der Nähe der Zementfabrik. Dort ging der Meister Chudaidod seiner Arbeit nach. Vor etwa fünfzehn Jahren, noch als Student, hatte Platonow von einer zufälligen Reise ein paar Muster Karluk-Onyx mitgebracht, die er zerteilen lassen wollte, um sich selbst an ihrer Schönheit erfreuen und Freunde damit beschenken zu können. Steine sind jedoch keine Heringe, die sich mit dem Messer zerlegen lassen. Chudaidod hatte das auf seiner Werkbank besorgt.

Platonow nannte ihn zu der Zeit scherzhaft Bogdan, denn so lautete die russische Entsprechung des tadshikischen Namens »Chudaidod«: der Gottgegebene. In die Werkstatt geführt hatte ihn sein Vater. Es war um die Tagesmitte, als sie dort ankamen. In der Ecke des Hofes wuchs ein alter Aprikosenbaum. Auf einem Kat tranken sie lange Tee, und von den Zweigen des Aprikosenbaums ließ sich von Zeit zu Zeit an einem glänzenden Faden ein kleiner Wurm herab, um in eine der Pijolas zu tauchen. Gesprochen wurde größtenteils über Belanglosigkeiten. Platonow hörte schweigend zu. Schließlich wies der Vater mit einer Kopfbewegung auf ihn und sagte: »Chudaidod, mein Mitka hat ein Anliegen an dich.« Platonow holte aus seiner Tasche die in Zeitungspapier eingeschlagenen Steine. »Die Hälfte gehört dir«, sagte sein Vater. »Übernimmst du es?«

Platonow hielt es nicht aus vor Ungeduld und kam ein paarmal nachsehen, wie die Sache voranging. Chudaidod befaßte sich mit seinen Aragoniten, wenn es Abend wurde – tagsüber hatte er anderes zu tun. Ohne Hast spannte er den Stein in die Werkbank, griff sodann, während er ihn mit argwöhnischer Miene beäugte, in die Tasche seiner schäbigen Jacke und brachte eine Tabaksdose zum Vorschein, aus der er körnchenweise eine Prise Noswor auf seinen Handteller gab. Wenn er den Tabak in den Mund steckte, nahm sein Gesicht einen leicht besorgten Ausdruck an. Dann ließ er die Werkbank an. Auf das blitzende Sägeblatt floß sprühendes Wasser. Chudaidod kniff die Augen zusammen. War der Stein in zwei Teile zerfallen, schaltete er die Werkbank ab. Chudaidod spuckte in den Aryk, nahm die Brille ab und fragte beunruhigt: »Geht es so? Merawad?«

Möglicherweise gefiel ihm die Kommunikation mit Platonow, denn der äußerte unablässig seine aufrichtige Begeisterung über die Fähigkeit des Meisters, die günstigsten Schnittflächen zu erraten – jene, an denen der Onyx seine volle, pfauenschwanzgleiche Pracht entfaltete. Als das Werk vollbracht war, breitete Chudaidod die Steine auf dem Tisch aus, nahm seine Tjubeteika ab, fuhr sich mit der Hand über den kahlen Kopf und fragte schmunzelnd: »Nun, teilen wir sie auf?« Platonow nickte. Chudaidod suchte sich aus den anderthalb Dutzend Mustern zwei hübsche Stücke aus, und damit war die Sache für ihn erledigt ...

Jetzt fuhr Platonow dorthin, weil er sich erinnerte, daß neben der Werkbank für kleinere Arbeiten eine große Industriemaschine gestanden hatte, unter einem Schutzdach in der Ecke des Hofes. Und wo eine Maschine war, da waren auch Steine. Und wo damals Steine waren, gab es vielleicht auch jetzt eine Aussicht. Und wenn dem so war, fand sich darunter möglicherweise auch ein geeigneter Labradorit. Chudaidod würde sich ganz bestimmt an ihn erinnern. Es konnte gar nicht anders sein! Platonow würde ihm sagen: »Chudaidod, mein Vater ist vor einem Jahr gestorben. Hast du davon gehört? Und nun ... wie die Dinge so liegen ... was soll ich groß sagen? Verstehst du, ich gehe hier weg. Auf das Grab muß ein ordentlicher Stein. Hier ist Geld. Kannst du mir helfen?«

Er fuhr bis zur Endhaltestelle. Hinter der nächsten Wegbiegung war die Zementfabrik bereits zu sehen.

Ihre vom Staub grau gewordenen Gebäude drängten sich an den Hängen der Hügel. Mit der Zeit verwandelte sich der Staub in eine Zementkruste, die die kahlen Zweige der vertrockneten Karaghotschs, das Gras, die Steine, die Asbestschieferdächer der Werkhallen, die rostigen Stützen der Seilbahn überzog. Die Förderkübel hingen wie Streichholzschachteln unbeweglich in der Luft. Früher war das alles in geräuschvoller Bewegung gewesen, die mit Mergelbrocken beladenen Kübel waren an den Drahtseilen entlanggekrochen. Heulend hatten Mühlen den Mergel zu feinem Staub zermahlen. Und der Staub rückte als endlose graue Wolke langsam auf die braunen Vororte Churramobods zu ...

Sauber waren nur die langen Zylinder der Öfen geblieben. Weil sie langsam, aber unaufhörlich rotiert hatten – wie Bleistifte, die von trägen Fingern gedreht werden. Sie hatten eine höllische Hitze verbreitet, die sichtbar über ihnen vibrierte, wenn ringsum alles von der glühenden Julisonne aufgeheizt war. Die Öfen arbeiteten Tag und Nacht, und der Staub kam nicht dazu, sich auf ihnen abzusetzen. Als dann die Öfen stillgelegt wurden, verstummten auch die Mühlen. Der Staub hing nicht mehr über der Zementfabrik. Die schneebedeckten Gipfel der Berge strahlten, als wären sie soeben mit lauter Diamanten bestreut worden.

Unweit der Endstation befand sich eine Armeekontrollstelle. Die Straße verengte sich hier, weil zu beiden Seiten Betonplatten übereinandergestapelt lagen. Neben einem Arbeitswagen stand ein Raupenschlepper – wahrscheinlich diente er dazu, die Durchfahrt gänzlich zu sperren. Die Kontrollstelle war mit mehreren MPi-Schützen besetzt, und einer von ihnen, der zerstreut den Kolben seiner Waffe streichelte, sah Platonow mit unangenehm prüfendem Blick nach.

Dreihundert Meter weiter tauchte ein großes grünes Tor auf. Hinter dem Tor guckten ein Hausdach, Weinspaliere und jener Aprikosenbaum hervor, unter dem sie damals Tee getrunken hatten. Platonow überlegte, daß sich von Zeit zu Zeit die Zaubertür zur Vergangenheit öffnete – schwer geht sie auf, knarrend, doch sie geht auf: gleich wird er eintreten und Chudaidod sehen, der an seiner Werkbank steht und mit zugekniffenen Augen den frischen Schnitt eines Jaspis oder Pegmatits betrachtet ...

Das Geheul einer laufenden Werkbank wäre freilich von der Straße aus zu hören gewesen.

Platonow klopfte.

Einen Hund gab es hier nicht.

Nachdem er ein paar Sekunden gewartet hatte, stieß er die Tür auf.

»Heee!« rief er in den Spalt. »Ist da jemand?«
Stille.
»Dar in dsho kase hastmi?« wiederholte Platonow, so gut es gehen wollte, seine Worte in Tadshikisch.
Etwas knallte im Hof. Schritte wurden vernehmbar.
»Zu wem wollen Sie?« fragte ein Halbwüchsiger, der Platonow düster ansah.
»Zu Chudaidod«, erwiderte Platonow. »Ist Chudaidod zu Hause?«
Als die Tür sich wieder öffnete, kam ein Mann mittleren Alters in einem gemusterten Baumwolltschapon zum Vorschein. Er wischte sich die Hände an einem schmutzigen Lappen ab. Seine Augenbrauen waren fragend hochgezogen.
»Chudaidod?« fragte er beunruhigt. »Wer sind Sie, Verehrtester?«
»Er hat einmal für mich Steine zerteilt«, sagte Platonow. »Es ist schon lange her. Entschuldigen Sie, wenn ich ungelegen komme … Ich hätte Arbeit für ihn.«
»Kommen Sie rein«, forderte ihn der gehemmt lächelnde Mann auf. »So auf der Straße redet es sich schlecht, ehrlich gesagt …«
Platonow trat ein. Der Hof hatte sich nicht verändert. Nur das kleine Haus wirkte noch kleiner. Und der Schatten, den der Aprikosenbaum warf, spärlicher.
»Asis, bring Tee!« rief der Mann, der sich immer noch die Hände wischte.
In einem Weidenkäfig, der im Baum hing, ließ ein Steinhuhn seinen Schrei hören.
»Sieh an«, sagte Platonow lächelnd. »Ein ganz schön kräftiges Organ, wie?«
»Er ist nicht da«, sagte der Mann. Er legte die Faust an den Mund und hüstelte. »Wissen Sie, er ist nicht da, Verehrtester.«
»Und wann wird er dasein?« fragte Platonow. »Wann soll ich wiederkommen?«
»Er kommt nicht wieder«, sagte der Mann. »Er … ääh … ist gestorben, Verehrtester. Vor einem halben Jahr.«

»Wie das?« fragte Platonow etwas dümmlich. »Woran?«
Der Mann sah hilflos zum Haus.

»Er ist abgeholt worden«, sagte er und knüllte seinen Lappen. »Abgeholt von ... ääh ... Leuten. Mit einem Auto. Sie sagten: Du kommst mit, Chudaidod. Er wollte nicht mit ihnen fahren. Sie haben ihn gezwungen. Er fuhr mit. Und wurde erschossen. Kennen Sie die Grünanlage hinter dem Busbahnhof? Dort haben sie ihn erschossen. Er war mein Bruder.«

Mit einem tiefen Seufzer legte er den Lappen auf den Kat.
Und zog die Schultern hoch.

3 Sein Vater war seit langem krank gewesen, und daran hatten sich alle gewöhnt. Von seinem offenkundig tödlichen Leiden hatte er stets brummig gesprochen, voller Verachtung. »Was soll ich bloß tun ...«, knurrte er und verzog die nach einem Schlaganfall gefühllos gebliebene Wange. »Ekelhaft, dieser Zustand ...« Er winkte seufzend ab und schleppte sich, mit dem linken Pantoffel schlurfend, auf den Balkon eine rauchen. Rauchen durfte er nicht, aber nicht rauchen konnte er anscheinend nicht. Was schwerer wog, das wußte keiner so genau. Die Mutter meinte: daß er nicht durfte, der Vater hingegen: daß er nicht konnte. Platonow fand, daß der Mensch das Recht hat, selbst das Maß seiner Freuden und der damit verbundenen Unannehmlichkeiten zu bestimmen.

Dreimal wohl mußte der Vater ins Krankenhaus, und nachdem er drei Wochen am Tropf gehangen hatte, kam er in leicht gebesserter Verfassung nach Hause. »Der Kuckuck soll sie holen!« sagte er mit etwas schiefem Lächeln und klopfte rhythmisch mit der Linken auf den Tisch, wie er es sich seit den Bewegungsübungen angewöhnt hatte. »Dieser komische Professor, wie heißt er doch gleich ... Farsojew ... Wo der gelernt hat, möchte ich mal wissen ... Hat sein Diplom womöglich für ein paar Hammel gekauft, und dann lief die Sache – Dissertation, Habilitation ...

Leute stehen ja genug zur Verfügung, an denen kann man rumschnippeln nach Herzenslust! Einen Katheter sollte man mir in die Hüftvene einführen, meint er – und irgendwo rauf bis zum Herzen oder so! Wie findest du das? Urteile selbst – ist das nicht ein Dummkopf? Pfui Teufel!«

So ging das jahrelang, und daß die Gefäße sich immer mehr verengten, daß die Beine weh taten, daß er das Rauchen hätte aufgeben müssen, aber bei ihm Hopfen und Malz verloren war, daß es um den linken kleinen Zeh schon ganz arg stand – all das wurde schließlich so alltäglich und fand so wenig Beachtung wie ein unzählige Male bei Tisch erzählter Witz mit Bart oder wie der Tod, der in nebliger Ferne jeden erwartet. Ja, sein Leiden an sich war etwas gar zu Alltägliches geworden.

Und dann plötzlich – ach! Er kam nur noch dazu, mitten im Gespräch verwundert die Hand an die Brust zu legen – zu begreifen, was da geschah, blieb ihm, wie der Arzt sagte, bestimmt keine Zeit mehr. Nun war es nicht mehr nötig, Medikamente und Geld zu besorgen … und bei der Schwester in Krasnodar Alarm zu schlagen, damit sie wenigstens noch drei, nun, wenigstens zwei Flaschen Rheopolyglykin herschickte (das wäre auch in besseren Zeiten keine einfache Sache gewesen, hatte es doch nie eine direkte Flugverbindung zwischen Krasnodar und Churramobod gegeben) … und sich ganze Nächte um die Ohren zu schlagen im Flughafen, der vollgestopft war mit Flüchtlingen und alles eingebüßt hatte, was zu einem Flughafen gehört, selbst den Flugplan.

All das rückte urplötzlich in weite Fernen wie Berge, wenn man das Fernglas absetzt, und abgelöst wurde es von ganz anderen Sorgen: Grab, Benzin, Sarg – kein Benzin zu haben, keine Bretter. Strelnikow schaltete sich ein, Vaters Kollege aus der Geologischen Verwaltung … das Auto stellt die Geologische Verwaltung, die Bretter liefert die Geologische Verwaltung, aber Benzin gibt es selbst dort nicht … Drei oder vier Tage angestrengtes Verhandeln und Suchen, um ein paar Liter Benzin und vier Bretter aufzutreiben … Man würde ja dieses verflixte Benzin bezahlen, einen Kanister voll diesen Kerlen abkaufen, die damit auf den

Straßen Geschäfte machen, aber woher so viel Geld nehmen ... Schließlich regelte sich doch noch alles: Bretter wurden besorgt, das Benzin freilich war knapp bemessen ... Den Leichenwagen erwarteten sie zu elf Uhr ... es wurde zwölf ... eins ... halb zwei ... der öffentliche Verkehr fuhr nur bis gegen fünf, und alle mußten es ja noch nach Hause schaffen, wie die Ameisen zu ihren Burgen – zumindest bis die Sonne ihre letzten Strahlen aussandte ... Die Prozedur drohte etwas hektisch zu werden ... Angesichts dieser Verzögerung geriet selbst der Tod zum belanglosen Ereignis. Daß das Auto sich auch verspäten mußte! Halb ... viertel vor drei ... Schließlich kamen sie ... eiliges Abschiednehmen ... schuldbewußte Gesichter ... der Friedhof ... die Sonne ... das Grün ... das Glänzen des frischen Laubs ... das Gesicht des Vaters ... die Zeichen einer begreiflicherweise nachlässigen, ja rücksichtslosen Rasur – es tat ja nicht mehr weh ... die Enge der Grabeinfassungen, über denen der sonnenübergossene rotbespannte Sarg dahingetragen wurde ... Worte, Worte, Worte ... Geraschel und das Aufschlagen der Erdklumpen ... Die Mutter riß der Sitte entsprechend ein Stoffstück in Fetzen und verteilte sie ... und damit endete alles – der Leichnam blieb in der Erde zurück, und sie gingen Wodka trinken ... ein hastig absolviertes Totenmahl ... Und dann die Dämmerung, der rasche Einbruch der Frühlingsnacht ... und die Schießerei – schon gewohnt wie das Zirpen der Grillen – an verschiedenen Stellen der Stadt, bald näher, bald weiter entfernt: ba-ba-bach! ba-ba-bach! – an Stelle des Abschiedssaluts.

Alles war vorbei. Die Vergangenheit wich zurück, büßte Farben und Schärfentiefe ein, wurde zu einer Aneinanderreihung von Schwarzweißfotos. Die ersten zwei oder drei Monate war Platonow jeden Sonntag mit der Mutter auf den Friedhof gegangen. Dann klappte es bei ihm einmal nicht. Dann kam der Sommer mit endloser Hitze. Es folgte der Herbst, der seine bunten Flaggen hißte. Das Herz krampfte sich nicht mehr zusammen, wenn er den asphaltierten Friedhofsweg zum Grab seines Vaters ging.

Und nun fuhren sie weg. Sie fuhren für immer weg aus Churramobod. Niemand von ihnen rechnete damit, zurückzukehren. Sie fuhren weg, während der Vater immer dagegen gewesen war. »Nein, kommt nicht in Frage!« hatte er gesagt, die Wange schiefgezogen und herrisch mit der Hand auf den Tisch geklopft. »Ich fahre nirgendwohin!« Jetzt aber lag er im Grab, und sie fuhren ... Und Platonow wurde den Gedanken nicht los, daß dieser Dickschädel zu guter Letzt hier allein zurückblieb.

Um die Tagesmitte erreichte Platonow endlich den Platz.

An der Kreuzung wurde ofenfrisches Fladenbrot verkauft. Er wollte sich schon nach dem Preis erkundigen, steckte dann aber die Hände in die Taschen und ging weiter.

Die stille, mit Karaghotschs und Platanen bestandene Straße führte bergauf zum Friedhof.

Er wußte nicht, wo sich in Churramobod sonst noch ein Grabstein auftreiben ließ. Er suchte schon zwei Wochen – nein, mehr! – und konnte keinen finden. Auch Meister Chudaidod konnte ihm nun nicht mehr helfen.

Zehn Minuten später passierte er das Friedhofstor und ging die kleine Allee entlang. Aus der geöffneten Tür des Wächterhäuschens schollen Stimmen. Platonow verhielt seinen Schritt und trat nach einem Moment des Schwankens ein.

Die zwei Männer, die sich laut und schnell auf tadshikisch unterhielten, verstummten. Der eine bedeutete ihm mit einer Kopfbewegung, Platz zu nehmen. Und schon legten sie wieder los.

Der in einem weißen Jackett sprach so schnell, daß seine Gestikulation in keiner Weise mit seinem Redeschwall mithalten konnte.

Der zweite sah dem Schauspieler Kaljagin täuschend ähnlich. Wäre es nicht völlig ausgeschlossen gewesen, daß dieser auf die Idee kommen könnte, im stinkenden Wächterhäuschen des Friedhofs von Churramobod zu sitzen, hätte Platonow seinen Kopf gewettet, daß es niemand anders als Kaljagin war.

»Fahmidi?« sprudelte der erste hervor. »Sattorow ba Tursunow,

Tursunow ba Kijomow, Kijomow ba Nasrullojew, Nasrullojew ba Rasulow, Rasulow ba Mirsojew! Fahmidi?«

Der Kaljagin-Doppelgänger umfaßte seinen Kopf mit den Händen, und hin- und herschaukelnd rief er mit seiner Baßstimme gedehnt auf russisch:

»Weioooweeei!«

»Jaaa«, bestätigte der im weißen Jackett und betrachtete den Kaljagin-Doppelgänger mit einem Gesichtsausdruck, als sei der ein Reagenzglas, in dem endlich die langerwartete Reaktion in Gang gekommen war. Er seufzte, richtete seinen Blick auf Platonow, lächelte flüchtig, gleichsam um Entschuldigung dafür bittend, daß er ihn nicht gleich beachtet hatte, und ging hinaus.

»Guten Tag«, sagte Platonow und bekam eine leichte Gänsehaut bei dem Gedanken, daß er hier an der falschen Adresse war und gleich noch eine alberne Frage stellen würde. »Ich wollte ... entschuldigen Sie, hat Ihnen noch keiner gesagt, daß Sie einem Schauspieler ähnlich sehen?«

»Hundertmal hat man das!« erwiderte der Kaljagin-Doppelgänger lächelnd. Auf seinem runden freundlichen Gesicht war nicht einmal mehr eine Spur von Erschütterung zu sehen. »Ein Theaterengagement hat man mir angeboten! Ich habe abgelehnt – ääh, was soll ich da?!« Dann reichte er Platonow die Hand und stellte sich fröhlich vor: »Mahmadi!«

»Dmitri«, erwiderte Platonow, indem er die kleine, aber feste Hand drückte. »Arbeiten Sie hier?«

Mahmadi nickte würdevoll.

»Ich bin der Chefingenieur des Friedhofs.«

»Oh!« rief Platonow erstaunt und achtungsvoll zugleich. Er wollte dem Mann ein wenig schmeicheln. Wie hätte er außerdem ahnen können, daß ein Friedhof so viele Gemeinsamkeiten mit einer Fabrik hatte – hier wie da wurde ein Chefingenieur gebraucht. »Dann sind Sie sicherlich im Bilde ... Ich suche einen ordentlichen Stein. Ganz Churramobod habe ich schon abgeklappert – nichts! Wissen Sie nicht, wo man einen bestellen kann?«

»Ääh, das ist praktisch unmöglich«, sagte der Chefingenieur.

»Nirgends werden Steine bearbeitet. Ich würde Ihnen ja gern helfen, aber da ist nichts. In Churramobod jedenfalls nicht. Wer die Möglichkeit hat, holt sich einen Stein aus Samarkand.«

»Aus Samarkand geht bei mir nicht«, erklärte Platonow. »Das schaffe ich nicht. Mir bleiben nur noch wenige Tage. Ich bezahle es.«

»Das verstehe ich schon, daß Sie das bezahlen.« Achselzuckend nahm sich Mahmadi eine Zigarette. »Ich kann nicht hexen ... Wo soll ich einen Stein hernehmen? Alles ist zum Stillstand gekommen! Nicht eine Werkstatt führt mehr Steinmetzarbeiten aus! Das ist auch gar nicht möglich – nach Churramobod gelangen keine Steine ... Was kann ich tun? Wo soll ich einen ordentlichen Stein hernehmen? Ein ordentlicher Stein – das ist Marmor aus Samarkand ... und wieviel Arbeit macht er noch! Schneiden, polieren ... dazu noch Abkantung, Verzierung ... Nein, Sie werden keinen finden.«

»Marmor brauche ich nicht«, sagte Platonow. »Labradorit brauche ich. Kennen Sie den? Schwarz, mit violettem Schimmer. Abkantungen brauche ich auch nicht.«

»Wie denn ohne Abkantungen!« rief Mahmadi erstaunt. »Was ist das für ein Grabstein ohne Abkantungen!«

»Unnötig«, versicherte Platonow. »Es genügt, eine Seite zu polieren. Eine Seite ist sogar besser. Verstehen Sie? Es soll ruhig nach Naturstein aussehen. Nach Berg. Verstehen Sie? Eine kleine Fläche, für die Inschrift – mehr ist nicht nötig. Sonst nichts. Wir stellen ihn so auf ...« Er hielt seine Hand senkrecht. »Das wird ein ordentlicher Stein!«

Mahmadi blies nachdenklich einen Rauchstrahl in die Luft.

»Ich weiß nicht ... Ohne zu schneiden? Nun, wenn ohne ... Sehen Sie, Verehrtester, jeder hat seine eigenen Wünsche ... So einen Stein brauchen Sie also ... verstehe.« Er schüttelte den Kopf. »Vor kurzem war einer bei mir ... er hatte auch seinen Vater beerdigt. Ein Tadshike. Gib mir eine schriftliche Genehmigung, sagt er, daß ich auf dem Grab ein Mausoleum aus Ziegelsteinen bauen darf! Wozu brauchst du eine Genehmigung? Alle bauen auf den

Gräbern Mausoleen! Jeder, der zwei Dutzend Ziegel hat, baut auf seinem Grab ein Mausoleum! Bau doch, bitte schön!« Er schnipste Asche in eine Blechbüchse. »Nein, gib mir die Genehmigung, beharrt er. Eine Woche lang bedrängt er mich, eine zweite ... Sitzt vor der Tür ... Und jedesmal will er zu mir! Zum Direktor geht er nicht. Weiß schon, daß sich der Direktor auf nichts einläßt! Nun, schließlich konnte ich nicht mehr und gab ihm die Genehmigung! Schriftlich! Eine Woche später gehe ich dort vorbei – wooooi! Dieser Hundekerl hat ein Mausoleum gebaut, in dem man wohnen kann! Zwei Familien kann man darin unterbringen! Ich zu ihm! Und er: Bitte schön, sagt er, ich habe die Genehmigung!« Mahmadi prustete. »So sieht es aus, Verehrtester ... Na schön, ich sehe, Ihnen muß geholfen werden. Es gibt da so eine Stelle. Man könnte hinfahren und es sich ansehen.«

»Wann?« fragte Platonow.

Der Chefingenieur rückte die Tjubeteika mit dem Daumen in die Stirn und kratzte sich den kahlen Hinterkopf.

»Übermorgen.«

»Gleich geht es nicht?«

»Gleich?« fragte der andere verwundert zurück.

»Und wieviel wird das kosten?«

Mahmadi zuckte die Schultern.

»Wer weiß schon heutzutage, was wieviel kostet? Die Verhältnisse haben sich umgekehrt ... Jetzt zahlen die Leute für eine Arbeit nicht das, was sie kostet, sondern was sie zahlen können ... Wieviel können Sie zahlen, Verehrtester?« erkundigte er sich.

»Zweihundert«, sagte Platonow.

Sagte – und bedauerte es. Hundert, hätte er sagen sollen. Möglicherweise war hundert der richtige Preis?

»Zweihundert ...«, wiederholte Mahmadi enttäuscht und bewegte rechnend die Lippen. »Der Stein selbst ... der Transport ... das Aufstellen ... die Befestigung ... der Zement ... Zweihundert ... Chub, na schön! Maili!« Er klatschte beide Hände auf den Tisch und erhob sich. »Also zweihundert. Machen wir uns auf die Socken?«

4 Der Bus rüttelte und hüpfte durch die Schlaglöcher. Platonow sah zum Fenster hinaus, seine Gedanken waren mit dem Stein beschäftigt, und plötzlich fiel ihm ein, wie er seinerzeit einen Eindruck bekommen hatte vom Leben der Arbeiter, die den Marmor brechen ... Sein Vater war mit ihm an den Oberlauf des Jaghnob angeln gefahren. Es war eine wilde, urwüchsige Gegend, das Auto holperte über das Gestein. Als sie an ihrer Stelle ankamen, entdeckten sie erstaunt einen Wohnwagen, in dem zwei bärtige sehnige Männer hausten, die sich Steinmetze nannten, obwohl Steinbrecher die richtigere Bezeichnung gewesen wäre. »Na wunderbar«, sagte der Vater, »in Gesellschaft ist es fröhlicher.« Platonow stellte das Zelt dicht neben dem Wohnwagen auf. Ehrlich gesagt, fühlte er sich etwas unwohl als Müßiggänger in ihrer Nachbarschaft. In der Frühe, wenn es noch kühl war, ging er Forellen fangen. Die Steinmetze verbrachten indessen den ganzen Tag in der Sonnenglut mit dem Herausbrechen von Marmorblöcken. Der Stein trat etwa hundertfünfzig Meter oberhalb der Straße zutage, an einem ziemlich steilen Schutthang. Eine irrsinnige Hitze herrschte hier. Jeder Block erforderte mehrere Tage Schwerstarbeit. Wenn sie abends zum Fluß hinabstiegen, tranken sie als erstes jeder einen Eimer Wasser leer. Dann kochten sie zwei Eimer Suppe: ihr ausgedörrter Organismus verlangte ausschließlich nach flüssiger Nahrung ...

Noch beeindruckender als ihre Zähigkeit war der optimistische Fatalismus, mit dem sie jedesmal den ihnen vom Schicksal bestimmten Ausgang der Sache hinnahmen. Ja, den vom Schicksal bestimmten, denn vom handwerklichen Können hing hier nichts ab: Wenn der Block frei- und losgehauen war, gingen sie ihm mit Brecheisen zu Leibe und ließen ihn den Hang hinunterrollen zum Weg. Krachend, mit Geheul – das Echo flog erschrocken bis zu den fernen Gebirgsketten – durchbrach der Block sich ihm entgegenstellendes Buschwerk und donnerte, Marmorbruch sprühend, über das Gestein. Die beiden standen gleich ausgezehrten Pilgern oben, gestützt auf ihre Preßlufthämmer, und beobachteten teilnahmslos den Flug. Mehr oder weniger wohlbehalten kam nur jeder vierte an, die übrigen brachen auseinander. Als Platonow abfuhr, war der ganze Hang mit zertrümmertem Marmor übersät. Das Auto sollte zurückkommen, und er erkundigte sich bei den Steinmetzen, ob sie etwas aus der Stadt mitgebracht haben wollten. Sie überlegten und meinten, zwei zusätzliche Emailleeimer könnten nicht schaden …

Während Platonow jetzt zum Fenster hinaussah, dachte er schmunzelnd, daß er ein Lied davon singen könne, was es heißt, einen ordentlichen Stein zu besorgen.

Aber wenigstens ein bißchen Glück mußte er doch haben!

Am neunten Kilometer stiegen sie aus und gingen nach links bergan – auf grüne Hügel zu, hinter denen schneebedeckte Berge blauten.

Die asphaltierte Straße zog sich an vierstöckigen Häusern entlang, die kammartig aufgereiht standen. Auf den Balkons hing bunte Wäsche, und vor den Hauseingängen tobten Kinder.

»Es ist ganz nah«, sagte Mahmadi. »Wir brauchen nicht lange.«

Bald bogen sie von der Asphaltstraße ab auf einen schmalen Weg, der noch steiler anstieg. Linker Hand blieben ausgebrannte Garagen zurück. Der Frühlingswind bewegte die rauchgeschwärzten Torflügel, an denen die Farbe abgeplatzt war, und sie knarrten trostlos und vielstimmig.

»Der Krieg«, erklärte Mahmadi. »Sehen Sie? Was soll man dazu sagen!«

»Ja, ich weiß auch nicht«, brummte Platonow.

Der Lärm der Stadt verlor sich immer mehr. An seine Stelle trat das Rauschen des Windes im Gezweig der Büsche und das Rieseln des Wassers im Straßengraben. Gerüche nach Gras, feuchtem Lehm und Schnee wehten ihnen entgegen.

Bald blieb von der Stadt nichts bis auf die nahe Rauchwolke, von der die unter ihr liegenden Churramoboder Wohnviertel unerwartet schnell eingehüllt worden waren. Und plötzlich witterte Platonow Gefahr.

»Mahmadi«, sagte er argwöhnisch, »wohin gehen wir eigentlich?«

»Wohin?« fragte Mahmadi verwundert zurück. »Was heißt wohin? In eine Werkstatt gehen wir, Verehrtester! Ein Werk! Da – das weiße Haus, sehen Sie?«

»Sehe ich«, sagte er düster. »Und? Wollen Sie mir blauen Dunst vormachen? Was kann da für ein Werk sein?«

»Für Steinbearbeitung«, erklärte Mahmadi gekränkt. »Hinter dem Hügel. Wir brauchen nur noch drüben runterzugehen. Mit dem Auto fährt man über Putowskoabad. Verstehen Sie?«

Er lächelte treuherzig.

Die Berge ragten ehrfurchtgebietend nahe auf.

»Ich weiß nicht«, sagte Platonow schicksalsergeben. »Na gut, in Ordnung ... Chub, maili. Gehen wir.«

Eigentlich konnte es keinen Grund geben, ihn umzubringen, überlegte er. Wie ein Mörder sah der Chefingenieur nicht aus ... Und Chudaidod – hatte es bei ihm einen Grund gegeben? Platonow warf Mahmadi einen schrägen Blick zu. Nein, so sah er nicht aus. Wie der Schauspieler Kaljagin ... aber nicht wie ein Mörder ... Weswegen mochten sie Chudaidod umgebracht haben? Sie hatten ihn ja nicht zusammengeschlagen, nicht ausgeraubt, sondern gleich umgebracht! In ein Auto gesetzt, weggeschafft und erschossen – wenigstens hatten sie es nicht noch vor den Augen seiner Kinder getan. Weswegen wohl? Womöglich hatte er Schulden bei ihnen gehabt? Kaum – ein älterer Mann, Familienvater, wieso sollte sich der auf abenteuerliche Dinge einlassen? Ob er seine Finger in die Politik gesteckt hatte? Genauso unwahrscheinlich – was konnte er mit Politik im Sinn gehabt haben! Oder hatte er einfach jemanden verärgert? Das passiert schnell, daß man einen Nachbarn ... einen Bekannten verärgert ... aber ist das ein Grund, einen umzubringen? Wieder schielte er zu Mahmadi hin – wahrhaftig, Kaljagin wie aus dem Gesicht geschnitten! Aber wer weiß ...

Egal, ob er wie ein Mörder aussah oder nicht – Platonow hielt sich lieber ein paar Schritte hinter Mahmadi, so daß er ihn immer im Blick hatte.

Zehn Minuten später hatten sie den Hügel erstiegen, und erleichtert stellte er fest, daß alles stimmte, der Chefingenieur hatte nicht gelogen: unten, wo sich der Soi weitete, durch den ein Bächlein floß, standen rotbraune Hallen. Der Brückenkran sah selbst auf die Entfernung rostig aus.

»Halt mal«, sagte Mahmadi und blieb stehen. »Was sind das für Fahrzeuge«, murmelte er. »Wer mag das sein?«

Auf dem Platz vor dem Werk standen ein Lastwagen (ein SIL), ein Armee-Jeep (ein UAS) und ein schwarzer Pkw.

»Ausländisches Modell«, stellte Mahmadi fest. »Hoher Besuch muß das sein!«

Der Lastwagen stieß einen blauen Rauchklumpen aus und fuhr rückwärts vor das Tor einer der Hallen. Das Knirschen eines Flaschenzugs wurde vernehmbar. Aus der Halle tauchten ein paar Uniformierte auf. Ihnen folgte ein an Ketten hängender langer Stein, dessen polierte Flächen glänzten.

»Marmor«, bemerkte Mahmadi leise. »Ein schöner Stein. Weiß.«

Drei Soldaten stellten ihre Waffen weg und stiegen auf die Ladefläche. Der Stein senkte sich herab.

Ein hochgewachsener Mann in schwarzem Anzug und mit Hut gab denen auf der Ladefläche Anweisungen. Sie sicherten den Stein und sprangen herunter.

»Ah, da ist Sodikow«, murmelte Mahmadi, »der Werksleiter.«

Sodikow und der Mann im schwarzen Anzug drückten einander lange die Hand. Als das Händedrücken zu Ende war, drehte sich der Mann im schwarzen Anzug um und ging zu seinem Wagen. Sodikow sagte noch etwas. Der Mann im schwarzen Anzug machte im Gehen eine wegwerfende Handbewegung. Allgemeines Gelächter. Sodikow streckte die Hand aus wie ein Redner und schien jetzt sehr erregt. Der Mann im schwarzen Anzug hielt inne und wandte sich langsam um. Ein paar von den Uniformierten rannten bereits auf Sodikow zu; im nächsten Moment lag er am Boden und krümmte sich, von Fußtritten getroffen. Wild schreiend und mit einem Eisengegenstand fuchtelnd, kam aus der Halle ein schmächtiger Mann in einer Kombination herausgelaufen – wahrscheinlich der, der den Flaschenzug betätigt hatte. Besser, er hätte es bleibenlassen, denn schon war auch er zu Boden geworfen und wurde mit Fußtritten traktiert. Der Mann im schwarzen Anzug fuhr die Uniformierten ungeduldig an. Unter lautem Gelächter stiegen sie in den UAS. Der Lkw wendete. Sodikow lag immer noch zusammengekrümmt da. Der Schmächtige rappelte sich auf, machte ein paar unsichere Schritte und sank neben ihm in die Knie. Die Türen des Pkws wurden zugeschlagen. Als erster fuhr der UAS mit den MPi-Schützen los. Ihm folgte der Pkw. Der Lkw verschwand als letzter hinter der Kurve.

»So was!« stieß Mahmadi hervor. »Bloß gut, daß wir nicht eher dort waren, wie, Verehrtester?«

»Also wirklich ...« Platonow schluckte. »Wofür haben sie sie so ...?«

»Das werden wir gleich erfahren«, sagte Mahmadi und seufzte. »Hoffentlich kommen sie nicht wieder.«

Als sie an der Halle anlangten, stand Sodikow mit zurückgelegtem Kopf da und hielt sich einen nassen Lappen an die Nase.

»Wooooi!« rief Mahmadi. »Was die hier angestellt haben!«

Sodikow fluchte gepreßt.

Der Schmächtige drückte ihnen die Hand.

»Wer hat euch da so mitgespielt, Sanja?« erkundigte sich Mahmadi.

»Der stellvertretende Chef der Verkehrsmiliz«, sagte der Schmächtige und spuckte angewidert aus. »So ein Lump ...«

Sodikow knurrte etwas Unverständliches.

»Ich sage ja – Lumpen«, wiederholte Sanja. »Unerhört ... Sein Bruder ist umgebracht worden. Wahrscheinlich auch so ein Ganove ... Vorgestern kommen sie angebraust – so und so, eiliger Auftrag ... Höchstpreis! Sollt euch nicht zu beklagen haben ... Nun, wir hatten einen ordentlichen Stein in Reserve. Aufgehoben für einen Sonderfall. Seinen letzten Fräser beschloß Sodikow darauf zu verwenden ... bei so einem Auftrag! Zwei Tage lang haben wir uns abgeschunden. Ein Schmuckstück ist es geworden und kein Grabstein! Und sie ... Nicht bezahlt, die Schufte.«

Wieder spuckte er aus.

»Wozu soll er dir zahlen«, nuschelte Sodikow. »Wie, Mahmadi? Wozu sollen sie zahlen, wenn sie ihn sich auch so nehmen können? Sie sind doch die Macht!«

Er nahm den Lappen von der Nase.

»Wooooi, ist das noch zu fassen!« sagte Mahmadi. Er setzte sich auf einen Stein und vergrub sein Gesicht in beiden Händen. »Ist das noch zu fassen! Völlig vertiert! Unmögliche Zustände sind das!«

»Selbst Mahmadi spricht von unmöglichen Zuständen«, bemerkte Sodikow unverhofft spöttisch, wobei er das verharschte Blut auf dem Lappen betrachtete. Und mit erhobenem Finger: »Mahmadi, der einen Friedhof verwaltet und ausschließlich mit Toten zu tun hat! Was kann man da von den Lebenden erwarten!«

»Sieht es auf dem Friedhof vielleicht besser aus?« widersprach der Chefingenieur gekränkt. »Auf den Gräbern weiden neuerdings Schafe! Verstehst du? Wem kann das gefallen, wenn auf dem Grab Schafe weiden? Du hast Gras gesät, ja? Hast Blumen gepflanzt ... und dann kommt ein Schaf und frißt alles ab! Ich frage den Wächter: Wieso sind hier wieder Schafe? Warum jagst du sie nicht weg? Und er: Mahmadi, willst du, daß man mich umbringt? Ich habe sie weggejagt, sagt er, da kommt einer angerannt von da, aus dem Kischlak ... zieht eine Pistole aus der Tasche: Wenn du meine Schafe wegjagst, schieße ich dich tot! Das sind sowieso russische Gräber, schreit er, die braucht hier keiner! Sind das vielleicht keine unmöglichen Zustände?«

»Ja, natürlich!« lachte Sanja und mußte husten. »Natürlich! Wer braucht sie?! Keiner braucht sie!«

»Nein, so darf man nicht reden!« Mahmadi schüttelte den Kopf. »Wer hätte früher so etwas gesagt? Es wäre ihm nicht über die Lippen gekommen! Wie kann ein Grab nicht gebraucht werden, wenn du selber einmal in einem liegen wirst! Russe oder nicht Russe, Tadshike oder nicht Tadshike – alle kommen in ein und dieselbe Erde!« Empört stülpte er die Tjubeteika auf seine Glatze.

»Sie werden doch trotz allem zumindest eine gewisse Ordnung

brauchen, oder? Auch sie werden sich irgendwann einmal in Gräber legen! Nein, wie können sie nur!«

»Ordnung ...«, sagte Sanja. »Was für eine Ordnung? Von wegen Ordnung ... Früher haben wir hier dreischichtig gearbeitet, aus Nurek haben wir Steine geliefert bekommen ... sechzig Mann haben hier gerackert ... jetzt sind Sodikow und ich das ganze Werk! Ist doch sowieso nichts da zum Bearbeiten. Geh ruhig und such«, forderte er Platonow auf, »vielleicht findest du was. Hier kann man den Teufel finden, wenn man ein bißchen wühlt.«

Platonow stand auf, um sich bei dem verfallenen Gemäuer umzusehen und die herumliegenden zerbrochenen Steine in Augenschein zu nehmen in der Hoffnung, etwas Brauchbares zu finden. Nichts. Er warf einen Blick in die Halle. Hier standen riesige Maschinen – von der Höhe eines ebenerdigen Hauses. Obwohl die Pumpen nicht in Betrieb waren, rieselte irgendwo Wasser. Er durchquerte die ganze Halle. Nach ihrem Halbdunkel erschien das Sonnenlicht gleich viel greller. Hinter der Halle lagen auch Steine – riesige, so groß wie ein Lkw ... kleinere ... Bruch. Er betrachtete jeden einzelnen, versuchte sich vorzustellen, was daraus zu machen wäre. Es war alles nicht das Rechte.

Keiner drängte ihn. Wenn er näher kam, hörte er die Stimmen – die sanfte von Mahmadi, die knarrende von Sodikow, die heisere von Sanja. Die Worte konnte er nicht verstehen. Mahmadi saß da, den Kopf in die Hand gestützt. Sodikows lädiertes Gesicht trug den Ausdruck finsterer Entschlossenheit. Sanja rauchte, und der Tabaksqualm verfing sich in seinen Bartstoppeln. Sanja glich einem ausgezehrten Bronzebuddha.

»Ich habe einen gefunden«, sagte Platonow gleichmütig. »Da drüben.«

»Tatsächlich?« rief Mahmadi verwundert.

»Ein Labradorit!«

»Lablaburit? Äääh«, Sanja winkte hoffnungslos ab. »Ich bitt dich! Das ist doch kein Marmor! Lablaburit! Nein, Lablaburit läßt sich nicht schneiden.«

Sodikow nickte bedauernd.

»Kein Werkzeug«, bestätigte er. »Können wir nicht.«

»Schneiden ist nicht nötig«, sagte Platonow triumphierend. »Er ist so in Ordnung!«

5

Sie saßen am Hang.

Die Sonne neigte sich zum Horizont. Wenn sie hinter dünnen rosafarbenen Wolkenschleiern zum Vorschein kam, leuchteten auf dem Friedhof, der zum Tal abfiel – dorthin, wo Churramobod wie in einer braunen düsteren Regenwolke lag –, die krausen Baumwipfel auf, daß sie vergoldet schienen. Über ihnen raschelte das hellgrüne Laub einer jungen Akazie. Vor dem Hintergrund der schaumigen Himmelsgebilde wirkten die fliederfarbenen Blütenstände des Judasbaums, die sich um die noch kahlen Zweige drängten, unwahrscheinlich kräftig.

Gestern waren sie noch bis zum Abend mit dem Stein beschäftigt gewesen. Nachdem sie ihn einer eingehenden Untersuchung unterzogen hatten, befanden Sanja und Mahmadi beide, daß er doch einer Bearbeitung bedürfe. Mit Hilfe eines Flaschenzugs wurde er in die Polierhalle befördert. Platonow bekam von Sanja einen großen Eimer in die Hand gedrückt, um einen feinen Wasserstrahl auf die surrende Scheibe zu gießen. Sanja selbst betätigte die Hebel, führte die Scheibe bald nach rechts, bald nach links, um die ganze Oberfläche zu erfassen. Von Zeit zu Zeit kratzte er fluchend mit einem Stöckchen Reste grüner Polierpaste von den Seiten einer leeren Büchse. Drei Stunden lang machten sie sich zu schaffen, bis Sanja stirnrunzelnd meinte, nun gehe es einigermaßen.

Wieder der Flaschenzug – der Stein wurde zur Horizontalbohranlage befördert: eine Vertiefung für die Aufnahme der Armierung mußte hinein.

»Von wegen so in Ordnung«, sagte Sanja heiser, indem er sich gegen den vibrierenden Bohrer stemmte. »Der braucht noch einiges! Das ist doch Lablaburit! Schlimmer ist bloß noch der Gabbro! Marmor wär was andres! Bei Marmor wären wir schon durch! Nein, guck dir das an! Nach der Mohsschen Skala hat er eben Härtegrad sechs! Gieß nur, immer gieß!«

Und wieder der Flaschenzug, wieder Geknirsche, wieder gefährliches Schaukeln an den Seilen ...

In der Gravierhalle legte Sanja Messingplättchen mit Buchstaben zurecht und fragte Platonow immer wieder: »So richtig? So? Guck genau hin! Wenn wir was falsch machen, hilft kein Polieren mehr! Die ewige Geschichte! Mal wird der Vorname verwechselt, mal der Familienname! So, ja?« Platonow betrachtete nervös die völlig kratzerfreie glänzende schwarze Oberfläche, unter der es kräftig violett flackerte, und wiederholte in einem fort für sich: Platonow, Juri Alexandrowitsch ... Platonow, Juri Alexandrowitsch ... Mit stumm sich bewegenden Lippen überprüfte er ein ums andere Mal die Richtigkeit des Textes. »Guck hin!« mahnte Sanja. »Korrigieren ist dann nicht mehr! Schluß und aus!« Endlich wurde die Maschine in Gang gesetzt, und der Fräser glitt, die Umrisse der Messingbuchstaben nachzeichnend, über den Stein.

Am frühen Morgen schickte Mahmadi einen Schlepper hin. Platonow wartete am Friedhofstor. Gegen zehn traf der in der Sonne glänzende Steinblock ein. Vorsichtig – um ein Haar wären sie selbst zu Schaden gekommen – beförderten sie ihn vom Belarus auf die Erde vor das Gewirr von Grabeinfassungen und herabhängenden Zweigen. Dann hievten sie ihn mit Hilfe ihrer Spaten, ächzend und einander behindernd, auf den schmalen Durchgängen zwischen Gräbern den endlosen glitschigen Hang hinauf. Der Stein wollte ihnen nicht gehorchen, legte sich schräg und trachtete, mit der polierten Seite irgendwo anzustoßen. Daran mußte er um jeden Preis gehindert werden, einmal aber wäre er durch Platonows Schuld beinahe doch gegen die scharfe Kante eines Stahlgitters geprallt – da stellte Sanja sein Bein drunter und rieb sich danach noch lange fauchend und fluchend den Unterschenkel. Als sie den Stein schließlich an der nötigen Stelle hatten, mußten Sand, Zement und Ziegelsteine herbeigeschleppt werden, anschließend hatten sie noch einige Zeit mit dem Mörtel, der Befestigung, der Einpassung der Armatur zu tun.

Jetzt, da die Sonne unterging, hatte der Stein einen festen Stand, bis zum Morgen würde der Zement ausgehärtet sein, und dann konnte, wie Mahmadi versicherte, keine Kraft der Erde den Grabstein umstürzen.

Sie saßen am Hang, und alles, was Platonow früh vorsorglich von zu Hause mitgenommen hatte, stand und lag vor ihnen auf einer Zeitung vom Vortag.

»Nein, ein schöner Stein ist das, ein ordentliches Stück ... Überhaupt sind schwarze Steine am beliebtesten«, sagte Sanja. Vom Wodka wirkte seine ganze Gestalt wie gestrafft, selbst die tiefen Falten rechts und links der Nase hatten sich leicht geglättet. »Ein schwarzer Stein bleibt ein schwarzer Stein. Er ist härter, und es arbeitet sich besser damit. Wie sieht's denn beim Marmor aus? Marmor kracht plötzlich auseinander, und Schluß – man kann ihn nur noch wegwerfen! Weil oft Risse drin sind. Man sieht es ihm nicht an, aber wenn du ihn zerteilst, fällt er auseinander. Besonders wenn die Leute einen schmalen Grabstein wollen ... uuuh, dann überhaupt! Dann kommst du überhaupt nicht damit klar!« Er redete in einem fort, und die Asche von seiner qualmenden Zigarette flog durch die Luft.

Mahmadi war ebenfalls zufrieden und entspannt. Als der Stein an seinem Platz stand, hatte er plötzlich seine Redseligkeit verloren – vielleicht, weil er meinte, Platonow bedürfe nun keiner Worte mehr.

»Wie ich ihn entdeckt habe ...« Platonow lächelte selig und blickte bald Sanja, bald Mahmadi glücklich an. »Ich gehe einfach so da lang ... Ich gucke – sieht das nicht nach Labradorit aus? Mache den Dreck weg – genau! Fabelhaft, wie wir ihn hingestellt haben! Einfach fabelhaft! Genau so habe ich es gewollt! So und nicht anders! Habt also vielen Dank«, sagte er seufzend. »Danke. Trinken wir zum Schluß auf meinen Vater ... Und auf alle.«

Die Sonne war unter den Horizont getaucht, und ihre rötlichen Strahlen glitten fächerartig über den fliederfarbenen Himmel.

Ohne Eile stiegen sie den Weg hinunter zum Ausgang.

Platonow ging schweigend. In ihm war ein wohliges Gefühl der

Ruhe. Er hätte endlos bei sich wiederholen können: Toll, wie ich ihn erspäht habe! Einfach toll! Er hatte ja gewußt, daß er irgendwie Glück haben müßte – und so war es gekommen! Der Stein hatte flach dagelegen, die eine Ecke gegen ein Bruchstück gelehnt ... Die sichtbare Seite war gewölbt, schmutzig ... Er wäre daran vorbeigegangen, doch plötzlich war ein Sonnenstrahl auf den Stein gefallen, als hätte ihn jemand fürsorglich darauf gelenkt, so daß er violett aufleuchtete!

»Wie?« fragte er und drehte sich unwillkürlich um.

Nein, hinter ihm war niemand.

NEUNTES KAPITEL
DER ERSTE VON FÜNF

1 Nisom der Faster stieß die knarrende Tür auf. In der einen Ecke des Raums brannte eine Öllampe, die mit ihrem rötlichen Licht die Dunkelheit kaum zu zerstreuen vermochte. In der anderen ... nein, der Schwarze Mirso schlief nicht mehr: er lag auf den Ellbogen gestützt, und die unter dem Kopfkissen hervorgeholte Pistole war mitten auf Nisoms Stirn gerichtet.

»Ich bin's, Kommandeur!« sagte Nisom. »Fünf vor sechs. Telefonat mit Negmatullajew ...«

»Schon gut.« Mirso setzte sich auf, steckte die Waffe in die Pistolentasche und wischte sich mit den Händen über das Gesicht. »Was macht der Tee?«

»Kocht gleich.«

»Hast du dich mit Ibrahim in Verbindung gesetzt?« fragte Mirso düster, während er sich die Schuhe anzog. »Wie sieht's bei ihnen aus?«

»Alles ruhig«, sagte Nisom.

Er hätte hinzufügen können, daß man bei solchem Wetter weder zu Fuß noch zu Pferd, daß nicht einmal der Teufel durch den Sang-i Sijoh durchkam und deshalb keine Notwendigkeit bestand, seine Leute sich da oben einen abfrieren zu lassen. Doch kannte er Mirso lange genug – schon aus den Zeiten, als der noch kein Oberst gewesen war, sondern Besitzer einer Kfz-Werkstatt, die er über Strohmänner in Ruchsor einem das Land verlassenden Armenier abgekauft hatte – und wußte aus Erfahrung, daß er bei allem, was er tat, drei Züge vorauszurechnen pflegte, deshalb verkniff er es sich, ihm mit Ratschlägen oder gar Fragen zu kommen.

»Schick zwei Mann zur Ablösung hin.«

»Zu Befehl.«

»Und was guckst du so trübe?«

Mirso machte plötzlich eine geschmeidige Boxerbewegung und versetzte Nisom unverhofft mit seiner kräftigen Schulter einen Stoß.

»Was guckst du so trübe?« wiederholte er und zielte mit der Faust nach Nisoms Kinn. Der wich aus. »Wart's ab, wir werden es noch allen zeigen. Wie?«

»Genau, Kommandeur.« Nisom nickte und ließ sich ein breites Lächeln entlocken. »Das werden wir, Kommandeur!«

»Her mit dem Tee! Ich bin gleich wieder da.«

Der frische Schnee knirschte feucht unter den Füßen. In der Dunkelheit zogen vom Paß lautlose Wolken herab. Der Wind bog die Bäume, brauste und toste im nassen Artschagesträuch – es hörte sich fast an wie der Motorenlärm eines Hubschraubers: gleich mußte er hinter dem Berg auftauchen und eine Schleife fliegen …

Punkt sechs Uhr stellte Nisom der Faster die Teekanne vor Mirso. Der goß den Tee um und ließ ihn ziehen.

Als es klingelte, zog er den Koffer mit dem Satellitentelefon heran.

»Hallo. Scharif, bist du es?«

»Ja, ich«, erwiderte Negmatullajew. »Wer sollte es sonst sein um diese Zeit? Oder erwartest du den Anruf irgendeiner Hübschen?«

Seine Stimme klang spöttisch, die Intonation war unverbindlich. Dabei hatte er sich bestimmt die ganze Nacht beraten, fortwährend mit Churramobod telefoniert: sich Asche aufs Haupt gestreut, daß er es nicht vermocht hatte, die Sicherheit der Journalisten zu gewährleisten, jemandem mit Erschießung gedroht, Anweisungen erhalten, wieder Meldung erstattet … Jetzt sitzt er in seinem Gefechtsstand wie auf Kohlen und versucht sich Mut zu machen. Versuch's nur … Schon richtig so. Der Wind des Erfolgs ist wechselhaft. Heute hat ein anderer Glück, morgen neigt es sich dir zu.

Vor drei Tagen hatte es Negmatullajew doch geschafft, Mirso bei der Fabrik in eine ernsthafte Situation zu bringen. Der konnte sich mit knapper Not seinem Zugriff entziehen, führte ein gutes Dutzend seiner Leute aus dem Gefecht heraus und setzte sich in die Berge ab. Scharif schien ihn glatt aus dem Feld geschlagen zu haben: der größere Teil seiner Abteilung war, auf einem ungeordneten, verlustreichen Rückzug befindlich, zum Fluß abgedrängt worden, wo er festsaß. Doch da waren ihm, gleich einem Trumpfas aus dem Talon, diese tollkühnen Korrespondenten in die Hände gefallen – und nun diktierte Mirso Negmatullajew die Spielregeln.

»Zur Sache«, forderte er ihn auf. »Die Akkus sind fast leer, Scharif. Und mit Aufladen ist hier nichts. Ist erst Schluß mit den Akkus, dann ist auch Schluß mit den Gesprächen. Denk dran.«

»Habe verstanden, erstatte Rapport«, sagte der Brigadekommandeur in scherzhaft-munterem Ton. Mirso sah seine breite Visage vor sich, flach wie eine Bratpfanne: Usbeke bleibt Usbeke. Der weiß, was er sich schuldig ist. Es mußte Scharif große Überwindung kosten, dem Schwarzen Mirso über seine fragwürdige nächtliche Beschäftigung Bericht zu erstatten. »Wir sind bereit, auf deine Bedingungen einzugehen. Wir sind bereit dazu. Es hängt bloß am Wetter. Das ist kein Wetter zum Fliegen, Mirso. Was kann ich dagegen tun? Ganz unmöglich, bei solchem Wetter einen Hubschrauber zu starten.«

»Äh, jetzt geht das wieder los mit dem Wetter«, versetzte Mirso enttäuscht. »Was gebärdest du dich wie ein kleines Kind, Scharif! Den zweiten Tag machst du mir blauen Dunst vor. Als ob das Wetter das Problem wäre! Du wirst ja wohl nicht vergessen haben, wie das war, als wir zu Kara-Chon mußten? Ist das Wetter da vielleicht besser gewesen? Es ging, der Hubschrauber stieg auf, und wir sind geflogen. Du selber hast mit der Pistole gefuchtelt, weißt du das nicht mehr? Und jetzt kommst du mir mit dem Wetter. Wozu muß ich von deinen Schwierigkeiten wissen? Die sind nicht meine Sache. Hast du wirklich nicht begriffen, was ich brauche? Bitte schön, ich kann es wiederholen. Ich brauche meine Jungs – alle sechsundzwanzig. Mit Waffen. Mit Munition. Ihr müßt sie hierherschaffen. Heute noch. Das ist die letzte Frist, Scharif. Wozu sollen wir alles wiederkäuen? Ich bekomme meine

Jungs zurück und du deine. Unversehrt.« Zögernd fügte er hinzu: »Ich meine: die, die übrigbleiben. Du kennst mich, Scharif. Ich habe dich nie getäuscht.«

Negmatullajew schwieg.

Das stimmte, er kannte den Schwarzen Mirso. Schließlich hatten sie in Gefechten zusammen ihren Mann gestanden. Wollte man anfangen, sich die Vergangenheit in Erinnerung zu rufen, würde sich herausstellen, daß sie einander mehrfach das Leben gerettet hatten. Dagegen war nichts zu sagen: Seriöse Leute halten ihr Wort. Der Schwarze Mirso hatte stets sein Wort gehalten ...

Der Brigadekommandeur wischte sich mit dem Taschentuch das schweißnasse Gesicht.

Teufel noch mal, wenn man ihn doch irgendwie zu packen kriegen könnte! Wenigstens mit etwas! Ihm jetzt den Hörer rüberreichen – hier, Mirso, alter Kampfgefährte, sprich doch mal mit deiner Frau: Wenn ich es nicht schaffe, wird sie dich vielleicht überzeugen! Sprich mit deinen Kinderchen, Mirso! Hör dir ihre Stimmchen an! Red mit deinem Vater, deiner Mutter – mögen sie dich zur Vernunft bringen ... Doch leider kriegt man Mirso mit nichts zu packen, denn er hat bereits alles verloren, was ein Mensch verlieren kann. Seine Mutter ist früh gestorben, der Vater hat kein zweites Mal geheiratet und den Sohn allein großgezogen. Von Anfang an ist der Junge vom Pech verfolgt gewesen. Angeblich wußten alle, daß er keine Schuld gehabt hat. Dieser Tschetschene – oder war es ein Ossete? – soll ihn den ganzen Weg über gereizt haben. Eine alte und nebulöse Geschichte, aber wenn der eine lebt und der andere tot ist, wem will man beweisen, daß nicht der Tote im Recht war, sondern der Lebende ... Mirso bekam acht Jahre, und als er herauskam, wurde er sehr bald ein bekannter Mann in Ruchsor. Bekannt wie ein bunter Hund. Sein Vater war auch einmal ein recht bekannter Mann in Ruchsor gewesen. Doch dann hieß es von ihm: »Fais Hokimow? Wer ist das? Ach so, der Vater von Mirso Hokimow! Warum hast du das nicht gleich gesagt?« Zehn Jahre vergingen, und im Frühjahr zweiundneunzig saß Mirso bei Kabodijon der Bande von Kodir dem Vogelfänger im Nacken. Wer Kodir darauf gebracht hatte, war unbekannt – jedenfalls fiel ihm Mirsos Vater in die Hände. Mirso zog sofort seine Leute ab, überließ Kodir das Städtchen, machte überhaupt alles, was der verlangte – als Gegenleistung bat er ihn beschwörend nur um eins: ihm seinen Vater wiederzugeben. Kodir versprach es, und seriöse Leute halten ihr Wort. Kodir der Vogelfänger gab ihm den Vater zurück: man brachte den alten Mann in einem von seinem Blut durchtränkten Kanor – einem Sack, wie man ihn zum Sammeln von Baumwolle verwendet. Er atmete noch, aber auf seinem Rücken war die ganze Haut zerfetzt. Seitdem trug Mirso den Beinamen der Schwarze – mit solchem Grimm wütete er. Weniger als ein Jahr später wurde sein eigener Hof eines frühen Morgens von den Leuten Kamols des Fröhlichen umzingelt, Mirso selbst ging nur durch reinen Zufall nicht in die Falle. Doch wußte er nur zu gut, was seine Frau und seine Kinder erwartete, wenn Kamol ihrer lebend habhaft wurde – und als keine Hoffnung mehr blieb, das Unheil abzuwenden, feuerte er eigenhändig vier Panzergranaten auf sein Haus ab, die es augenblicklich in eine rauchende Ruine verwandelten.

»Ja, ich kenne dich«, bestätigte Negmatullajew. »Und du kennst mich, Mirso. Ich täusche dich auch nicht. Du bist doch nicht blind, Mirso! Guck mal raus, was los ist! Ich schwöre bei Gott – alles ist vorbereitet, aber ein Hubschrauber kann jetzt nicht starten! Laß uns abwarten! Es gibt noch eine Variante, das habe ich dir gesagt. Sie kriegen einen Lkw und können fahren, wohin sie wollen! Zwei Lkws kriegen sie!«

»Wieder die alte Leier«, seufzte Mirso. »Erstens – wie erfahre ich, wie die Sache für sie ausgegangen ist? Sie sind mir doch teuer, Scharif! Aber selbst wenn ich mir deswegen keine Sorgen mache und dir vertraue, weil du ein seriöser Mensch bist, haut das trotzdem nicht hin: ich brauche meine Jungs hier, und mit dem Lkw kommen sie hierher nicht durch. Hinter dem Blauen Ufer war die Straße schon da fast unpassierbar, und wer weiß, wie es jetzt aussieht. Wenn man noch zwei Schlepper heranholen würde, könnte man es versuchen. Aber wie weiter? Ich sage dir doch: Über Ob-i Gul können sie nicht. In Ob-i Gul sitzt Islom der Bär. Ich hatte einfach Glück – ich bin von Ruchsor aufs Geratewohl los und wie durch ein Wunder durchgebrochen. Ich dachte schon, ich verliere meine Leute ... Sag mir also, wo sollen sie hinfahren mit deinem Lkw? Sich auf einen Kampf mit Islom einlassen? Er hat sechzig Mann unter Waffen. Hinter seinen Duwolen sitzend, schießt er sie ab wie Rebhühner. Das ist dann das Ende ihrer Expedition ...«

»Vielleicht ist Islom schon weg aus Ob-i Gul!« gab Negmatullajew zu bedenken, obwohl er selbst nicht daran glaubte.

»Wo will er hin bei solchem Wetter? Sich den Lawinen aussetzen? Islom der Bär ist ein Mann mit gesundem Menschenverstand. Er wird diese Witterung in Ob-i Gul abwarten.«

»Na gut«, sagte Scharif. »In Ordnung. Ich schicke Verstärkung mit. Ich helfe ihnen. Alles ist vorbereitet. In einer halben Stunde brechen sie auf. Gegen Mittag werden sie in Ob-i Gul sein.«

»Vor Ob-i Gul«, präzisierte Mirso. »Um dort eine Woche hängenzubleiben. Oder zwei. Ohne Bombardierung kriegt man Islom da nicht raus. Und zum Bombardieren braucht man anderes Wetter. Und überhaupt: Wozu sollen sie sich für nichts und wieder nichts Islom Kugelhagel aussetzen? Nein, das ist keine Lösung. Ich brauche meine Jungs lebend.«

»Dann laß uns abwarten«, schlug Negmatullajew nach einer kurzen Pause vor.

»Wie lange?«

»Ich bin doch kein Wolkenlenker!« rief der Brigadekommandeur. »Woher soll ich das wissen? Ich werde mich mit der Flugzentrale in Verbindung setzen und mich nach der Wetterprognose erkundigen.«

»Prognose ...«, wiederholte Mirso. Aus irgendeinem Grund ließ dieses Wort in ihm die Wut hochkochen. »Du willst dich nach der Wetterprognose erkundigen ... Die Möglichkeit hast du. Und Zeit. Wer keine Zeit hat, das bin ich. Du gehst besser kein Risiko ein. Wozu? Womöglich passiert tatsächlich etwas mit dem

Hubschrauber? Du könntest ja Unannehmlichkeiten kriegen! Besser, ich verliere hier sinnlos eine Stunde nach der anderen. Einen Tag nach dem anderen. Verstehe ...«

Er sprach suggestiv, doch Negmatullajew fühlte, wie seine Wangen kalt wurden.

»Warte doch, Mirso ...«

»Schön, wie du möchtest, ich warte!« Mirso hob die Stimme. »Ich warte! Und ich kann dir sogar sagen, wie lange! Vier Stunden, Scharif! Verstanden?! Kommt in vier Stunden kein Hubschrauber, wird der erste erschossen! Hast du gehört?«

Negmatullajew schwieg.

»Eins von beiden«, sagte Mirso nach ein paar Sekunden gleichmütig. Das Brodeln in seiner Brust legte sich, es blieb allein die Trockenheit im Mund. »Entweder ich kriege meine Jungs, oder gib dir selbst die Schuld. Das Köpfchen streicheln wird man dir deswegen kaum.«

Er verzog das Gesicht – der letzte Satz war völlig überflüssig gewesen.

Im Hörer war ein Knistern zu hören.

»Weißt du, was ich mit dir mache, wenn ich dich in die Finger kriege, Mirso?« fragte Negmatullajew.

»Was hat das jetzt für einen Zweck, Scharif«, bemerkte Mirso versöhnlich. »Die Akkus sind fast leer, Scharif, Ehrenwort. Verschieben wir dieses Gespräch bis zum Wiedersehen. Vielleicht falle ich dir in die Finger, vielleicht du mir. Dann reden wir ... In vier Stunden telefonieren wir wieder. Punkt zehn Uhr. Einverstanden?«

»Einverstanden«, sagte Negmatullajew gepreßt. »Einverstanden, Bruder. Bis dann.«

Mirso legte den Hörer auf und starrte eine Weile auf das flackernde Licht der Öllampe. Ein guter Schüler, der Scharif, nichts zu sagen. Hatte ihn von der Baumwollfabrik weg zum Fluß abgedrängt, wo er festsaß. Glänzend gemacht, glänzend ... Wäre nicht sein zweites Bataillon! ...

Er erhob sich, ging zum Fenster und hob die Susani an. Es begann zu tagen. Der Wind, ein ruheloser Wind, heulte in der felsigen Schlucht und toste im verschneiten Gebüsch ... Der Wind, allein der Wind.

Mirso entnahm seiner Brusttasche ein Blatt Papier. Über die Lampe geneigt, studierte er lange die Liste. Das Licht war trübe, die Buchstaben verschwammen. Nicht eine dieser Zeilen sagte ihm etwas. Gedankenverloren sah er in das flackernde Licht. Man könnte versuchen, sich die Leute vorzustellen, denen diese Namen gehörten. Doch wozu? Natürlich trug niemand von ihnen irgendeine Schuld. Es hatte sie einfach zur Unzeit nach Ruchsor verschlagen. War das ihre Schuld? Nein, ihre Schuld war das nicht. Wessen dann? ... Aber hatte sich denn sein Vater etwas zuschulden kommen lassen? War sein Vater etwa gefragt worden, ob er sich etwas hatte zuschulden kommen lassen?

Er überflog die Liste noch einmal und unterstrich entschlossen mit dem Fingernagel den ersten Namen.

2

Bis spät in die Nacht hinein war unklar geblieben, ob sie die Genehmigung und ein Fahrzeug bekommen würden. Alle waren nervös, Kondratjew wartete auf einen Anruf, Teppers, ein Korrespondent aus Estland, der sich ihnen erst tags zuvor angeschlossen hatte, klagte über das Pech mit dem Wetter. Die Lage in der Stadt war unruhig, hier und da kam es zu Schießereien, das Telefon funktionierte erbärmlich schlecht. Zu allem Überfluß hatte es zu regnen begonnen, und die Temperatur war gesunken. Doch nach Mitternacht setzte sich Kondratjew endlich durch: Der Kommandant sagte ihnen ein Fahrzeug zu. Wegen des Schutzes einigte man sich so: Die Fahrt auf der Straße war gefahrlos, sie fuhren allein und setzten sich vor Ruchsor mit Negmatullajew in Verbindung, damit man sie in Empfang nahm und für ihre Sicherheit sorgte.

Iwatschow glaubte allerdings noch am Morgen nicht daran, daß das Fahrzeug käme, und war sogar ein wenig enttäuscht, als vor dem Hotel ein UAS mit dem Emblem des Verteidigungsministeriums vorfuhr. Ein älterer Tadshike stieg aus dem Jeep, der sie wissen ließ, er heiße Kosim und stehe ihnen auf Anordnung des Kommandanten zusammen mit dem Fahrzeug volle zwei Tage zur Verfügung.

Teppers, der mit seinen langen kastanienbraunen Locken einem Rockmusiker ähnlich sah, hängte frohlockend und fortwährend seine Brille zurechtrückend die Fotoausrüstung um.

»Bloß Benzin haben wir keins«, sagte Kosim und kratzte sich die Glatze. »Der Kommandant hat mir keins gegeben. Tank selber, hat er gesagt.«

»Dann hättst du es doch getan«, meinte Kondratjew verwundert.

»Und wo sollte ich das Geld hernehmen?« sagte Kosim, seinerseits verwundert. »Geben Sie mir Geld, und wir tanken.«

»Das ist ein Irrtum!« rief Teppers aufgeregt. »Das kann doch wohl nicht wahr sein!«

»Ruhig, nur ruhig«, sagte Sarkissow. »Petja, ereifere dich nicht!«

»Wie denn das!« Kondratjew sah Kosim verständnislos an. »Er hat uns doch Benzin zugesagt! Das Problem ist nicht das Geld! Um die Zeit ist es schade! Ich rufe gleich mal den Kommandanten an.«

»Ach, was kommt denn dabei raus!« widersprach Kosim und stülpte sich die Tjubeteika auf. »Lassen Sie's bleiben … Wozu anrufen? Ich kenne dieses Telefon-Pelefon! Kein Mensch wird was begreifen, und hinterher heißt es wieder: Kosim ist schuld! Na ja, ein bißchen Benzin ist noch da … eine halbe Tankfüllung. Vielleicht schaffen wir's bis hin.« Er zog enttäuscht die Nase hoch. »Vielleicht auch nicht.«

»Gib ihm einen Zehner«, brummte Sarkissow. »Sonst tötet er uns den Nerv.«

Nachdem die Benzin- und Geldfrage leidlich geklärt war, fuhren sie, als es auf neun ging, endlich aus Churramobod los.

Den ganzen Weg über stritt Kondratjew träge mit Sjoma Solotarjowski darüber, ob in dem Churramoboder Chaos Kräfte erkennbar seien, die nicht nach Selbstbereicherung und Macht strebten, sondern nach Verwirklichung ihrer Vorstellungen von Gerechtigkeit und gesellschaftlicher Neuorientierung.

»Wen kann es da schon groß geben …«, brummte Sjoma in seinen Bart. »Nehmen wir nur die jüngsten Entwicklungen. Der Schwarze Mirso hat sich in Ruchsor zunächst mit der Bande Ibods und dann auch mit den anrückenden Regierungstruppen in die Wolle gekriegt. Und warum? Darum, sagt dir der Schwarze Mirso, weil die Regierungstruppen in Ruchsor ein Polizeiregime eingeführt haben, bei dem der Durchschnittsbürger, wie man so sagt, weder einen ziehen noch einen streichen lassen kann; er, der Schwarze Mirso, der berühmte Feldkommandeur, unlängst noch Brigadekommandeur, der ganze vierzig bewaffnete Leute zur Verfügung hat, ist zum Schutze des einfachen Volkes angetreten, das heißt, er will die Regierungstruppen aus Ruchsor vertreiben und eine gerechte demokratische Macht installieren. Darüber hat er, wie du weißt, gestern eine für die westlichen Agenturen bestimmte Erklärung abgegeben. Über Ibod schweigt er, versteht sich. Doch alle wissen, daß der Schwarze Mirso in Wirklichkeit an Stelle Ibods selbst, und zwar allein und nicht zusammen mit Regierungsvertretern, die größte Baumwollverarbeitungsfabrik in der Republik und deren Einnahmen kontrollieren möchte, die sich auf jährlich mindestens zwei Millionen Dollar belaufen. Welchen Wert haben also seine Ideen?«

Kondratjew entrüstete sich, erinnerte an die Vorgänge des Jahres zweiundneunzig, verwies auf die islamische Komponente des Krieges, die seiner Auffassung nach (in ideologischer Hinsicht) mit lupenreiner Klarheit zu erkennen war und eindeutig geistige Ziele verfolgte.

»Ja, natürlich«, fauchte Solotarjowski. »Und daß die Kirche genauso eine Machtstruktur ist wie zum Beispiel der Ministerrat, das übersiehst du geflissentlich. Das paßt nicht ins Schema, ist doch klar! Immer stell dich dumm!«

Das Auto brummte die Serpentinen hinauf. Iwatschow betrachtete die links und rechts vorbeiziehende Landschaft, und wenn er einnickte, flimmerten ihm grelle Kriegsbilder vor den Augen, er fuhr auf, gähnte und sah wieder hinaus. Seine Gedanken waren damit beschäftigt, wie er die Vielfalt seiner Eindrücke am besten in der schon vor längerer Zeit zugesagten Reportage verarbeiten konnte ... Am Paß begrüßte sie greller Sonnenschein, doch dann ging es hinab in das von dem gräßlichen Wetter ausgefüllte Tal – wieder verdüsterte sich alles ringsum, als breche die Dämmerung ein, und zeitweise fuhr ihr Auto durch dichten Wolkennebel.

Gegen zwölf Uhr erreichten sie die Kontrollstelle am Ortseingang von Ruchsor. Kosim hielt an den Betonplatten, die die Straße sperrten, stellte den Motor ab und zog entschlossen die Handbremse an, daß es ratschte.

»Tamom schud«, sagte er. »Das wär's.«

Von irgendwo in der Ferne – vom nördlichen Stadtrand, aus der Gegend um die Baumwollfabrik, woher die Sonderbrigade des Generals Negmatullajew die Abteilung des Schwarzen Mirso zu vertreiben versuchte – drang abgerissener Gefechtslärm herüber. MPis knatterten, großkalibrige MGs feuerten hallend ihre Garben ab. Dann krachte es ein paarmal so, daß die Erde bebte.

»Die hauen ja vielleicht zu.« Sarkissow sprang gleich nach Iwatschow aus dem Wagen. »Feuern sozusagen aus allen Rohren. Ein guter Betrieb war das. – Stein für Stein, Ziegel für Zi-ie-gel«, sang er plötzlich.

Hier hatte es vor kurzem auch geregnet, und der niedrige Wolkenhimmel erschien wie ein bis auf die Brauen gerutschter zerknautschter Hut.

Der Hauptmann, der aus einem Arbeitswagen herausschaute, war mit Kosim bekannt: nach dreimaliger Umarmung reichten sie einander beide Hände, drückten sie und sprachen dazu die üblichen Begrüßungsformeln. Dann nahm der Hauptmann das Schreiben aus der Kanzlei des Präsidenten, das ihm Kondratjew reichte, um sich mühevoll hineinzulesen. Iwatschow wußte, daß das ein sehr respekteinflößendes Schriftstück war – selbst von hier aus konnte man die Stempel sehen. Doch je mehr sich der Hauptmann vertiefte, desto deutlicher nahm sein wettergebräuntes Gesicht sonderbarerweise einen weniger ehrfurchtsvollen als gereizten Ausdruck an.

»Die Papiere!« verlangte er schließlich, glitt mit dem Finger über die Liste und zählte stockend die Namen auf: »Iwatschow, Kondratjew, Sarkissow, Teppers ... ääh ... Solotarjowski.«

Sjoma Solotarjowski war nachträglich auf die Liste gekommen, deshalb durchbrach er die bei Verwaltungsmenschen so beliebte alphabetische Reihenfolge.

»Bruder!« sagte Kosim verwundert. »Ist doch alles in Ordnung, was hast du!«

»Die Papiere!« wiederholte der Kommandeur der Kontrollstelle.

Iwatschow reichte ihm seinen Paß, den Redaktionsausweis und die Akkreditierungsbescheinigung.

Schnaufend legte der Hauptmann den Stapel auf eine Stufe des Arbeitswagens und begann die Pässe und Ausweise mit verdrießlicher Pedanterie durchzusehen. Nachdem er einen Familiennamen ausgerufen hatte, verglich er den Betreffenden lange mit dem Foto und sah ihm mit gleichsam zielendem Blick aus zusammengekniffenen Augen ins Gesicht.

»Nein«, sagte er, nachdem die Überprüfung beendet war, befriedigt. »Unmöglich.«

»Wieso das?« fragte Kondratjew. Er fungierte nach Absprache mit dem Pressesekretär als Leiter der Gruppe. »Ich bitte Sie, Genosse Nasrullojew. Lesen Sie die Genehmigung noch einmal! Da steht doch: entsandt zur Sonderbrigade! Alles ordnungsgemäß!«

»Unmöglich«, wiederholte der Hauptmann gleichgültig. »Das ist gegen die Vorschrift.«

Kondratjew wandte sich verwirrt um und zuckte die Schultern.

»Wieso gegen die Vorschrift?« Sarkissow trat näher. »Wieso ist das gegen die Vorschrift, wenn wir eine Genehmigung haben? Na schön, kann man vielleicht anrufen?«

»Unmöglich«, sagte der Hauptmann.

»Wer gibt Ihnen das Recht!« schrie Sarkissow. »Wieso befolgen Sie die Anordnungen des Präsidenten nicht?!«

Er machte noch einen Schritt, doch da hob einer der Soldaten wie zufällig, ohne ihn anzusehen, seine MPi.

Sarkissow erstarrte, wich zurück und stieß einen halblauten Fluch aus.

Kosim folgte dem Hauptmann mit besorgtem Kopfschütteln zum Arbeitswagen. Wenige Minuten später trug einer der Soldaten einen Teekessel hinein.

»Alles klar«, sagte Sarkissow. »Die Herren geruhen, Tee zu trinken. Nach den Gesetzen der östlichen Gastfreundschaft, wie man so schön sagt. – Stein für Stein, Ziegel füüür Zi-ie-gel ...«

Er spuckte wütend aus.

Iwatschow setzte sich auf einen Betonblock und richtete seinen Blick auf die Straße.

»Das ist Eigenmächtigkeit«, meinte Teppers, der sich neben ihn setzte. »Das ist eine nicht zu tolerierende Regelwidrigkeit. Wirklich merkwürdig, wie die Anordnungen der Behörden mißachtet werden.« Er setzte eine finstere Miene auf und schüttelte den Kopf. »Unerhört. Wie lange wollen sie uns hier festhalten?«

»Brennt's bei dir, Jan?« fragte Iwatschow. »Wir kommen noch früh genug hin, verpassen schon nichts. Außerdem ist es sowieso immer das gleiche: ein paar Leichen unter irgendwelchen Lappen ... ein paar niedergebrannte Häuser ... ein SPW mit zerfetzter Raupenkette ... Stimmt doch, oder?«

»Willkür, reine Willkür ... Unerhört, unerhört ...«

»Nimm's nicht so schwer. Wie geht's denn hier zu: wer eine MPi hat, der führt das Kommando. Hättest du eine MPi, würdest du auch ein bißchen rumkommandieren wollen. Uns antreten lassen, in Reihe zu drei Gliedern, hm?«

»In Reihe zu drei Gliedern?« Teppers kniff die schmalen Lippen ein und lachte. »Kann sein. Ja. Aber irgendwie ist mir ohne MPi wohler ...«

Die Sonne kam zum Vorschein. Die Straße glänzte auf. Die nassen Heckenrosensträucher blitzten. Vom Gebirgskamm zogen langsam Wolken herab, die sich zerstreuten und den Blick auf braune Berghänge und schneebedeckte Gipfel freigaben. Doch von Osten rückte bereits eine neue Front heran – schwer und bleiern.

Nach zwanzig Minuten erschien Kosim wieder. Er lachte verlegen und winkte Kondratjew zur Seite, um ihm leise etwas auseinanderzusetzen. Kondratjew nickte zustimmend. Nachdem er ihn angehört hatte, holte er seine Brieftasche heraus und gab ihm ein paar bunte Scheine. Kosim ging zum Arbeitswagen zurück. Iwatschow glaubte ihn einen der Scheine rasch in die Tasche stecken zu sehen. Gleich darauf kam er mit dem Hauptmann heraus. Der Hauptmann lächelte.

»Wer ist der Leiter?« fragte er. »Kondratjew, ja? Kommen Sie mal her. Sie wollten mit Negmatullajew telefonieren? Gleich setzen wir uns mit Negmatullajew in Verbindung.«

Nach weiteren zehn Minuten war alles geregelt – der Stabschef bestätigte, daß sie im Prinzip kommen könnten: Warten Sie am Laden, Major Alischerow wird Sie in Empfang nehmen und zu uns bringen. »Dar nasd-i magasin? Alischerow? Kutscha-i Donisch?« schrie Kosim in den Hörer. »Chub, maili, dar nasd-i magasin!«

»Gute Fahrt«, sagte Hauptmann Nasrullojew und drückte Kondratjew die Hand.

»Danke, danke«, antwortete der. »Vielen Dank.«

Einer der Soldaten ließ den Schlepper an, fuhr ihn zur Sperre und zog das Stahlseil durch die Öse einer der Stahlplatten, um den Weg frei zu machen.

»So ein Schweinehund«, sagte Sarkissow, als sie losgefahren waren.

»Was wollen Sie ... er ist ein armer Mann«, bemerkte Kosim. »Um den Laden am Kanal geht es doch, oder?«

»Auch das noch«, sagte Kondratjew, unangenehm berührt. »Sie sind schon einer, Kosim! Hätten Sie doch gefragt, um welchen Laden es geht!«

»Ich kenne ja hier alle Läden!« erwiderte Kosim. »Am Kanal der, aber genau!«

Sie fuhren in schnellem Tempo durch die von der Schießerei

verschreckte Stadt, durch leere krumme Straßen, vorbei an versperrten Toren und still daliegenden Höfen. Dann passierten sie einen Kanal, dessen brodelnd dahinschießendes Wasser braunen Schaum und Zweige mit sich trug, bogen ab und sahen tatsächlich schon bald einen Laden vor sich. Ungeachtet des nahen Gefechtslärms war er seltsamerweise geöffnet.

»Kein Alischerow da«, sagte Kosim, während er den Motor abstellte und sich umsah. »Na schön, ich guck mal inzwischen nach Zigaretten.«

Er zog den Schlüssel ab und stieg aus.

»Nikita, mach die Tür auf«, bat Solotarjowski. »Es ist stickig.«

Iwatschow erhob sich, öffnete die Tür und erstarrte.

Aus der Gasse gegenüber schoß ein Armee-Lkw GAS-66 mit Verdeck heraus, raste zwanzig, dreißig Meter auf sie zu und bremste schleudernd so scharf, daß gelbe Erdklumpen durch die Luft wirbelten. Kosim, der noch nicht an der Vortreppe des Ladens angekommen war, beschattete die Augen mit der Hand, um den Lkw zu betrachten. Aus dem Fahrerhaus stieg ein untersetzter Mann in Felduniform – die Sterne auf den Schulterstücken wiesen ihn als Oberst aus –, der zu ihnen hereinsah und nach einem schweigenden Blick in ihre Gesichter mit freundlichem Lächeln (sogar irgendwie erfreut, hatte Iwatschow den Eindruck) fragte:

»Russen?«

»Russen auch«, antwortete Sarkissow. Er pflegte immer als erster zu reagieren.

»Auf wen warten Sie?« erkundigte sich der Mann.

Iwatschow setzte sich wieder auf seinen Platz.

»Auf Alischerow warten wir«, sagte Sarkissow fröhlich. »Sind Sie nicht zufällig Alischerow? Uns hat man irgendeinen Alischerow versprochen – er soll für Korrespondenten zuständig sein!« meinte er lachend.

»Für Korrespondenten? Nein, ich bin nicht Alischerow. Ich heiße Mirso. Wo ist der Fahrer?«

»Da!« sagte Sarkissow. »Ist Zigaretten holen gegangen.«

»Einen Augenblick«, sagte Mirso in entschuldigendem Ton. »Gleich.«

Vom Lkw sprangen zwei Mann herunter.

Kosim drehte sich um und rannte los in Richtung Kanal.

»Stehenbleiben!« rief Mirso.

Einer der beiden holte Kosim in drei Sätzen ein, machte eine Bewegung, als versuche er eine Mücke zu fangen oder reiße einen Faden ab, und plötzlich kippte Kosim zur Seite. Der Kerl hockte sich neben ihn und griff in seine Taschen. Kosim stöhnte und krümmte sich. Der Kerl warf dem zweiten die Schlüssel zu, trat an den Jeep heran und schob den Lauf seiner MPi zur Tür herein.

»Ruhig, verdammt«, sagte er und grinste, daß seine Zahnlücken zu sehen waren. »Ganz ruhig.«

Er war schmächtig und das unsaubere knochige Gesicht mit den violetten Spuren einer Furunkulose aus lange zurückliegenden Jahren übersät.

Keiner der Korrespondenten auf den beiden Seitenbänken rührte sich. Das war es wohl auch, was von ihnen erwartet wurde, denn alles lief zwar rasch, aber ohne sonderliche Eile und überflüssige Hast ab: Mirso nahm bereits im Führerhaus des Lkws Platz, der Zahnlückige sprang zu ihnen herein, schlug die Tür zu und baute sich hinten auf, seine verfluchte MPi direkt auf den wie versteinert dasitzenden Iwatschow gerichtet, während der dritte auf den Fahrersitz kletterte.

»Was soll das?« stieß der neben Iwatschow sitzende Teppers betroffen hervor.

Die Autos fuhren auf die Straße hinaus.

»Was hat das zu bedeuten?!« schrie Teppers und tippte mit dem Finger gegen die Brille. »Wohin fahren wir?« Sein Akzent war jetzt besonders deutlich zu hören. »Das ist doch Willkür! Aus welcher Einheit sind Sie? Aus der von Negmatullajew? Sie machen sich strafbar! Wir sind Korrespondenten!«

»Äh, verdammt!« schnauzte der Kerl mit der MPi und richtete diese auf ihn. »Sei still, hab ich gesagt! Ich hab gesagt, ihr fahrt mit uns!«

Und lachte unverhofft auf.

»Negmatullajew!« wiederholte er. »Auch so ein Arsch mit Ohren, verdammt – Negmatullajew!«

Iwatschow schnürte es die Luft ab, denn ihm war schlagartig alles klar geworden. Diese Leute hatten weder mit Alischerow noch mit Negmatullajew noch überhaupt mit den Regierungstruppen irgend etwas zu tun. Und Mirso war nicht irgendein Mirso, sondern der Schwarze Mirso, jener Feldkommandeur, dessen Abteilung die Sonderbrigade einfach nicht beikommen konnte!

Wahrscheinlich las Teppers diesen Gedanken in seinen Augen, denn er erstarrte augenblicklich zur Salzsäule und blickte Iwatschow mit offenem Mund durch seine vor Entsetzen angelaufene Brille an.

Die großen weißen Buchstaben und Ziffern an der grünen Rückwand des Lkws waren dreckverkrustet. Iwatschow sah sie an und wiederholte in einem fort, gleich einer Beschwörungsformel, die das Unheil abzuwenden vermochte: »Dreiunddreißig achtzehn es-be-em ... dreiunddreißig achtzehn es-be-em ... Hinter dem UAS schaukelte ein dunkelgrüner Jeep durch die Schlaglöcher, der sich ihnen irgendwo am äußersten Stadtrand von Ruchsor angeschlossen hatte: sie hatten wenige Sekunden gehalten, und der Schwarze Mirso war umgestiegen.

Neuer Regen setzte ein, Rinnsale schlängelten sich über die Windschutzscheibe.

Nach etwa zehn Minuten erreichten sie die ihnen schon bekannte Kontrollstelle. Jetzt war die Durchfahrt frei, und der neben dem Traktor stehende Soldat sah nicht einmal zu ihren Fahrzeugen herüber.

Nach einer weiteren halben Stunde bog die kleine Kolonne ab, in eine schmale, stark ausgefahrene Straße. Der Regen schlug in den tiefen Pfützen Blasen.

Es war zwei Uhr nachmittags, doch die Dunkelheit schien schon bald hereinbrechen zu wollen: so schwer hing der niedrige Himmel über ihnen.

Immer höher stieg die Straße zum Vorgebirge an.

Der Motor brummte und heulte, hin und wieder begann er auch zu stottern; dann legte der Fahrer einen niedrigeren Gang ein, es knirschte und ruckte. Links zog sich ein steiniger Hang entlang, aus dem braune Felsen ragten. Schließlich passierten sie den Scheitelpunkt und fuhren hinunter zu den Bäumen und Dächern eines großen Kischlaks, der aus Nebelschwaden hervortrat.

Unweit der ersten Häuser gabelte sich die Straße: die linke führte, ansteigend, im Bogen durch den Kischlak, die rechte am Rande eines nicht sehr tiefen Sois um die äußersten Duwole herum und vom Ort weg.

Der Lkw bog rechts ein. Die Straße fiel ab, der Kischlak blieb linker Hand liegen.

Aus einer schmalen Gasse zwischen den Häusern am äußersten Ortsrand tauchte ein halbes Dutzend Leute auf. In langen Sätzen überwanden sie umgegrabene Gemüseschläge und verschwanden in violettem Berberitzengebüsch. Der Lkw beschleunigte seine Fahrt und hüpfte durch die Schlaglöcher wie ein Frosch. Aus dem Auspuff flogen graublaue Rauchklumpen – offenbar gab der Fahrer fortwährend Zwischengas, um bald den einen, bald den anderen Gang einzulegen.

Iwatschow faßte nach der Griffstange.

»E, schaiton!« rief der Kerl mit der MPi, der mit dem Hinterkopf gegen die Decke geprallt war. »Dewona!«

Die Leute tauchten wieder auf, jetzt wesentlich näher. Doch bis zur Straße schafften sie es nicht schnell genug. Einer hob den Arm und schrie etwas. Die Fahrzeuge sausten polternd und hüpfend weiter.

»He, verdammt …«, stieß der Kerl mit der MPi hervor.

Er packte Iwatschow am Kragen und riß ihn nach unten. Mit einem Ächzer rutschte Iwatschow vom Sitz und fiel, die Hände vor den Kopf schlagend, zu Boden. Der eiserne Fußboden dröhnte und vibrierte unter ihm.

Der Kerl mit der MPi stieß seine Waffe durch das Seitenfenster, daß das Glas knirschend zersprang, brachte den Lauf in die richtige Position und drückte, die krummen Beine breiter stellend, den Kolben an die Schulter.

Die MPi knatterte los. Das Fahrzeug füllte sich mit Pulverqualm.

Zwei oder drei von denen, die drüben angelaufen kamen, nahmen die Straße unter Dauerfeuer.

Aus dem Jeep wurden ebenfalls lange Feuerstöße abgegeben.

Von den Bordwänden des Lkws flogen weiße Späne.

Ein steiniger Hang schob sich zwischen sie und jene, die sie unter Beschuß genommen hatten, doch die Fahrzeuge hüpften mit unverminderter Geschwindigkeit weiter durch die wassergefüllten Schlaglöcher.

Zehn Minuten später tauchte die Straße in dichtes Gebüsch.

»He, du!« sagte der Kerl mit der MPi und stieß Iwatschow mit dem Fuß an. »Steh auf, wir sind durch …«

3 Er hieß Nisom und mit Beinamen »der Faster«, weil er nie Fleisch aß: wenn ihm jemand welches anbot, verzog sich sein hageres nervöses Gesicht unwillkürlich zur Grimasse. Obwohl er in seiner Kindheit nicht ein Mal satt geworden war, hatte er auch damals nie Fleisch angerührt; es erregte ihm Übelkeit, und die alte Faridsha-Bibi hatte gesagt, der Junge habe gutes dickes Blut, die Galle aber sei ein bißchen dünn: deshalb vertrage er tatsächlich kein Fleisch.

Sie lebten in einem Kischlak bei Ruchsor. Etwa von der sechsten Klasse an erlaubte ihm der Vater, sich ans Steuer des Belarus zu setzen. Das war gut für ihn, denn wenn die ganze Schule Baumwolle sammelte, durfte er, statt den ganzen Tag in der Hitze zwischen den stachligen, staubigen Sträuchern herumzulaufen und das dreimal verfluchte weiße Gold in den schweren Kanor zu stopfen, mit dem Traktor die auf den Hänger geladene Ernte vom Feld zum Chirman fahren. Nicht alle hatten solches Glück wie er. Nach der achten Klasse ordnete der Rais, der Kolchosvorsitzende, an, ihm Arbeitseinheiten gutzuschreiben, und gab ihm sogar etwas Geld – weil er bereits ein vollwertiger Traktorist geworden war und die anfallenden Arbeiten wie Pflügen, Transport der Baumwolle zur Fabrik oder des Düngers vom Verkaufsstützpunkt zum Kolchos nicht schlechter erledigte als die erwachsenen Männer. In der Beziehung konnte er auch von Glück reden. Seine Altersgefährten wollten nicht auf dem Feld arbeiten, viele verließen den Kischlak, doch nur zwei kamen in Churramobod an der Fachschule an; der eine oder andere fand dennoch eine Möglichkeit, in der Stadt zu bleiben, das aber nur, wenn ihm Verwandte dabei halfen; wer keine Verwandte in der Stadt hatte, der kehrte im Herbst zurück und griff zum Kitmon. Und es ließ sich darüber streiten, was besser war – im heimatlichen Kischlak zu leben oder in einer stinkenden Churramoboder Imbißstube fettige Kessel zu säubern ... Wäre nicht die Armee gewesen, so hätte ihm der Rais schon damals einen eigenen Traktor gegeben. Seit langem träumte er davon. Bisher arbeitete er mit fremden – sprang für Leute ein, die krank geworden oder zu Verwandten gefahren waren, zur Beerdigung oder zur Hochzeit. Seinen würde er natürlich bis zum letzten Schräubchen kennen, mit den fremden aber war es eine einzige Schinderei, ewig ging etwas im ungünstigsten Moment kaputt. Der Rais hatte es ihm fest versprochen – sobald er von der Armee zurück ist, bekommt er den neuesten Traktor. »Drei Medaillen sind aber die Bedingung!« scherzte der Rais, um dessen dicken Leib sich ein breites Offizierskoppel mit zwei Lochreihen spannte. »Drei Medaillen – unbedingt!«

Nisom diente bei Omsk bei den Panzern. Die zwei Jahre zogen sich lange hin, doch auch sie nahmen ein Ende. Wieder hatte er Glück – in seiner Einheit waren viele Landsleute. Jetzt sprach er ganz passabel Russisch. Einen neuen Traktor gab ihm der Rais nicht, weil es keine neuen gab. Er bekam einen alten, den bisher Jussuf der Stotterer gefahren hatte. Jussuf war ein türkischer Mesche. Als es zu den Ausschreitungen im Ferganatal kam, verkaufte er sein Haus und ging mit der Familie weg. Im Kischlak wurde sein Entschluß nicht gutgeheißen: Was denn, meine er, daß es auch hier Pogrome gegen die türkischen Meschen geben werde? Überhaupt begann sich das Leben rasch zu ändern. Alle fühlten jetzt den Drang, ihre Ansichten zu äußern: über die schlechte Vergangenheit und die gute Zukunft; daß an allem die Russen schuld seien; daß den Russen überhaupt keine Schuld anzulasten und an allem das System schuld sei; daß das Land sich erneuern und demokratisch werden müsse. Der Rais redete auch davon, daß das Land demokratisch werden müsse. Wenn die Männer früher in der Tschoichona zusammengekommen waren, hatten sie über Sachen palavert, die für jedermann klar und unbestreitbar gewesen waren; sie tranken ihren Tee und sahen zu dem Feld hinüber, wo die bunten Tupfer von Frauengestalten in der Sonne glänzten. Jetzt begannen sich sogar die Frauen zu Wort zu melden: dieses fanden sie nicht in Ordnung und jenes nicht. Schon wurde, selbst in den Zeitungen, offen davon gesprochen, daß die alte Macht sich überlebt habe; daß sie selbst nicht wisse, wozu sie existiere; daß ihr alle Mittel recht seien, ihre schändliche Agonie zu verlängern; daß ihr die neuen Verbrechen, die sie an fortschrittlich gesinnten und angesehenen Leuten begangen habe, niemals verziehen würden. Ein paarmal kamen aus Churramobod Schriftsteller in den Kischlak, die, relativ jung an Jahren, schon Ansehen genossen. Sie trugen Gedichte vor, die von Blumen oder Schmetterlingen handelten, doch allen war klar, daß es ihnen mit ihrer Lyrik in Wirklichkeit nicht um Blumen und Schmetterlinge ging, sondern um das Volk, um die Notwendigkeit von Freiheit und Glück, und die klangvollen Worte ließen ein trauriges Befremden zurück – wahrhaftig, warum war alles nicht so, wie es sein sollte?

Die Sonne ging auf und unter, und die ganze Zeit, da sie am Himmel stand, war Nisom damit beschäftigt, die Erde mit dem Pflug aufzureißen oder ihre Wunden mit der Egge zu glätten oder die Drillmaschine hinter dem Traktor herzuziehen oder fluchend den ölgetränkten Lappen auf dem Erdboden auszubreiten, um etwas zu reparieren. Das ging zwei oder drei Jahre so, Nisom hatte bereits zwei Kinder, und Gulbahor erwartete ein drittes. Mit Beginn des Frühjahrs neunzig bekam der Kischlak des öfteren Besuch von geschäftigen Leuten, die in der Regel mit soliden Anzügen und Hüten oder einer Art halbmilitärischen Röcken und dem zu der Zeit obligaten weißen Turban bekleidet waren. Ihre Autos hielten vor dem Haus des Rais. Bei ihm fanden sich auch der Schuldirektor Eschon Saidullo – ein Mann, der von Geburt hohes Ansehen genoß, da er ein direkter Nachfahre des Propheten war – und einige andere geachtete Leute ein. Manchmal bestellten sie den einen oder anderen von den Männern des Ortes zu sich, oder sie gingen vollzählig selbst in gewisse Häuser. Eines frühen Morgens fuhren zwei Lkws an der Schule vor. Der Direktor hielt eine kurze Rede, in der er auf die Ideale von Demokratie und Freiheit verwies. Dann lud man einen ganzen Haufen Eisenstäbe auf die Fahrzeuge, den einen bestiegen die Schüler aus den oberen Klassen, den anderen ein paar Dutzend von den rabiatesten jugendlichen Kischlakbewohnern, und dann ging es vierzig Werst weit nach Churramobod – drei oder vier Tage später brannte die Stadt, hilflos einer wilden Pogromorgie ausgesetzt.

Ein schwarzer Wirbelsturm schien sich über dem Land auszutoben und nichts als Rauch und Ruinen zurückzulassen. Es hieß, die Russen würden jetzt außer Landes gehen, ganze Züge voll; die Zeitungen machten ihrer Empörung Luft; die Lyriker schrieben und veröffentlichten reuevolle Artikel, in denen sie alle aufriefen, ihrem Beispiel zu folgen und ewige Nächstenliebe zu geloben – als wären sie es gewesen, die vor kurzem Menschen mit Eisenstäben totgeschlagen hatten; und alle zusammen beschuldigten allerorts die Regierung der Machtlosigkeit und Gleichgültigkeit. Doch die Regierung trat nicht zurück, sondern zog in voller Übereinstimmung mit der Redensart eine robuste Eselshaut über ihre schamlose Visage.

Bald legte sich der Lärm, bald verstärkte er sich wieder: es war, als habe jemand einen Versuchsballon gestartet und beobachte nun aufmerksam dessen Flug. So verging ein Monat nach dem anderen, so vergingen fast zwei Jahre. Das Leben wurde trübselig, denn Furcht machte sich breit. Nisom hörte düster, was geredet wurde, glaubte jedoch keinem. Finster reparierte er seinen Traktor, um wieder zu pflügen, zu eggen, zu säen und zu ernten: immer noch gab er die Zuversicht nicht auf, daß das Leben, wenn man seinen einmal gewählten Weg unbeirrt weiterging, möglicherweise eines schönen Tages zu den gewohnten geregelten Verhältnissen zurückkehren würde. Doch dann brach alles ganz plötzlich, buchstäblich von einer Minute zur anderen, zusammen und versank in einem Abgrund immer neuen Grauens.

... Nisom stand neben seinem Traktor, als auf dem Weg ein Armeejeep auftauchte. Mit zugekniffenen Augen beobachtete er, wie er durch die Schlaglöcher schaukelte. Die Felder waren noch grün, die Sonne vergoldete die Hänge der Hügel, ein warmer aromatischer Wind fuhr durch das Gras am Feldrain. Der Jeep hielt. Die Türen gingen auf. Als erster stieg ein Mann in einem grauen Anzug mit Hut aus, dann ein zweiter – grüner halbmilitärischer Rock, auf dem Kopf ein weißer Turban, dahinter zwei im Tarnanzug und mit MPi.

»Holen Sie sie zusammen«, sagte geringschätzig der mit Turban.

Der Mann im grauen Anzug begann zu schreien und die Arme über dem Kopf zu schwenken.

Das gleiche war schon gestern passiert. Sie hatten die Leute zusammengeholt und auf sie eingeredet, daß das Arbeiten zu unterlassen sei – wenn ihr arbeitet, hieß es, helft ihr dem verfaulten Regime, das längst überreif ist. »Bleibt morgen der Arbeit fern, Moslems!« hatte der Mann mit Turban getönt. »Sie ist jetzt keine gottgefällige Sache, Moslems!«

Nisom warf gleichgültig den Lappen auf die Raupenkette und spuckte aus.

»Habe ich euch nicht gesagt, daß ihr heute nicht auf die Felder gehen sollt?« schrie der Mann mit Turban, als sich die Leute vor seinem Jeep versammelt hatten.

Durch die kleine Schar ging ein leichtes Murren.

»Ihr wollt nicht die Stimme der Vernunft hören, Moslems!« Sein Gesicht war rot angelaufen. »Wozu habt ihr heute morgen wieder nach euren mistigen Kitmons gegriffen? Habe ich euch nicht gewarnt? Ich habe euch gestern gesagt, daß unser Volk jetzt Wichtigeres zu tun hat! Aber ich habe nicht auf die richtige Art mit euch gesprochen! Ihr versteht keine menschliche Sprache! Ihr seid Rindviecher!« Er streckte die Hand aus und entriß dem rechts neben ihm Stehenden die MPi. »Nein, nicht in einer menschlichen Sprache muß man euch das erklären! Rindviecher verstehen keine Worte! Gut, jetzt werde ich anders mit euch reden!«

Grinsend machte er einen Schritt, warf die Waffe hoch und gab einen langen Feuerstoß auf die Versammelten ab.

Nisom der Faster wollte nur eins: einen Traktor fahren, Geld verdienen, seine Frau und ihre drei kleinen Töchter ernähren und außerdem – irgendwann einen Shiguli, Modell sieben, kaufen, aber das war ein so wirklichkeitsfremder Traum, daß er keinem davon erzählte. Jetzt hatten seine bisherigen Wunschträume jedoch mit einemmal allen Sinn verloren: er wurde einfach das Bild der grinsenden Visage jenes Mannes im halbmilitärischen Rock nicht los; er brauchte nur die Augen zu schließen, und wieder stand es vor ihm, wieder knatterte der rauchende Stahl, wieder gefror ihm das Blut in den Adern. Er überlegte hin und her, und schließlich gewöhnte er sich an den Gedanken, daß ihm keine andere Wahl blieb: In der Tat wurden jetzt Gespräche ganz anderer Art geführt – ohne Waffe sah man dabei schlecht aus.

Er befragte kundige Leute, und sie sagten ihm, in Ruchsor gebe es einen Mann, der Mirso Hokimow heiße, und wenn er ihn sprechen wolle, müsse er das und das tun. Nisom fuhr nach Ruchsor und traf ein paar Tage später Mirso Hokimow. Das zu bewerkstelligen erwies sich freilich alles andere als leicht. In einer Tschoichona am Basar könne man ihn treffen, erfuhr er. Zur festgelegten Zeit setzte sich ein mittelgroßer junger Bursche in einer reichlich engen Jacke zu ihm. Sie sprachen kurz miteinander, und der Bursche führte ihn, häufig um sich blickend, am Krankenhaus und der Schule vorbei durch krumme stille Gassen, wo von den Zweigen der Aprikosenbäume kleine weiße Würmer an unsichtbaren Fäden herabglitten. Zu guter Letzt gelangten sie zu einem großen Aryk, an dem sich eine zweite, winzige Tschoichona befand. Der Bursche hieß ihn Platz nehmen, bestellte Tee und ging weg, um wenige Minuten später mit einem kräftig gebauten, breitschultrigen Mann mit Lederjacke wiederzukommen. Er mochte fünfunddreißig oder vierzig Jahre alt sein, die dichten schwarzen Haare waren an den Schläfen graumeliert, der Blick schwer und fest. Nachdem er Nisom schweigend angehört hatte, sagte er, wobei er ihm in die Augen sah, kurz, die Dinge lägen so und so und für den Anfang gebe es für Nisom das und das zu tun.

»Nein«, erwiderte Nisom. »Das kann ich nicht tun. Ich bitte Sie, Verehrtester! Ich habe selbst drei Töchter!«

Mirso Hokimow zuckte die kräftigen Schultern und erhob sich.

»Na schön«, sagte Nisom heiser. »Ich bin einverstanden.«

Mirso sah ihn sekundenlang an. Nisom hatte den Eindruck, daß ihn dieser Blick durchbohrte, und schlug unwillkürlich die Augen nieder.

»Gut«, sagte Mirso. »Heute abend triffst du dich bei mir mit Bobodshon, er wird dir sagen, was zu tun ist. Weißt du, wo meine Werkstatt ist?«

Am nächsten Morgen saß Nisom am Steuer eines Wolga. Bobodshon rauchte, die Füße auf dem Gehsteig. Dann warf er die Zigarette weg, stieg ohne Eile aus, schlug die vordere Wagentür zu und sperrte dafür die hintere weit auf. Als das Mädchen auf ihrer Höhe war, machte Bobodshon einen Schritt, packte es, drückte ihm den Mund zu und ließ sich mit ihm auf den Hintersitz fallen. Nisom gab Gas. Die Spritze lag bereit, und Bobodshon verpaßte sie dem Mädchen gleich durchs Kleid. Eine Minute später erschlaffte es, schloß die Augen, und da sagte er, schwer atmend:

»Dürr wie ein Küken ... Nichts als Knochen. Was finden die bloß an ihnen?«

Und er schüttelte verständnislos den Kopf.

Am Abend waren sie in Ischdar. Der schwarzbärtige und zahnlose Odamscho sprach mit pfeifendem Flüstern, schlug immer wieder die Hände zusammen und feilschte verbissen. Als die Einigung schließlich mit Handschlag besiegelt war, steckte sich Odamscho vor Freude eine ordentliche Portion Noswor in den Mund und sagte näselnd, wenn sie wollten, könnten sie sich zwei Stündchen aufs Ohr legen. Zur Grenze führte er sie tief in der Nacht, als die Sterne einen silbrigen Vorhang über den Himmel gelegt hatten. Nisom wiegte sich im Sattel seines Pferdes und dachte an Frau und Kinder. Das Mädchen schlief, in einen Teppich eingepackt. Gegen Morgen verließen sie die Felsenschlucht und gelangten zu einem großen Plateau, das, wie sich herausstellte, schon zu Afghanistan gehörte. An einem Bach machten sie halt, und Bobodshon verabreichte dem Mädchen noch eine Spritze. Zwei Stunden später dann war das Ziel erreicht. Der vom Krieg verschont gebliebene kleine Kischlak lag am Zusammenfluß zweier wild schäumender Flüßchen. Odamscho wies mit der Kamtschi auf ein Tor. Sie ritten hinein, saßen ab und luden ihr Teppichbündel vom Pferd. Galoschen an den bloßen Füßen, kam der Hausherr, den Odamscho Malik-Askar (Askar den Soldaten) nannte, verschlafen und mißgelaunt zu ihnen heraus. Bobodshon band das Bündel auf. Schnaufend hockte sich Malik-Askar hin und zerriß mit einem Ruck das Kleid. Das Mädchen stöhnte und schlug die verschleierten Augen auf.

»Mjaa«, sagte Malik-Askar. »Na gut.«

In der nächsten Nacht brachte sie Odamscho zurück, und jetzt transportierten sie in ihren Bündeln zwanzig MPis und mehrere Kisten mit Patronen. Eine der AKM freilich sollte Odamscho als Entgelt bekommen. Patronen hatte er bereits.

Die ganzen fünf Kriegsjahre hindurch verlangte es Nisom danach, jenen Mann im halbmilitärischen Rock wiederzutreffen. Tausendmal stellte er sich vor, wie das sein würde: wie er ihm in die Augen blickte und was er ihm sagte, bevor er schoß. Höchstwahrscheinlich saß dieser Einpeitscher irgendwo im Iran und wartete das Ende des Krieges ab. Der lohte indessen gleich Feuer im trockenen Gras immer stärker. Mirso Hokimow hatte den Kampf gegen die Opposition mit ganzen dreißig Mann aufgenommen. Schon nach zwei Monaten mußte er Bataillonskommandeure ernennen. Mit den Panzerfahrzeugen, die verwegene Leute vom Schlage eines Scharif Negmatullajew aus den regulären Truppen entführt hatten, wurde eine Sondereinheit gebildet.

Ein chaotischer und blutiger Krieg war das, der täglich auf überzeugende Weise demonstrierte, daß eine MPi-Patrone, die einen Vierteldollar kostete, wesentlich höher zu veranschlagen war als ein Menschenleben. Nisom wußte: Sollte er Kodir dem Vogelfänger, dem sich die Brigade des haßsprühenden Mirso Hokimow mit letzter Kraft durch die glutheiße höckerige Ebene hinterherschleppte, auf ihrem Weg kleine Kischlaks niederbrennend, um die stark geschwächte Bande Kodirs ihrer letzten Unterstützung zu berauben, in die Hände fallen, würde man ihm den Leib aufschlitzen, sein Glied abschneiden und es ihm in den Mund stecken. Jeder von ihnen konnte eines schönen Tages in einer Blutlache liegen, die Hose heruntergezogen, die eigene Scham im totenstarren Mund – wie auf dem Asphalt der zerstörten Stadt Kurghon-Teppa Nisoms Cousin Hamid gelegen hatte –, und deshalb war es ein Gebot elementarer Gerechtigkeit, mit den Leuten Kodirs, wenn sie ihnen in die Hände fielen, genauso oder auf ähnliche Weise zu verfahren. Mit Beginn des Winters, wenn die Bergpfade unbegehbar wurden, hörten die militärischen Aktionen auf. Ein paarmal machte er Kurzbesuche zu Hause, brachte Konserven und in einem Fall auch einen Sack Reis mit. Der Kischlak stand still und weiß, die Felder lagen ebenfalls weiß und leblos, und immer schwerer fiel es, sich daran zu erinnern, daß er vor drei oder vier Jahren Traktorist gewesen war und seine Arbeit geliebt hatte. Wenn der Frühling anbrach, gab es erneut Wichtigeres als die Bestellung der Felder, die Bergpfade wurden wieder begehbar, und man konnte auf ihnen Waffen und Munition transportieren.

Während der Julirebellion des Obersten Saidow wurde Nisom der Faster schwer verwundet und lag drei Monate im Armeelazarett von Churramobod. Es hieß, im Raum Ruchsor sei es bereits völlig ruhig – in den drei Kriegsjahren war es gelungen, die Opposition nach Südosten abzudrängen, und jetzt tobten dort irgendwo zwischen Charobod und Dascht-i Gurg anhaltende Gebirgsgefechte. Hinkend verließ er das Lazarett – ohne Zigaretten und ohne eine einzige Kopeke in der Tasche, dafür aber mit einem schönen gelben Aufnäher auf dem Ärmel seiner Tarnjacke. Der Bus nach Ruchsor war voll, er zwängte sich zur Mitte durch, setzte sich auf irgendein Bündel und sah aus dem Fenster, auf den staubigen Platz.

»Bis Ruchsor? Vierzig ... He, Freund! Willst du nicht bezahlen?«

Nisom zuckte die Achseln.

»Hör zu, Bruder, ich habe kein Geld«, sagte er in bittendem Ton. »Ich komme geradewegs aus dem Lazarett.«

Dem Fahrer verschlug es die Sprache vor Empörung. Er lief rot an wie eine Tomate und öffnete und schloß nur stumm den Mund wie ein an Land gezogener Fisch.

»Los, aussteigen!« schrie er, als er die Sprache wiedergefunden hatte. »Willst du dich über mich lustig machen?! Glaubst du, ich brauche nichts zu fressen? Und meine Kinder auch nicht? Steig aus, du Lump!«

Nisom hörte zerstreut sein Geschrei, aber als der Kerl nach seinem Ärmel faßte, schlug er mit voller Wucht die Faust in das schweißige Gesicht und tastete, halbblind vor Wut, nach der Stelle, wo immer der Griff seiner Pistole gewesen war. Die Frauen kreischten auf. Um sie beide war auf einmal viel Platz.

»Ach!« sagte Nisom nach ein paar Sekunden. »Der Teufel soll dich holen ... Danke deinem Schutzheiligen. Fahr schon los, oder willst du hier noch lange rumkeifen?!«

Zu Hause setzte er die Töchter neben sich, legte die Arme um sie und erzählte, was er diesmal im großen Churramobod gesehen hatte – an jeder Ecke Kaugummi und Süßigkeiten, und beim nächstenmal werde er ihnen ganz bestimmt einige Kostproben mitbringen. Seine Frau buk aus dem übriggebliebenen Mehl Fladen. Im Kischlak ging es still und öde zu. Der Kolchos existierte nicht mehr, und keiner begriff, wem der Boden nun gehörte, doch verwaltet wurde er nach wie vor von ebenjenem Rais; es hieß, er fahre jetzt in einem Wagen mit schwarzen Fensterscheiben und mit Leibwächtern und zu Hause habe er mehrere Frauen. Nisom hatte kein Verlangen, sich den Klatsch anzuhören. In seinem Garten lagen zwei leichte Maschinengewehre vergraben, die er bei einem seiner Besuche mitgebracht hatte. Er fuhr nach Ruchsor, traf sich mit ein paar von ihren Jungs und erfuhr, daß in der Baumwollfabrik jetzt ein gewisser Ibod saß. Er kannte sowohl Ibod selbst als auch dessen Leute: seinerzeit hatte Ibod bei Mirso ein Bataillon befehligt. Doch die Wege der Menschen trennen sich.

»Ibod?« verwunderte sich Nisom. »Ist der verrückt geworden? Oder vielleicht lebensmüde? Das ist doch das Revier des Schwarzen Mirso!«

Man erklärte ihm, daß Ibod offenbar mit jemandem ganz oben eine Übereinkunft getroffen habe und jetzt nur die Hälfte des Gewinns behalte, die andere überlasse er der Regierung. Als die Baumwollfabrik in der Hand des Schwarzen Mirso gewesen sei, habe die Regierung gar nichts bekommen.

»Na gut«, sagte Nisom. »Das soll Mirso selber entscheiden, was er tun will. Wenn der Winter anfängt, wird er in jedem Fall hier auftauchen. Sag mir lieber was anderes: ich habe da was zu verkaufen ...«

Als Interessenten entpuppten sich ausgerechnet Ibods Leute. Nisom wollte schon von dem Geschäft Abstand nehmen, war es doch kurzsichtig und dumm, Waffen solcher Art an die zu verkaufen, mit denen man sich höchstwahrscheinlich in die Haare kriegen würde (es kam, wie es kommen mußte!), doch dann sagte er sich: pfeif drauf! und nahm seine fünfhundert Grüne. Schließlich braucht der Mensch was zu fressen.

Mirso erschien Ende Oktober in Ruchsor. Und ließ ihn umgehend zu sich holen.

»Bist du schon am Verhungern?« fragte er freundlich wie immer.

Nisom zuckte die Achseln – schlage mich irgendwie durch.

»Nicht dazu haben wir gekämpft«, sagte Mirso nachdenklich. »Also, folgendes ...«

Drei Tage darauf fuhr ein Jeep durch das Tor des Stadtparks

und hielt am Riesenrad. Hier stand schon lange alles still, rostete vor sich hin, die Farbe blätterte ab. Einer der Jungs schlug mit dem Kolben den Riegel von der morschen Tür des Büdchens und begann aufs Geratewohl die Schalter zu betätigen. Schließlich setzte sich das Rad knirschend in Bewegung.

»Halt an«, befahl Nisom und stieg zusammen mit Foruk in eine Gondel. »So, jetzt schalt ein. Langsam, sonst fallen wir noch raus, zum Teufel ...«

Die Gondel stieg höher und höher. Ruchsor tauchte aus dem Grün und Gelb der herbstlichen Platanen – Straßen, Gassen, Häuser, spiegelnde kleine Tümpel in den Höfen, zum Trocknen aufgehängte bunte Wäsche; weiter weg die weiße Gebäudeansammlung der Baumwollfabrik, rauchende Schornsteine; in noch größerer Ferne das Vorgebirge mit dem bunten Mosaik der gelben und braunen Felder und dahinter die Berge, die auf ihren Gipfeln bereits weiße Schneemützen trugen.

»Noch ein bißchen!« rief Nisom.

Ibods Haus lag zum Greifen nahe. Das Rad blieb stehen.

»So«, sagte Nisom. »Alles klar, Foruk?«

Foruk sah auf die Uhr.

»Ja, alles klar: vier Minuten«, erwiderte er. »Ein Klacks: in vier Minuten kommen sie nicht zur Besinnung.«

Nisom brummte zustimmend.

»Schön, wie du das gesagt hast. Gleich werden wir's sehen. Sonst ballern sie uns noch eins vor den Latz ...«

Er legte das Rohr des Granatwerfers auf den eisernen Rand der Gondel.

»Halt die zweite bereit«, sagte er.

Das rechte Fenster splitterte auf. Die Granate sauste krachend davon. Ohne das Aufblitzen und die Flamme in der schwarzen Fensteröffnung abzuwarten, streckte Nisom die Hand aus, und Foruk schob die zweite hinein. Krach! Das Rad ruckte an, und die Gondel sank schnell nach unten. Auf sie wurde nicht geschossen. Zwanzig Minuten später meldete Nisom die Ausführung des Befehls.

»Fabelhaft, ganz fabelhaft«, sagte Mirso trocken. »Da war er bloß nicht, padar lonat! ... Wir brechen auf!«

Ach, was für ein Pech! Wieder war Ibod entwischt ... Einen Tag lang hatte Mirso seine Bande, die sich in der Baumwollfabrik eingenistet hatte, beharkt und dabei der Produktion nicht wiedergutzumachenden Schaden zugefügt. Und wieder hatten sie es nicht geschafft, ihm den Rest zu geben: daran gehindert worden waren sie durch Negmatullajew, der mit seiner Brigade anrückte, mit allem, was verfügbar war ...

Nisom warf die Kippe in den Schnee und spuckte aus.

Der Wind heulte, trieb tiefhängende Wolken vor sich her ... So was von Wetter!

Er kontrollierte die Wachposten, traf Anordnungen wegen der Pferde, schickte Ablösung aus für Ibrahim. Über den Befehl des Kommandeurs dachte er lieber nicht nach. Was hat es für einen Sinn, über einen Befehl nachzudenken? Befehl ist Befehl. Der Teufel soll sie alle holen ... Eine zu dumme Sache. Hier gab es nur eins: ja oder nein. Sollte Negmatullajew Schwäche zeigen, wäre es gut. Ja, das wäre gut ...

Er stand lauschend auf der Vortreppe. Nein, nein ... Der Wind trieb Schneewolken über die Felsenschlucht, und sein Geheul erwiderte das Artschagesträuch mit anhaltendem dumpfem Tosen.

4

Bis zum Morgengrauen blieb nicht mehr viel Zeit.

Vom Paß kamen dunkle Wolken herab; sie durchzogen die Schlucht, schoben sich gegen Felsen, gegen glitschige Lehmflächen. Hatten sie den Kischlak erreicht, legten sie sich sanft auf die Dächer der ebenerdigen Kibitkas. Äste der kahlen Bäume verhedderten sich in ihnen.

Hinter der Samanwand fiel in großen feuchten Flocken Schnee. Vom Dach tropfte es.

Iwatschow hörte im Schlaf nicht nur dieses Tropfen, sondern auch das Rascheln des Schnees und den gegen Morgen aufgekommenen Wind. Zwischen Augäpfeln und Lidern bewegte sich etwas wie dunkler Tüll, schwache Lichtreflexe glitten vorüber ... Gesichter und Gestalten blitzten auf ... das Tropfen und das Brausen des Windes schlug in unverständliche Worte um, und er verzog das Gesicht, solche Mühe gab er sich, sie zu verstehen.

Sank er tiefer in den Schlaf, schloß sich die Dunkelheit über ihm, und alles verschwand – Stimmen, Gesichter, Tropfen, Wind ... Dann wieder erschauerte er, tauchte aus dem Schlaf und begriff, daß er fror, daß es besser war, aufzustehen ... Doch der schwarze Tüll haftete an seinen Augäpfeln ... er war unfähig, die Lider zu heben, und rollte sich ein, um unter der Armeewattejacke warm zu werden, doch wollte es ihm nicht gelingen, die Kurpatscha war dünn, und vom Lehmfußboden kam grimmige Kälte.

Die Schatten wechselten sich ab, und er wußte nicht, ob er schlief oder wach lag. Anscheinend war er doch wach, er sah deutlich die zusammengekniffenen Augen Nisoms des Fasters vor sich, hörte, wie er die Tür aufriß und einen Eimer Wasser hinstellte. »Was für ein Kommandeur noch?! Halt den Rand, verdammt! Kommandeur! Wenn ich dir eins auf Rübe gebe, wirst du wissen, was ist Kommandeur ... Wir warten auf Hubschrauber! Kommt Hubschrauber, wird es alles geben! Wetter, verdammt, ist wieder schlecht. Wieder Wetter nicht zum Fliegen ... Was für ein Gesetz! Red nicht so! Das Gesetz haben Geldsäcke gemacht!« sagte Nisom der Faster und bohrte ihm seinen furchterregenden Blick in die Augen. »Geldsäcke, verd...! Die Reichen, verd...! Damit es gut ist für sie. Damit sie viel Knete haben. Wer an Gesetz steht, der denkt sich Gesetz so aus, daß er kann Geld raffen. Etwa nicht?« Er wischte sich die Nase mit der Faust und lachte verächtlich. »Diese Geldsäcke, verd... Quälen das Volk, verd... Diese Geldsäcke, verd..., für die soll ich wieder kämpfen? Ich hab genug. Ich hab alles verstanden. Ich bin fünf Jahre in Krieg. Mir ist alles egal, verd... Ich muß zu fressen haben, oder? Meine Kinder ernähren, oder? Wer zahlt, dort kämpfe ich. Wenn Taliban zahlen, ich gehe zu Taliban. Wer bißchen mehr zahlt, dort geh ich hin. Kein Unterschied, verdammt. Wenn nicht bei Schwarze

Mirso, dann bei eine andere. Egal wer, wenn er Geld gibt – ich kann überall hingehen. Wenn zum Beispiel du hast viele Feinde – zahl Knete, wir gehen, erledigen das ... Sogar mit Schwarze Mirso – zahl Knete, wir gehen, erledigen das ...« Nisom verstummte, lächelte verschlagen und einladend, schlug seinen Umhang hoch und holte aus der Tasche ein schmales Plastikbeutelchen mit Noswor. Der Lauf seiner MPi war seitwärts gerichtet. Iwatschows Herz pochte schneller. Sieh an, wie gesprächig er heute war! Wenn man ihn nun so ins Gespräch verwickelte, um sich unverhofft auf ihn zu stürzen und ihn zu Boden zu reißen ... die MPi abzunehmen ... Nisom schüttete eine Prise Noswor auf den Handteller und sah Iwatschow plötzlich aus seinen zusammengekniffenen gelbbraunen Augen scharf an, als taxiere er seine Kraft. Geschickt warf er den Noswor in den Mund, schmatzte und sagte dann näselnd: »MPi! Du! ... Paß ja auf! Wenn ich dir eins auf Rübe gebe! ...« Und lachend verschwand er.

Schatten huschten zwischen Augäpfeln und Lidern, und er sah, was tatsächlich war oder lediglich sein konnte. In seinem Hirn lief das Leben rascher ab als in Wirklichkeit, doch nicht immer richtig. Weder in seiner Kindheit noch in seiner Jugend hatte Iwatschow für Handgreiflichkeiten etwas übrig gehabt, schon wenn sich eine Auseinandersetzung ankündigte, wenn alle noch ihre Wahrscheinlichkeit und ihre Folgen bedachten, durchlebte er sie bereits mehrfach von Anfang bis Ende und wußte um das bittere Gefühl der Niederlage, das süße des Sieges, das fade des Verrats und das herbe der Entschlossenheit. Eine drohende Prügelei entfachte in seinem Gehirn einen heftigen Brand, der sein Vorstellungsvermögen versengte, und wenn dann der Moment kam, daß tatsächlich die Fäuste flogen, war er bereits völlig zermürbt und ausgebrannt ...

Er sank wieder in den Schlaf und konnte sich jetzt als Außenstehender beobachten – höher und höher stieg er hinauf, zu den tiefhängenden Wolken, dann durch sie hindurch, über sie hinaus – zum schwarzvioletten Himmel, zu den Sternen, die im Westen blendendhell schienen und im Osten bereits verblaßten. Zu einem für ihn selbst nicht auszumachenden warmen Punkt geworden, schlief er zusammengekrümmt unter der Jacke auf einer altersschwachen Unterlage, doch die Unterlage, die Jacke, die Kibitka, die Wolken, der Paß, der Wind, die Tropfen, jede einzelne Schneeflocke, die im wilden Gewirbel des Windes über schwarzem Gestein dahinschwebte – all das wurde vom Erdkörper mitgerissen und durchflog den sternenübersäten leblosen Raum, der erfüllt war von Leere und Furcht: es flog in die uferlose Dunkelheit ... Er selbst, Nisom der Faster, der Schwarze Mirso, General Negmatullajew, irgendein Farhod Tschoi-Kanschi, Schneeflocken, Kibitkas, Kischlaks ... zahllose Berge ... vereinzelte Schlängelstraßen, an Flüssen entlang, die sich ihren Weg durch die Berge gebahnt hatten – all das flog durch den leblosen Kosmos, sauste irgendwohin in die Finsternis, wurde, sich entfernend, immer kleiner: ein heller Punkt, ein kleines Pünktchen, ein nicht mehr auszumachendes Fünkchen ...

»Was?« Iwatschow setzte sich auf. Die Wattejacke rutschte ihm von den Schultern. Kälte schlug ihm entgegen. »Was ist?«

Der Wind brauste, Schnee raschelte. Vom Dach fielen Tropfen.

»Der Wachposten ist weg, sagte ich«, flüsterte Sarkissow.

Er kniete an der Tür.

Fröstelnd schlüpfte Iwatschow in die Wattejacke. Er kramte in der Tasche. In der zerdrückten Schachtel waren noch ein paar Zigarettenstummel. Er tastete nach einem etwas längeren, steckte ihn in den Mund, entzündete das Feuerzeug. Gierig sog er den Rauch ein.

Der Kopf drehte sich ihm.

»Kann nicht sein«, sagte er.

Kein Laut: nichts als das rhythmische Anschwellen des Windes.

Sicherlich war der Bewacher eingedöst, den Rücken gegen die Kibitkawand gelehnt oder den schweren Kopf auf die Hände gelegt, die den Lauf der zwischen den Knien stehenden MPi preßten.

»Wirklich! Er ist weg!« sagte Sarkissow, der sich von der Türritze löste.

Eines der gekrümmten Bündel bewegte sich und hob den zerzausten Kopf.

»Was gibt es?« fragte Kondratjew.

»Nichts weiter«, antwortete Iwatschow. »Schura meint, der Wachposten sei nicht zu sehen.«

Er legte sein Auge ebenfalls an die Türritze und versuchte etwas zu erkennen. Draußen wurde es rasch heller – Zweige von Sträuchern begannen sich verschwommen abzuzeichnen ... ein knorriger Flechtzaun ... ein Duwol ...

Sarkissow band sich hastig die Schnürsenkel zu.

»Er ist weg, tatsächlich!« sagte er gepreßt. »Sjoma, steh auf! Stoß doch mal Teppers an!«

Iwatschow verbrannte sich die Lippen, drückte mit zitternden Fingern die Kippe auf dem Lehmboden aus. Die Tür aufzubrechen würde keine große Mühe bereiten – sie hing in Riemenschlaufen. Ein Stoß – und sie waren draußen. Es war noch nicht ganz hell, das war gut ... das war auch schlecht, weil so gut wie nichts zu sehen war. Alle schlafen. Nein, Unsinn, das kann nicht sein, der Bewacher ist irgendwo in der Nähe ... Aber angenommen, es gelingt ihnen, sich davonzuschleichen ... angenommen, sie bleiben unbemerkt ... es ist ja noch nicht ganz hell ... Dann weiter, weiter – vorbei an den Duwolen und den Wänden der froststarr schlummernden Kibitkas ... zu dem mit Weißdorn und Kirschpflaume bewachsenen Hang ... schnell, nur schnell ... auf dem nassen Gestein, dem Geröll ausrutschend ... dann Verfolgung, Schreie, Schüsse!

Das Herz pochte, als renne er tatsächlich bereits bergauf.

»Nein, Unsinn«, flüsterte er, tief Luft holend. »Das ist doch gar nicht möglich, daß sie den Wachposten abgezogen haben. Er ist irgendwo hier, der Mistkerl.«

Und da war auch schon ein leises Klappern zu hören, irgendwo ganz nahe – vermutlich war ein Koppel gegen einen MPi-Lauf geschlagen. Schritte, die ohne Eile durch den Schnee stapften ... Steinchen knirschten unter Schuhsohlen. Stimmen. Zu verstehen war nichts. Und wenn auch etwas zu verstehen gewesen wäre –

was hätten sie davon gehabt: sie verstanden ja sowieso kein Wort in dieser Sprache.

Wieder war es still.

»Kalt ist es«, klagte Teppers.

»Vielleicht sollte man mit ihnen reden«, sagte Kondratjew matt. »Die lassen uns hier noch erfrieren.«

»Mit denen reden«, meinte Sjoma Solotarjowski zähneklappernd.

»Hüpf ein bißchen«, riet ihm Iwatschow. »Hüpf, dann wird dir wärmer!«

Solotarjowski stand auf und begann wie ein Bär hin- und herzuschaukeln.

»Was will man mit denen reden!« sagte Sarkissow. »Abhauen muß man von hier und nicht reden! Kalt ist es! Ja, aber schlimmer ist: Jeden Moment können sie einen kurzerhand abmurksen.«

»Das stimmt«, knarrte Teppers aus seiner Ecke.

»Geiseln bringt man nicht um«, krächzte Solotarjowski.

»Wenn man keine Geiseln umbringen würde, brauchte sich niemand zu beunruhigen«, widersprach der besonnene Kondratjew. »Wozu sich beunruhigen, wenn sie einen sowieso nicht umbringen werden: man wird ein bißchen festgehalten und dann freigelassen. Auch unangenehm, sicher ...«

»Eben«, pflichtete Sarkissow ihm bei. »Eben. Nein, Sjoma, nein. Sie knallen dich ab und wissen hinterher gar nicht mehr, daß sie es getan haben. Dein Gehirn aber ist auf einen Gehsteig gespritzt.«

Eine Weile schwiegen sie.

Iwatschow seufzte. Zu rauchen hatte er auch nichts mehr.

»Gib mir mal eine Zigarette, Schura«, bat er.

Sarkissow sprang plötzlich auf und trat zornig gegen die Tür.

»Was soll das?« fragte Kondratjew, indem er sich aufrichtete.

»Wollen wir hier sitzen, bis wir krepiert sind? Heute abend haben alle Lungenentzündung! Tun wir was!«

Kondratjew hustete.

»Weiß der Teufel«, sagte er verwirrt und richtete den Blick bald auf Solotarjowski, bald auf Sarkissow.

»Feuert plötzlich los ...«, murmelte Solotarjowski, der durch die Türritze sah. »Was macht's dem aus.«

»Tut er nicht«, sagte Sarkissow wütend und setzte sich hin. »Sie brauchen uns lebend.«

»Warum gleich Lungenentzündung?« sagte Teppers verlegen. »Es ist einfach kalt. Lungenentzündung muß nicht sein ... Vielleicht kommt der Hubschrauber bald?«

»Ja, bestimmt!« Solotarjowski nickte. »Bei dem Wetter?«

Alle verstummten in der Hoffnung, aus dem Windgebraus das Schwirren von Hubschrauberpropellern herauszuhören.

»Mit denen reden, mit diesen Idioten«, sagte Solotarjowski wieder unbestimmt.

Sarkissow rückte endlich eine Zigarette heraus, und jetzt betrachtete Iwatschow den graublauen Rauchfaden.

»Ein Wetter ...«, sagte Kondratjew.

Solotarjowski gab einen sonderbaren Laut von sich, als sei ihm etwas Lustiges eingefallen.

»Dieser Hauptmann da hat uns doch an den Schwarzen Mirso verkauft!« sagte er. »Mit Haut und Haaren! Na, der von der Kontrollstelle! Dem Kosim Geld hingetragen hat! Während wir da warten durften, hat er Meldung gemacht: So und so, seltene Vögelchen hierzulande. Exotische, sozusagen. Und bei dem hat es gleich klick gemacht. Ein geriebener Bursche dieser Mirso, nichts zu sagen. Den müßte man doch ... Aber genau – der Hauptmann! Das ist ein Volk ... Was meinst du dazu, Schura?«

»Das ist geradeso wie in dem Witz mit Wowotschka«, erwiderte Sarkissow finster. »Die Lehrerin läßt den Vater kommen und beschwert sich, daß einer seiner Söhne drohe, sie zu vergewaltigen. Welcher? erkundigt sich der Papa. Ach, der? Der kriegt das fertig!«

Kondratjew lachte.

»Nicht gehört?« Sarkissow war aufgelebt. »Oder der ...«

Weiß der Teufel, in der Tat ... Iwatschow seufzte und schloß die Augen. Wahrhaftig, ernsthaft betrachtet, ist das doch alles Kinderei! Ein mutwilliges Kriegsspiel! Peng – tot! Wozu das alles?

Das Frösteln wollte sich einfach nicht geben, es lief über den ausgekühlten Körper, über Brust und Bauch mit kleinen eisigen Pfötchen.

Eine alberne Maskerade, das Ganze. Natürlich würde niemand umgebracht werden – Geiseln brachte man nicht um, Solotarjowski hatte recht. Wozu diese Quälerei – Hunger, Angst, zwei schlaflose Nächte in einem eisigen Schuppen, Hunger, Schmutz, die vorgestrige Schießerei? Selbst bei der Verrichtung des Bedürfnisses wird man mit der MPi bedroht … Das ist doch der reinste Fieberwahn! Wachst auf und kannst es selbst nicht glauben: Gehst in Moskau mit einem Freund die Twerskaja entlang, Schal lässig über die Schulter geworfen, Konjakwärme in der Brust … Schnee, Schaufenster … Mädchen, die man haben kann … das Leben!

Alles Unsinn! Auf der anderen Seite: die Realität – ratternde Feuerstöße, Hülsen sausen durch die Luft, die einen greifen an, die anderen erwidern das Feuer … Wie kann man das nicht wahrhaben wollen … von wegen Maskerade … peng! – und aus.

Er sog den säuerlichen Rauch tief ein … Rauchen … wie gut das tut!

Wie kann man das überhaupt – einen Menschen umbringen? Na schön: im Gefecht, im Affekt, im Angesicht des Todes – das läßt sich verstehen. Aber sonst? Da steht er vor dir … und in seinem Kopf ist genau das gleiche wie in deinem – Angst, Hoffnung … Diesem Menschen einfach in den Hinterkopf ballern? Daß in der Tat sein Gehirn auf den Gehsteig spritzt?

Ihn hatte schon immer die Beschaffenheit seines Körpers beschäftigt. Eigentlich nicht gerade schön, war er doch von einer wundersamen Ganzheit. Erstaunlich schutzlos, mußte er nach Möglichkeit vor Schaden bewahrt werden. Einige Besonderheiten hatte er, die ihm allein gehörten: hier ein Grübchen, wie es kein anderer besaß … da eine kleine Beule … ein in der Kindheit gebrochener Finger, der nicht ganz richtig zusammengewachsen war. Wenn das Leben einmal diesen Körper verläßt, verdiente er es, einer sorgfältigen Untersuchungs- und Forschungsarbeit unterzogen zu werden, damit man alle Abweichungen festhalten kann, alle Defekte, Brüche, Narben ... in seine Bestandteile sollte man ihn zerlegen ... bis zu den Molekülen ... den Aufbau jedes einzelnen präzise aufzeichnen, war er doch wirklich einzigartig gewesen auf der Welt!

Noch bedeutsamer als der Körper aber war der endlose Wechsel von Schatten und Licht, der Bilder und Empfindungen jeglicher Art hervorzubringen vermochte und sein Leben ausmachte. Ein Film des Gehirns, der beliebige Bilder der Vergangenheit und der Zukunft auf die weiße Leinwand des Bewußtseins projizierte; ein wunderbarer lebendiger Ozean, an dessen Oberfläche ein chaotisches Gewimmel der Vertreter der Mikroflora herrschte, jener emsigen Gedanken, deren Bewegung sich nicht im einzelnen festhalten läßt, während in der dunklen funkelnden Tiefe die lebendigen und flüchtigen Hoffnungen, Wünsche, Träume und Ängste gemächlich dahinflossen – ein grenzenloser Ozean des Lebens, der da drin im Schädel wogte ...

Er verbrannte sich die Lippen, tat trotzdem noch einen Zug.

Nein, nein, der Krieg war ein infantiles Spiel ... Diese Schweinehunde – ließen hier einfach alle sich erkälten.

»Wie spät, Schura?« fragte Iwatschow, indem er die Kippe ausdrückte.

»Zehn durch«, sagte Sarkissow beiläufig. »Kennt ihr den? Ein Mann fährt auf Dienstreise ...«

»Wann haben sie gestern eigentlich Brot gebracht?« fragte Teppers. »Ich finde, wir sollten klopfen. Das ist doch Willkür. Das widerspricht allen Konventionen.«

»Konventionen!« fauchte Sarkissow. »Die husten auf eure Konventionen! Folgendermaßen, Männer: Wir warten bis elf, dann ist Schluß! Was haben wir bloß solche Angst vor ihnen!«

Solotarjowski seufzte.

»Ist ja wohl klar, warum. Dir nicht?«

»Ist es vielleicht besser, hier still und leise zu verrecken?«

Eine Weile schweigen sie.

»Also bis elf«, wiederholte Teppers. »Und dann ...«

»Und dann beginnen wir, mit dem Kopf gegen die Wand zu

rennen«, fügte Kondratjew hinzu. »Richtig! Damit es ihnen weh tut.«

»Weiß der Teufel, was das für Menschen sind«, sagte Iwatschow. »Nicht mal ein Stück Fladenbrot geben sie einem ...«

»Still!« befahl Sarkissow und hob den Finger.

Alle lauschten.

Schritte, Stahlnägel, die auf Steinen knirschten. Unverständliche Worte eines abgerissenen Gesprächs.

»Aha«, sagte Solotarjowski leise. »Der Kerl mit der blauen Visage, scheint's ... wie heißt er doch gleich? Vielleicht hat er Fladenbrot gebracht. Ein Graus, wahrhaftig ...«

»Fladenbrot ... Wenigstens aufs Klo könnten sie einen lassen, die Schufte«, knurrte Sarkissow.

Wieder Schritte, Knirschen, Rascheln, Klirren. Irgendein Schatten legte sich vor den Spalt. Jemand machte sich an der Tür zu schaffen – löste den Strick, mit dem der Riegel umwickelt war. Dann zog er den Pflock heraus und stellte ihn zur Seite. Iwatschow fühlte, wie sein Herz pochte.

Die Tür ging auf, und in die im Halbdunkel des Schuppens lichtentwöhnten Augen schlug das trübe Weiß des von schwarzen Baumästen zerschnittenen Schneehimmels.

Richtig, es war Nisom der Faster.

Der zweite stand hinter ihm, den MPi-Lauf auf die Türöffnung gerichtet.

»Iwatschow, wer ist das?« fragte düster Nisom.

Der Wind brauste und wirbelte auf der Erde tauende nasse Schneeflocken in die Felsenschlucht. Das Artschagesträuch erwiderte sein Geheul mit dumpfem anhaltendem Tosen, das sich anhörte, als dröhne schon ganz nahe, hinter dem Bergrücken, ein im Anflug befindlicher Hubschrauber.

ZEHNTES KAPITEL
DAS HAUS AM FLUSS

1 Jamninow war vor Tagesanbruch aufgestanden, bis er aber die Stadt erreicht und sich im Gewirr der Gassen hinter dem Basar zu Ibrahims Anwesen durchgefunden hatte, war es schon heller Morgen geworden.
»Ich möchte Ibrahim sprechen«, sagte er zu dem Wachmann.
»Ist Ibrahim-Aka zu Hause? Sagen Sie – Kolja, sein Nachbar am Kanal.«
Ibrahim war ein äußerst beschäftigter Mann, und Jamninow machte sich keine großen Hoffnungen, daß er ihn so ohne weiteres zu dieser frühen Stunde empfangen würde. Als sich die Tür nach wenigen Minuten wieder öffnete, hieß ihn der mit Nahkampfwaffen, darunter eine Stetschkin-Pistole mit Zwanzig-Schuß-Magazin als wertvollstem Stück, behängte Wachmann ziemlich unfreundlich hereinkommen.
»Oh, Kolja-Dshon!« sagte Ibrahim. »Tritt näher, mein Lieber, nimm Platz!«
»Ich komm ja bloß auf einen Sprung«, erwiderte Jamninow, wobei er sich verlegen umsah. »Entschuldige den zeitigen Besuch. Ich will es kurz machen …«
Zu beiden Seiten des riesigen Hofes stand je ein großes Haus mit Obergeschoß. Betörender Rosenduft lag in der Luft. Über dem grünlichen Wasser des betonierten Beckens zwitscherten Schwalben.
»Als ob das für einen arbeitsamen Menschen zeitig wäre! Setz dich, setz dich! Batscha, jakta tschoinak bijor!«
»Tee ist doch nicht nötig, bin ja bloß auf einen Sprung …«
»Laß schon gut sein!« sagte Ibrahim gastfreundlich.
Er saß auf einem Kat, auf einem dicken Packen Decken. Vor ihm ein Sandali mit mehreren Pijolas und einem Tellerchen voll Süßigkeiten.

»Ein schöner Tag«, sagte Jamninow. »Es wird heiß heute. Zu heiß für Mai. Nein, im Mai dürfte es nicht so eine Hitze geben. Ich fürchte, daß es sich noch abkühlen wird. Mit dem Regen kommt die Kühle.«

»Ja, ja, viel zu warm ist es«, bestätigte Ibrahim nickend. »Ganz bestimmt wird es sich abkühlen ... Aber macht nichts, danach wird es schon wieder warm werden. Bald kommt der Sommer ... Wie sieht es auf den Grundstücken aus? Alles in Ordnung?«

»Wie man's nimmt«, erwiderte Jamninow ausweichend. »Bei dir arbeiten sie, ich habe gestern reingeschaut. Im Keller wurde gefliest. Ein schönes Haus wirst du haben, Ibrahim. Ein sehr schönes. Ein großes.«

»Ja, ein großes ... ein kleines ist nichts für mich«, seufzte Ibrahim.

Seinerzeit waren sie in eine Klasse gegangen. Der leistungsschwache Ibrahim hatte sich mühsam durchgehangelt. Jamninow ließ ihn bei den Klassenarbeiten abschreiben. Seitdem waren viele Jahre vergangen, ihr Leben in ganz verschiedenen Bahnen verlaufen. Auf welche Weise Ibrahim es zu seinem jetzigen Reichtum und Einfluß gebracht hatte, wußte Jamninow nicht und wollte es auch nicht wissen. Mehrfach war er in heikle Situationen geraten, und dann hatte ihm Ibrahim uneigennützig geholfen – obwohl es für ihn nach seinen Maßstäben bei Jamninow nichts mehr zu holen gab. Ein anderer hätte schon vergessen, daß sie einmal zusammen die Schulbank gedrückt hatten. Mit Lappalien behelligte ihn Jamninow nicht – er wußte, daß Ibrahims Zeit dafür zu kostbar war.

Als sie über Belanglosigkeiten genug geplaudert hatten, begann Jamninow, qualvoll nach Worten suchend, zu erzählen, was passiert war. Es erschien ihm selbst kaum glaubhaft, daß alles, was ihm so schwer über die Lippen kam, tatsächlich geschehen sein sollte. Worauf hoffte er? Er wußte es selbst nicht.

Ibrahim hörte zu, und seine schmalen Brauen schoben sich allmählich immer höher.

»Oh! Und du bist mit ihnen mitgefahren?!« sagte er schließlich

und schwappte den Teerest aus seiner Pijola entrüstet auf den sauber gefegten Weg. »Vom Teufel besessen sind diese Kulober! Ist das noch zu fassen? Wahrhaftig, völlig vom Teufel besessen!«
Jamninow schwieg.
Der Wachmann näherte sich und murmelte Ibrahim etwas ins Ohr.
»Was für ein Mann denn noch?« fragte der erstaunt. »Lauter, wir sind hier unter uns!«
»Ich weiß nicht, Ibrahim-Aka ... Irgendein Mann ... Er sagt, er will mit Ihnen spielen.«
»Was spielen?«
»Ich weiß nicht, Ibrahim-Aka ... Er sagt, ihm sei erzählt worden, daß man mit Ihnen spielen kann.«
»E, padar lonat!« fluchte Ibrahim. »Das hat mir gerade noch gefehlt! Meint er vielleicht, hier wäre ein Kasino? Soll warten. Obwohl, nein, na schön – laß ihn rein! Durchsuch ihn bloß gründlich, hörst du? Womöglich ist er bewaffnet? Diese Tricks kenne ich!«
Jamninow trank seinen kalt gewordenen Tee aus. Irgendwie war ihm in diesem Moment klargeworden, daß ihm keiner helfen würde.
»Orif ...«, sagte Ibrahim, die Pijola nachdenklich in den Fingern drehend. »Von diesem Orif habe ich gehört ... Ein gewiefter Lump ist dieser Orif. Ein Mann Karim Buchoros, da liegt der Haken!«
Auf dem Weg tauchte der Besucher auf. Es war ein Tadshike mittleren Alters, seine Kleidung ganz nach Art der Kischlakbewohner – Tschapon mit umgeschlungenem Ruimol, Tjubeteika, staubige Stiefel. In der Rechten hielt er eine abgeschabte lederne Reisetasche mit Metallverschlüssen, die es allem Anschein nach geradewegs aus den dreißiger Jahren hierherverschlagen hatte.
»Guten Tag, Ibrahim-Aka«, sagte er und blieb vor dem Kat stehen. »Wie ist Ihr Wohlbefinden? Steht bei Ihnen alles zum besten? Alles in Ordnung?«
»Danke, danke«, erwiderte Ibrahim würdevoll. »Wie steht es bei

Ihnen? Wie ist Ihr Befinden? Hatten Sie eine gute Reise? Was kann ich für Sie tun?«

»Ibrahim-Aka«, sagte der Mann verlegen, indem er seine Tasche auf die Erde stellte. »Man hat mir erzählt, Sie seien sehr reich.«

»Wer erzählt so etwas von mir?« fragte Ibrahim mit gespielter Verwunderung. »Woher stammen Sie, Verehrtester?«

»Ich komme aus Ruchsor, Ibrahim-Aka. Ich lebe im Kischlak Ob-i Gul. Das ist nicht weit weg – vierzig Kilometer. Ein Ladenbesitzer fuhr nach Churramobod, da habe ich mich mitnehmen lassen.«

»So!«

»Im Kischlak haben mir gute Leute geraten – fahr nach Churramobod, geh zu Ibrahim, Ibrahim-Aka wird dir helfen ... Sehen Sie, Ibrahim-Aka«, erklärte der Besucher hastig, »ich muß meinen Sohn verheiraten ... und auch ein neues Haus muß für ihn gebaut werden. Was man dazu für Geld braucht, Ibrahim-Aka! Ich bin ein armer Dehkon ... Alles, was ich besitze, habe ich bei mir.« Er wies mit einer Kopfbewegung auf die zu seinen Füßen stehende Reisetasche und flehte plötzlich, die dunklen Hände an die Brust gelegt: »Lassen Sie uns zusammen ein Spiel machen, Ibrahim-Aka! Vielleicht habe ich das Glück zu gewinnen und komme so zu dem nötigen Geld!« Er verstummte und setzte träumerisch hinzu: »Ein paar schöne Schafe würde ich gern noch kaufen ...«

»Was soll ich denn mit dir spielen?« fragte Ibrahim verdattert. »Was kannst du spielen, Verehrtester? Wievielmal bist du schon aus deinem Kischlak herausgekommen?«

»Ich habe gehört, daß Sie gut Karten spielen können«, erwiderte der Dehkon, ohne auf den Seitenhieb zu achten. »Lassen Sie uns Karten spielen. Vielleicht habe ich Glück.«

»Nein, Verehrtester, Karten spielen werde ich nicht mit dir. Die Karten – das ist ein Spiel, in dem der Glück hat, der dabei seine Zähne drangesetzt hat. Hier, guck dir meine Zähne an!« Ibrahim fletschte die Zähne, und Jamninow hatte das Gefühl, als wäre es heller geworden – so viel Gold leuchtete aus Ibrahims Mund.

»Klar? Und da sagst du – Karten spielen! Ich verliere ja meine Selbstachtung, wenn ich mich darauf einlasse, mit dir Karten zu spielen!«

Er zog seinen Schuh vom Fuß und zeigte ihn dem Besucher.

»Siehst du diesen Schuh?«

»Wie sollte ich ihn nicht sehen, Ibrahim-Aka …«

»Wenn du willst, spielen wir folgendermaßen. Du setzt auf die eine Seite des Schuhs, sagen wir mal, auf die Sohle, und ich auf das, was übrigbleibt. Dann werfe ich ihn hoch. Fällt er auf die Sohle, hast du gewonnen, und ich zähle dir exakt so viel Geld hin, wie du mitgebracht hast. Geht die Sache andersherum aus, hast du verloren, und dein Geld gehört mir. Einverstanden?« Gleichmütig steckte er den bloßen Fuß in den Schuh.

»Einverstanden.« Der Besucher nickte. »Das ist eine ehrliche Art, Ibrahim-Aka.«

»Wähle«, bot Ibrahim an und lehnte sich in seine Kissen zurück.

Der Mann überlegte.

Ein, zwei Minuten bewegte er die Lippen, richtete die Augen zum Himmel. Dann entschied er:

»Mag es die Sohle sein, Ibrahim-Aka.«

»Ist das ein Volk …«, brummte Ibrahim.

Er zog den Schuh wieder aus und schleuderte ihn in die goldene Luft. Alle einschließlich des Wachmanns rissen die Köpfe hoch und verfolgten, vor der grellen Morgensonne die Augen zukneifend, seinen Flug. Der Schuh durchschnitt im Herabwirbeln die Flugbahnen der Schwalben und knallte auf den Weg.

Es war still.

»Siehst du, Verehrtester, er ist auf die Seite gefallen«, seufzte Ibrahim. »Alles klar?«

»Mir ist alles klar«, erwiderte der Mann mit bebender Stimme.

»Dann trag deine Tasche unter das Schutzdach da«, bat Ibrahim. »Obwohl, nein, warte. Mach sie mal auf.«

Der Besucher ließ die Verschlüsse aufschnappen. Die Tasche war vollgestopft mit Geldbündeln.

Ohne hinzusehen, steckte Ibrahim seine Hand hinein, nahm heraus, was er gerade zu fassen bekam, und reichte es ihm.

»Hier, das ist für dich. Sei mir nicht böse. Du wolltest selbst spielen ... So, nun mach sie zu und trag sie unter das Schutzdach. Der Wachmann bringt dich hin.«

»So sieht es also aus ...«, unterbrach Jamninow hüstelnd das eingetretene Schweigen.

»Ja, völlig vom Teufel besessen, diese Kulober«, murmelte Ibrahim. »Kein Auskommen mit ihnen. Eroberer, verfluchte. Haben alles an sich gerissen, was sie konnten ... Pfui, es widert einen an, davon zu sprechen! Alles ist in ihrer Hand – die Miliz, die Sicherheit, die Armee ... versuch mal aufzumucken! Einfach kein Auskommen. Durch das Volk geht schon ein Aufschrei. Das nimmt ein böses Ende mit ihnen. Oh, ein böses Ende. Als Befreier sind sie gekommen – und was machen sie jetzt? Weder Scham noch Mitleid. Peinigen die Leute bis aufs Blut! Man muß doch ein Gewissen haben! Es gibt viele rechtschaffene Menschen, die schon angesehen waren, als diese Emporkömmlinge noch in der Gauhora gequäkt haben! Nein, sie wollen nichts begreifen!«

Er verstummte.

Ibrahim-Aka ist heute ungewöhnlich gesprächig, dachte Jamninow.

»Ja.« Er nickte. »Das stimmt. Weißt du, was ich dich eigentlich fragen wollte ...«

Zögernd stellte er seine Frage.

Ibrahim-Aka verschluckte sich und stellte die Pijola ab.

»So hast du dir das überlegt ... Nun, das ist natürlich eine gute Sache ...« Er machte eine unbestimmte Handbewegung. »Du hast doch sicherlich alles bedacht ... Komm übermorgen wieder. Oder noch besser am Sonnabend. Gut?«

»Gut«, stimmte Jamninow zu. »Natürlich.«

Schnaufend goß sich Ibrahim Tee ein.

»Verstehst du, Nikolai, das sind nicht bloß Kulober«, sagte er. »Das sind außerdem Leute Karim Buchoros ... Karim Buchoro ist ein sehr, sehr angesehener Mann. Aber in seiner Umgebung gibt es Leute verschiedenster Art. Von diesem Orif habe ich gehört ... Ein gewiefter Lump ist dieser Orif, das ist es, was ich von ihm gehört habe.«

Er richtete seinen Blick auf den Weg und rief plötzlich ärgerlich:

»Sodik-Dshon! Bring mir doch mal meinen Schuh! Was sitze ich hier wie ein Landstreicher, ehrlich ...«

2 Er ging in raschem Schritt in Richtung Bahnhof, ohne sich irgendwie gekränkt zu fühlen. Auch Ibrahim war ein sehr angesehener Mann. Und obendrein ein sehr kluger. Er wollte eben keinen Ärger mit den Leuten von Karim Buchoro haben ... War ihm das zu verdenken? Es war sein Recht, sich so zu verhalten. Und da er nun einmal keinen Ärger mit den Leuten von Karim Buchoro wollte, was hatte es für einen Sinn, den flehentlichen Bitten Jamninows nachzukommen? Vorsicht ist besser als Nachsicht ...

Onkel Mischa beäugte ihn lange durch den Spion, bevor er unter lautem Geklapper die Riegel wegschob.

»Sei gegrüßt!« sagte er, während er die Tür hinter Jamninow schloß. »Tritt ein, Nikolai! Wie geht's?«

»Danke«, erwiderte Jamninow und nahm Platz. Auf dem Tisch lagen etliche Ringe sowie kleine rote Korundstücke, die als Schmucksteine Verwendung fanden. In einem Plastikbeutelchen lag eine Handvoll Zahnkronen. »Danke, mäßig. Nimmst du das Toten ab?« Er wies auf die Kronen.

»Von Toten – nicht doch!« sagte Onkel Mischa schmunzelnd. »Die Lebenden bringen es her. Wenn der Magen knurrt, verkauft man noch ganz andere Sachen. Wo hast du dir die Hände so aufgeschürft?«

Jamninow verzog das Gesicht.

»Ach, unwichtig«, sagte er und fügte hinzu: »Es läuft also bei dir?«

»Man gibt sich Mühe«, seufzte Onkel Mischa. »Die Aufträge haben jetzt stark zugenommen. Die Grenzer bestellen Ketten, und sie lassen sich's was kosten – für dreißig Gramm im Schnitt. Ihr Geld zahlt ihnen Rußland ... Die Frauen wollen Fingerringe, Ohrringe, auch Kettchen ... Vier Juweliere arbeiten jetzt für mich. Und ich koordiniere. Ich würde das Unternehmen erweitern, weißt du, aber man fällt besser nicht auf. Alles still und leise, schön vorsichtig. Nach Möglichkeit halte ich mich an die Russen. Sonst kann man sich ja ganz schön in die Tinte setzen.«

»Ich weiß«, sagte Jamninow.

»Und nach Rußland fahren ist auch so eine Sache. Wer braucht mich denn da? Hier, in Churramobod, bin ich ein großer Koordinator«, er brummte sarkastisch, »in Rußland aber wissen sie mit den eigenen Leuten nicht wohin. Was tun, also ... Für alle Fälle habe ich mich invalidisieren lassen. Wenn du willst, organisiere ich das auch für dich. Ein Hunderter genügt! Sehr vorteilhaft: Erstens hat man Anspruch auf humanitäre Hilfe. Zweitens auf allerlei Vergünstigungen. Kostenlose Benutzung der Verkehrsmittel. Alles mögliche. Und wer nach Rußland wegwill, bei dem geht es überhaupt nicht ohne!«

»Nein, danke«, Jamninow winkte ab. »Sag mir lieber ...«

Und er erzählte ihm offen, worum es ging.

»Du mußt doch nicht ganz bei Trost sein«, Onkel Mischa lachte und drehte den Finger an der Schläfe. »Ich bitte dich! Wozu das?«

»Ich brauche es. Ich brauche es eben«, beharrte Jamninow. »Ich fahre morgen weg. – Das Haus habe ich verkauft.«

»Das Haus verkauft?« rief Onkel Mischa erstaunt. »Was du nicht sagst! Hast gebaut und gebaut – und nun auf einmal verkauft?«

»Habe ich«, nickte Jamninow und blickte zur Seite. »Ich brauche es. Ich packe das Ding in einen Container. Mit dem Zoll ist es abgesprochen, sie lassen es durch. Ohne zu filzen. Und dort erst recht – wer soll da was von mir wollen? Nach ein paar Monaten suche ich mir einen Käufer und bringe es unauffällig an den Mann.

Meinst du, für so etwas finde ich in Rußland keinen Abnehmer? Oho! Dort kann man dafür anderthalbtausend rausschlagen!«

»Na, ich weiß nicht ...«, sagte Onkel Mischa zweiflerisch. »Und für wieviel hast du das Haus abgegeben?«

»Für dreißig«, schwindelte Jamninow. »Billig, ja. Aber es mußte schnell gehen, darum habe ich mich damit begnügt. Alles in Ordnung. Das Geld habe ich an Marina überwiesen – sie kauft eine Wohnung. Ich habe nur noch dreihundert Grüne übrig ... Was meinst du, wird es reichen?«

»Dreihundert Grüne?« Onkel Mischa spuckte nachdenklich ein Teeblättchen aus. »Nein, für dreihundert, denke ich, bekommst du so ein Ding nicht ... Ich weiß es nicht so genau. Solltest aber besser die Finger davon lassen. Verlierst deine Kohle und rasselst womöglich damit herein.«

»Mach mich nicht irre mit deinem Gerede«, versetzte Jamninow scharf. »Spar dir deine klugen Reden, bin selber klug genug. Wenn du weißt, an wen man sich wenden kann, dann sag's, wenn nicht, gehe ich lieber, ich hab noch einen Haufen Zeug zu erledigen! Morgen fahre ich. Verstehst du das denn nicht?«

»Was ereiferst du dich so, Nikolai«, sagte Onkel Mischa verstimmt. »Morgen! Wenn du so klug bist, warum hast du nicht eher dran gedacht? Wer regelt solche Dinge denn an einem halben Tag?«

Eine Weile schwiegen sie.

»Said kann man höchstens fragen ... Bei ihm waren welche, die ihm ein paar Sachen angeboten haben. Ich will mit so was nichts zu tun haben, wenn du deinen Hals riskieren möchtest – bitte schön, versuch's!« Onkel Mischa erhob sich lustlos. »Was sitzt du rum? Gehen wir! Warte, ich drehe nur noch das Gas ab ...«

3 Sie gingen durch die Stadt – nicht schnell und nicht langsam, sondern so, wie in Churramobod zu gehen pflegt, wer in geschäftlichen Angelegenheiten unterwegs ist, und Jamninow, in

seine qualvollen Gedanken versunken, machte nur hin und wieder »mhm«, damit der Gesprächsfaden nicht riß.

Als sie zum Roten Partisanen abbogen, sah Onkel Mischa auf die Uhr und sagte:

»Komm, wir gucken mal auf den Basar ... er ist bestimmt noch dort.«

Said stand in der Zeile, in der mit Geschirr gehandelt wurde. Die Sonne strahlte auf dem Kristall, als wolle sie die Vergoldung der teuren Service zum Schmelzen bringen.

»Nein, Großmutter«, setzte Said heiser einer ihm resigniert zuhörenden ausgezehrten alten Frau auseinander. »Nein, so wird es nichts, Großmutter! Dafür soll ich Ihnen dreitausend russische geben? Bringen Sie mir eine einwandfreie Pijola, keine angeschlagene, dafür bekommen Sie dreitausend ... oder zweitausend, wenn es eine kleine ist. So eine kaputte Pijola kaufe ich nicht, Großmutter. Die kann ich nicht gebrauchen, Großmutter. Verstehen Sie?«

Bei Said fehlten sowohl die oberen wie die unteren Vorderzähne. Deshalb flogen die russischen Wörter genuschelt und reichlich bespeichelt aus seinem Mund. Außerdem sprach er mit einem fürchterlichen Akzent. Worauf es ankam, hatte die Alte freilich verstanden – Geld würde sie für diese Ware nicht bekommen, und bessere besaß sie nicht, dem verzweifelt-geduldigen Ausdruck ihres dunkelhäutigen Gesichts nach zu urteilen. Sie kaute stumm an ihren Lippen, wandte sich ab und ging langsam weg, die beschädigte Pijola willenlos in der herabhängenden runzligen Hand.

»Wie sieht's aus, Onkel Mischa«, fragte Said freundlich. »Laufen die Geschäfte?«

»Ach, was sind das schon für Geschäfte bei uns«, erwiderte Onkel Mischa. »Bei dir, ja, da sind es Geschäfte, bei uns aber bloß Geschäftlein. Man gibt sich Mühe.«

Minutenlang redeten sie über allerlei Nebensächlichkeiten, die Jamninow absolut nicht interessierten.

»Sag mir mal folgendes ...«, kam Onkel Mischa endlich zur Sache.

Said zeigte sich nicht verwundert.

»Habe ich nicht!« Es machte ihm überhaupt nichts aus, daß ihn alle hören konnten, und dachte deshalb auch nicht daran, die Stimme zu senken. »Hast du dich bei den Grenzern erkundigt, Onkel Mischa? Du hast doch mit Grenzern zu tun! Denen muß man das aus dem Kreuz leiern!«

»Schrei doch nicht so, Said«, sagte Onkel Mischa stirnrunzelnd. »Wie ein Marktschreier, ehrlich ... So einen Mann habe ich unter meinen Grenzern nicht.«

Said überlegte.

»Ich habe auch keinen. Dann müßt ihr zu Junus dem Usbeken fahren. Der hat bestimmt jemanden.«

»Junus?« Onkel Mischa machte ein skeptisches Gesicht.

»Für wieviel Geld denn?« wollte Said wissen.

»Dreihundert«, sagte Jamninow.

Der Händler Said kniff die Augen zusammen und spuckte geschickt durch seine Zahnlücken.

»Dreihundert sag lieber nicht«, riet er verschwörerisch, und der Blick seiner schwarzen Augen durchbohrte Jamninow. »Sag zweihundert! Das reicht!«

Es kam zu einem kurzen, aber heftigen Wortwechsel. Said und Onkel Mischa vertraten gegensätzliche Standpunkte: Said meinte, man müsse an der unteren Grenze anfangen und allmählich höhergehen, Onkel Mischa dagegen hielt es für besser, gleich einen angemessenen Preis zu bieten, sonst verlören die Verkäufer jegliches Interesse an so einem Käufer.

Jamninow drehte, ihrem schrillen Disput folgend, nur den Kopf hin und her.

Man wurde sich nicht einig, doch zu Junus gingen alle drei gemeinsam los. Den ganzen Weg über malte Said Onkel Mischa unter heiserem Geschrei und Gespeichel seine Pläne aus. Sie betrafen den Erwerb eines kleinen Ladens, in dem Said mit Geschirr, Antiquitäten und Gold handeln könnte. »Der Basar ist ja kein Laden!« rief Said, immer einen Schritt voraus und halb zu ihnen umgewandt. »Einen Laden brauche ich! Mit Fenster! Mit Tür!

Damit der Käufer sieht – das ist kein Basargesindel, hier treiben seriöse Leute Handel!« Onkel Mischa lachte. »Gold!« entgegnete er. »Du hast zuviel Sonne abbekommen auf deinem Basar, Said. Von wegen Gold! Sobald du dein Gold auf dem Ladentisch ausgebreitet hast, kommen zwei Kulober mit MPi rein und sagen dir: Also, Said, sei so nett, pack das alles hier in diesen Beutel, aber dalli! Kann auch sein, daß sie gar keinen Beutel mithaben und sich von dir einen geben lassen.« Said rief entrüstet mit heiserer Stimme: »Ich stelle eine Wache auf! Der Wachmann wird selber eine MPi haben! Überall treiben doch die Menschen Handel, Onkel Mischa!« Der machte eine wegwerfende Handbewegung. »Ein Wachmann mit MPi! Der wird dich selber ausnehmen! Und daß überall Handel getrieben wird – bis dahin haben wir noch einen weiten Weg.« Hilfesuchend wandte sich Said an Jamninow: »Onkel Mischa macht aus einer Mücke einen Elefanten! Wozu aus einer Mücke einen Elefanten machen! Wenn meine Kohle nicht verlorengegangen wäre, hätte ich schon meinen Laden aufgemacht! Und nichts wäre passiert! Bloß ist mein Geld in Piter geblieben! Dort habe ich Moosbeeren verkauft: zwei Tausender sind zusammengekommen, die ich in die Griffe einer Tasche eingenäht habe. Ich kaufte mir eine Fahrkarte, ließ die Tasche beim Zugbegleiter und ging raus noch etwas für die Fahrt kaufen: Wurst-Schnurst, Tomaten-Pomaten ... Ich komme zurück – und was höre ich: Es hat eine Razzia gegeben, beim Zugbegleiter hat man Marihuana gefunden, und er ist mit allen Taschen verhaftet und zur Miliz gebracht worden! Du Scheiße!« schrie Said auf, die Arme emporgereckt, und fügte noch etwas nicht Salonfähiges hinzu. »Jetzt sind meine zwei Tausender in dieser verflixten Tasche bei der Miliz auf dem Bahnhof. Bald ein halbes Jahr! Vor Gericht gestellt wird er ewig nicht, und meine Tasche geben sie mir nicht wieder ... Was tun? Ich bin hier, die Tasche ist in Piter ... Zwar sammeln seine Verwandten jetzt Geld, damit er ohne Prozeß rauskommt, viertausend verlangt die Miliz ... Äh, woher soll ein armer Mensch so viel Geld nehmen? Sie glauben, er hätte sein Leben lang mit Drogen gehandelt. Dabei hat der Mann vielleicht zum erstenmal Stoff mitgenommen – und ist gleich geschnappt worden ... Stimmt's?«

Sie hatten den Kischlak hinter der Pumpstation erreicht. Said führte sie ortskundig durch die Gassen.

»Machen wir's so ...«, er war an irgendeinem Tor stehengeblieben, »ihr wartet hier, ich bin gleich wieder da.«

Im Hof bellte ein Hund und zerrte wütend an seiner Kette.

Nach zwei Minuten kam Said strahlend aus dem Haus. Hinter ihm erschien ein flachgesichtiger Mann mit Schlitzaugen und Schnurrbart, der Jamninow scharf musterte und Onkel Mischa zunickte. Das mußte wohl Junus der Usbeke sein.

»Gut, daß wir dich antreffen!« frohlockte Said. »Du wirst gebraucht, Junus!«

Sie dämpften ihre Stimmen, um die Sache zu besprechen.

»Kennst du ihn?« fragte Junus der Usbeke Onkel Mischa, indem er mit dem Finger auf Jamninow wies.

»Ja«, bestätigte Onkel Mischa. »Alles in Ordnung.«

Junus kratzte sich den Kahlkopf.

»Nun, dann kommt morgen wieder. Ich kläre alles.«

»Es muß heute sein«, sagte Jamninow leise. »Morgen brauche ich es nicht mehr.«

»Heute? Nein, heute ist das nicht zu machen. Wer wird sich für zweihundert Dollar überschlagen!«

»Ich gebe zweihundertfünfzig«, sagte Jamninow. »Und noch fünfzig dazu für den Transport zur Datscha. Aber nur, wenn es heute gemacht wird.«

Junus der Usbeke zog die Brauen hoch und sah Onkel Mischa fragend an.

»Er fährt weg«, erklärte der. »Das ist es.«

»Nun ...« Junus kratzte sich wieder die Glatze. »Ich kann mich natürlich erkundigen ... Na schön, dann bleibt hier sitzen. Ich bin bald zurück.«

Er sperrte das Tor auf, schob seinen Motorroller vom Hof und trat ein paarmal kräftig den Kickstarter. Der Motor knatterte ohrenbetäubend los, und Junus der Usbeke fuhr davon.

Sie setzten sich an den Duwol.

»Ein albernes Unterfangen, Kolja«, sagte Onkel Mischa. »Wozu hast du das alles nötig? Und wieso auf die Datscha? Es sollte doch in den Container …«

Die Sonne neigte sich zum Horizont, die Pappeln warfen lange Schatten auf die unebene staubige Erde. Jamninow spürte Hunger und Schwäche – bis auf eine Tasse Tee hatte er heute noch nichts zu sich genommen. Alles, was um ihn geschah, war wie in einen Schleier des Irrealen gehüllt, als beobachte er sich selbst durch wehenden Tüll. Noch war es nicht zu spät, von seinem Vorhaben Abstand zu nehmen.

»Alles in Ordnung«, sagte er, krampfhaft gähnend. »Alles in Ordnung, Onkel Mischa. Ich bleibe nichts schuldig.«

»Vielleicht machen wir noch Rechnungen auf«, brummte der.

Eine kleine Herde zog auf der Straße an ihnen vorbei. Vorwärts getrieben wurde sie von einem Burschen von vielleicht sechzehn Jahren, der mit einem langen Knüppel bewaffnet war. Said rief ihm etwas auf tadshikisch zu – Jamninow konnte es nicht verstehen. Wegen Saids undeutlicher Artikulation verstand es offenbar auch der Bursche nicht, deshalb drehte er sich nur ein paarmal um und legte, seine klapperdürren Kühe weitertreibend, einen Schritt zu.

»Äh, keine Erziehung, diese Dörfler«, krächzte Said. »Wo bleibt die Höflichkeit?«

»Du wirst es nicht glauben – Zeitungen fressen sie«, sagte Onkel Mischa, der Herde nachblickend. »Wozu der Hunger doch führen kann.«

»Was soll man mit diesen Zeitungen auch sonst anfangen«, meinte Jamninow. »Lesen kann man die doch nicht. Berichte wie von einem anderen Planeten. Vom Jupiter. Wo ewige Ruhe herrscht.«

»Du erzählst vielleicht Sachen – lesen …«, brummte Onkel Mischa, »als ob Kühe lesen könnten.«

»Wieso?« warf Said ein. »Es gibt doch gute Zeitungen! Mir gefallen sie! Der *Kurier* und *Churramobod am Abend*. Alle möglichen Witze, Kreuzworträtsel ... Was für ein Dummkopf wird denn die Wahrheit drucken? Wozu? Weiß doch auch so jeder alles. Die Leute unterhalten sich, erzählen einander, was ist ... Hab ich recht? Wenn das alles dann auch noch in der Zeitung steht, wird das Volk ganz und gar trostlos. Im Leben ist es schlecht, und in der Zeitung ist auch alles schlecht – wohin soll man sich flüchten? Nein, so ist es schon besser: man schlägt sie auf, liest, und es wird einem froher zumute. Ich finde das gut.«

Jamninow blickte gedankenlos auf die goldene Scheibe der tiefstehenden Sonne. Bald würde sie sich hinter den Hügeln verbergen. Und nach einer kurzen Nacht erneut zum Vorschein kommen – erhaben, leidenschaftslos, gleichgültig. Der morgige Tag würde unweigerlich anbrechen. Zeit blieb Jamninow herzlich wenig.

Es mochten vierzig Minuten vergangen sein, als Junus wiedererschien. Er fuhr vor das Tor, ging um den Motorroller herum und öffnete die Türen des Transportkastens. Unwilliges Ächzen war daraus zu hören, dann kam der Mann zum Vorschein, von dem es stammte – ein älterer russischer Fähnrich, der sich den Schweiß wischte und keuchte.

»Ein tolles Fahrzeug hast du, Junus, verdammt noch mal ... So was ... Ah, Onkel Mischa! Lange nicht gesehen, verdammt! Wer hat das Geld?«

»Na, das ist eine Überraschung!« freute sich Onkel Mischa, indem er ihm die Hand schüttelte. »Petrowitsch! Und ich sitze hier und bange, mit was für einem Stinkstiefel ich es wohl zu tun kriege. Petrowitsch! Du hast doch erzählt, daß ihr nach Woronesh verlegt werdet!«

»Ach was, Woronesh, verdammt!« lachte der Fähnrich und strich sich den Schnurrbart. »Wir haben einstweilen auch hier genug zu tun ... Wie man so sagt – wir werden noch gebraucht im Leben. Also, übernimm das Ding. Ist es für dich? Oder für wen?«

»Für mich«, sagte Jamninow.

»Dann eben für dich. Bloß, Junge, damit wir uns recht verstehen ... von mir hast du nichts gesehen und gehört. Klar? Na, und ich von dir auch nicht.«

Jamninow steckte den Kopf in den Kasten, um seine Erwerbung zu betrachten. Plötzlich begann er zu zittern. Das Metall glänzte ölig.

»Und wie wird es zusammengebaut?« fragte er Petrowitsch. »Wie geht das?«

»Ääh, Junge«, sagte der Fähnrich und musterte ihn spöttisch. »Also, paß auf, kleine Grundausbildung ...«

Dann gab ihm Jamninow das Geld.

»Wohin fahren wir?« fragte Junus gleichmütig. »Wir müssen uns beeilen, daß wir nicht in die Sperrstunde kommen.«

»Die Datschen am Kanal kennst du?«

»Aah ... kenne ich. Na, dann los.« Und er trat den Kickstarter.

Jamninow drückte allen die Hand, zögerte einen Moment, als wolle er Onkel Mischa etwas zum Abschied sagen, winkte ihm jedoch nur zu und kletterte hastig in den engen Transportkasten.

4

Er stand in der Loggia, die Hände auf das Metallgeländer gestützt. Junus' Motorroller entfernte sich knatternd – ein komischer Anblick, wie er in dem aufwirbelnden rosafarbenen Staub durch die Schlaglöcher schaukelte. Die Sonne lugte noch über den Berg, doch nun verschwand der letzte grelle Strahl, und der Staub wurde graugelb.

Als der Motorroller seinen Blicken entschwunden war, holte Jamninow einen Schraubenschlüssel und begann die Absperrung der Loggia abzubauen.

Vor kurzem noch hatte ihn der Gedanke beschäftigt, wie er dieses Metallding so hinbekommen könnte, daß es nach etwas aussah. Er war einfach nicht dazu gekommen. Man müßte es abnehmen, hatte er sich ein paarmal überlegt ... abschmirgeln ... in der Vergaserfabrik, die eine Elektrolyseabteilung hat, die Sache absprechen ... zwar ist die Fabrik längst stillgelegt, aber wenn noch jemand von den Jungs da ist ... und dann diese Absperrung wieder anschrauben – verchromt, schön glänzend!

Schon vor einem halben Jahr war das Haus praktisch fertig gewesen. Doch die Tage flogen dahin, und jeder einzelne war ausgefüllt mit allem möglichen, was noch zu erledigen blieb. Er wußte ja, was nachgebessert und was verändert werden mußte: weil er es zunächst provisorisch, auf die Schnelle gemacht hatte – Hauptsache, andere, wichtigere Dinge wurden nicht durch Lappalien verzögert.

Abends saß er oft am geöffneten Fenster, blickte auf den Fluß, auf die grünen Hügel dahinter und überlegte, was er sich am besten für den nächsten Tag vornahm. Zu tun gab es genug. Der Hausbau war eine zu teure Angelegenheit, als daß er sich mit Halbheiten zufriedengeben konnte. Sieben Jahre hatte er dafür geopfert. Auf ein paar Monate kam es nun auch nicht mehr an. Was war ihm denn im Leben noch geblieben? Fast nichts. Allein diese Wände, in die er sich selbst eingebracht hatte.

Ein Haus am Fluß – das war für ihn ein alter Traum gewesen. Wer hätte gedacht, daß das Leben in Churramobod aus den Fugen geraten und im Zusammenbruch enden würde? Alle gingen weg – er aber konnte das Haus nicht aufgeben. Vor zwei Jahren dann sah er sich gezwungen, Frau und Kinder nach Rußland zu schicken. Na schön, was soll's, er ist auch bereit zu fahren ... er bleibt nur noch so lange, bis das Haus fertig ist. Man konnte es auch so verkaufen, bloß zu einem Spottpreis. Er wollte es aber anständig bezahlt haben.

Während er immer noch etwas zu tun fand, kreisten seine Gedanken darum, wie sich ein günstiger Preis erzielen ließe. Zuviel hatte er in das Haus investiert ... Schade, daß sie fort waren. Einerseits war die Lage natürlich gefahrvoll, doch andererseits hatten sie hier ein Haus am Flußufer! Irgendwann würde das Leben in die gewohnten Bahnen zurückkehren, so, wie ein Strom, nachdem er sich ausgetobt und die Häuser in Ufernähe demoliert hat, in sein Bett zurückkehrt. Natürlich würden sie zurückkommen. Sie würden die Schuhe an der Schwelle ausziehen und eintreten. Der glatte Stein würde ihnen bei Hitze die Füße kühlen. Im Herbst würde sie das Feuer erwärmen, das im Kamin prasselte. Im Winter das durch die Rohre fließende warme Wasser. Im Frühjahr würden sie die Fenster weit öffnen – die frische Luft des Vorgebirges und das Rauschen des Flusses würden in die Zimmer strömen ...

Sieben Jahre ... Früher hatte Jamninow als Ingenieur für Kälteanlagen gearbeitet. Nach Erwerb des Grundstücks hatte er die Molkerei verlassen, in der er nach Ansicht der Betriebsleitung eine ausgezeichnete Perspektive besaß, und eine Stelle am Kanal angenommen, in der Oase da drüben, die von hier aus zu sehen war – ein Wald hoher Platanen, kahlstämmig, nur ganz oben mit üppigem Astwerk besetzt ... Wahrscheinlich hatte das im Überfluß vorhandene Wasser sie so hoch aufschießen lassen: auf dem eingezäunten Gelände des Kanals brummten Tag und Nacht die Pumpen, die das Wasser aus den Bohrlöchern in die Rohrleitungen des südlichen Teils Churramobods einspeisten.

Zu seinem Einkommen als Elektriker kamen bald noch zwei als Schlosser und etwas später ein viertes als Ingenieur für Sicherheitstechnik. Das gesamte Geld verschlang der Hausbau. Wenn es am Kanal keine dringende Arbeit gab (die Maschinen fielen höchstens einmal in der Woche aus), schuftete er auf seinem Grundstück – hob Erde aus, mischte Beton, siebte Sand, zimmerte Schalungen, mauerte Ziegelwände ... Passierte etwas, stellte der von ihm instruierte Hamid Tschumtschuk den Lautsprecher vor dem Verwaltungsbüro auf volle Lautstärke, und alarmiert von einem flotten Lied oder einer bedeutsamen Rede, rannte Jamninow zum Dienst: die Stadt durfte nicht eine Minute ohne Wasser sein.

Im Winter wurde sein Arbeitseifer ein wenig gebremst, doch der Winter ist kurz in Churramobod – ehe man es sich versieht, geht er zu Ende.

Sieben Jahre ... Zuallererst hatte er ein Projekt entworfen. Der Architekt, ein Freund von ihm, lobte erstaunt seine Kühnheit und Phantasie, ließ jedoch am Ende von seinen Vorstellungen nichts übrig. Der Grund war vor allem, daß es keine Betonplatten mit solchen Abmessungen und Formen, wie sie Jamninow vorschwebten, gab und man sich deshalb an das Beschaffbare halten mußte. Weder Zimmer der gedachten Länge und Breite noch Galerien im Obergeschoß würden sich realisieren lassen noch verzierte Simse als Sonnenschutz und vieles andere mehr. Doch Jamninow setzte seinen Dickkopf auf: acht Monate Zeit kostete es ihn und unendlich viel Kraft, doch erreichte er, was er erreichen wollte – man goß für ihn Platten der benötigten Form ... Und so ging das Jahr für Jahr, Jahr für Jahr.

... Nachdem die sechste und letzte Schraube entfernt war, warf er das Gitter hinunter in die Dahlien und verzog das Gesicht, als er sie aufklatschen hörte. Aber was hatte es noch für eine Bedeutung, daß dabei die Blumenstengel gnadenlos kaputtgingen?

Er brachte ein paar Ziegelsteine und legte sie auf den Rand der Loggia. Dann ging er ohne Hast nach unten, um sich die Hände zu waschen, und von hier pfeifend in das große Schlafzimmer, wo er den Wäscheschrank aufmachte und sich wahllos griff, was ihm als Lappen dienen konnte: ein Kopfkissen, wie sich herausstellte. Die Lektion des Fähnrichs Petrowitsch hatte sich ihm als eine Abfolge von kontrastreichen Bildern eingeprägt: eins, zwei – Magazin abnehmen ... jetzt den Verschluß bis zum Anschlag ... zweimal die Sperre betätigen ... die Schulterstütze abnehmen ... das Zweibein ... noch zwei Handgriffe – der Lauf geht ab ... Er legte alles auf eine Decke und griff nach dem Lappen. Als der Stahl glänzend und trocken geworden war, baute er die Teile zusammen: zunächst ging es stockend, beim zweiten- und drittenmal aber fast schon gekonnt. Eigentlich war der Aufbau dieses schweren Mechanismus, dessen schwarzes Auge dorthin blickte, wohin die menschlichen Hände es lenkten, einfacher als der einer Nähmaschine. Er breitete die Decke aus und rutschte, ein Auge zukneifend, darauf herum, bis er die richtige Position gefunden hatte und den Lauf hin und her führen konnte. Es blieb nur noch, den Verschluß auszulösen. Der Finger lag bereits am Abzug.

Die Fahrzeuge würden in der Ferne auftauchen – dort, wo die Straße am Weizenfeld entlangführte. Dann würden sie am Kanal hinter den dicht gepflanzten Maulbeerbäumen verschwinden, wieder auftauchen – nun schon im Großformat –, an der Kanalmauer vorbeifahren, ihre Geschwindigkeit verringern, weil dort der Asphalt schadhaft war, und anschließend das Gebüsch an den alten Brunnen passieren, um die herum die Erde versumpft war, reich an kostbarem Wasser.

Und wenn sie zu seinem Haus abbogen, wenn sie in mäßigem Tempo, schaukelnd und in der Sonne glänzend, geradewegs auf ihn zukamen, wenn hinter den blitzenden Windschutzscheiben bereits ihre Gesichter zu erkennen waren ...

Jamninow holte tief Luft, schlug die Fäuste auf das Metall und stieß einen triumphierenden Fluch aus.

Den ganzen Tag hatte er die Erinnerung verdrängt, jeden Gedanken an das, was gestern geschehen war, verscheucht, denn ihm wurde innerlich kalt dabei, und sein Herz stockte. Doch jetzt war er bereit, sie in Empfang zu nehmen – und er fühlte sich ihnen gewachsen.

5

Gestern waren sie mit zwei Jeeps aufgekreuzt. Vorneweg der lackglänzende rote, der mattschwarze dahinter.

»E, chudshain!« rief fröhlich der Fahrer des roten. Er stand an der Pforte und spielte mit den Schlüsseln seines Cherokee. »Hörst du, Hausherr! Ist da jemand?«

Der düstere Mann, der am Steuer des zweiten Jeeps saß, seufzte, stieg schwerfällig aus und schlug die Wagentür zu.

»Was schreist du so«, sagte er. »Geh doch einfach rein. Ist ja nicht zugeschlossen.«

»Das gehört sich nicht, ohne Aufforderung, Safar-Dshon!« witzelte der erste.

»Ach was, gehört sich nicht!« brummte der düstere und hakte die Pforte auf.

Als Jamninow die Treppe herunterkam, standen sie bereits im Wohnzimmer. Der eine betrachtete schnalzend die Figuren an den

Simsen. Der zweite stand am Kamin und befühlte mit undefinierbarem Gesichtsausdruck die fleischrote Granitverkleidung.

»Toll!« rief der erste und klatschte begeistert in die Hände. »Wie schön er das gemacht hat! Ein Ustod! Einfach ein Ustod!«

Er trat auf den stumm und reglos an der Treppe stehenden Jamninow zu, streckte ihm die Hand hin und stellte sich lächelnd vor:

»Orif!«

»Nikolai!« erwiderte Jamninow mechanisch und drückte die trockene feste Hand. »Was wünschen Sie? Zu wem wollen Sie? Sie müssen das Haus verwechselt haben. Wenn sie zu Ibrahim wollen, der ist in die Stadt gefahren. Bei ihm sind jetzt nur die Arbeiter da ...«

»Nein!« lachte Orif. »Wir haben nichts verwechselt! Zu dir wollen wir. Du verkaufst doch dein Haus?«

Safar drehte sich um und richtete zum erstenmal seinen Blick auf Jamninow. Sein Gesichtsausdruck war schwer, auf den Wangen lag der blaue Schatten der Rasur. Jamninow wandte die Augen ab.

»Ich verkaufe nichts«, sagte er. »Sie irren sich. Nun, da Sie schon mal da sind, trinken wir vielleicht Tee zusammen?«

»Woher nimmst du bloß die Kraft!« rief der Spaßvogel Orif. »Laß dir Zeit mit dem Tee! Erst mal das Geschäftliche, und dann können wir Tee trinken! Dann trinken wir nicht nur Tee! Ich bitte dich! So etwas wird doch nicht mit Tee begossen!«

Sie waren geckenhaft aufgedonnert: beide mit blitzeblanken spitznasigen Schuhen, Safar in einem hellbraunen Samtanzug, Orif in einem seidenen, dessen umgeschlagene Ärmel einen schicken karierten Futterstoff präsentierten, während Jamninow in kurzen Hosen und einem ebenso mit Mörtel und Farbe vollgekleckerten Arbeitshemd – schweißgetränkt, über dem Bauch offenstehend, auf dem Rücken ein Riß –, an den bloßen Füßen ausgetretene, mit Kalk beschmierte Schuhe, vor ihnen stand und sich mit der zitternden Hand in einem fort den Schweiß von der Stirn wischte.

Er blickte in Orifs reines, offenherziges Gesicht, und ihm wurde bewußt, daß er nie zuvor einem so schrecklichen Lächeln begegnet war – einem breiten und sich aufrichtig gebenden strahlendweißen Lächeln, von dem ihn Grauen und Tod anwehten.

»Was ...«, sagte er, den Kloß hinunterschluckend. »Zu wem ...? Ich weiß nicht ... Sie irren sich.«

»Nein, wir irren uns nicht«, sagte Orif, urplötzlich ernst geworden. »Du verkaufst dein Haus.«

»Nein«, widersprach Jamninow, »ich verkaufe nicht.«

Orif blickte betrübt wieder zu den Simsen.

»Du verkaufst nicht?«

»Nein«, antwortete Jamninow, so fest er konnte.

»Wie denn das, Verehrtester!« rief Orif, auf einmal zum Sie übergehend. »Ich verstehe gar nichts! Sie sagen, Sie verkaufen nicht, während Safar-Dshon mir eben etwas anderes gesagt hat! Demnach hätten wir diese Hitzefahrt von Churramobod hier raus ganz umsonst auf uns genommen! Er hat mir doch gesagt: Ich schwöre dir bei meiner Mutter, Orif, laß uns hinfahren, dieser Mann wird dir sein Haus verkaufen! Er sagte: Wenn er es nicht verkauft, dann führe ich ihn in den Keller und knalle ihn ab wie einen Hund! Soll er in seinem mistigen Bassin verfaulen! Das hast du doch gesagt, Safar-Dshon?« fragte er, zu dem anderen gewandt. »Hast du es?«

Ohne seinen Gesichtsausdruck zu wechseln, griff Safar unter sein Jackett.

»Verehrtester, stimmt es eigentlich, daß Sie ein Bassin im Keller haben?« erkundigte sich Orif amüsiert. »Zeigen Sie es Ihren Gästen?«

Jamninow schüttelte stumm den Kopf, und da preßte ihm Safar die Pistolenmündung gegen die Rippen.

»Wo sind die Papiere?«

Ja, natürlich mußte sie ihm jemand auf den Hals geschickt haben. Möglicherweise hatte es sich aber auch zufällig ergeben – es konnte ihnen zu Ohren gekommen sein, daß sich da einer ein Prachthaus gebaut hatte ... Erkundigungen eingezogen ... alles ausgekundschaftet – und da waren sie nun.

Jamninow wollte nicht sterben, und daran, daß sie ihn erschießen würden, zweifelte er nicht. Ihm war übel, vor seinen Augen flimmerte es, die Beine knickten ein. Er nickte – ja, einverstanden, ich verkaufe es, bitte nicht in den Keller, die Papiere liegen im Schubfach ... Safar steckte die Pistole ein. Orif machte Späßchen. Sie strichen lange durch das Haus, warfen einander Bemerkungen zu, schnalzten mit den Zungen, taten überhaupt so, als sei er gar nicht mehr da. Die Übelkeit verging nicht, und schließlich erbrach er sich – Galle und Schleim.

»He!« Orif verzog angewidert das Gesicht. »Auf die Toilette gehen konntest du wohl nicht, wie?«

»Ich räume es weg«, murmelte Jamninow und wischte sich den Schweiß von der Stirn. »Ich räume es dann weg.«

»Schon gut, wir fahren, zieh dich an«, befahl Orif.

Unterwegs kam er endlich zu sich. Ihm war, als geschehe das alles einem anderen. Er schloß sekundenlang die Augen in der Hoffnung, daß er, wenn er sie wieder aufmachte, nicht Orif neben sich sehen würde, sondern eine andere Wirklichkeit ... Doch alles blieb, wie es war. Nur daß seine Angst sich gegeben hatte.

»Was bist du doch für ein Schweinehund, Orif«, sagte Jamninow, als sie auf die Churramoboder Chaussee eingebogen waren. »Sieben Jahre lang habe ich an diesem Haus gebaut. Alles habe ich dafür gegeben ...«

Sanft schaukelte der Jeep über die unebene Straße, ruhig brummte sein starker Motor. Gleichmütig sah Orif durch seine dunkle Brille geradeaus.

»Soso, ich höre. Sprich dich nur aus ...«

»Und jetzt kommst du – jung, dreist, bewaffnet ... Handeln Menschen so? Du bist doch kein Mensch, Orif! Du bist ein Tier! Ein Tierchen, ja, das bist du!«

Jamninow wollte ihn aus der Fassung bringen: Mochte er doch einen Koller kriegen, mochte er anhalten und ihn kurzerhand abknallen! Das war immer noch besser, als sich wie ein Schaf zur Schlachtbank fahren zu lassen! Doch Orif schien aus Stahl gemacht, aus nichtrostendem Stahl: er lachte nur.

»Du versprichst mir fünfhundert Grüne, Orif. Weißt du, was

dieses Haus wert ist? Wenn du ein Mensch wärst, müßtest du dreißigtausend hinlegen! Kapiert? Aber du bist ein Tier, Orif, ein wildes Tier, und Tiere haben kein Geld. Deshalb hast du beschlossen: nicht kaufen, sondern einfach wegnehmen! Und mich – auf die Straße. Richtig?«

»Warum sollst du allein reich sein!« grinste Orif und sah Jamninow ungerührt an. »Jetzt werde auch ich reich sein! Und was die Straße betrifft – ich jage dich ja nicht weg. Suchst dir erst mal irgendwo eine Bleibe, und zum Herbst baue ich sowieso einen Schuppen für den Wächter. Bitte schön, kannst drin wohnen, wenn du die Bewachung übernimmst. Ich bezahle dich. Und wenn du willst, kannst du auch selber bauen. Willst du schön wohnen, dann bau dir was.«

»Hast du keine Angst, daß ich das Haus anzünde?« wollte Jamninow wissen. »Jetzt schreiben wir es um, und dann gehe ich hin und ... mit Benzin ...«

Orif lachte auf.

»Nein, ich habe keine Angst!« sagte er vergnügt. »Wozu solltest du das tun? Ich finde dich schon und mache Hackfleisch aus dir. Und dann kaufe ich mir ein anderes Haus ... kein Problem!«

»Ja«, gab Jamninow zu, »du wirst bestimmt reich.«

Sie hatten bereits die Stadt erreicht, und jetzt raste Orif, andere Fahrzeuge überholend, geschickt auf der Trennlinie entlang. Wenn er hübsche Mädchen sah, die auf den sonnenüberfluteten Gehsteigen unterwegs waren, versäumte er es nicht, zu hupen. Ebenso hupte er Milizionären, aber im Unterschied zu den Mädchen reagierten die darauf und hoben grüßend die Hand.

»Ganz bestimmt wirst du das«, wiederholte Jamninow, doch erregte er sich dabei nicht mehr. »Wenn ein Mensch so gar kein Gewissen hat, muß er statt dessen viel Geld haben. Du bist ein Hornvieh, Orif. Ein Tier bist du. Du kriegst es fertig, deinem Bruder alles wegzunehmen! Selbst deinem Vater!«

»Tssss!« Orif schüttelte lachend den Kopf. »Wozu das Geschimpfe! Was redest du da! Wie kann man das tun – dem Vater! Red nicht so! Solltest dich schämen, so zu reden!«

Unter Mißachtung der Einbahnregelung fuhr Orif in den Hof des ehemaligen Stadtexekutivkomitees, wo sich im Souterrain ein Notariat befand. Als das Fahrzeug hielt, riß Jamninow die Tür auf, stürzte auf den Asphalt hinaus und rannte an dem Haus entlang. Er kam nicht weit – Safar setzte ihm nach und brachte ihn mit einem Fußtritt zu Fall. Jamninow saß da und betrachtete seine aufgeschürften Hände.

»Wo willst du denn hin, he?« sagte Orif gereizt. »Wohin! Befühl dich mal, na! Bist du vielleicht aus Eisen? Hast du mal mit einem Messer Bekanntschaft gemacht? Oder einer Pistole? Wohin rennst du bloß? Wohin? Du bist doch ein Russe, wo kannst du schon hin! Sieh dich vor – mir reicht es jetzt mir dir! Ich versuche es mit dir im guten – und du kommst mir so! Was willst du eigentlich! Was spielst du die ganze Zeit verrückt? Los, steh auf und komm, ich habe nicht die Absicht, mich hier noch lange mit dir herumzuärgern. Wenn du nicht willst, dann sag es. Dann bringe ich dich zurück, und in fünf Minuten haben wir alle Fragen geklärt.«

Jamninow stand auf, klopfte sich willenlos die Hosen ab. Vor der Tür des Notariats ging ein Milizmajor auf und ab. Er und Orif umarmten und küßten sich dreimal. Dann vollzogen sie die übliche Zeremonie – drückten sich die Hand, befragten einander wortreich nach ihrer Gesundheit und ob auch sonst alles zum besten stehe.

»Laß mich los, du Scheißkerl!« Jamninow machte mit einem Ruck seinen Ellbogen frei. »Ich geh allein!«

In dem Souterrain, wo sich, jeden Eintretenden aufgeregt musternd, irgendwelche alten Russinnen drängten – dem hilflosen Ausdruck ihrer verblichenen Augen nach zu urteilen, hatten sie längst alle Hoffnung aufgegeben, ihnen könnte Gerechtigkeit widerfahren –, regelte sich alles fabelhaft schnell: Orif ging geradewegs auf die Tür zu, und in dem Zimmer sprangen alle, die sich darin befanden, wie auf Kommando auf, der Notar selbst, die Sekretärin und noch einer, der von dem allgemeinen Impuls mitgerissen wurde und jetzt offenkundig befremdet bald Orif, bald den Notar ansah, einen älteren grauhaarigen Herrn in fliederfarbenem Jackett.

»Verehrtester, warten Sie einen Moment!« sagte der Notar zu ihm. »Ich hatte Sie darauf hingewiesen ... bei uns geht es nach Voranmeldung ... Sie haben doch nichts dagegen?«

Der Besucher zuckte die Schultern, nahm seine Papiere und ging mit einem entsetzten Blick auf Jamninows blutige Hände hinaus.

»Wie geht es Ihnen?« erkundigte sich indessen Orif. »Ist bei Ihnen alles in Ordnung? Alles ruhig? Was machen die Kinder?«

Erwiderungen murmelnd, breitete der Notar auf seinem Tisch die Papiere aus. Jamninow sah teilnahmslos zu: von dem Augenblick an, da Orif sie ihm abgenommen hatte, waren sie für ihn nicht mehr die seinen.

»Danke, danke ... Wie sieht es bei Ihnen aus? Alles gut? ... Die Bescheinigung ist nicht dabei? Na, macht nichts, kein Problem, die können Sie morgen vorbeibringen ... Alles in Ordnung? Wie ist das Befinden?«

»Danke«, antwortete Orif und sah den Notar fröhlich an. »Aber natürlich bringen wir sie morgen ... erledigen Sie die Sache einstweilen ohne ... Ist Scharif gesund?«

»Oh!« rief der Notar, und seine Hände hielten einen Augenblick inne. »Scharif hat Kummer! Sein Sohn ist einer Patrouille in die Arme gelaufen! Gestern haben sie ihn mitgenommen!«

Orif zog Brauen und Schultern hoch.

»Wie das! Scharif hat ihm doch den weißen Schein besorgt!«

»Ach was, Schein! Was kümmert's die, was einer für einen Schein hat! Sie haben ihn gegriffen und in die Kaserne mitgenommen! Anderthalbtausend sind für diesen Schein bezahlt worden, aber denen ist das schnurz! Nennt man so was Ordnung?« entrüstete sich der Notar. »Nein, also wenn einer den weißen Schein hat, dann ist es doch klar, daß er nicht zur Armee geholt werden darf!«

»Na, das klären wir.« Orif war verstimmt. »Was sitzen da bloß für Dummköpfe, wahrhaftig!«

»Unterschreiben Sie hier, Verehrtester«, forderte der Notar Jamninow auf russisch auf. »Sehen Sie? Wo das Häkchen ist.«

»Wo? Hier?« fragte Jamninow schlaff zurück. »Gleich ... vielleicht können Sie mir ein Tuch geben ...«

Orif reichte ihm ein schneeweißes duftendes Taschentuch. Jamninow legte es auf das Papier, um es nicht mit Blut zu beschmieren, und unterschrieb an der bezeichneten Stelle.

»Und noch das zweite Exemplar«, bat der Notar.

Er unterschrieb auch das zweite. Das Taschentuch reichte er Orif. Der grinste verständnislos. Da ließ es Jamninow auf den Fußboden fallen. Der Notar hob es behutsam mit zwei Fingern auf und beförderte es in den Papierkorb.

»Alles?« fragte Orif, nachdem er seinerseits beide Exemplare des Kaufvertrages unterschrieben hatte.

»Die Bezahlung ist geregelt?« fragte der Notar gleichgültig. »Beanstandungen gibt es nicht? Der Vertrag bedarf der staatlichen Registrierung.«

»Beanstandungen gibt es nicht«, sagte Orif lächelnd. »Registrieren lassen wir ihn auch, geht klar. Das ist für Sie, Ustod.«

Und er reichte dem Notar zwei Hundert-Dollar-Noten.

»Und ich?« fragte Jamninow, seinen Ausweis an sich nehmend, dumpf. »Wo ist mein Geld?«

»Äääh!« rief hinter seinem Rücken Safar.

»Geld?« gab Orif erstaunt zurück. »Was für Geld?«

Widerwillig zog er noch einen Schein aus der Tasche und warf ihn auf den Fußboden.

»Ich bitte Sie«, der Notar sah Jamninow streng an. »Verlassen Sie den Raum.«

»Du hast es doch versprochen!« schrie Jamninow. »Du hast doch fünfhundert versprochen!«

Orif öffnete bereits die Tür.

Da stürzte Jamninow zu ihm hin und warf sich auf die Knie.

»Ich bitte Sie herzlich!« schrie er, ohne zu bemerken, wie ihm Tränen über die Wangen rannen. »Bitte, Orif! Orif, ich flehe Sie an! Geben Sie mir wenigstens etwas Geld! Bitte! ...«

Er kroch hinter ihm her, weinend und nach seinen Füßen fassend.

»E, padar lonat!« rief Orif empört und trat mit seinem spitznasigen Lackschuh nach ihm. »Du kommst mir dumm, und ich soll dir noch Geld zahlen!«

Trotzdem steckte er die Hand in die Tasche und warf ihm ins Gesicht, was er zu fassen bekam – zwei Hundert-Dollar-Scheine.

»Übermorgen früh komme ich – daß du deine Scheiße bis dahin aus dem Haus geschafft hast!« schrie Orif, die Hand an der Klinke. »Deinen ganzen Mist! Deine Schränkchen und Hockerchen! Verstanden?! Daß keine Spur mehr von dir bleibt!«

Als er die Tür hinter sich zuschlug, fühlte Jamninow den eisigen Blick des Notars auf sich.

6 Jamninow fuhr zusammen, warf die Decke über die Waffe und meldete sich erst dann, im Aufstehen:

»Ich bin hier, Hamid! Gleich, warte.«

Er ging hinunter und machte die Tür auf. Hamid Tschumtschuk stand nach links geneigt, die Hände auf dem Rücken, und kicherte wie gewohnt. Bekleidet war er mit einem grünen Tschapon und einer Tjubeteika.

»Komm rein«, forderte Jamninow ihn auf.

»Äh! Wozu reinkommen! Ich wollte bloß mal vorbeischauen«, sagte Hamid und trat, seinen eigenen Worten zuwider, auch schon ein. Die Fortbewegung bereitete ihm einige Mühe: er mußte seine Arme zu Hilfe nehmen, schwenkte heftig die Linke, um das Gleichgewicht zu halten, und stampfte gleichzeitig mit dem rechten Fuß.

Hamid Tschumtschuk arbeitete jetzt bei Ibrahim als Wächter. Vor ein paar Jahren hatte Ibrahim ein Haus direkt am Ufer gebaut, nur wenige Meter vom Wasser. Jamninow hatte ihm abgeraten – das sei zu gefährlich und werde schlecht enden. So kam es auch – das letzte Hochwasser hatte das riesige Haus fortgerissen.

Als wäre nichts gewesen, hatte der Fluß danach seinen Lauf verändert und rauschte jetzt wie zum Hohn fünfzig Meter von der Ruine entfernt. Ibrahim juckte das absolut nicht: er hatte sich gleich drei nebeneinanderliegende Grundstücke gekauft, nun begann er neu zu bauen und schmunzelte nur – mal sehen, wer den längeren Atem hat ... Hamid bewachte den Neubau und kam des öfteren bei Jamninow zum Teetrinken vorbei.

»Ein großes Haus, ein großes Haus baut Ibrahim«, brabbelte er, sobald er, ein wenig schief, auf einem Hocker saß. Er lächelte und bekräftigte nickend jeden Satz. »He-he ... Nun, ist schon alles richtig so: einem großen Mann ein großes Haus, einem kleinen ein kleines ... oder gar keins, he-he ... Ein großer Mann stellt einen anderen, einen kleineren, an und der seinerseits ganz kleine Leute. Die kleinen Leute bauen, der größere paßt auf sie auf, und der ganz große Mann kommt einmal in der Woche nachsehen, wie die Sache vorangeht. He-he ...«

Jamninow zündete das Gas an.

»Gleich gibt es Tee«, sagte er.

»Ts-ts-ts-ts!« machte Hamid und sah sich begeistert um. »Was für ein Haus du dir gebaut hast, Nikolai! Was für ein Haus! Nur ein großer Mann kann so ein Haus haben! Das heißt, nein! Ibrahim – geb ihm Gott hundert glückliche Jahre – wird niemals so ein Haus haben. Größer – ja, teurer – auch ... aber so eins! Nein, so eins nicht, he-he ...«

»Ich habe kein Haus mehr«, bemerkte Jamninow gleichgültig. »Vorbei, jetzt gehört es einem anderen.«

»Wie das?« Hamid war perplex. »Hast du es verkauft?«

»Ja, habe ich«, Jamninow lächelte schief. Hamid die Wahrheit zu sagen fiel ihm irgendwie leicht. Vielleicht, weil Hamid auch ein Habenichts war. »Nein, nein, das war ein Scherz, ich habe es nicht verkauft. Weggenommen haben sie es mir, die Schufte. Gestern sind sie hier aufgekreuzt, haben mir gedroht, mich zum Notar gefahren ... das war's. So, und jetzt trinken wir Tee.«

Hamid machte sich klein, als hätte er mit der Faust eins auf den Schädel bekommen.

»Wooooi!« rief er und sah Jamninow erschrocken an. »Tatsächlich?«

Jamninow spülte die Teekanne aus, gab Tee hinein, goß siedendes Wasser auf und stellte zwei Pijolas auf den Tisch.

»Fünfundneunziger«, sagte er. »Halte ich schon lange in Reserve. Dachte, wenn meine Familie kommt, kann ich ihr was Gutes vorsetzen, Nummer Fünfundneunzig ... So sieht's also aus. Willst du was essen?«

Er warf einen Blick in den Karton, der in der Ecke stand.

»Kartoffeln sind noch da. Kochen wir uns welche?«

»Woooi ... So ein Unglück«, flüsterte Hamid. Seine Augen waren jetzt wie bei einem Lemuren – rund, die Pupillen beinahe groß wie die Augäpfel.

»Laß nur«, sagte Jamninow teilnahmslos. Er legte vier Kartoffeln in einen Topf und hielt ihn unter den Wasserhahn. »Wird sich schon finden. Trink Tee, trink.«

»Wird Zeit für mich.« Hamid hatte es plötzlich eilig, seine Pijola hatte er nicht einmal angerührt. »Ich gehe dann ... Muß mich kümmern. Die Fliesenleger werden langsam fertig sein ...«

Jamninow konnte sich den Grund denken: Nach Hamids Überzeugung war es mit dem Unglück wie mit der Pest. Und von Kranken mußte man sich fernhalten.

»Wie du meinst«, sagte er. »Aber bleib doch noch. Mit den Kartoffeln geht es schnell.«

»Nein, nein«, murmelte Hamid. Er beugte sich zu Jamninow und flüsterte erschrocken: »Du mußt fort, Nikolai! Diese Menschen ... wenn sie zu so was fähig sind ...«

»Das sollen Menschen sein?« stieß Jamninow hervor. Er fühlte den Haß in sich aufsteigen. »Das sind Wölfe, aber keine Menschen. Fallen sollte man für sie aufstellen. Na schön, wird sich alles finden.«

»Diese Menschen sind zu allem fähig.« Hamid näherte sich mit kurzen Schrittchen der Tür. »Fliehen muß man vor ihnen, fliehen!«

Jamninow brachte nur einen Brummlaut hervor.

»Was glaubst du denn, Nikolai! Mit denen hat es keinen Zweck! Wenn die kommen, und du bist noch hier, dann ist es aus!«

»Ach ...!« Jamninow verzog das Gesicht.

»Fliehen muß man!« wiederholte Hamid Tschumtschuk. »Fliehen!«

Jamninow stieß einen Fluch aus. Er machte schon den Mund auf, um Hamid alles zu erzählen, wie es war: daß er nicht die Absicht hatte zu fliehen, sondern die Besucher, im Gegenteil, so zu empfangen, wie sie es verdienten, und daß dazu alles vorbereitet war, biß sich aber auf die Zunge.

»Ach was ...«, sagte er trübsinnig. »Ich fliehe nirgendwohin ... Was soll schon sein? Bis zum Morgen bleibe ich hier.« Er grinste. »So ist es ausgemacht.«

»Große Leute können es nicht ertragen, wenn kleine Leute etwas besitzen«, flüsterte Hamid.

Die Hand schon an der Klinke, drehte er sich um.

»Fliehen, Nikolai! Fliehen muß man. Das sind solche Leute ...«

Und damit schlüpfte er hinaus.

Jamninow saß lange am Tisch und trank seinen Tee. Dann goß er das grünliche Wasser ab und schüttete die geplatzten Kartoffeln auf einen Teller.

Es war bereits dunkel geworden.

Er stellte den Stuhl an den Loggienrand und setzte sich hin, um in die bläuliche Finsternis der Mainacht zu blicken. Weit hinter den Hügeln war der Himmel über Churramobod rötlich aufgehellt. Etwas näher blinkten vereinzelte Kischlaklichter. Hin und wieder fuhr ein Fahrzeug die Straße zum Sowchos entlang, und das Licht der Scheinwerfer glitt vor ihm her wie ein gelber Flügel.

In ihm war weder Erregung noch Selbstmitleid, noch Bitterkeit, daß alles so unwiderruflich ein Ende nahm, nur kalte böse Entschlossenheit und ein Gefühl des Triumphes.

Zu bedenken gab es nichts mehr. Nun, da er sich beruhigt hatte, sah er gefaßt dem entgegen, was da kommen sollte.

Hunger hatte er keinen, trotzdem pellte er eine Kartoffel ab, stippte sie in das Salz und begann konzentriert zu kauen.

Nein, Hamid hatte nicht recht. Würde sich seine Hand denn gegen einen Menschen erheben? Würde er sich in den Hinterhalt legen, wenn er wüßte, daß er es mit einem Menschen zu tun hatte? Nein, niemals.

Die vom Zirpen der Grillen erfüllte Nacht rückte voran. Vom Fluß kam Kühle, ab und an huschte ein leichter Wind dahin, und das Laub tuschelte ihm nach.

Als der Mond aufging, wechselte Jamninow zur anderen Seite des Hauses und setzte sich ans geöffnete Fenster. Der Zigarettenrauch verflog in der schwarzen Luft. Der Fluß glich am Tage mit seiner langen Zickzacklinie einer braunen Schlange, das lehmige Schuppenkleid glänzte in der Sonne, bald zu einem Ganzen zusammenfließend, bald sich verzweigend. Jetzt erschien die Strömung ruhig, silbern schimmerte das Wasser im Mondschein.

Die Zeit floß langsam dahin. Möglicherweise war es die letzte Nacht in seinem Leben. Trotzdem hätte er gewollt, daß sie schneller verstrich.

Er versuchte sich ihre Gesichter in Erinnerung zu rufen, damit der Haß konkrete Konturen gewann, doch entglitten sie ihm.

»Ach, diese Schweinehunde, diese Schweinehunde ...«, sagte Jamninow. »Na schön.«

Er hatte es sich so überlegt: Wenn sie nahe herangekommen sein würden – bis auf fünfzig, vierzig Meter, etwa bis zum zweiten Heckenrosenbusch –, wenn sie nahe genug heran waren, würde er in aller Ruhe – Hauptsache, nicht in Hektik verfallen, er hatte viel Zeit –, nachdem er den Mann im ersten Wagen ins Visier genommen hatte, auf den Abzug drücken. Das Glas würde zerspringen oder einfach einem von Rissen übersäten Stück Eis ähnlich werden. Er würde kurze Garben feuern; wenn ihm das gegen die Restsplitter der Windschutzscheibe gespritzte Blut anzeigte, daß der erste erledigt war, würde er den Lauf weiter rechts schwenken, damit auch der zweite, wie gelähmt durch einen solchen Empfang, nicht die Zeit fand, aus seinem Wagen herauszukommen ...

Hauptsache, nicht in Hektik verfallen. Er hatte genügend Zeit, um alles mit hundertprozentiger Sicherheit zu erledigen. Dann aber, wenn alles vorbei sein würde ... wenn die beiden Kerle in den Fahrzeugen zur Reglosigkeit erstarrt waren und die Stille ihm lauter als Schüsse in den Ohren klang ... und er wieder das Rauschen des Flusses und das Rascheln der Blätter hörte ... ja, dann mußte er sich beeilen.

Diese Schufte hatten ihn in eine ausweglose Lage gebracht. Bisher hatte er ein Haus gebaut. Jetzt aber mußte er töten. Das Leben hatte ihm seine Schattenseite zugewandt – und er, ein Mensch, mußte ein tierisches, blutiges Werk tun. Um anschließend, wie ein Tier, die Flucht zu ergreifen, seinen Verfolgern zu entkommen und seine Spuren zu verwischen.

Es war nicht seine Schuld. Nicht er hatte angefangen. Und doch, da er jetzt dazu bereit war, mußte schon immer etwas Tierisches in ihm gewesen sein. Schon immer – als Kind schon und dann, als er groß geworden war und seine eigenen Kinder auf dem Schoß gewiegt hatte. Die Grenze zwischen Tier und Mensch zu überschreiten war demnach jeder fähig ...

Die Kartoffeln waren längst kalt geworden. Er pellte die letzte ab und stippte sie in das Salz. Er kaute und überlegte gleichmütig, daß es noch nicht zu spät war, das Feld zu räumen. Sie hatten ihm sein Haus weggenommen. Nicht nur ihm. Auch seinen Kindern. Sie würden sich hier ein schönes Leben machen. Auf Kosten anderer. In seinem Bassin baden. Bei Sonnenuntergang träumerisch auf den Fluß blicken. Und seine Kinder ... Aber sei's drum, hatten sie ihm auch das Haus weggenommen, mochten sie sich auch ein schönes Leben machen – dafür ... Ein Mensch bleiben – das klang wie eine Stimme vom anderen Ufer: ein Appell, verlockend ... Das MG auseinandernehmen, den Eisenhaufen in die Decke wickeln ... Ächzend auf die Schulter laden. Die Anstrengung wird ihm endgültig das Realitätsgefühl zurückgeben: das ist ja eine normale menschliche Arbeit, ebenso wie Ziegelsteine schleppen oder Bretter ... Die Treppe hinabsteigen mit dem wohligen Gefühl, daß er seine Freiheit zurückgewonnen hat und das Leben weitergeht ... Er wird das Bündel auf das Ufergestein donnern.

Wenn schon den Rückzug antreten, dann rasch, keuchend vor Eile und Anspannung – die Eisenteile eins nach dem anderen in das gekräuselte braune Wasser werfen, das geräuschvoll von Sandbank zu Sandbank eilt. Sie werden hineinfallen, ohne zu spritzen: der Fluß wird sie gleichgültig aufnehmen und für immer dem Zugriff menschlicher Hände entziehen.

Dann wird er auf dem Pfad zum Haus zurückkehren und aus dem Abstellraum zwei schwere Kanister holen. Das Benzin wird in perlmuttfarbenem Strahl herausströmen und auf dem Parkett fröhlich zerfließen. Wenn er ein Streichholz hinwirft, wird die Flamme hochschießen und, trunken schwankend, alles auf einmal zu umfassen trachten ... Innerlich entleert, wird er eilig davongehen – zunächst den Weg am Weizenfeld entlang ... weiter, immer am Straßenrand, zum Kischlak ... von hier in die Stadt, wo ihn dieser Orif nicht finden wird! Denn wenn er ihn finden sollte – ihm war eingefallen, was Orif ihm während der Fahrt im Wagen gesagt hatte –, wird er in der Tat Hackfleisch aus ihm machen.

Hackfleisch!

Der Haß war sofort wieder da, brodelte siedendheiß in ihm hoch.

»Dann eben Tier«, murmelte Jamninow, gähnte krampfhaft und versuchte die Müdigkeit zu verscheuchen. »Mit den Wölfen muß man heulen.«

8 Als die Sterne sich gleich Zuckerkristallen am Himmel aufzulösen begannen, stöhnte er auf, fuhr zusammen und erwachte mit erschrocken pochendem Herzen – war es nicht schon zu spät?

Die Straße lag leer.

Er stand auf, trieb die Gefühllosigkeit aus seinem Körper, wusch sich, kochte starken Tee. Wieder setzte er sich auf seinen Stuhl, mit krummem Rücken wie ein Kutscher, die Hände auf die Knie gelegt.

Der Himmel wurde heller und heller, leichte, wie hingetupfte Zirruswolken glitten über die Bläue.

Dann tauchte die Sonne empor, und sogleich belebte und regte sich alles. Eine Biene kam angeflogen und kreiste über der Pijola mit dem erkalteten Tee. Aus dem Tor am Kanal kroch ein Lastwagen, wirbelte Staub auf, fauchte ein paarmal und schaukelte durch die Schlaglöcher munter davon.

Seinen Platz verlassen konnte er nicht mehr, deshalb urinierte er gleich von der Loggia, den Blick in Richtung Stadt.

Die Sonne stieg höher und begann zu brennen. Die Luft flirrte über dem Gestein.

Um halb zwölf wurde er unruhig. Sie konnten auch erst am Abend oder überhaupt nicht kommen. Dann mußte er noch eine Nacht aushalten bis zum nächsten Morgen.

Die Luft flimmerte, und zusammen mit ihr flimmerten vor seinen Augen die Bilder einer unklaren Vergangenheit und einer ziemlich eindeutigen Zukunft. Vielleicht würde er es schaffen, in die Stadt zu gelangen. Natürlich würde sofort die Suche nach ihm beginnen. Aber einen Tag oder zwei hätte er. Geld würde er sich bei Onkel Mischa borgen. Um eine Fahrkarte zu kaufen. Möglicherweise würden sie den Bahnhof absperren ... wer weiß ... obwohl, kaum ... Dennoch war es besser, den Zug nicht ab Churramobod, sondern ein, zwei Stationen weiter zu nehmen. Er würde einen Vorsprung gewinnen ... Oder sollte er sich nicht besser jetzt gleich davonmachen? Noch war es nicht zu spät ... Wenn sie doch bloß bald kämen ... Es gibt viele Wege im Leben. Für eine Umkehr ist es nie zu spät, nie. Es gibt viele Wege ...

Jamninow zuckte zusammen und war augenblicklich voll konzentriert.

In der Ferne waren zwei Wagen aufgetaucht. Sekundenlang wurden sie durch Gehölz verdeckt, bevor sie wieder zum Vorschein kamen. Er spähte angestrengt in den sonnenüberfluteten Raum. Voraus fuhr eine lackglänzende Limousine, dahinter kämpfte sich ein dunkelgrüner Jeep durch gelbe Staubwolken. Autos scheinen sie viele zu haben ... jeden Tag neue.

Die Wagen passierten das Weizenfeld, dann verschwanden sie hinter den längs des Kanals dicht gepflanzten jungen Maulbeerbäumen. Nun waren sie wieder da. Langsam rollten sie über das schadhafte Straßenstück an der Kanalmauer, bevor sie für kurze Zeit hinter das Gebüsch an den alten Brunnen tauchten.

Selbst jetzt noch ist es nicht zu spät, das Feld zu räumen, dachte Jamninow. Selbst jetzt ...

Er kniete nieder und legte sich, hin und her rutschend, vor das MG. Jetzt beobachtete er die Autos durch den Rahmen der Visiereinrichtung und folgte ihnen mit dem Lauf ganz langsam von links nach rechts.

Fünfzig Meter vor der Kurve fuhren sie an den Straßenrand und hielten an.

Jamninow brach vor Erregung der Schweiß aus. Er hob den Kopf – nein, noch zu weit.

Aus der Limousine stieg ein dickbäuchiger Mann, hielt, die Augen mit der Hand beschirmend, kurz Ausschau und schrie:

»Nikolai! Hee, Nikolai! Ich bin's, Ibrahim!«

Jamninow wischte sich hastig mit der Faust die tränenden Augen. Der Gedanke schoß ihm durch den Kopf, das könnte eine Falle sein: Sie hatten Wind bekommen ... oder etwas hatte ihnen geschwant ...

Nein, das war tatsächlich Ibrahim!

»Sie kommen nicht, hörst du!« schrie der wieder. »Sie kommen niiiicht! Ich will zu dir, Nikolaaai!«

Und damit ging er los, auf das Haus zu.

Die Autos standen.

Jamninow hatte Mühe, die Finger aufzubiegen. Plötzlich schüttelte es ihn.

»Was ist mit dir?« rief Ibrahim, den Kopf in den Nacken gelegt. »Komm runter! Ist der Tee fertig? Erwartest wohl keine Gäste?«

Als sie sich gegenüberstanden, sagte er laut lachend: »Gestern abend von der Brücke über die Churramobodka – fjuuu!« und drückte Jamninow beide Hände. »Mitten auf der Brücke sind sie in die Luft geflogen! Beide, hintereinander – Orif und Safar! Es rumste unter ihnen, und sie verloren die Kontrolle über ihre Autos, wie das so schön heißt! Das lustigste – direkt hinter ihnen fuhr Miliz! Sofort wurde die Straße gesperrt – keiner durfte durch! Sie haben's extra hingezogen: für den Fall, daß noch einer lebte, damit er absoff! Kannst du dir das vorstellen?«

»Wer?« preßte Jamninow hervor.

»Wahrscheinlich hat Karim Buchoro selber sie beseitigt. Aber ich habe keine Kerze gehalten, wie du dir denken kannst ... Na, nun mach mal ein fröhliches Gesicht!« Ibrahim lachte immer noch: Jamninow sollte nicht das Entsetzen bemerken, mit dem er sein Gesicht betrachtete, das unter den über Nacht ergrauten Haaren einer Maske aus morschem Holz ähnlich geworden war.

Jamninow setzte sich langsam hin und stützte den Kopf in die Hände.

ELFTES KAPITEL
FREMD

Alles war wie zuvor, und wie zuvor kroch auch die Sonne langsam über den ausgeblichenen gelbsüchtigen Himmel, heizte mit jeder Stunde die Bahnhofsgleise, die rostigen Kesselwagen und den staubigen Schotter immer mehr auf.

Dubrowin saß im Schatten eines Containers, den Rücken gegen das heiße Rad eines sechsachsigen Plattformwagens gelehnt.

Der Güterhof lag leer und still.

Vor einem Monat war ein längerer Streckenabschnitt vierzig Kilometer vor der Stadt zerstört worden und seitdem die Eisenbahnverbindung zwischen Churramobod und der Außenwelt unterbrochen. Es hieß, das sei das Werk der Opposition gewesen. Dubrowin begriff nicht, was für eine Opposition das sein sollte – die Machtverhältnisse hatten sich ja grundlegend geändert, die Opposition aber war die alte geblieben; folglich mußte es sich um eine Opposition gegen alles handeln.

Der Blick seiner zugekniffenen Augen richtete sich auf das Tor des Güterschuppens, dessen Farbe stark abgeblättert war. Die Kreideschrift an diesem Tor kannte er längst bis zum letzten Häkchen. Die Buchstaben strebten auseinander und hüpften auf und ab, als hätte ein Betrunkener sie aufgemalt. Dafür war das Ausrufezeichen gerade und fett und sein Punkt von der Größe eines Apfels der Sorte Chuboni.

RUSSEN FAHRT NICHT WEG – WIR BRAUCHEN SKLAVEN!

Er seufzte auf und wandte sich ab, um, die Arme um die Knie geschlungen, weiter den jungen Hund zu beobachten. Er war schwarz, groß und klapperdürr, machte aber, trotz seiner offenkundigen Abstammung vom Wolfshund, einen tolpatschigen Eindruck. Putzig den breiten Schädel mit den gestutzten Ohren schüttelnd, war er gerade dabei, eifrig etwas an der Hintertür der vierzig Meter von den Gleisen entfernten schäbigen Bahnhofskneipe zu beschnuppern.

»E, kutschuk!« rief Dubrowin halblaut. »Komm her! In dsho bijo! Sag!«

Der Hund wedelte entschuldigend mit dem Schwanzstummel, kam aber nicht zu Dubrowin.

»Ach, hol dich der Kuckuck«, sagte Dubrowin und lehnte sich wieder an das Rad. »Wenn ich Wurst für dich hätte, würdest du bestimmt angerannt kommen.«

Die Tür ging knarrend auf.

Auf der Schwelle stand der Koch Kulmurod und kratzte sich mit den Fingernägeln nachdenklich die unrasierte Wange. Nicht umsonst wurde er Kulmurod-Kultscha genannt. Was zu diesem Vergleich mit einem Fladen nicht recht passen wollte, waren die ewig zugekniffenen Schlitzaugen und der spärliche Schnurrbart.

Der Hund mußte intuitiv spüren, daß der untersetzte Mann im schmuddeligen weißen Kittel, den er am bloßen Körper trug, hier das Sagen hatte. Deshalb tanzte er um seine Füße herum, ohne sich jedoch zu getrauen, sie zu berühren, winselte ergeben, setzte sich, immer wieder zu ihm aufblickend, hin und wedelte mit dem Schwanz, daß der magere Hintern heftig mitwackelte.

Der Koch seufzte, schüttelte mitleidig den Kopf und verschwand, um gleich wiederzuerscheinen – in den Händen einen großen Topf.

Der Hund jaulte freudig.

»Ma! ma!« sagt Kulmurod sanft lächelnd.

Er schmatzte mit den Lippen und schwappte kochendheißes Wasser auf den Hund.

Dubrowin stöhnte auf und spannte sich innerlich, doch augenblicklich hatte er sich wieder in der Gewalt, faßte nach dem Gleis, unterdrückte den aufsteigenden Schrei und wandte sich von dem Hund ab, der laut winselte und sich auf der Erde wälzte.

Der Koch lachte heiser, schwenkte triumphierend den leeren Topf über dem Kopf und verschwand hinter der Tür.

Der junge Hund war längst nicht mehr zu sehen – wahrscheinlich hatte er sich in ein stinkendes Loch verkrochen, um zu krepieren oder seine Wunden zu lecken –, während Dubrowin saß, wie er gesessen hatte, sich lediglich klein machte in dem erniedrigenden Bestreben, möglichst wenig Platz in Anspruch zu nehmen.

Ach, wäre der Zug doch einen Tag eher losgefahren! Nur einen Tag! Was mußte ihn auch dieses Pech ereilen: schon hatte sich der Zug in Bewegung gesetzt, schon hatte Dubrowin gespürt, wie ihm der schreckliche, unerträgliche Schmerz des Losgerissenwerdens das Herz abschnürte ... doch da hielt der Zug ... und als er wieder anruckte, fuhr er zurück ... ein Glück noch, daß sie ganze dreihundert Meter weit gekommen waren – der Rundfunk brachte dann die Meldung, das Gleis sei zerstört.

Er seufzte krampfhaft auf, mit einem Schluchzer.

Egal! Alles ging vorbei, auch das würde vorbeigehen. Der schöne Moment würde kommen, daß alle plötzlich in Hektik verfielen ... wie aus dem Boden gewachsen, würde der etwas wirre Muslim dastehen und in seinem gebrochenen Russisch schreien: »Sansanytsch! Auf! Aaab geeeht's! Der Vorsteher hat gesagt – die Schwellen sind verlegt, die Gleise sind gebaut, die Schienennägel eingeschlagen! Die Diesellok kommt gleich!« Er würde rein aus dem Häuschen sein und, obwohl keine Eile not tat – was für eine Eile sollte not tun, da doch alles längst vorbereitet war –, eine unglaubliche Geschäftigkeit entfalten. Und je deutlicher sich Dubrowin seine glückliche runde Visage, den zum freudigen Schrei aufgerissenen Mund mit den wulstigen Lippen vorstellte, je klarer er sein eigenes dümmliches Lächeln sah, mit dem er hastig auf den Plattformwagen hinaufkletterte, so daß er abrutschte und sich die Hände abschürfte, desto wehmütiger wurde ihm sonderbarerweise zumute, und zu guter Letzt schüttelte er den Kopf, um die Vision zu verscheuchen.

Und plötzlich blitzte es wieder in seinem Hirn auf und trieb ihm die Tränen in die Augen – ach, diese Schufte! Davongejagt hatten sie ihn! Davongejagt wie einen Hund!

Solange er mit Packen beschäftigt gewesen war, mit dem ganzen Wust von großen und kleinen Dingen, die ein erwachsener Mensch gewissenhaft zu erledigen hat, um wenigstens mit einem Minimum seiner Habe in ein anderes Land überzusiedeln, war ihm dieser einfache Gedanke nicht in den Sinn gekommen. Dann aber, als bereits der Schlußstrich gezogen, als alles endgültig zusammengebrochen war und passé, als der Zug bereits anruckte und sich in Bewegung setzte – und er glaubte, es müßte ihm das Herz zerreißen –, um ihn von hier wegzubringen, ab nach Rußland! ... als dann neuer Stillstand eintrat und die Zeit sich in eine zähflüssige, unerträglich langsam unter die Räder des in der Sonnenglut aufgeheizten Plattformwagens rinnende Substanz verwandelte – da fand er Muße, sich Gedanken zu machen, und er begriff: Schufte waren das, ja, gemeine Schufte! ... ihn einfach so davonzujagen wie einen Hund! Er konnte noch froh sein, daß er nicht mit kochendheißem Wasser übergossen worden war wie dieses unglückliche Tier.

Und wehe, du muckst auf, wagst, etwas dagegen zu sagen – sie stechen dich ab, ohne mit der Wimper zu zucken! Wer kann ihnen denn was! Sie haben jetzt freie Hand!

Es tat so weh, daran zu denken, daß Dubrowin husten mußte. Er schüttelte den Kopf, stand mit einem Ruck auf, betrachtete voller Abscheu den glühendheißen Güterhof, warf einen Blick auf die Uhr. Die Zeit war stehengeblieben.

Langsam ging er den Zug entlang. Er bestand zur Hälfte aus Plattformwagen, die mit Containern beladen waren. Hier und da waren zwischen den Containern Zeltbahnstücke oder einfach irgendwelche Lappen gespannt. In ihrem Schatten saßen Leute, und Dubrowin nickte ihnen im Vorbeigehen zu.

»Sansanytsch!« rief ihm Serjosha Borowski zu. »Willst wohl zu Fuß nach Rußland?«

»Ja, zu Fuß ...«, erwiderte Dubrowin. »Wie lange soll man hier noch rumsitzen? Wird Zeit, sich auf den Weg zu machen!«

Er wollte auflachen, aber was herauskam, war nichts als eine Grimasse und ein komischer Laut.

Manchmal spürte er, daß es ihm längst an Selbstbeherrschung wie an Optimismus fehlte, und er beneidete alle, die in sich die

Kraft fanden, zu scherzen und zu lachen. Allerdings passierte es umgekehrt auch, daß er scherzte und lachte, während sie finstere Mienen zogen – wann einen welche Stimmung anwandelt, läßt sich nie vorhersagen.

Er ging vor bis zum ersten Wagen, dessen Kupplungsvorrichtung wie ein kurzer breiter Finger dorthin wies, wo über trockenem gelbem Gras Dunst flirrte und irgendwo dahinter, jenseits von Steppen, Gebirgen und Flüssen, Rußland lag. Er blieb eine Weile stehen, hielt Ausschau, seufzte und schlenderte zurück.

Er hatte von Rußland lediglich eine vage Vorstellung. Sicher, das Wort hatte es für ihn schon immer gegeben – als noch die Union existierte und wohl auch davor ... Das Wort gab es, aber dahinter stand nichts außer einem Bild aus der Fibel und einem Kinderbuch: Wolken, eine schöne Wiese, Kühe ... ein stilles Flüßchen in der Ferne ...

Dubrowin war noch ein Kind gewesen, als die Umgebung Churramobods Ende Januar, gleich einer Gottesstrafe, von einem zweitägigen Frost heimgesucht worden war, der die Weinberge vernichtete und die Stämme der Pfirsichbäume krachend aufplatzen ließ. Damals machte der Witz die Runde: »Wozu ist so ein Winter gut? Damit die Tadshiken nicht vergessen, daß es Sibirien gibt, und die Russen daran denken, daß sie eine Heimat haben!« Diese »Heimat« – das also war Rußland.

Er zögerte, bog dann aber doch zur Kneipe ab und fühlte sogleich, wie sein Herz zu pochen anfing.

»Salom!« sagte er bemüht fröhlich. »Wie geht es, Kulmurod?«

»Ah!« sagte der Koch. »Danke, und dir?«

»Ausgezeichnet!« erwiderte Dubrowin. »Besser kann es gar nicht gehen! Wenigstens ist es nicht kalt! Stimmt's, Kulmurod?«

Der zuckte die Achseln.

»Warum hast du den Hund verbrüht?« fragte Dubrowin, lachte freudlos auf und klopfte dem Koch auf die Schulter. »Warum, he? Was hat dir der Hund getan?«

Kulmurod sah ihn mit hochgezogenen Brauen an und grinste mißtrauisch.

»Ist das dein Hund?«

»Das tut nichts zur Sache«, antwortete Dubrowin, immer noch lachend, »ob es meiner ist oder nicht!«

»Was geht's dich dann an!« sagte der Koch ärgerlich, packte das Messer und ließ es mit voller Wucht auf das Brett niedersausen. »Wenn es dein Hund ist, dann nimm ihn an die Leine oder leg ihn an die Kette ... kann er zusammen mit dir Wache halten. Fütterst ihn, solange du nicht weg bist. Kaufst ihm Fleisch!«

Unverhofft wieherte er los und ließ das Messer fallen.

»Hast du wenigstens so viel Mitleid?« fragte Dubrowin und hielt ihm seine zusammengelegten Finger unter die Nase. »Wenigstens so viel! Du bist doch kein Mensch, Kulmurod!«

»Ha!« wunderte sich der Koch. »Ich soll kein Mensch sein? Arme habe ich, Beine habe ich, einen Kopf habe ich – was braucht der Mensch noch? Ach, laß gut sein ...«, murmelte er versöhnlich. »Was schreist du rum wegen einer Lappalie, versteh ich nicht ... Ist heiß heute, he?«

»Ist es«, bestätigte Dubrowin. »Und morgen wird es auch nicht kühler.«

Kulmurod lachte wieder.

»Wie lange sitzt du schon so in der Sonne?« fragte er, nachdem er sich ausgelacht hatte.

Dubrowin zuckte die Achseln.

»Neunundzwanzig Tage, glaube ich ...«

»Verstehe.« Kulmurod nickte befriedigt. »Neunundzwanzig ... Morgen sind es dreißig?«

»Morgen sind es dreißig«, bestätigte Dubrowin.

»Drei mal dreißig ist ein Quartal«, bemerkte Kulmurod.

»Vier Quartale sind ein Jahr. Gib mir lieber Tee.«

»Pul nadori?« fragte der Koch mit besorgtem Stirnrunzeln.

»Nadoram«, erwiderte Dubrowin und lachte verlegen. »Das weißt du doch.«

»Woher soll ich das wissen!« sagte Kulmurod mit treuherziger Miene und zog die Schultern hoch. »Kannst ja inzwischen zu Geld gekommen sein.«

»Mir zahlt hier keiner was fürs Rumsitzen«, brummte Dubrowin. »Müßte ich schon einen ausrauben.«
»Wozu ausrauben?« sagte Kulmurod lebhaft. »Du könntest Hunde verkaufen! Du magst doch Hunde? Nein, wirklich! Du fängst hundert Hunde ein, he?« Er lachte auf, wurde aber gleich wieder ernst und sagte, verschlagen mit seinen Schlitzaugen blinzelnd: »Ich habe dir doch gesagt: Geh zu meinem Bruder arbeiten! Er braucht einen tüchtigen Russen. Du wirst es nicht bedauern! Wenn die Sache angelaufen ist, kannst du in einem halben Jahr schon große Geschäfte tätigen! Reist nach Moskau! Ins Ausland! Was sperrst du dich? Bist bereit, für ein Stück Brot Spülwasser zu schleppen, und sperrst dich!«
»Aber ich fahre doch weg! Ich fahre weg!«
»Ach, du und wegfahren!« Kulmurod machte eine wegwerfende Handbewegung. »Na, wie du willst.«
»Ich werde mal gehen«, sagte Dubrowin trübselig.
»Geh nur«, pflichtete ihm Kulmurod bei und entblößte grinsend seine Zahnlücken. »Womöglich ist die Lok schon angespannt?«
Erhobenen Hauptes schloß Dubrowin die Tür und ging zurück zum Zug. Während er mit hängenden Schultern über den Kies trottete, drückte sich sein kurzer Schatten wie ein verängstigter Hund an seine Füße, so daß er drauftrat. Nach dem Halbdunkel des geschlossenen Raumes blendete ihn die Sonne, trieb ihm augenblicklich trocknende Tränen in die Augen. Der graugelbe Dunst, der sich am Horizont verdichtete, nahm im Süden die Umrisse rauchiger ausgedörrter Hügel an und im Norden die bläulicher Ausläufer der Berge, deren Gipfel mit dem Himmel verschmolzen.
Der Schatten des Containers war weitergewandert. Er warf die staubige Wattejacke vor ein anderes Rad, setzte sich darauf und schloß die Augen.
Das war es wohl, was man mit dem Wort Vertreibung bezeichnete.
Wo war es ihm schon begegnet? Ausschließlich in Romanen, die er in der Jugend gelesen hatte. Dort hatte es den schönen,

edlen Anstrich von Standhaftigkeit und Mut gehabt. Jetzt aber war klargeworden, daß sich damit weder Mut noch Standhaftigkeit, sondern allein Angst verband. Unter der Last der Angst war irgendwann in seiner Seele etwas zerbrochen und alles Liebgewordene und Vertraute ihm seitdem fremd geworden, ja, es barg Gefahren. Und nun sah er sich, noch gar nicht von hier weggefahren, bereits in der Vertreibung, denn vertrieben sein, das bedeutet, daß alles ringsum dem Menschen fremd ist und gefährlich erscheint. Fremd, ja, fremd! Er fühlte sich unwiederbringlich zum Fremden geworden, und deshalb schämte er sich seiner Angst nicht im geringsten.

Wahrscheinlich war das nach jenem Vorfall in der Klinik passiert ... da hatte die Angst jenen kritischen Punkt erreicht, an dem in seiner Seele etwas zerbrochen sein mußte. Bereits zwei Tage danach hatte er Vera und Saschka fortgeschickt – sie fuhren mit zwei Koffern, als wäre es nicht für immer, sondern lediglich eine Urlaubsreise –, während er zurückblieb, um die Zelte abzubrechen ... die Wohnung für einen Pappenstiel zu verkaufen ... den Container vollzuladen ... Wie mochte es ihnen dort ergehen? Er sah das lachende Gesicht seines Sohnes vor sich. Ach, Saschka! Nun werden wir nicht mehr zusammen in die Berge gehen können! Weißt du noch, wie wir bis zum Gletscher hochgestiegen sind? Von unten nahm er sich aus wie ein kümmerliches Häufchen Restschnee, und dann wuchs er über unseren Köpfen zu einer Länge von einem halben Kilometer an! Die Luft war geschichtet – nach einem Atemzug heißer folgte einer mit eisiger Luft ... Weißt du noch, wie wir unter dem Gewölbe standen und durch das dicke hellblaue Eis eine smaragdfarbene Sonne hindurchschien!

Das Lächeln spielte noch um seine Lippen, als jemand sacht seine Schulter berührte.

»Mmm«, sagte er, zusammenfahrend, und öffnete die Augen: über ihn gebeugt stand Safar, Kulmurods Gehilfe.

»Sansanytsch! Marhamat«, sagte er. Die rechte Hand hielt er an die Brust gedrückt, und auf seinem Gesicht lag ein um Entschul-

digung bittendes Lächeln. »Kulmurod-Aka schickt mich, er bittet Sie, das zu essen.«
»Was?« fragte Dubrowin und setzte sich auf.
»Ich habe Sie geweckt, entschuldigen Sie«, sagte Safar. »Kulmurod-Aka bittet ...«
Und er wies auf das Tablett, auf dem eine Teekanne, eine Pijola und ein Teller mit Pilaw, abgedeckt mit einem Stück Fladenbrot, standen.

Als Muslim zurückkam, lag Dubrowin, die Wattejacke unter den Kopf gepackt, im Schatten auf dem Kies und stocherte mit einem trockenen Grashalm in seinen Zähnen.
Muslim setzte sich neben ihn, in der Linken die Tjubeteika, in der Rechten einen schmuddeligen Lappen, mit dem er seine schweißige Glatze wischte.
»Warst du beim Vorsteher?« fragte Dubrowin träge, obwohl er wußte: Natürlich war er da, und wäre etwas Tröstliches zu erfahren gewesen, hätte er es sofort loswerden müssen.
»Ach der«, sagte Muslim und stieß einen langen Fluch aus, in dem sich Russisch und Tadshikisch mischten.
»Alles klar«, seufzte Dubrowin. »Hier, nimm, ich habe dir etwas von dem Pilaw übriggelassen, iß.«
»Nein, ich habe keinen Hunger.« Muslim winkte ab. »Ich habe bei meiner Schwester gegessen.«
Dubrowin war schon im Begriff, zu fragen, ob ihm seine Schwester nicht wenigstens ein bißchen Geld mitgegeben hatte, verkniff es sich aber.
Muslim seufzte schwer und sagte:
»Sie hat mir wieder Geld gegeben. Ich liege ihr auf der Tasche.«
»Mit dem Geld ist es eine wahre Katastrophe«, pflichtete ihm Dubrowin bei. »Man müßte sich irgendwie was verdienen ... Ich habe Kulmurod angeboten: Wir könnten doch was für dich machen, und du zahlst mit Essen ... Nein, sagt er, was ist mit euch schon anzufangen ... Was soll man aber sonst finden? Man könnte direkt auf die Idee kommen, den Container aufzubrechen ...«

»Oh, den Container!« sagte Muslim träumerisch. »Wenn keine Plomben dran wären, weißt du, wieviel man davon verkaufen könnte? Guck mal!« Er spreizte die Finger der Linken, offenbar um sie beim Aufzählen einzubiegen. »Einen kleinen Teppich habe ich da ... na, den brauche ich nicht unbedingt, er ist ein bißchen abgewetzt und an einer Ecke leicht beschädigt – ein Brandfleck ...«

»Ja, das hast du schon erzählt«, fiel ihm Dubrowin unwillkürlich ins Wort.

»Also, dieser Teppich ... der bringt doch ganz bestimmt mindestens siebenhundert, wie?«

»Ich weiß nicht«, sagte Dubrowin ausweichend. »In diesen Zeiten ...«

»Na gut! Mögen's fünfhundert sein! Das als erstes!« Muslim bog den kleinen Finger ein. »Dann habe ich da eine alte Gauhora ... die ist noch völlig in Ordnung ... Dreihundert!«

»Wer braucht jetzt eine Gauhora?« meinte Dubrowin achselzuckend. »Was für ein Dummkopf wird jetzt neue Kinder machen? Mit den alten hat man schon genug am Hals!«

»Äääh!« Muslim verzog vorwurfsvoll das Gesicht und schüttelte den Kopf. »Unsere Leute setzen immer Kinder in die Welt! Selbst wenn du ihnen kein Brot zu essen gibst, selbst wenn du sie ins Gefängnis steckst – zehn Stück setzen sie trotzdem in die Welt! ... Dreihundert, dreihundert, drunter nicht! Das sind schon achthundert, Bruder!«

Dubrowin schaltete ab. Er kannte längst den ganzen Krempel auswendig, den Muslim nach Rußland mitschleppte. Bei ihm sah es ja auch nicht besser aus – ein alter dreiteiliger Spiegel ... ein Schrank, ein Tisch ... drei Paar getragene Hosen ...

Bruder nannte ihn Muslim, seitdem sie in ihrer Selbstschutzabteilung nebeneinander gestanden hatten – ein Häuflein verschreckter und unglücklicher Leute, die in jener Februar-Pogromnacht an einer Kreuzung ihr Leben riskierten. Durch die gepeinigte Stadt ging ein Aufschrei des Entsetzens und des Schmerzes; die Luft war regelrecht erfüllt von Gewalttätigkeit und Plünderungswut; besser, die Telefonverbindungen wären ganz ausgefallen, die Gerüchte, was an der Peripherie der Stadt geschah, konnten einen ja um den Verstand bringen ... Zwanzig oder fünfundzwanzig Mann stark war ihre Abteilung gewesen. Muslim hatte sich mit einem Spatenstiel ausgerüstet. Dubrowin selbst hielt einen Knüppel in der Hand – mehr Sicherheit verlieh ihm das im Stiefelschaft steckende Messer: er hatte extra seine Segeltuchstiefel angezogen, die er früher ausschließlich bei Subbotniks getragen hatte.

Im Einsatz waren sie nur einmal gewesen – in jener ersten Nacht. Johlend rückte eine finstere Meute gegen sie vor, Dubrowin schüttelte es, und er wünschte sich nur eins – sie möglichst bald vor sich zu haben – nicht wartend dastehen, sondern zuschlagen, zustechen! »Achtung!« rief der dicke Gorenko aus dem zweiten Aufgang und hob kampfbereit seine Waffe, eine Art Harpune, auf die Schnelle hergestellt aus einem Stock und einem angeschliffenen Stück Stahl; und alle machten sich bereit, Dubrowin tastete für alle Fälle nach seinem Messergriff ... Doch die Horde, nachdem sie sich enttäuscht und wutschäumend ausgebrüllt und ihre Abteilung mit Beschimpfungen überschüttet hatte – der Anführer stellte sich noch vor die Pogromhelden und versuchte sie mit einem schwermütigen Lied zu motivieren –, schreckte vor der Auseinandersetzung zurück, begnügte sich damit, sie mit Lehmklumpen zu bewerfen, und wich feige nach Ispetschak aus ...

Dubrowin stand auf und sah sich um. Eigentlich hatte sich überhaupt nichts verändert, abgesehen davon, daß die Sonne noch ein Sechstel ihres Weges zurückgelegt haben mochte.

»Also auch heute wird es nichts«, murmelte er, den Blick dahin gerichtet, wo der Zug eines schönen Tages auf seinem Gleis dahinrollen mußte. Dort in dem gelben Dunst vibrierten die Pyramidenpappeln entlang der Duwole des nächstgelegenen Kischlaks. Für einen Moment stellte er sich vor, wie der Zug sich in Bewegung setzen und davonfahren würde – Waggon für Waggon, Kesselwagen für Kesselwagen, Plattformwagen für Plattformwagen –, wie er, über die Schienenstöße ratternd, an Fahrt gewinnen würde, um sich im Dunst aufzulösen, Dubrowin für immer von hier fortzutragen, wo er jetzt fremd war, in Gegenden, wo er vorläufig auch fremd war und es zu sich zu finden galt – und bei diesem Gedanken verspürte er einen Druck im Herzen, als hätte es jemand mit grober Hand zusammengedrückt, so rücksichtslos, als sei das kein Herz, sondern ein Besenstiel, nach dem man faßt.

Dubrowin wandte seinen Blick ab, verscheuchte das Bild des im Dunst entschwindenden Zuges – und der Schmerz ließ ab von ihm.

»Also, dann übernimm du mal die Wache, Muslim«, sagte er. »Brot muß besorgt werden. Den dritten Tag schon haben wir nicht ein Stück ... Für Brot wird das Geld ja wohl reichen, oder?«

»Für Brot reicht es«, knurrte Muslim. »Vielleicht gehen wir zusammen, Sansanytsch? Was soll man hier sitzen!«

»Hier sitzen ist notwendig!« versetzte Dubrowin. »Sonst findest du, wenn du zurückkommst, weder Plomben noch Sachen vor! Wie wollen wir dann ohne Plomben durch vier Staaten fahren!«

»Die Plomben! Wozu sind die denn da! Für dich sind die doch da«, widersprach Muslim und stand auf. »Daß alles beisammen ist, daß keiner die Container aufgemacht hat!«

»Schon wieder! Und für die Grenzer? Wenn keine Plomben dran sind, dann können ja Drogen drin sein oder Waffen! Wenn sie, Gott behüte, mit Kontrollieren anfangen, fehlt plötzlich die Hälfte!«

»Was hat es für einen Sinn, daß ich hier rumsitze«, versteifte sich Muslim. »Wenn sie kommen und mir ihre MPi vor die Nase halten – denkst du, da werde ich Widerstand leisten?«

Dubrowin seufzte.

»Wer eine MPi hat, der braucht deinen Container nicht«, lautete seine einleuchtende Antwort. »Die haben Wichtigeres zu tun. Deinen Container braucht, wer etwas daraus klauen kann. Wer nicht mal einen löchrigen Teppich hat«, erklärte er anzüglich, aber Muslim beachtete die Spitze nicht. »Klauen, verstehst du? Klauen und nicht räubern! Und wenn ein Mensch etwas klauen will, sich aber nicht aufs Räubern versteht, dann wird er nicht zu dir kommen! Er wird sehen: Da sitzt Muslim und bewacht seine Löcher ... Also hat er hier keine Chance. Verstehst du?«

»Na gut«, gab Muslim widerstrebend zu, »vielleicht keine MPi ... Dann eben einen Knüppel über den Schädel – reicht ja! Und dann nimm, soviel du willst!«

»Wieder die alte Leier! Wieder einen Knüppel über den Schädel! Ich versuche es dir doch klarzumachen – das ist Raub! Dazu ist nicht jeder fähig! Wir bewachen unseren Krempel nicht vor Räubern! Beruhige dich!«

»Raub oder nicht Raub«, knurrte Muslim. »Ich sehe da keinen Unterschied.«

»Im März sind auf dem Rangierbahnhof vierzig Fünftonner verbrannt – hast du davon gehört? Und warum? Haben sie vielleicht von allein angefangen zu brennen? Kein Stück! Sie wurden nicht bewacht, das war der Grund! Und da sie nicht bewacht wurden, haben viele ihr Auge draufgeworfen – aufgebrochen, das Wertvollste rausgeholt und dann den roten Hahn draufgesetzt, um alle Spuren zu verwischen!«

»Hahn ...«, maulte Muslim resigniert, »Spuren ...«

»Bleib mal schön sitzen, Muslim ... Ich kann ja nicht tagelang hier allein rumhocken! Du bist heute schließlich bei deiner Schwester gewesen«, sagte Dubrowin sanft. »Bleib! Ich hole bloß Brot und bin gleich zurück. Nun, vielleicht gehe ich noch auf einen Sprung zu Wassiljitsch. Kauf dir ein Kännchen Tee bei Kulmurod und leg dich lang ...« Er schwieg einen Moment und schloß, zur Seite blickend: »Gib mir Geld.«

Muslim reichte ihm ein paar zerknitterte Scheine und ließ sich auf die Wattejacke fallen.

Dubrowin war neununddreißig, und noch vor einem Jahr hätte er, zwar nicht gerade mit einer Ringerstatur ausgestattet, schwerlich den Typ des Leichtathleten abgegeben. Dann begann dieses Tohuwabohu ... der Streß ... die Angst ... Im letzten Monat war er gänzlich ausgetrocknet, fast schwarz gebrannt von der Sonne und hatte sich so in einen Marathonläufer ohne Alter und Nationalität verwandelt.

Er ging pfeifend dahin und sah gleichmütig nach links und rechts.

Auf den Gehsteigen saßen alle fünf, zehn Meter Kinder: die älteren, um die Zwölf, hatten auf Zeitungspapier sieben, acht Artikel ausgelegt, die jüngeren, noch rotznäsigen, begnügten sich mit einer Schachtel Zigaretten oder einer Packung Saftkonzentrat. Er hatte kein Geld übrig, deshalb fiel es ihm leicht, über die Köpfe hinwegzublicken, die beharrlichen Versuche zu überhören, ihm Kaugummi zu verkaufen, oder Waffeln in hübschen iranischen Verpackungen.

An den Straßenecken saßen alte Russinnen. Sie boten seltsamerweise nur Einzelstücke an – eine Gabel, ein Buch ohne Umschlag, einen Schuh ohne Schnürsenkel, ein zerrissenes Uhrenarmband, eine Uhr ohne Armband, die schon seit Jahren nicht mehr ging, und es war sehr wahrscheinlich, daß sich, selbst wenn man alle diese Sachen aus der ganzen Stadt zusammentragen würde, nichts Zusammenhöriges finden ließe. Sie versuchten gar nicht, ihre Ware anzupreisen, sondern unterhielten sich leise miteinander oder sahen einfach mit ihrem schweren Blick durch die staubige Luft in die Finsternis der Zukunft, und Dubrowin wußte, daß viele von ihnen, wenn sie sterben würden, niemanden hatten, der sie beerdigen konnte – und das war ihnen wohl auch selbst klar.

Gedankenlos lief er den aufgeheizten Gehsteig entlang, ohne die ihm nur allzu vertraute frostige Atmosphäre des Unglücks, des Hungers und der Not wahrzunehmen, ohne sich des sonderbaren Vergnügens bewußt zu werden, das es ihm bereitete, durch diese Stadt zu gehen, die er nicht nur einfach gut kannte, sondern die ihm auch ein Gefühl der Geborgenheit in einer Art Mutterleib vermittelte, wo es weder Hunger noch irgendwelches Ungemach gibt, wo nichts als dem Menschen nah oder fremd zu bezeichnen wäre, da alles seinetwegen existiert.

Nachdem er den Hof einer alten Schule durchquert hatte, passierte er eine brütendheiße Grünanlage, in der sich bis in die Wipfel der wie abgestorbenen Platanen kein Lüftchen regte. Unter den Bäumen lagen bewegungslos Menschen, und er wußte nicht, weshalb sie da lagen und ob das gut so war, daß sie hier unter den Bäumen lagen, doch er machte sich deswegen keine Gedanken, da ihm auch dies längst vertraut war. An einer Kreuzung standen neben einem gestoppten Fahrzeug zwei mit MPi Bewaffnete in ausgeblichenen Tarnanzügen, die träge belanglose Sätze wechselten, während ein dritter im Kofferraum des Fahrzeugs wühlte. Den Fahrer sah Dubrowin, bleich und verwirrt stammelnd, über sein Gepäck gebeugt. Im Vorbeigehen fing er seinen angsterfüllten Blick auf.

Der Basar war wenig bevölkert. Dubrowin ging durch die Zeilen, erkundigte sich hier und da nach den Preisen. Nachdenklich berührte er mit dem kleinen Finger einen bläulich-weißen Tschakkaberg in einer Emailleschüssel, leckte unter dem mißbilligenden Blick der Händlerin genußvoll den Finger ab und fragte:

»Tschand?«

»Bist«, antwortete sie unfreundlich.

»E, Apa!« versuchte er an ihre Vernunft zu appellieren. »Ich bitte dich! Dah merawad?

»Bist!« sagte die Händlerin kurz angebunden.

»Padar lonat!« brummte er und ging weiter.

Ohne etwas gekauft zu haben, verließ er den Basar durch das Nordtor, um sich auf kürzestem Wege zur Brotfabrik zu begeben.

Hier, in den Gassen der alten Stadt, war es menschenleer und still. Er kam an Ziegel- und Betonmauern vorbei, hinter denen, den Geräuschen nach zu urteilen, ein für ihn unsichtbares, aber verständliches stilles Leben seinen Lauf nahm – Kinder lachten oder weinten, Frauen schrien, um einen Happen bettelnde Hunde jaulten, Tauben gurrten, an Holzspalieren reifte der Wein, Wasser plätscherte, alles folgte dem ein für allemal vorgegebenen Lebensrhythmus. Er verhielt unwillkürlich den Schritt, wenn er an einem Tor vorbeikam, und wenn die Pforte offenstand, schaffte er es, für Sekunden einen Fetzen dieses Lebens zu erhaschen, gleichsam zu fotografieren – da steht ein junger Bursche an einem halb zerlegten Motorrad ... da ein weißbärtiger Greis mit Turban ... da in weitem Bogen unter Bäume spritzendes Wasser ... eine blasse Flamme unter einem Kessel ...

Dubrowin überquerte den kleinen offenen Platz zwischen Milizgebäude und Kindergarten und ging die breite Straße nach links.

Heute war er schon einmal gegen sechs Uhr früh hiergewesen und die Zahl der Wartenden seitdem stark angewachsen – die Leute standen grüppchenweise dicht gedrängt auf dem Gehsteig und unterhielten sich, viele saßen mit herabhängenden Beinen am ausgetrockneten Aryk. Frauen und Kinder auch in größeren Gruppen unter den Bäumen. Das Tor der Brotfabrik, vor dem rechts die Menge wie eine schwarze Wand stand, war fest verschlossen. Bei dem Mann, der links die Tür der Pförtnerloge bewachte, ließ allein die MPi erkennen, daß er den Streitkräften angehörte.

Dubrowin blieb in einiger Entfernung stehen, um die Szenerie zu beobachten. Es sah hoffnungslos aus. Er war schon im Begriff, sich hinzusetzen und die Beine in den Aryk hängen zu lassen, als er angerufen wurde.

»He! Hören Sie! Kommen Sie doch mal her!«

Dubrowin sah sich um. Mit diesem Mann mit der blauen Mütze war er am Morgen ins Gespräch gekommen. Jetzt saß er, auf seinen Stock gestützt, schwergewichtig auf einem Segeltuchklappstuhl.

»Ah«, sagte Dubrowin. »Ich habe Sie gar nicht bemerkt.«

»Das ist immer so«, meinte der andere, nur mit einer Gesichtshälfte lächelnd. »Wenn man dazukommt, sieht man keinen, während die anderen einen alle sehen. Das stimmt wirklich.«

»Schon klar«, seufzte Dubrowin und hockte sich vor ihn. »Die Erfahrung habe ich auch gemacht ... Nun, tut sich hier was?«

»Oooh! Und wie!« sagte der Mann mit übertriebener Lebhaftigkeit und winkte sogleich hoffnungslos ab. »Wie sollte es nicht! Gebacken wird, darf man annehmen! Wenn Mehl da ist ...«

»Ist noch gar nichts verkauft worden?« wollte Dubrowin wissen.

»Verkauft – nein, nichts«, seufzte der andere. »Dafür verteilt, eine Autoladung. Gegen zwölf.«

»Ohne Geld?« fragte Dubrowin ungläubig. »Wieso das?«

»Weiß der Teufel!« Der Mann griff in seine Tasche nach Zigaretten, brauchte jedoch eine Weile, bis seine ungeschickten Finger aus der zerdrückten Schachtel Pamir eine Kippe herausgeholt hatten. Den Stock zwischen die Beine geklemmt, schnaufte er lange, riß ein Streichholz an, um schwer atmend die Kippe zum Brennen zu bringen, und stieß endlich dicken graublauen Rauch aus, der in der Hitze besonders beißend erschien. »Wer soll das kapieren, was die tun!« sagte er mürrisch und spuckte einen Tabakkrümel aus. »Die sind ja ach so schlau! Verteilen eine ganze Autoladung voll und verlangen kein Geld dafür ... Allerdings haben sie irgendwas geschrien – vielleicht, daß es für die Kinder ist, ich habe es nicht mitbekommen ... Und wie sich die Leute dann draufgestürzt haben!« Er winkte wieder ab, nahm einen tiefen Zug und bekam einen Hustenanfall.

Dubrowin pfiff vor sich hin, bis er sich ausgehustet hatte.

»Wenn sie angefangen haben, kostenlos Brot auszugeben«, sagte der Mann schnaufend, »dann muß es ganz belemmert aussehen. Ich kenne mich da aus! Sobald die Sache in Kommunismus ausartet, kannst du sie abschreiben!« Er versuchte wieder einen Tabakkrümel auszuspucken, nahm ihn dann aber mit den Fingern von der Lippe. »Verhungern lassen werden sie die Leute noch! Sagen Sie mal«, fuhr er plötzlich auf, »kennen die das überhaupt, daß man sich anstellt? Ich habe nicht den Eindruck!«

Hinter dem Tor der Brotfabrik war zu hören, wie ein Fahrzeug angelassen wurde, und sogleich wogte die Menge, die für einen Moment erstarrt war, um sich anzuspannen wie ein präparierter Muskel unter Stromeinwirkung, kraft- und geräuschvoll gegen das Tor an. Die weiter hinten Stehenden beeilten sich aufzuschließen. Die Frauen sprangen mit schrillem Geschrei auf und zogen die Kinder hinter sich her.

Der Posten, der besänftigend die linke Hand hob, wiederholte einen abgerissenen Satz, den Dubrowin aber wegen des Geschreis nicht verstehen konnte.

Der Lastwagen gab Gas und stieß ein paarmal Abgaswolken aus.

Das Tor glitt rasselnd zur Seite.

Die Menge heulte auf und drängte in die Öffnung.

»Zurück!« brüllte der Posten jetzt wutentbrannt und fuchtelte mit der MPi. »Zurück, habe ich gesagt! Nur Frauen mit Kindern! Frauen mit Kindern nach der gestrigen Liste!«

»Er sagt, nur Frauen ... irgendeine Liste ...«, erklärte Dubrowin.

»Ach! Liste! Diese Listen kenne ich! Was die nicht zusammenschreiben!« Der Mann packte seinen Stock und schüttelte ihn zornig. »Brot her!«

Am Tor kreischte jemand – wahrscheinlich gegen die Eisenwand gequetscht – wild auf. Indessen fuhr das Tor, erschrocken über den Ansturm, bereits zurück – ruckweise, aber dennoch rasch schloß es sich wieder, ohne das Brotauto herausgelassen zu haben.

»Aaaah!« ging es durch die Menge, und der Druck verstärkte sich noch, verzweifelt suchte man näher an das Tor heranzukommen. Das Frauengekreisch hörte sich jetzt an, als würden gleich mehrere zu Tode gedrückt.

»Himmel, Arsch und Wolkenbruch!« schrie der Posten jetzt auf russisch, riß mit verzerrtem Gesicht die MPi hoch (er war selbst schon nahe daran, eingequetscht zu werden, zwischen ihm und der Durchgangstür blieb nur noch ein Meter), und ein rauchiger Feuerstoß peitschte durch die Luft.

»Aaaah!« Die Leute prallten zurück; die hinteren stürzten geduckt davon, den Kopf mit den Armen schützend; die gegen das Tor Gequetschten suchten verzweifelt freizukommen, fielen, wenn sie es geschafft hatten, auf die Erde, krochen entsetzt auf allen vieren weg, sprangen auf, liefen über einen am Boden Liegenden hinweg, sprangen über einen zweiten. Im Nu war es vor dem Tor leer.

Der Posten brüllte wieder etwas und fuchtelte mit der MPi. Man schrie zurück, schüttelte die Fäuste, wies auf die erschrokken weinenden Kinder.

»Ein Gebrüll – ein Gebrüll«, sagte der Mann freudlos. »Wie soll man hier durchkommen! Gräßlich! Kennen Sie den Witz? Geht einer in den Brotladen, gerät unter die Straßenbahn und ist seine Beine los ... Ganz schön erlebnisreich, so ein Brotkauf, sagt er!«

Er winkte resigniert ab und griff in seine Tasche nach der Zigarettenschachtel.

»Oh! Das ist aber schön! Prima, daß du vorbeikommst! Lieb von dir, mich alten Mann nicht zu vergessen!« sagte der redselige Wassiljitsch, während er die Tür hinter ihm schloß. »Auf die Loggia, ab auf die Loggia ... Gleich mache ich uns Tee ... Wie geht's denn jetzt bei uns zu? Wie bei den Höhlenmenschen!« Er lachte und schob ihn vorwärts. »Kein Waschen, kein Rasieren! Willst du Tee trinken, dann mach dir ein Feuer! Hier, siehst du? Ich habe mich auf die Verhältnisse eingestellt!«

In der Loggia war aus ein paar Stücken Ziegelbruch eine kleine Feuerstelle eingerichtet, auf der ein unmenschlich verdreckter Teekessel stand.

»Diese Vögel da – siehst du?« Wassiljitsch wies nach unten, in den Hof. »Die haben sich Öfen gebaut, kochen im Hof ... Mir ist es so lieber, nach Alte-Leute-Art.« Er klatschte in die Hände und rieb sie mit so zufriedener Miene, als erzähle er von einer großartigen Bequemlichkeit. »Toll, ganz toll, daß du vorbeigekommen bist!«

»Ich gehe auf deinen Eingang zu und denke mir, da muß ja wohl eine Hochzeit sein!« sagte Dubrowin lächelnd. »Große Kessel im Freien, Gebrutzel! Na, da gibt's mal was zu feiern, denke ich!«

»Von wegen!« Wassiljitschs Miene verdüsterte sich. »Hochzeit! Den Teufel verheiraten wir mit der einäugigen Ziege! Weder Strom noch Gas die zweite Woche!«

Ohne in seiner Rede innezuhalten, schnitzte er mit dem Küchenmesser geschickt ein paar Späne von einem Brett und entfachte unter dem Teekessel ein kleines Feuer.

»Höhle bleibt eben Höhle! Heute gibt es wenigstens Wasser, davor hatten wir zwei Tage lang weder Gas noch Strom, noch ...«

»Warum hast du das denn nicht gleich gesagt!« schrie Dubrowin und riß sich das Hemd herunter. »Augenblick!«

Das kalte Wasser floß in einem spärlich trüben Strahl, und bis die daruntergehaltenen Hände vollgelaufen waren, brauchte es ziemlich lange. Dann aber konnte man sich das Wasser über den Kopf und den Rücken gießen, was Dubrowin auch glücklich prustend tat. Er seifte sich den Kopf mit Waschpulver aus einer zerknautschten Schachtel ein, spülte es ab und saß zehn Minuten später, vor Wohlbehagen ächzend, wieder in der Loggia.

»Prima! Strahlst ja richtig vor Sauberkeit!« sagte Wassiljitsch. »Weißt du was ...« Er rieb sich nachdenklich die Wange, auf der sich graue Barthaare kräuselten. »Heute sind es vierzig Tage, daß ein Nachbar von mir draufgegangen ist ... Ich habe noch zwanzig Tropfen in Reserve ... Ist bloß bestimmt warm, das Zeug! Den Kühlschrank habe ich doch abgeschaltet, um Geld zu sparen ... na ja, Strom haben wir jetzt auch nicht.« Er ging hinaus und kam mit einer Flasche zurück, die tatsächlich vielleicht noch einen Zehnteliter einer durchsichtigen Flüssigkeit enthielt.

»Also dann«, sagte Wassiljitsch, nachdem er den Wodka in die Gläser gefüllt hatte, »auf die Seele Nikolai Iwanowitschs, meines Nachbarn ... Direkt in der Sparkasse ist er zusammengeklappt. Saß da und saß ... wartete auf die Rentenzahlung – na, du weißt ja ... Wenn sich das Gerücht verbreitet, daß es Geld gibt, brauchst du eine Woche lang nicht auf die Kasse zu gehen – proppenvoll! Allmählich läßt der Andrang freilich nach ... wozu auch sinnloserweise rumsitzen. Also, er saß da und saß. Und dann krach! fiel er um, und aus war's. Ob's das Herz gewesen ist oder was sonst, weiß man nicht ... Die Leute haben jetzt andere Sorgen, als Obduktionen machen zu lassen! Hauptsache, unter die Erde gebracht!«

»Das ist schon problematisch genug«, sagte Dubrowin finster und schnupperte nach dem widerlich warmen Wodka an einem Apfel. »Bis aufs Hemd ziehen sie einen aus. In Rußland dagegen ...«

»Ach was – in Rußland!« wehrte Wassiljitsch ab. »Du mit deinem Rußland! Glaubst du, dort fließt Milch und Honig? Eine Beerdigung ...« Er schüttelte den Kopf.

»Nein, in Rußland ist es schon besser«, widersprach Dubrowin nicht gerade überzeugt. »Laß mal, Wassiljitsch! Nach russischer Sitte ...«

»Ja, ja, nach russischer Sitte.« Wassiljitsch nickte. »Ich weiß Bescheid, wie es bei denen nach russischer Sitte zugeht. Kenne es aus eigener Anschauung ... Vertiert sind sie – schlimmer als unsre hier.«

»Ich weiß nicht, Wassiljitsch!« sagte Dubrowin nach einer kleinen Pause. »Trotz allem! Wenn ich eine Schwester bei Woronesh hätte, wäre ich schon hundertmal von hier weggefahren!«

»Ach, red doch keinen Blödsinn!« sagte Wassiljitsch unwillig. »Hättest doch auch schon eher wegfahren können. Wegfahrer du!«

»Ich?« sagte Dubrowin verwundert. »Aber ich fahre doch! Bei mir ist Schluß!«

»Schön dumm, daß du fährst!« brauste Wassiljitsch auf. »Besser wirst du es ja doch nirgends haben! Wirst dir noch an die Brust schlagen! Nein!« Er schüttelte den Kopf. »Ich fahre nicht! Hol euch der Kuckuck! Fahrt doch! Ich nicht!«

Dubrowin seufzte. Gegen diesen Dickschädel kam man nicht an. Von der Frau hatte er sich scheiden lassen, von der Tochter sich auf seine alten Tage getrennt ... Sie waren weg, und er saß allein da, der alte Dämel.

Wassiljitsch nahm den siedenden Teekessel vom Feuer und legte an seiner Stelle eine Stahlplatte mit einer Aubergine auf die Ziegel.

»Ist gleich gebacken, und wir können sie essen«, sagte er, während er kochendes Wasser in Dubrowins Tasse goß, in der ein paar Pfefferminzblätter lagen. »So behelfe ich mir ... Man bäckt sie, streut Salz drauf ... mmm!«

Eine Weile schwiegen sie.

»Bleib doch lieber!« sagte Wassiljitsch wehmütig. »Wirklich, bleib! Nicht alle fahren doch weg! Kennst du Kolka Jamninow? Egal ... jedenfalls, der baut weiter an seinem Haus! Begreif doch!« Er berührte Dubrowins Schulter. »Du kommst dorthin, und alles ist dir fremd! Verstehst du? Du kannst dir ja nicht vorstellen, wie fremd dort alles ist! Die Luft! Das Gras! Der Himmel! Die Leute! Alles! Begreif doch! Das Wasser hat dort einen anderen Geschmack, die Erde einen anderen Geruch! Du wirst den Verstand verlieren, laß dir das gesagt sein. Begreif doch, hier ist dir alles nah und vertraut! Und was wirst du dort sein? Bleib, solange es nicht zu spät ist!«

»Irgendwie verstehe ich das nicht, Wassiljitsch«, sagte Dubrowin beherrscht und rückte ein Stück ab. »Ich versuche dir die ganze Zeit klarzumachen ...« Mit einem spöttischen Lächeln langte er nach seiner Tasse, doch plötzlich wurde er blaß und schrie, die Faust auf den Tisch schlagend: »Machst du dich lustig über mich, oder wie! Was glaubst du wohl, wozu ich schon einen Monat auf dem Bahnsteig rumhocke! Zum Spaß? Meinst du, ich sitze gern auf Bahnhöfen rum? Du ... kapierst du überhaupt, daß für mich hier Schluß ist – aus!« Er holte tief Luft. »Schluß! Die Wohnung verkauft! Das Auto verkauft! Das Geld weggeschickt! Die Arbeit aufgegeben! Den Krempel verpackt! Schluß! Aus und vorbei! Und da sagt er zu mir – bleib! Du mußt doch selber schon den Verstand verloren haben! Und überhaupt – was hat das mit Jamninow zu tun?!«

Dubrowin verstummte, schwer atmend, riß die Tasse hoch, verbrannte sich, verschwappte seinen Tee, konnte einen Fluch nicht unterdrücken.

»Nun, verzeih mir, verzeih mir altem Dummkopf«, sagte Wassiljitsch sanft. Er nahm einen Schluck, schmatzte mit den Lippen und sagte dann nachdenklich: »Die Wohnung ... nun, du könntest vorläufig bei mir wohnen, bitte schön!«

Dubrowin verschluckte sich, sprang auf und begann sein Hemd zuzuknöpfen – in seiner Hast verknöpfte er sich.

Eine trockene heiße Nacht stand über der Erde, die vom gelblichen Licht eines großen gefleckten Mondes übergossen war.

Dubrowin schlief nicht, Erinnerungen gingen ihm durch den Kopf, sein Leben lag wie ausgebreitet vor ihm.

Die Vergangenheit war überschaubar und klar, eine Zukunft aber gab es nicht – statt lebendiger Bilder von Wunschträumen hatte er einen grauen Schleier vor den Augen, für ihn schien da kein Platz zu sein. Er wälzte sich auf seinen Lumpen, seufzte, fluchte, doch sich über die nächsten zwei, drei Wochen, über die Räume, die ihm zu durchfahren bevorstand, hinwegzuprojizieren wollte ihm einfach nicht gelingen – nicht einmal schemenhaft konnte er sich dort ausmachen ... Und dann packte ihn die Angst – konnte es eine Zukunft überhaupt geben?

Die Gedanken, die sich nicht nur um ihn selbst drehten, ließen ihn nicht los, und schließlich setzte er sich leise auf, um die grauen Schatten der Kesselwagen, der Telegrafenmasten und der ebenerdigen Bahnhofsgebäude zu betrachten.

Trotz der trockenen Hitze fröstelte ihn bei dem Gedanken, daß im Dezember die Kälte kommen würde – und dann ohne Strom, ohne Gas in ungeheizten Wohnungen, die sich in feuchte schwarze Höhlen verwandelten ... »Ja, das kann heiter werden hier für uns!« flüsterte er, biß sich auf die Zunge und korrigierte: »für euch«, mit solchem Bedauern, als wäre es besser für ihn, auch hierzubleiben und mitzuleiden.

Ihm fiel der Morgen ein, an dem Vera vom Dienst nach Hause gekommen war und er sie im ersten Moment nicht erkannt hatte – kraftlos gegen den Pfosten gelehnt, stand eine grauhaarige alte Frau mit entzündeten tränenden Augen in der Tür. Nachdem sie ein wenig zu sich gekommen war, erzählte sie, was in dieser Nacht passiert war, und obwohl es für Dubrowin nicht die geringste Veranlassung gab, ihr nicht zu glauben, nahm sein Bewußtsein das, wovon sie berichtete, irgendwie bruchstückhaft auf: In die

Entbindungsstation waren Bewaffnete eingedrungen ... Maskierte ... ein halbes Dutzend ... sie verlangen Alkohol ... Alkohol!!! Morphium!!! ... Gestank, Dreck, Waffen ... und eine Entbindung ... sie hört nichts ... eine schwere Entbindung ... und da endlich ... der Schrei des Neugeborenen ... einer von denen tritt näher und fragt, ob nicht etwa eine Kuloberin oder eine vom Pamir das Kind zur Welt gebracht habe ... alle schweigen verwirrt ... woher kommt sie? woher! ... alle schweigen ... die Entbundene ist halb ohnmächtig ... da packt er das Kind und klatscht den Kopf mit voller Wucht gegen die Kante des Operationstisches ... wirft es auf den Fußboden ...

Dubrowin kniff die Augen zusammen und schlug die Hände vors Gesicht.

In ohrenbetäubendem Chor zirpten die Grillen.

»Du schläfst nicht?« fragte Muslim.

»Diese Hitze«, sagte Dubrowin heiser und nahm die Hände vom Gesicht. »Man ist ganz schlapp.«

»Ja, heiß ist es.« Muslim seufzte und rekelte sich wohlig. »Jetzt in ein richtiges Bett – plumps! Wie, Sansanytsch? Mit was Jungem!«

Dubrowin antwortete nicht, und Muslim verstummte.

»Hör mal«, nahm Dubrowin das Gespräch nach ein paar Minuten wieder auf. »Weißt du, was mir plötzlich durch den Kopf gegangen ist? Warum hat er bloß abgedankt?«

»Wer?« fragte Muslim verwundert und setzte sich ebenfalls auf.

»Wer schon, der Präsident!« erklärte Dubrowin ärgerlich. »Erinnerst du dich? Sie hatten ihn im Flughafen abgefangen. Als er nach Chudshand fliegen wollte, um dort eine Regierung zu bilden! Erinnerst du dich?«

»Ach, das ...«, sagte Muslim gleichgültig. »Ja.«

»Wieso hat er abgedankt? Ich kann es einfach nicht begreifen! Das war doch die letzte Chance, die der Mann hatte, die letzte! Er hätte sie ganz einfach zum Teufel schicken können! Hätte sich gesagt: Ja, mag sein, daß ich ein Mistkerl, ein Stück Scheiße bin, mein ganzes Leben bin ich über die Köpfe andrer emporgeklommen, gepraßt und geräubert habe ich und mich dabei hinter dem Namen des Volkes versteckt! Mein Leben lang habe ich betrogen, taktiert, in die eigene Tasche gewirtschaftet, Leute ausgeschaltet, vor nichts bin ich zurückgeschreckt, konnte den Hals nicht vollkriegen – und bei alledem habe ich ständig das Wohl des Volkes im Munde geführt! Jetzt aber, am Scheideweg, weiche ich keinen Schritt zurück! Ihr wollt mich zum Abtritt zwingen? Ich huste euch eins! Mich hat das Volk gewählt, und allein das Volk kann mich zum Teufel jagen! Und solange es mich nicht absetzt, halte ich zu ihm! Selbst wenn ihr mich in Stücke reißt! Eine Kugel bietet ihr mir an? – ich akzeptiere sie! Die Schlinge? – auch die! Er hatte ja ohnehin nur noch zwei Monate zu leben! Hatte sein Leben hinter sich, über sechzig war der Mann – ein Monat mehr oder weniger, was macht das schon für einen Unterschied! Er wäre zum Helden geworden! Man hätte ihn in den Himmel gehoben! Kindern seinen Namen gegeben – denk dran, mein Kind, dieser Mann ist gestorben, aber abgetreten, seinem Volk untreu geworden ist er nicht! Was tut er statt dessen? Er unterschreibt, was man von ihm verlangt ... übt Verrat ... laviert sich wieder durch ... Was für ein Chaos war die Folge dieser Abdankung! ... Was für ein Krieg, was für ein Unheil ... den Herzinfarkt aber bekam er zwei Monate später trotzdem ... so war das, mein Lieber! Warum also?«

»Man hängt am Leben«, sagte Muslim. »Das sagt sich leicht – eine Kugel ... Wenn sie dir aber eine vor den Wanst ballern, dann singst du wahrscheinlich ein anderes Lied!«

Nicht weit weg knatterte eine Maschinenpistole. Dubrowin zuckte zusammen und spähte mit unwillkürlich eingezogenem Kopf über die eiserne Seitenwand des Plattformwagens in die vom Mondlicht übergossene, schattengesprenkelte Gegend, in der sich die drei trüben Laternen am Bahnhof wie gelbe Kleckse ausnahmen. Ein zweiter Feuerstoß, dem Pistolenschüsse wie das Zerklirren leerer Gläser folgten, dann wurde es wieder still, im Nachbarkischlak kläfften nur noch lange die aufgestörten Hunde.

»Irgendwo ganz in der Nähe«, sagte Dubrowin, tief Atem holend. »Sparen nicht mit Patronen, diese Kerle ...«

»Patronen haben die viele«, erwiderte Muslim.

Eine Weile schwiegen sie.

»Wenn wenigstens die Gleise schon repariert wären ...«, sagte Muslim mit tonloser Stimme.

Er tastete nach seiner Wasserflasche und nahm ein paar Schlucke.

»Warum fährst du eigentlich weg, Muslim?« fragte Dubrowin nach einer kurzen Pause.

»Und du?« fragte Muslim lächelnd zurück.

»Ich bin hier eben ein Fremder«, sagte Dubrowin gepreßt und zuckte die Achseln. Er wiederholte bei sich diese Wörter: ein Fremder, ein Fremder! – eine sinnlose Lautzusammensetzung, denn alles ringsum widersprach ihr: zwei Generationen von Vorfahren, die unter mondbeschienenen Erdhügeln lagen, der heiße lila Himmel, an dem Sterne funkelten in reinem Licht, der Geruch von erhitztem Staub und Kameldorn, das Zirpen der Grillen, das vereinzelte Gebell von Kischlakhunden.

»Ein Fremder!« Muslim lachte spöttisch auf. »Geht es anderen besser? Gehöre ich hier vielleicht dazu? Wer gehört für die überhaupt dazu? Hast du von Safoji gehört?«

»Dem Arzt?« fragte Dubrowin unsicher.

»Ja, Chirurg war er ... Vor zwei Jahren hat er bei mir eine Nierenoperation gemacht. Niemand sonst wollte das Risiko eingehen. Und er hat sie gemacht! Alle haben ihn doch gebraucht! Wie vielen Menschen hat er das Leben gerettet! Und weißt du, was dann mit ihm passiert ist? Eines Morgens haben ihn irgendwelche Leute in ein Auto gesetzt, zum Pumpwerk gefahren und erschossen ... Patronen! Patronen haben die haufenweise!«

Dubrowin schüttelte den Kopf.

»Ja, davon habe ich gehört.«

»Und in unserer Kfz-Zentrale ... ich habe dir schon davon erzählt ... sind welche mit MPis erschienen. Holt alle zusammen, sagten sie. Wir taten es. Ihr Oberster zeigt seine MPi und sagt: Wißt ihr, was das ist? Wir sagen: Wir wissen es, Verehrtester!

Gut, sagt er. Dann ersparen wir uns die Unannehmlichkeiten! Ihr habt hier herumgefaulenzt, während wir für die Wahrheit gekämpft haben. Schreibt jetzt eure Kündigungen und geht im guten, ihr braucht hier nicht mehr zu erscheinen – an eurer Stelle werden andere arbeiten! Sie haben es nötiger! ... Und da fragst du noch, warum ich wegfahre! Ganze Familien verschwinden! Abends sehen die Nachbarn noch – die Leute sind da und am Leben, und wenn sie morgens vorbeigehen, findet sich keiner mehr oder höchstens Tote! Soll man hier sitzen und warten, bis es einem genauso geht? Erst haben sie einem die Arbeit weggenommen, dann sagen sie: Komm her, mit deiner Arbeit ist es nicht genug, jetzt brauchen wir noch dein Leben! Nein, mit mir nicht! Mein Bruder ist längst weg ... noch zu Breshnews Zeiten ... hat sich schon lange ein Haus gebaut ... Gebiet Kalinin – kennst du doch?«

Dubrowin nickte. In seinem ausgetrockneten Mund spürte er einen bitteren Geschmack.

»So ist das ... Ich bin doch Ingenieur! Ich kann auch als Fahrer oder Autoschlosser arbeiten. Oder auf einem Traktor – bitte schön!«

Er verstummte, dann sagte er seufzend:

»Fremd, dazugehörig ... Hier, weißt du, geht's zu wie in der Redensart ...« Er bewegte seine Finger. »Du erinnerst dich doch? Hast es mir gesagt. Wie war's gleich?«

»Schlagt die zu euch Gehörenden, damit die Fremden euch fürchten ...«, sagte Dubrowin.

»Genau, genau«, rief Muslim erfreut. »Die zu euch Gehörenden ... damit die Fremden ...«

Der Mond stieg allmählich höher und war nicht mehr so groß und gelb, er nahm eine hellere Färbung an und schimmerte silbrig.

»Na schön ...«, sagte Dubrowin düster. »Vielleicht versucht man, doch ein bißchen zu schlafen.«

Er schlief ein, und was er träumte, entsprach beinahe dem, was in Wirklichkeit war – er sitzt auf dem Bahnsteig, wartet aber nicht auf die Abfahrt, sondern im Gegenteil auf die Ankunft eines Zuges, mit dem heute seine Frau und sein Sohn zurückkehren sollen. Sehnsüchtig blickt er in den flimmernden Hitzedunst und sieht, wie aus der verschwimmenden Steppe der langerwartete Zug auftaucht. Die Tränen kitzeln ihm die Kehle; er weiß, daß jetzt alles gut wird, alles in Ordnung kommt. Er sieht das lachende, glückliche Gesicht Veras, alle ringsum lärmen, winken mit ihren Tüchern, und Saschka ruft aus irgendeinem Grund nicht »Papa«, sondern »Sansanytsch!« ...

»Sansanytsch! Sansanytsch!«

Dubrowin setzte sich mit einem Ruck auf und hätte fast aufgestöhnt – sein ganzer Körper war auf den nur spärlich mit Lumpen abgedeckten Brettern taub geworden. Er schlug die Augen auf.

Es war noch dunkel, doch im Osten begann der Himmel bereits zu verblassen.

»Sansanytsch! Los geht's!« brüllte der um ihn herumtanzende Muslim. »Die Lok ist da! Wir fahren, Sansanytsch!«

Dubrowin hörte es klirren – jemand ging den Zug entlang und schlug mit einem Hammer gegen die Buchsen.

»Woher ...«, sagte er heiser, »wer hat das gesagt?«

»Na der!« rief Muslim triumphierend. »Der Bahner, der den Zug abgeht, hat es gesagt! Schon gestern früh sollen sie mit den Gleisen fertig geworden sein! Äääch! Zur Schwester schaffe ich es nicht mehr, mich verabschieden! Äääch, Sansanytsch!« Er hockte sich hin und begann ihn zu rütteln. »Steh doch auf, steh auf! Gleich fahren wir los! Sansaaaanytsch!«

Dubrowin spürte ein schweres, dumpfes Herzklopfen. Er stand auf, stützte sich auf die Bordwand des Plattformwagens und sah sich hilflos um. Allem Anschein nach hatte der Eisenbahner die Wahrheit gesagt – am Kopf des Zuges war Bewegung zu spüren – irgend etwas atmete, blinkte, ruckte da.

»Ab geht's! Ab geht's!« schrie Muslim und hüpfte im Takt seiner Worte. Er riß die Tjubeteika vom Kopf und schwenkte sie, jeden Schrei damit unterstreichend. »Ab geht's! Ab geht's! Ich fahre! Ich fahre!«

Sollte es tatsächlich soweit sein? dachte Dubrowin.

Unter dem Boden des Waggons zischte es laut – wahrscheinlich wurde der Luftbehälter gefüllt.

»Frisches Wasser sollten wir wenigstens mitnehmen, Muslim!« sagte Dubrowin heiser. »Den ganzen Tag werden wir durch die Sonnenglut fahren!«

Muslim schlug sich die Hand vor den Kopf, griff nach den herumliegenden Plastikflaschen, sprang mit einem fröhlichen Schrei auf die Erde und wetzte zur Kneipe Kulmurods, wo im Seitenfenster bereits gelbes Licht leuchtete.

Der Himmel hellte sich auf. Über der Hügellinie lag ein durchsichtiger blauer Streifen.

»Ab geht's, Safar!« lärmte Muslim. »Leb wohl! Sag Kulmurod ein Dankeschön! Sag ihm, daß sein Pilaw gut ist, trotzdem soll er ihn besser würzen!«

Dubrowin nahm die schweren Flaschen ab, die ihm Muslim hinaufreichte.

Vorn ertönte ein kurzer Pfiff, und sofort sprang von Waggon zu Waggon, von Tankwagen zu Tankwagen das Donnern der aufeinanderstoßenden Stahlpuffer. Schon hatte es ihren Plattformwagen erreicht, der ebenfalls anruckte, polternd den nächsten Waggon mitriß, noch einen, noch einen ... und wieder wurde alles still, nur daß der Waggon bereits in einer Reihe mit den anderen unmerklich und völlig geräuschlos dorthin rollte, wo ihn die heulende Diesellok mit finsterer Entschlossenheit hinzog.

Die Hände an die Bordwand geklammert, stand Dubrowin wie traumversunken da und betrachtete die gemächlich vorbeigleitenden Masten, die Kieselsteine, das trockene Gras, das Kameldorngestrüpp und den ausgedörrten Lehm.

»Wir fahren!« brüllte Muslim über seinem Ohr. »Wir faaahren!«

Alles entglitt – die Masten, die Kieselsteine, das trockene Gras, der Kameldorn, der blaue Luftstreifen über den Hügeln; es blieb schweigend zurück, ohne ihn anzurufen, ohne zu versuchen, ihn zurückzuhalten.

Dubrowin wankte.

Er glaubte sich von einer unheimlichen, erbarmungslosen Kraft in zwei Hälften zerrissen, der Zug gewann an Fahrt und trug den Körper davon, die Seele indessen wollte bleiben und flatterte verzweifelt in einer fremden, engen Hülle.

Er fiel vornüber auf die Bretter und verdeckte das Gesicht mit den Händen. Irgend etwas brodelte in seiner Brust, suchte vergeblich zu entschlüpfen.

Der Zug holperte über die Schienenstöße.

Der Mond glitt ihm nach über den Himmel, doch auch er würde bald zurückbleiben müssen.

ZWÖLFTES KAPITEL
SAWRASHJE

1 Der Vorortzug war fast leer und einen Sitzplatz zu bekommen kein Problem, trotzdem stürzte Lobatschow wie gewohnt, Wikentjitsch nach, durch die Schiebetür zu einer freien Bank, klatschte seinen Rucksack auf die Gepäckablage und setzte sich hin.

Der Zug ruckte an. Der schwarze Bahnsteig mit seinen Hallen und Schuppen blieb zurück, in der Dämmerung zogen Telegrafenmasten vorüber, entblätterter, mit Rauhreif überzogener Wald und ein dichter Schleier tiefhängender Wolken, die sich schon die dritte Woche mit Schneefall zu entladen drohten.

Lobatschow rutschte auf dem kalten Holz hin und her, setzte sich bequemer, lehnte die Schulter gegen seinen Kollegen und schloß die Augen.

Monat für Monat, Jahr für Jahr schlief er nicht mehr aus – das vierte Jahr schon, seit sie von Churramobod hierher nach Sawrashje übergesiedelt waren.

Vor seinen Augen schwamm flimmerndes Gekräusel vorbei ... Glöckchen läuteten ... Rufe waren zu hören ... schon glaubte er einen kurzen nächtlichen Traum zu Ende zu träumen, gierig sog er die wenigen Minuten Ruhe und Wärme ein, die ihm bis zum ekelhaften Schrillen des Weckers verblieben. Halb fünf ... genau halb fünf bohrt es sich ins Ohr ... und sofort fluten Ruhe und Wärme zurück, entweichen wie das Meerwasser dem ans Ufer geworfenen Fisch. Sich aufsetzen im Bett ... Hauptsache, sich gleich aufsetzen, sich nicht von der Woge in die dunkle Tiefe zurücktragen lassen ... dann die Sachen ertasten und sich anziehen ... aus dem warmen Zimmer in den Vorraum des Wohnwagens ... dort hat Mascha am Abend schon alles bereitgestellt – den Teekessel mit frischem Wasser auf dem Kocher ... in der Pfanne Kartoffeln – nur noch das Streichholz drunterhalten und sie aufwärmen. Und los geht's – Frühstück ... heißer Tee ... Zigarette ... Und weiter ... Bansai, der stumm aus seiner Hütte herausschaut, um Herrchen zu verabschieden, das harte Fell kraulen. Drei Kilometer bis zur Chaussee – durch die bläuliche Finsternis, über der, wenn er Glück hat, schweigsame Sterne leuchten ... warten, bis der Bus kommt, sich hineinzwängen in die rüttelige benzingetränkte Wärme ... vierzig Minuten bis zur Bahnstation ... anderthalb Stunden mit dem Vorortzug und vom Bahnhof in Kaluga dann zum Ortsrand ... um acht schon in Arbeitskluft dastehen ...

Näher als in Kaluga ist keine Arbeit zu finden.

Einmal, im August, hatte es so ausgesehen, als sollten sie endlich Glück haben – Wikentjitsch hatte eine gute Arbeit in Moskau gefunden.

Aber diese Schufte haben sie von da vertrieben, ihnen ihre Arbeit genommen.

Und das war eine ausgezeichnete Arbeit!

Natürlich liegt Moskau weiter weg, aber dort durften sie ja übernachten! Eine wirklich gute Arbeit ist das gewesen ... Sie haben noch zwei von ihren Leuten, Grischa Stepnjak und Wolodja Dubassow, dazugenommen, die deswegen einen Auftrag bei Kaluga – den Bau eines Wochenendhäuschens – sausen ließen. Eine selten gute Arbeit, über drei, vier Monate ... Eine große Wohnung, über hundert Quadratmeter, die komplett herzurichten war. Und die Hauptsache – sie durften dort übernachten! Wenn man aber eine Bleibe hat, braucht man nicht unnötig Fahrzeit zu verlieren und kann zwölf oder gar vierzehn Stunden ackern! Wer wollte es bestreiten – im Baudreck ist es ein schlechtes Schlafen, zumal bei dem ätzenden Gestank von Lösungsmitteln und Farben ... aber was bleibt einem übrig: das tägliche Hin und Her ist bei der Entfernung nicht zu verkraften!

Und so glücklich es begonnen hatte, so zügig lief alles weiter – wie am Schnürchen; binnen anderthalb Wochen hatten sie die Zwischenwände entfernt und den Schutt abgefahren ... Lobatschow war die meiste Zeit unterwegs, sauste wie der Blitz durch die Baugeschäfte und -märkte, in der einen Hand den Taschenrechner, in der andern einen Packen Geld: geizte mit jeder Kopeke, kämpfte um Preisnachlässe, besorgte Fahrzeuge, verlud die gekauften Dinge, transportierte sie ... Im letzten Winter hatte sich ihm die Gelegenheit geboten, zwei Monate lang in einer jugoslawischen Klassebrigade zu arbeiten – was allein das Werkzeug der Jungs wert war! Wenn er daran dachte, konnte er grün vor Neid werden! Die Hälfte dieser Zeit hatte er dem für die Materialversorgung Verantwortlichen assistiert und war dabei dahintergekommen, wo's langging. Später dann hatte er, selbst verantwortlich, auf die gleiche Weise gearbeitet, nur besser noch. Ja, inzwischen hatten sie alles beherrschen gelernt, obwohl sie es sich selbst aneignen mußten. Ihre Bezahlung erfolgte nach Kostenvoranschlag, und der war korrekt, ohne Trickserei und Gaunerei; wenn man aber die Augen offenhielt und Einsatzmöglichkeiten für billigeres Material fand, ohne dabei Qualitätseinbußen in Kauf nehmen zu müssen, winkte ein Zuverdienst – kein allzu großer, aber immerhin; für sie zahlte sich auch das aus, bei ihnen in Sawrashje zählte jede Kopeke.

Mit Verwunderung stellte Lobatschow sogar fest, daß sie, die sich ihre Fertigkeiten selbst angeeignet hatten, manches besser und sauberer machten als die Profis, die schon mit Fünfzehn in dieses Metier eingestiegen waren. Natürlich hat der Handwerker einen strengen Rhythmus im Blut, an den er sich hält – um acht geht es los, um fünf fällt der Hammer. Für jede knifflige Sache – und auf dem Bau gibt es deren überreichlich – sitzt in seinem trunkenen Dickschädel eine Schablone, die sich oft genug bewährt hat: Mach es so und nicht anders: Was gut ist, muß man nicht besser machen wollen ...

Der Ungelernte kann ihm da nicht das Wasser reichen. Aber was der Facharbeiter mit Routine schafft, kann ihm mit Beharrlichkeit gelingen: Wenn man die Zähne zusammenbeißt, schafft man es, sich einzufuchsen, bloß tun einem im ersten halben Jahr nachts die Muskeln weh, daß man schreien könnte. Schablone bleibt außerdem Schablone: Nicht alles klappt wie gedacht. Und vor allem vermeidet der gelernte Handwerker alle Arbeit, die nicht sein muß – er verschließt selbst die Augen davor und verkleistert sie einem anderen, um sich ihr zu entziehen. Stößt man ihn mit der Nase drauf, dann erledigt er das Fehlende, bessert nach, um sein Geld zu bekommen; tut man es nicht, streicht er die volle Summe ein, und dann such ihn.

Wenn aber einer in seinem vergangenen Churramoboder Leben Ingenieur war und im jetzigen gezwungen ist, von früh bis spät Mörtel zu mischen, Schutt zu schleppen, alte Fliesen abzuschlagen und Wände neu zu verfliesen, Parkett zu legen, zu spachteln und zu malern – das heißt, sich mit Dingen zu befassen, die er bisher nur vom Hörensagen gekannt hat –, dann nagt in ihm ständig der Wunsch, sein altes Wissen als Ingenieur anzuwenden. Wozu stecken – einem abgebrochenen Zahn vergleichbar – in seinem Kopf noch Reststücke der Festigkeitslehre oder der theoretischen Mechanik? Damit sie ihn nachts um den Verstand bringen? Nein, sie wollen genutzt werden! Wenn schon Mörtel mischen, dann auf wissenschaftliche Weise, und alte Fliesen abschlagen – ebenso! Das Wissen um Ausdehnungskoeffizienten will berücksichtigt sein! Und Boyle-Mariotte! Und Poisson! Und für jedes knifflige Problem – keine Schablone, sondern individuelles wissenschaftliches Herangehen!

Überdies wird der Handwerker, der von Jugend auf gewohnt ist, mit Ölspachtel und Kalk zu arbeiten, dabei bleiben, und nichts kann seine Überzeugung erschüttern, daß es so am besten ist. Der Ungelernte hingegen steckt in alles seine neugierige Nase: Was hat es mit Polymerfarben auf sich? Oder mit schwedischem Zement? Oder österreichischer Spachtelmasse? Wer kennt sich damit aus? Bei wem kann man sich Rat holen? Wie sich das aneignen? Und auf die eine oder andere Weise bekommt er bald heraus, daß man von dem und dem besser die Finger läßt – mühselige Verarbeitung, tückisch, von kurzer Lebensdauer; dafür gibt es das und das – damit wird es schön und dauerhaft, obwohl es schnell geht und preiswert ist ...

Kurzum, diesmal lief alles wie geschmiert, Erfolg und Vorteil schienen gesichert. Lobatschow hegte allerdings keine übertriebenen Erwartungen, wußte er doch aus bitterer Erfahrung, daß man sich in der Hinsicht besser nichts Konkretes ausrechnet – schwimmt es sich gut, so schwimme, und wenn es dich ans Ufer trägt, wirst du schon sehen, was du an Land bringst.

Eines Tages, als sie mitten in der Arbeit waren, wurde die Tür aufgetreten, und vor ihnen standen drei Typen, die wegen des Staubs das Gesicht verzogen und geringschätzig um sich blickten. Obwohl verschieden gekleidet, sahen sie sich täuschend ähnlich, was möglicherweise an den geschorenen Hinterköpfen lag.

»Wer ist der Boß?« fragte der erste, der im schwarzen Sommermantel mit dem weißen Tuch.

»Was?«

»Wer der Boß ist, habe ich gefragt! So hör doch auf mit dem Geklopfe, du Bock!«

Lobatschow fühlte jähe Leere im Bauch.

»Der Brigadier, meinen Sie?« erkundigte sich Wikentjitsch. »Der bin ich.«

»Wie heißt du, mein Bester?« wollte der Kerl wissen.

»Worum geht es eigentlich?«

»Wanja nennen wir dich«, versetzte der andere. »Verstanden?«

Lobatschow stand da, und seine Hand krampfte sich um den Hammer. Die Leere erfaßte den ganzen Körper. Obwohl die beiden anderen Typen in lässiger Haltung seitlich hinter ihrem Anführer standen und melancholisch grinsten, schlug ihm von ihnen ein Todeshauch entgegen.

»Hast du verstanden, Wanja?«

Wikentjitsch schien bereits alles begriffen zu haben. Er schüttelte aus seiner Schachtel eine Zigarette, die seine zitternden Finger nicht festhalten konnten, sie fiel auf den Fußboden.

Der Anführer richtete seinen Blick auf Lobatschow, machte plötzlich einen drohenden Schritt auf ihn zu und befahl:

»Fallen lassen! Na los, fallen lassen, habe ich gesagt!«

Die beiden hinter ihm bewegten sich ebenfalls.

Lobatschow ließ den Hammer vorsichtig zu Boden gleiten.

»So ist es schön«, sagte der Eindringling und bot mit friedfertiger Miene an: »Wie wär's, wenn wir zusammenarbeiten, Wanjok? Kriegen wir doch hin, he? Was meinst du dazu, he?«

Wikentjitsch nahm sich eine zweite Zigarette, aber sie zerbrach.

»Klar kriegen wir das hin!« sagte der Kerl fröhlich, ohne die Antwort abzuwarten. »Ihr seid tüchtige Jungs, könnt kräftig zupacken! Arbeitet schön! Und wir sorgen für die nötigen Bedingungen! Damit dir keiner ein Haar, Wanja ... Wie?« Er lachte laut, drehte sich um und zwinkerte seinen Kumpanen zu: »Wollen wir Wanjuschka helfen, Leute?«

Der rechte prustete. Der linke kaute gleichmütig vor sich hin, und sein klobiger Körper schwankte im Takt seiner Kieferbewegung.

»Viel nehmen wir nicht, aber für umsonst wird so was auch nicht gemacht!« lachte der Kerl wieder. »Wenig, aber regelmäßig, Wanjok! Jeden Freitag genau um drei! Recht so?« Er setzte eine besorgte Miene auf. »Und daß du mir keine Sperenzchen machst, Wanjuscha! Abgemacht ist abgemacht ... daß es keine Unannehmlichkeiten gibt ... Wer kann das gebrauchen? Weder du noch deine Jungs ...«

Nachdenklich und mit einem Gesichtsausdruck, als betrachte er Möbelstücke, sah er Lobatschow und Stepnjak an, die schweigend an der Wand standen. Dann rückte er die Ledermütze in die Stirn, kratzte sich den Nacken und fragte:

»Ein grüner Riese für alle drei ist ja wohl nicht zu viel?«

Tausend Dollar – das war der Vorschuß, den sie für ihre Arbeit bekommen hatten.

Wikentjitsch lachte auf.

Er stand da und lachte – mit verkniffenem Gesicht, mit krummem Rücken, und schlug die Hände über dem Kopf zusammen, daß die Zigaretten aus der Schachtel fielen, die er nicht wieder eingesteckt hatte.

Der kalte Vorortzug schaukelte dahin. Lobatschow schlief, doch klarer als in der Realität stand ihm das besorgte Gesicht des Milizhauptmanns vor Augen, zu dem der Diensthabende Wikentjitsch und ihn nach langem Wortgeplänkel geschickt hatte. Wikentjitsch hatte nicht zur Miliz gehen wollen: Ist doch zwecklos, kommt sowieso nichts dabei heraus. Lobatschow bestand darauf. In ihm war immer noch Leere, und nur sein Herz spürte er deutlich.

Der Hauptmann war stark beschäftigt. Er sah mit leidendem Gesichtsausdruck fortwährend auf die Uhr.

»Drei Mann, sagen Sie?« fiel er Lobatschow gleich zu Beginn ins Wort – offenbar bedurfte der Sachverhalt für ihn keiner weiteren Erläuterungen. »Und weiter? Was ist Ihr Anliegen?«

Lobatschow erklärte, worum es ihnen ging.

»Verstehe«, sagte der Hauptmann. »Und auf welcher Grundlage?«

Wahrscheinlich waren das welche aus der Kunzewo-Gang, dachte er, während er sich zerstreut anhörte, was ihm der müde Mann in der grauen Wattejacke und den staubig-weißen Stiefeln erregt erzählte. Die hier wollen sie ausschalten, um ihre Ukrainer mit Arbeit zu versorgen ... Eine einträgliche Sache, versteht sich. Diese Aasbande!

Und dann fiel ihm ein, wie er vor zwei Wochen mit seinem Shiguli den Moskauer Ring entlanggebraust war und kurz nach dem Abbiegen auf die Moshaisker Chaussee wegen Unterbrecherausfall der Motor streikte. Er hatte nach einem Telefon suchen, anrufen, um Hilfe bitten müssen ... Er sah Lobatschow an und dachte gereizt: Wo hättest du denn an meiner Stelle angerufen? In deinem Büro oder bei diesen Leuten aus Kunzewo? Im Büro? Na toll! Nach drei Tagen vielleicht hätte sich ein Wagen gefunden, um dich zur Garage abzuschleppen! Die aus Kunzewo aber waren in fünfzehn Minuten da mit zwei Jeeps. Der eine nahm den Shiguli ins Schlepptau, die Schlüssel vom zweiten bekam er ausgehändigt. »Aber, Michail Iwanytsch! Aber! Sie brauchen doch einen fahrbaren Untersatz, solange Ihr Wagen in der Reparatur ist! Schon gut! Lassen Sie nur!« Und wenn er es sich genau überlegte – womit war er ihnen denn jemals zu Gefallen gewesen? Praktisch mit gar nichts.

»Schreiben Sie eine Anzeige«, sagte der Hauptmann und sah auf die Uhr. »Wir gehen der Sache nach ... Und überhaupt ...« Er hob den Blick zu Lobatschow. »Es wird schwer für Sie ... Sie bewegen sich ja außerhalb des Gesetzes!«

»Wir – wieso das?« fragte Lobatschow verdutzt. »Die tun das doch!«

»Die – das versteht sich von selbst.« Der Hauptmann runzelte die Stirn. »Und Sie nicht? Haben Sie vielleicht eine Lizenz? Und zahlen Steuern? Sehen Sie ... Und da wollen Sie deswegen Tamtam machen!«

Draußen war es schon ganz finster geworden, der Zug holperte über die Schienenstöße, Lobatschow schlief, doch auch im Schlaf spürte er Bitternis in sich und sah die Visagen dieser Ganoven überdeutlich vor sich; und er bedauerte heftig, daß er vor der Abreise aus Churramobod keine Pistole gekauft hatte – angeboten worden waren ihm welche! Und durchgekriegt hätte er sie – kein Problem: wer wäre denn auf die Idee gekommen, in seinem Container nach Waffen zu suchen? Die taten doch nur so streng, um die Leute ordentlich einzuschüchtern und dem, der sich einschüchtern ließ, noch mehr Geld abzuknöpfen ... Eine Makarow samt Magazinen hätte er durchgekriegt ... Was sollte er denn tun, wenn er das Gesetz gegen sich hatte, wenn die Ordnungshüter in ihm einen Gesetzesbrecher sahen? Und ihnen in die Visagen geschrieben stand, daß seine Notlage sie nicht die Bohne interessierte? Er konnte sich nur selbst schützen! Ach, wenn er doch eine PM hätte! Dann hätte er an jenem Tag alle drei gleich auf der Schwelle abgeknallt! Und mochte er auch vor Gericht gestellt und eingesperrt werden ... mochten sie ihn gar erschießen ... wenn es gar nicht anders ging, wenn ihm niemand half – dann mochte es ruhig so kommen ... nur nicht diese entsetzliche Hilflosigkeit spüren müssen! ... Qualvoll machte er sich jedoch zum wiederholten Male klar: Nein, das wäre nicht gegangen! Mascha würde mit den Kindern allein bleiben ... PM ... abknallen ... – das ging nicht ... gar nichts ging ... gar nichts!

Er stöhnte auf, als ihn Wikentjitsch anstieß, und öffnete die Augen. In den schwarzen Fenstern zitterten die Spiegelbilder der Waggonlampen.

»Wir sind gleich da«, brummte Wikentjitsch. »Mach dich fertig.«
Lobatschow schüttelte den Kopf, stand auf, langte seinen Rucksack von der Gepäckablage.

»Dunkel ist es«, sagte er heiser. »Es wird eben zeitig dunkel, Wikentjitsch ...«

Zischend öffneten sich die Türen.

Sie sprangen hinaus und rannten den Bahnsteig entlang und die Stufen hinunter zum Bus. Er stand noch an der Haltestelle, und im gelblichen Licht der Scheinwerfer schwebten silbrig glänzend vereinzelte Schneeflocken vom Himmel.

»Wir schaffen es«, keuchte Wikentjitsch hinter Lobatschow. »Wir müssen es schaffen!«

Vierzig Minuten später setzte der Bus sie am Denkmal ab. Als Denkmal wurde eine zwanzig Meter vom Straßenrand entfernt stehende Stele mit abgeplatzter Farbe bezeichnet. Acht kleine gußeiserne Säulen mit mächtigen Ketten umringten sie. Die Inschrift auf der Tafel besagte, daß das Bauwerk zum Gedenken an Juri Alexandrowitsch Gagarin, den ersten Kosmonauten auf der Welt, errichtet worden sei, der in den hiesigen Wäldern gejagt habe. Wikentjitsch blieb zweimal täglich davor stehen, las den Text laut, machte »hm« und sagte, das einzige, was er hier nicht verstehe, sei, warum noch keiner die Ketten und die Säulen geklaut habe ... Lobatschow zuckte nur mit den Schultern.

Auf halbem Weg zur Siedlung tauchten blinkende Lichter aus der Dunkelheit.

»Also dann, Wikentjitsch«, sagte Lobatschow, an der Gabelung angekommen, und reichte seinem Kollegen die Hand. »Ich gehe noch auf einen Sprung bei Serjoga vorbei. Er hat mir seine große Säge versprochen ... Ohne die verlieren wir morgen einen halben Tag.«

»Der schläft doch schon, dein Serjoga«, brummte Wikentjitsch, »es ist elf durch ...«

»Na, vielleicht schläft er noch nicht«, sagte Lobatschow.
»Bis morgen«, sagte Wikentjitsch.

Lobatschow bog nach links ab, zum Dorf. Fünf Minuten später war er an dem Haus, zu dem er wollte.

Er zögerte, bevor er leise an das dunkle Fenster klopfte.

Nichts regte sich.

Er stieß einen Fluch des Bedauerns aus und machte kehrt.

2 Das Invalidenheim stand jenseits der Schlucht und war von Serjoga Dugins Haus gemächlichen Schrittes in fünf Minuten zu erreichen – nur den Pfad hinunter und drüben hinauf, und schon stand man vor den Gebäuden des Heims.

Mit Beginn der Perestroika geriet das Leben des Invalidenheims aus den Fugen, und zu guter Letzt wurde es fast vollständig aufgelöst – der größte Teil der *Irren* kam in andere, lebensfähigere Heime, zurück blieb eine Handvoll der leichtesten Fälle, die zusammen mit ihren alten Betreuerinnen im vertrauten Hort ihr trübes Leben weiterfristeten. Zu ihnen gehörte Verka Zwetkowa.

Lobatschow hatte sie ein paarmal bei Serjoga Dugin gesehen, wenn er vorbeikam, weil er etwas von ihm brauchte. Serjoga pflegte ihn im allgemeinen nicht übermäßig freundlich zu begrüßen – wer tut das auf dem Dorfe schon, wenn der Betreffende nicht zum Saufkumpan taugt? Serjoga jedenfalls war nicht von diesem Schlag, und Lobatschow drängte sich ihm auch nicht auf, trotzdem empfanden sie Sympathie füreinander, und wenn Lobatschow die Möglichkeit sah, Serjoga behilflich zu sein, ohne sich dabei ein Bein ausreißen zu müssen, tat er es gern. Und Serjoga hielt es ebenso. Andererseits, welcher Art können auf dem Dorf gemeinsame Belange schon sein? Einmal wollte es Lobatschow nicht gelingen, einen fabrikneuen Mehrzweckkleinschlepper anzulassen – einen halben Tag plagte er sich damit ab, blies irgendwelche Späne aus dem Vergaser, erhitzte die Zündkerzen, baute etwas auseinander und wieder zusammen … Schließlich kam er mit dem Ding bei Serjoga angerollt, und sie bastelten zusammen an ihm herum. Genauer gesagt, Lobatschow bastelte, während der seit früh angesäuselte Serjoga am Flechtzaun lehnte, rauchte und belehrende Sprüche von sich gab. Der Trecker wollte nicht anspringen. Der speichelnde *irre* Vitali gesellte sich zu ihnen, steckte, ebenfalls gegen den Zaun gelehnt, den Daumen in den Mund und betrachtete hingerissen den fluchenden Lobatschow. »Was stehst du hier rum!« fuhr Serjoga ihn an: In Sawrashje gehörte es zum guten Ton, den speichelnden *Irren*, sowie er sich blicken ließ, unverzüglich zu etwas anzustellen. »Geh lieber Holz sägen!« Vitali nahm den Daumen aus dem Mund, um ihn zu betrachten und abzulecken, und sagte, gekränkt mit seinem nassen Finger auf den Schlepper weisend: »Säg du doch! Du hast eine Fleundsaft, du säg auch!« Serjoga lachte. »Ach, du geistiger Invalide! *Fleundsaft!* Was heißt hier ›Freundschaft‹ – ein Schlepper ist das!« Sawrashje behandelte die Bewohner des Invalidenheims im allgemeinen ziemlich schroff, und die aufdringlichsten bekamen Fußtritte: anzufangen war mit ihnen herzlich wenig, und das Mitleid verging einem, wenn man sie tagtäglich vor Augen hatte. Vor Serjoga aber zeigten die *Irren* keine Angst. Lobatschow konnte sich manchmal des Eindrucks nicht erwehren, daß sie in ihm dunkel einen der Ihren ahnten, dem bloß noch ein bißchen was fehlte. Endlich knatterte der verdammte Schlepper los, Vitali bekam einen Schreck, doch noch Holz sägen zu müssen, und machte sich davon, während Serjoga frohgelaunt vorschlug, einen zu heben. Ohne besonderen Anlaß war Lobatschow nicht dafür zu haben, weswegen Serjoga ihn mit spöttischer Herablassung behandelte.

Mit Verka Zwetkowa verband Serjoga eine eigentümliche, Lobatschow nicht ganz verständliche Liebe. Er selbst genierte sich irgendwie, ihr ins Gesicht zu sehen, und wenn sein Blick sie doch streifte, war er jedesmal eigentümlich berührt von der Komposition aus gewölbter sommersprossiger Stirn unter der keck aufs Ohr gesetzten schmutzigen karierten Mütze, gerader Nase, aufgeworfenen Lippen, die wie wund gebissen wirkten, rosigen Wangen, Haarlöckchen an den Schläfen ... Wenn Verka schlief, mochte sie richtig schön aussehen. Geöffnet, waren die großen gelbgrünen und etwas schräg stehenden Augen ihrem Äußeren sehr abträglich – unstet und getrübt, machte Verkas Blick den Eindruck, als verstehe sie nicht ganz, was sie betrachtete. Wenn Serjoga sie unter zotigem Gerede bei den Hüften zu packen begann, kreischte sie erstaunt und fröhlich auf, lachte lauthals, bog sich zurück, daß ihr Bauch vortrat, und holte glucksend Luft zu neuem Lachen.

Serjoga wohnte mit seiner Mutter zusammen, die sich mit ihrem gelähmten Bein am Stock durch das Haus schleppte. An warmen Abenden half er ihr hin und wieder auf die Grasbank hinaus. In Serjogas Haus hinein ging Lobatschow nie – meistens unterhielten sie sich draußen am Flechtzaun –, während die *irre* Verka des öfteren zu ihm hereinschaute. Von Zeit zu Zeit besuchten ihn auch seine Kumpels – aus Saschkino, aus Krasnowka und anscheinend selbst aus Prjajewo –, und dann ging es hoch her. Seine Kumpels waren ebenso veranlagt wie Serjoga selbst – haltlose junge Männer um die Dreißig, geschieden oder dicht davor, auf den ersten Blick noch ganz passabel, in Wirklichkeit aber bereits längst im Schwebezustand zwischen baldigem Säufertod und dem Zustand des Dahinvegetierens.

Wenn Serjoga Gäste erwartete, wies er Verka kurzerhand vom Hof, stampfte mit dem Fuß und rief: »Nach Hause, aber schnell, du Zicke! Ab im Laufschritt! Später ruf ich dich!« Wenn er es schaffte, sie fortzujagen, bevor der Besucher in der Tür erschien, klappte es, dann ging sie folgsam. Bekam sie jedoch mit, daß irgendein Mann sich Serjogas Haus näherte, war sie nicht wegzubekommen – sie stellte sich an den Flechtzaun, warf schräge Blicke, lächelte geheimnisvoll in der Hoffnung, gleich auch ihr Gläschen Wodka zu bekommen ... Lobatschow wurde von Serjoga nicht als Fremder behandelt – offenbar traute der ihm nicht zu, nach der trunkenen verrückten Verka zu grapschen, so daß sie kreischte und sich zurückbog. Seine Freunde hingegen kannten keine Hemmungen, um so mehr als Verka nicht ein Mal zu erkennen gab, daß ihr jemandes Zudringlichkeiten unangenehm waren. Zunächst stieß sie zwar einen unwilligen Laut aus und wehrte den Betreffenden ab, doch wenn er nicht lockerließ, dann konnte man sicher sein, daß sie, mit den Händen die volle schöne Brust verdeckend, gluckste und loslachte – nicht selten endete das dann mit einer handfesten Prügelei.

3 Lobatschow fuhr zusammen, öffnete die Augen, lag sekundenlang reglos in der Dunkelheit und versuchte zu begreifen, wodurch er aufgewacht sein mochte. In seinem schläfrigen Gehirn lief ein Band möglicher Erklärungen ab. Der Wecker? Nein, der nicht ... offenbar hatte einfach ein Feuerstoß durch die Nacht geknattert ... vielleicht weil jemand aus purer Langeweile mit seiner MPi spielte ... solche Leute gab es ja – ba-ba-bach! ... mitten in der Nacht, man wacht auf mit einem Schrei, der einem in der Kehle steckenbleibt, kann die halbe Nacht nicht wieder einschlafen, weil man auf die unausbleibliche Fortsetzung wartet ... und am Morgen stellt sich heraus, daß jemand mit dem Auto vorbeigerast ist und ein Dutzend Kugeln auf die Metallgaragen hinter dem Haus abgegeben hat ... ba-ba-ba-baaach! Schufte die!

Sein Herz stockte, doch dann fiel ihm ein, daß er ja hier nicht in Churramobod war!

Er wälzte sich mit unwilligem Schnaufen auf die andere Seite, seufzte im Vorgefühl des wohligen Versinkens im Schlaf, und plötzlich, als er ein letztes Mal die Augen öffnete, bemerkte er einen roten Schein auf der beschlagenen Fensterscheibe des Wohnwagens.

Mit einem Ruck setzte er sich auf und blickte verwirrt auf den roten Lichtfleck. Eine Sekunde später streifte er bereits Hose und Hemd über, steckte die Füße in die Stiefel und stürmte hinaus auf die Vortreppe.

Die Nacht war trocken und windig, über dem Korowjinski-

Wald stand die Mondsichel und über dem Südrand des Dorfes ein blutroter Feuerschein, der den halben Himmel einnahm.

Lobatschow stürzte hinab zu dem leicht überfrorenen schwarzen Weg.

Von Sawrashje bis Saschkino, zur nächsten Feuerwehr, waren es drei Kilometer. Und von ihnen zwei … Er konnte auch noch zu der Straßengabelung laufen, wo die Verkehrsmiliz eine Kontrollstelle hatte. Dort gab es ein Telefon. Aber bis dahin war es auch mindestens ein Kilometer … Und wer weiß – vielleicht war dort gar keiner zu dieser Stunde!

Er rannte und rannte und hörte nichts als seinen Atem und das Stampfen seiner Füße; er rannte und rannte und hätte fast die Abzweigung verpaßt … weiter hetzte er und sah außer der finsteren Wand des Waldes nichts als rote Punkte vor den Augen, als ihn plötzlich etwas blendete. Verwirrt blieb er stehen, beugte sich vor, stemmte, nach Atem ringend, die Hände gegen die Knie … und begriff: das war das Feuerwehrauto, das wie wild durch die Schlaglöcher hüpfte.

»Halt!« schrie Lobatschow und riß die Arme hoch. »Halt! Es brennt … in Sawrashje!«

Obwohl der SIL kaum seine Fahrt verlangsamte, schaffte man es, ihn hinaufzuziehen in die rauchige Zigarettenwärme der Fahrerkabine.

»In Sawrashje!« wiederholte Lobatschow. »In Sawrashje!«

»Weiß ich doch!« sagte der besorgte Feuerwehrhauptmann. »Sieht man ja! Schon von Saschkino war's zu sehen! Hat einer Feuer gemacht, verdammt!«

Wenige Minuten später krachte Serjoga Dugins Flechtzaun um, als das Feuerwehrauto dagegenfuhr. Lobatschow sprang hinaus. Um das Haus herum huschten hilflose Schatten. Im Handumdrehen hatte die Feuerwehr ihre Vorbereitungen getroffen. Vom Haus stand kaum noch etwas – das Dach war eingestürzt, und in dem Nordwind loderte eine riesige Feuersbrunst, die Funken in den schwarzen Himmel sprühte.

Der Motor heulte auf, aus den Schläuchen schoß prasselnd

schaumiges Wasser, und bald blieb von dem Brand nur ein qualmender nasser Haufen verkohlter Balken.

Die Nacht war so rasch verflogen, als hätte lediglich jemand mit einem schwarzen Lappen vor seinen Augen gewedelt.

Fröstelnd sah Lobatschow auf die Brandstätte.

Es war schon lange hell, doch die Leute gingen nicht auseinander – man wartete auf die Miliz. Wer sich entfernte, war bald wieder da. Noch im Dunkeln erschien Wikentjitsch, sah, was geschehen war, hörte sich an, was Lobatschow ihm zu erzählen hatte, und winkte ab – bleib zu Hause, ist ja heute sowieso nichts los mit dir ... Die Männer rauchten und unterhielten sich leise, die Frauen verdeckten die Münder mit den Zipfeln ihrer Kopftücher und tuschelten.

Gegen neun tauchte der Pächter Schura Kurganow auf. Er nickte allen zu, Lobatschow aber sprach er an, als wolle er damit eine gewisse Verwandtschaft zwischen ihnen bekräftigen. Er stammte von hier, lebte jedoch völlig isoliert. Nach seinem Studium hatte er als Ingenieur gearbeitet, als sich ihm dann jedoch die Möglichkeit eröffnete, war er mit seiner Familie ins Dorf zurückgekehrt, hatte Kredite aufgenommen, Technik gekauft und vom Kolchos Land gepachtet. Jetzt arbeitete er auf diesem Land ganz auf sich allein gestellt – das heißt, er schuftete von früh bis spät, und sein ganzes Geld steckte er in die Wirtschaft. In seinem auf die Schnelle gebauten Haus hatte er Erdfußböden – er schaffte es einfach nicht, sich so einzurichten, daß er auf menschenwürdige Weise wohnen konnte. Dafür brachte er Ernten ein, an die der Kolchos nicht im entferntesten herankam, weswegen er wider alle Offenkundigkeit als reicher Mann galt. Im letzten Frühjahr hatte ihm der Kolchos das beste Feld weggenommen, als es bereits bestellt war, und ihm dafür wie zum Hohn Brachland hinter dem Korowjinski-Wald angeboten. Jetzt machte es der unbeugsame Kurganow urbar.

»Ist Serjoga also abgebrannt?« sagte er leise und drückte Lobatschow die Hand.

Er hatte ein breites wettergebräuntes Gesicht.

Lobatschow zuckte die Schultern: Wie du siehst ...

Kurganow langte Zigaretten und Feuerzeug aus der Tasche, zündete sich eine an und stieß genußvoll den Rauch aus. »Ja, das ist so eine Sache ...«

»Ich gucke nachts zum Fenster raus – herrje, es brennt! Und renne los nach Saschkino«, sagte Lobatschow, um sein Hiersein zu erklären. »Und unterwegs treffe ich die Feuerwehr.«

»Mhm ...« Kurganow nickte. »Verstehe ...«

Er blickte um sich, spuckte einen Tabakkrümel aus und sagte:

»Also ... Du solltest dich lieber hier raushalten, würde ich dir raten ...«

»Wie?« fragte Lobatschow verwundert.

Kurganow sah ihm ins Gesicht. Der Kragen seiner Fliegerjacke war hochgeschlagen.

»Du solltest dich lieber hier raushalten, sagte ich«, wiederholte er. »Hier werden eigene Rechnungen beglichen ... dörfliche ... Man kann sich dabei mächtig in die Nesseln setzen. Ich weiß Bescheid ...«

»Aber was habe ich ... womit in die Nesseln setzen?« sagte Lobatschow. »Serjoga ... siehst du, wie es gekommen ist ...«

»Du meinst, er ist dort?« Kurganow wies mit einer Kopfbewegung auf die Brandstätte. »Vielleicht hat er nicht hier übernachtet?«

Lobatschow zuckte wieder die Schultern.

»Wo sonst? Dann wäre er schon hier ...«

»Verstehe ...«, seufzte Kurganow.

»Vor allem, ich ...« Lobatschow wollte sagen, daß er noch am Abend vorbeigekommen und es im Haus dunkel gewesen sei, weshalb er angenommen habe, daß Serjoga schon schlafe, doch biß er sich auf die Zunge und fuhr fort: »Vor allem, ich bin losgerannt, und da kam mir schon das Feuerwehrauto entgegen ...«

»Klar«, sagte Kurganow, nickte und ging.

Lobatschow sah noch nachdenklich seinem breiten unbeugsamen Rücken nach, als ihn Nikolai Fomitsch, Serjogas Nachbar, am Ärmel zupfte.

Das Haus von Nikolai Fomitsch Pestrjakow hatte Gott sei Dank keinen Schaden genommen: obwohl der Wind die Flammen in seine Richtung wehte und Funkengarben schleuderte, war es verschont geblieben. Allerdings glaubte Nikolai Fomitsch, daß durch die Hitze sein Asbestschieferdach Risse bekommen habe. Möglicherweise hatten die beiden großen Apfelbäume einen Teil der Feuersbrunst auf sich genommen. Nun, natürlich hatte Pestrjakow auch nicht geschlafen – er war mit einem Eimer herumgelaufen, um die Wände zu begießen.

»Sieh dir das bloß an!« sagte Nikolai Fomitsch mit zitternder Stimme.

Er war die ganze Zeit ohne Mütze – wahrscheinlich hatte er sie verloren, als er neben dem Brandherd hin und her rannte. Lobatschow erzählte er dreimal dasselbe. Und allen anderen auch.

»Nein, sieh dir das bloß an! Alles zum Teufel! Weißt du, was das für Apfelbäume waren? Prachtäpfel! Gleichmäßig! Weiß! Und ein Duft!« Er winkte ab. »Alles futsch!«

»Du solltest dankbar sein, daß sie dein Haus gerettet haben, Nikolai Fomitsch«, sagte Lobatschow müde. »Apfelbäume wachsen neue ...«

Von der Schlucht her tauchten zwei Gestalten auf.

»Äh, mein Lieber, sag das nicht! Das Haus – das ist natürlich gut ... aber die Apfelbäume!« lamentierte Pestrjakow. »Solche Apfelbäume findet man nicht so schnell wieder! Saftige Äpfelchen waren das!«

Bei genauerem Hinsehen erkannte Lobatschow Vitali und Verka. Sie trotteten auf den Ort des Geschehens zu. Verkas Zähne blitzten – vermutlich lächelte sie. Vitali nuckelte wie üblich am Daumen.

»Jeder einzelne – eine Pracht! Und sauber! Nichts von Blattläusen, Blütenstechern oder Apfelwicklern! Du nimmst ihn in die Hand – er strahlt dich an! Ach, ein Jammer!«

»Laß mal, Fomitsch ... Vielleicht sind sie gar nicht hinüber und erholen sich wieder.«

»Wie sollen sie nicht hinüber sein! Guck sie dir doch an!«

Pestrjakow begann wütend die Zweige zu schütteln, und ein Teil von ihnen brach unter seinen Händen, während von anderen schwarze Rindenflocken fielen.

»Siehst du das? Siehst du? Dieser Teufel von Serjoga! Dieser versoffene Teufel! Siehst du das? Verbrannt hat er mir die Apfelbäume, der elende Kerl!«

»Du solltest einen trinken«, sagte Lobatschow mit einem nervösen Gähnen. »Du scheinst mir ziemlich überreizt ...«

»Wie oft habe ich ihnen gesagt – ihr zündet uns noch das Haus an! Bei der einen hapert's mit dem Bein, bei dem andern mit dem Verstand – die Asche hätten sie am liebsten gleich in den Flur gekippt! Herrgott, wie sollte das Haus nicht abbrennen! Was die Leute so anstellen – nein! Er hätte schon längst eingesperrt werden müssen! Schon lange war er reif für das Gefängnis! Herr, vergib mir«, Pestrjakow schlug ein großes Kreuz, »vielleicht hat uns der liebe Gott befreit von so einem Teufelsbraten von Nachbarn!«

Die Sonne über dem Wald verlor bereits gleich einer Nickelmünze ihren strahlenden Glanz.

Niemand hatte es bisher offen ausgesprochen, daß aller Wahrscheinlichkeit nach unter diesem Haufen verkohlter qualmender Balken, unter den eben noch rotglühenden, jetzt abgekühlten und graublau verfärbten Blechen die Leichname Serjoga Dugins und seiner Mutter lagen. Gedacht indessen hatte es bereits jeder, und deshalb war Pestrjakows Lamento völlig deplaziert: wie auch immer, Tote bewirft man nicht mit Dreck ... Lobatschow war inzwischen zu dem Schluß gekommen, daß Nikolai Fomitsch vor Schreck durchgedreht war, weshalb er ihn ziemlich ungerührt anhörte.

Verka blieb vor dem eingestürzten Zaun stehen und betrachtete aufmerksam die schwarze Ruine.

»Guten Molgen«, sagte Vitali, indem er den Daumen aus dem Mund nahm. »Siehst du, Velka, abgeblannt ... ich hab ihm doch gesagt – blenn kein Lagelfeuel!«

Verka bemerkte Lobatschow, kicherte verlegen und schielte halb abgewandt zu ihm herüber.

»Die hat er auch noch ins Haus geholt!« brauste Pestrjakow plötzlich auf. Solche *Irren* haben mir gerade noch gefehlt bei meinem Haus! Damit sie mir hier alles abbrennen! Hat es dieser Teufel nicht geschafft, werden sie's besorgen! Nein, hör dir das bloß an, was der redet – Lagerfeuer brennen! *Feuel!!!* Ich werd dir gleich was von wegen Lagerfeuer! Los, weg von hier, ihr Schwachköpfe!«

Pestrjakow tat einen drohenden Schritt auf sie zu. Vitali machte erschrocken kehrt, um mit schlenkerndem Weiberhintern Reißaus zu nehmen. Im Davonlaufen drehte er sich nach seiner Gefährtin um und rief aufgeregt:

»Velka, laß die! Komm, Velka!«

»Aaah!« brüllte Nikolai Fomitsch triumphierend. »Gefällt ihnen nicht! Ha! Gefällt ihnen nicht!« Er packte Lobatschow, der sich abgewandt hatte, beim Ärmel. »Gefällt ihnen nicht!«

»Ach, scher dich …!« Lobatschow wich jäh zur Seite. »Bist selber ein Schwachkopf, Fomitsch, ehrlich! Was faselst du da bloß zusammen!«

Er ging schnell den Weg entlang, und ihm nach scholl es:

»Haaa! Habt ihr das gesehn?! Denen ist es doch egal, daß bei uns hier alles verbrannt ist! Sind ja nicht von hier! Ob meine oder deine Apfelbäume draufgehn – das ist denen doch egal! Machen sich breit hier!!! Uuuuh, diese Wandervögel!«

4 Als sich Mascha auf dem Rückweg von Saschkino, wo sie jeden Morgen Milch holte, ihrem Haus näherte, war es schon ganz hell geworden, der Himmel allerdings zeigte sich genauso wolkenverhangen und düster wie gestern.

Bansai begrüßte sie nicht mit Gebell, sondern stand lediglich, mit seiner Kette klirrend, auf und kam auf sie zu. Seufzend stellte sie die Kanne auf die Vortreppe und griff in die Tasche nach dem Schlüssel, da stupste ihr der Hund seinen quadratischen Schädel in den Bauch und verharrte reglos.

»Laß ab«, sagte Mascha. »Schon gut ...«

Bansai war über vier Jahre alt, ein Riesentier mit mächtigen Hauern. Zum Winter hin bekam er ein Zottelfell und wurde einem Bären ähnlich. Als sie ihn damals aus Churramobod mitgebracht hatten, war er ein zweimonatiger Welpe gewesen – ein kleines rundes, freundlich blinzelndes weiches Bündel auf kurzen Beinchen.

Unter welchen Umständen er in ihr Haus gekommen war, hätte sie nicht genau sagen können. Die Zeit ihrer Abreise glich in ihrer Erinnerung einem langen wirren Traum, in dem Ursache und Wirkung fortwährend wechselten. Bestimmt hatte Serjosha die Rede darauf gebracht, daß es doch eine prima Sache wäre, einen guten Wolfshund mitzunehmen – so einen richtigen großen, mit wuchtigen Pfoten und massigem Schädel ... mit kräftig gestutztem Schwanz und ebensolchen Ohren – kurzum, einen Hirtenhund ... Sicherlich war das alles an ihren Ohren vorbeigerauscht – sie hatten damals in einer seltsamen Atmosphäre der Verwirrung und Hoffnung gelebt, der Boden glitt ihnen unter den Füßen weg, und ihre Gedanken waren auf das Hauptsächlichste konzentriert: endlos wälzte sie in ihrem Hirn, was sie wohl in naher Zukunft erwarten mochte, und war damit beschäftigt, sich in der neuen Begriffswelt zurechtzufinden.

Sie verließen Churramobod für immer, und diese Flucht, diese Vertreibung wäre gewiß viel schlimmer gewesen, wenn sie das Land allein hätten verlassen müssen. Doch es waren ihrer viele der durch gleiche Not und Sorgen Bedrängten – hier ist die Lage unerträglich, anderswo aber wartet niemand auf uns. Ein Initiativkomitee bildete sich. Zeitungsartikel wurden veröffentlicht. Bald fand sich auch die Migrationsgesellschaft »Russitsch« zusammen, die genau definierte Ziele verfolgte: über die Immigrationsinstanzen zu erreichen, daß man ihnen in Rußland Land zur Verfügung stellte, damit der von den Teilhabern gemeinschaftlich finanzierte Bau einer Siedlung in die Wege geleitet werden konnte. Und langsam kam die Sache ins Rollen, mit Anlaufschwierigkeiten, mit Tausenden von Hindernissen ... teils auf gesetzlicher

Grundlage, teils durch Bestechung, mit tränenreichen Bitten, mit Überredungskünsten, wiederum mit Geld, mit allen Mitteln, nur nicht mit Gewalt – was für eine Gewalt steht dem Flüchtling zu Gebote? Land bekamen sie, und wer wollte oder es einrichten konnte, der unternahm eine Erkundungsreise in das ferne Gebiet Kaluga, das unbekannte Dorf Sawrashje, und kehrte zurück mit der Nachricht: eine schöne Gegend, Walderdbeeren in Hülle und Fülle. Ein Teil des Komitees übersiedelte nach Kaluga – in ein muffiges Zimmerchen im Keller des Gebietsexekutivkomitees –, um hier, auf Nahdistanz, mit den unmittelbaren Bauvorbereitungen zu beginnen: Projektierung, Straßenverbindung, Wasser, Zement, Transportmittel, Arbeitskräfte, Holz und so fort.

Und so würde denn das Ganze weitergedeihen: Wände hochziehen, Dächer decken, Öfen setzen ... Geld ist ja da, wir fahren schließlich für immer weg, um nichts tut es uns leid: zuerst, was auf den Sparbüchern war, dann (wer eins hatte) die Autos, die Datschen, die Häuser, die Wohnungen – alles wurde verkauft.

Praktisch die gesamte Habe wurde zu Geld gemacht ... Mascha war einmal fast in Tränen ausgebrochen, als ihre Leseratte Paschka, der damals zwölf Jahre alt war und die ganze Zeit sich die trostlosen Erwachsenengespräche mit angehört hatte, eines Tages fragte: »Mama, Inflation und Influenza – sind das Wörter mit gleicher Wurzel?«

Auf alles pfeifen und in Churramobod bleiben ging nun nicht mehr, die Wohnung war verkauft und das Geld nach Kaluga überwiesen, der höfliche und gewiefte Käufer Mirso Ghafurowitsch war bereits einen Tag später vorbeigekommen, angeblich einfach so, um ihnen die Hand zu drücken, über dies und jenes zu reden und sein Mitgefühl auszudrücken, in Wirklichkeit aber, wie Mascha argwöhnte, um nach *seinem* Klavier zu sehen, das in *seiner* neuen geräumigen Wohnung stand – ob es nicht womöglich in der Hektik des Packens Kratzer abbekam.

Eine schlimmere Notlage schien kaum vorstellbar, doch dann kam der Herbst des Jahres zweiundneunzig ... und über Churramobod ergoß sich die Flut der Flüchtlinge aus Kurghon-Teppa, wo auf Kosten der dortigen Einwohnerschaft blutige Auseinandersetzungen zwischen Wowtschiki und Jurtschiki stattfanden ... aus Kabodijon, wo Leute auf den Baumwollfeldern erschossen wurden ... aus Hunderten von Kischlaks, über die ein Wahnsinnskrieg hinwegrollte. Die Obdachlosen lagerten in den Grünanlagen ... zauberhaft schöne Töchter der Chatloner Dehkonen lungerten in den darbenden staubigen Straßen Churramobods herum, bettelten um ein Stück Fladenbrot oder Zucker und waren wahrscheinlich genauso verzweifelt wie Mascha selbst ein paar Monate später, als sie ihren Container auf der Station Generalowo fanden: sie hatten kein Geld, um ihn nach Sawrashje transportieren zu lassen, wo bereits ihr Wohnwagen stand – in einer langen Reihe über die gesamte Breite eines Feldes.

Manchmal dachte sie: Eine dumme Erfindung, das mit der Büchse der Pandora! Sie wurde aufgemacht – und die Übel flogen in die Welt hinaus! Genau umgekehrt sollte es sein – ein Behältnis für die Plagen der Menschheit müßte es geben, in das sie, wenn sie sich ausgewütet, sich satt getrunken haben an Blut und Leben, erschöpft hineinstürzen, um hier zu einem immer schrecklicheren Haufen anzuwachsen bis zum Ende der Zeiten ... bis zu dem Moment, da der, der dazu befugt ist, hineinsieht. Und zurückschaudert! Und erbleicht! Und den Kopf schüttelt und etwas Mitleidiges äußert wie: »Ja ... wahrhaftig ... böse erwischt ...!«

Zwei Tage vor der Abreise hatte Sergej von irgendwoher einen Welpen mitgebracht, vor ihr auf den Fußboden gesetzt und zu den Kindern gesagt:

»Bansai nennen wir ihn. Gefällt er euch?«

... Mascha öffnete die Tür, betrat den winzigen Vorraum und stellte den Krug auf einen Hocker.

Hier, wo Decke und Wände mit Pappe von Tortenschachteln ausgekleidet waren, blieb es selbst bei grimmigem Frost warm.

Sie knöpfte den Kragen ihrer Wattejacke auf und nahm sich ein paar Sekunden, um ihre Welt zu betrachten, das, wo jetzt ihr Leben zum überwiegenden Teil verlief – hier war der Vorraum, der auch als Küche diente; hinter der Tür befand sich ein mit Möbeln vollgestelltes Zimmer von zwölf Quadratmetern – drei Betten, zwei Schränke, ein kleiner Tisch und eine Kommode; dazu war jetzt noch ein Bretterverschlag gekommen, in dem ungeduldig zwei fünf Tage alte Zicklein mit Kräuselfell meckerten. Lobatschow hatte sie Saltyk und Jatagan getauft, doch schon am Ende des ersten Tages hießen sie Saschka und Jaschka. An diese Wand schloß sich ein ebenfalls aus Brettern bestehender und mit Karton ausgekleideter Anbau an, in dem dreißig Gänse und eine Ziege friedlich zusammenwohnten und Heu und Getreide aufbewahrt wurden. Und an jene Wand stieß die des nächsten Wohnwagens.

»Gleich doch, gleich«, sagte sie. »Ein Gemecker!«

Sie machte sich an die Arbeit, und ihre zunächst widerstrebenden Hände legten immer flinker los.

Als erstes ging sie mit zwei Eimern zum Brunnen, dann brachte sie Holz und heizte den Ofen.

Beim Anblick ihrer grob gewordenen Hände – dunkelhäutig, mit kurz geschnittenen Nägeln – war es schwer vorstellbar, daß sie noch vor wenigen Jahren als Technologin in einer Süßwarenfabrik gearbeitet, ihre Nägel rot lackiert und gern einen weißen Kittel getragen hatte, der knisterte und nach der Wäsche steif war wie ein Laken an der Frostluft.

Mascha nahm das Zicklein Saschka und ließ es zur Mutter. Hingekauert, beobachtete sie, wie es rasch die Zitze fand und gierig zu saugen begann. Nach ein paar Minuten nahm sie ihm die Zitze weg und trug ihn, das Gesicht in das duftige Fell gedrückt, mit zärtlichem Gemurmel zu seinem Brüderchen zurück. Der lediglich zur Anregung der Milchproduktion benutzte Saschka meckerte empört und klagend.

»Na, was ist, meine Weiße?« sagte sie, während sie die Milchreste bereits in eine Plastikschüssel molk. »Nein, Schwesterchen, das ist doch keine Milch ... die taugt nichts ... Der sechste Tag schon, mein Weißchen, wird Zeit, daß du Milch gibst. Meinst du nicht auch? Komm, bemüh dich doch ein bißchen. Wie lange willst du noch ... Wir hätten auch gern Milch ... nicht immer nur deine Biestmilch. Ja, meine Weiße? Jetzt lassen wir deine Zicklein trinken, deine Kinderchen ... und morgen fangen wir an mit der Zufütterung. Ja?«

Die Schüssel trug sie ins Haus und füllte mit der Biestmilch zwei große Flaschen.

Nachdem sie die Zicklein satt gemacht und die Streu in ihrem Verschlag gewechselt hatte, zerdrückte sie die inzwischen gar gewordenen Kartoffeln, einen ganzen Eimer voll, und vermischte sie mit gedämpftem Getreide und Kleie. Als die Gänse gefüttert waren, trieb sie sie hinaus – freudig gackernd und die Hälse rekkend, gingen sie los in Richtung Wald, entfernten sich jedoch nicht weit, sondern setzten sich auf gefrorene Erdbrocken. Auch Bansai wurde nicht vergessen.

Während sie singend das vom Morgen stehengebliebene Geschirr abwusch (auch dabei arbeitete es in ihrem Kopf weiter wie das Klappern eines Rechenbretts: zweihundert müssen beiseite gelegt werden für Katjuschkas Mantel, mindestens dreihundertfünfzig wird sie das Mischfutter kosten, dazu noch der Transport ... ein eigenes Auto müßte man haben ... oder wenigstens einen Motorroller mit Transportkasten wie Aristow – kann man damit auch nur in der trockenen Jahreszeit fahren, wäre er trotzdem eine Hilfe ... wenn sie einen Motorroller hätten, würde sie sich doch noch eine Kuh zulegen ... Sergej versucht es ihr freilich auszureden ... jetzt ist ja auch gar kein Geld für eine Kuh da ... aber das Problem ist weniger das Geld, als daß man nicht das ganze Futter für eine Kuh auf seinem Buckel herbeischleppen kann – das schafft man nur mit einem fahrbaren Untersatz, und sei er noch so mies ... solange aber keine Kuh da ist, muß sie jeden Morgen nach Saschkino Milch holen ... ohne Milch ist es wie ohne Hände ... jetzt werden sie zwar Ziegenmilch haben, die ist wertvoller, aber Sergej mag sie nicht ... einen Teil kann man verkaufen wie letztes Jahr ... hier im Dorf halten sie keine Ziegen ... das macht also schon fünfhundertfünfzig ... Pascha muß auch noch ein bißchen Geld geschickt werden ... er sträubt sich immer – brauch ich nicht, ich hab welches! ... woher soll er's denn haben ... wenigstens hundert ... oder hundertfünfzig, wenn man alles gut hinkriegt ... und so ohne Ende, ohne Ende – haargenau wie auf dem Rechenbrett: klopf-klopf ... stopp, eine Kugel zuviel ... die hier zurück und dafür eine andere hierher ...), schlug Bansai plötzlich an und rasselte mit der Kette. Sie sah zum Fenster hinaus – draußen stand die Briefträgerin Valentina.

Mascha trocknete sich rasch die Hände, warf die Wattejacke über und trat auf die Vortreppe.

»Aus!« rief sie Bansai zu, und der Hund verstummte gehorsam, ließ aber ein dumpfes Knurren hören. Mit brennend gelben Augen und angelegten Ohrstummeln beäugte er die Fremde.

»Valja! Willst du zu uns?«

Für gewöhnlich wurde die Post nicht zu ihnen herausgebracht, weil sie in Saschkino gemeldet waren, auch wenn die Wohnwagen zwei Kilometer vom Dorf entfernt standen.

»Klar, zu euch«, erwiderte Valentina, ohne Anstalten zu machen, dichter heranzukommen. »Aber man traut sich ja gar nicht näher ... habt ihn vielleicht rausgefüttert ... der stürzt sich noch auf einen, das Biest!«

»Keine Angst!« sagte Mascha. »Platz, Bansai! Platz, habe ich gesagt!«

Bansai kroch widerwillig in seine Hütte.

»Was führt dich her?« fragte Mascha lächelnd. »Du kommst doch sonst nicht zu uns raus? Möchtest du Milch?«

»Nein, nein, danke«, sagte Valentina finster und kramte in ihrer Tasche. »Normalerweise tue ich es nicht, stimmt ... ich bin nicht verpflichtet, mich zu euch hier rauszuschleppen ... eure Anschrift läuft ja unter Saschkino ... in diesem Fall aber, dachte ich mir, gehe ich mal lieber ... sonst bleibt das noch liegen ...«

»Was ist das?« Mascha trocknete sich noch einmal die Hände an der Schürze und griff nach dem Papier.

»Na, von der Miliz, deiner wird hinbestellt«, sagte Valentina mit unverhofft froher Düsterkeit. »Ja, zur Miliz! Nach Prjajew muß er fahren!«

»Wozu?« Mascha drehte verwirrt die Vorladung in der Hand, einzelne Wörter sprangen ihr entgegen. Lobatschow ... Sergej

Alexandrowitsch ... als Zeuge ... zu erscheinen ...»Wieso das?« preßte sie hervor, den Blick auf die Briefträgerin gerichtet.

»Er wird's schon wissen!« sagte die überzeugt und laut, indem sie ihre Tasche zumachte. »Und wenn nicht, dann wird man es ihm begreiflich machen!«

»Wovon redest du, Valja?«

»Wovon schon! Davon! Als ob du es nicht wüßtest!«

Mascha steckte die Vorladung in ihre Schürzentasche.

»Wer hat denn Serjoga Dugins Haus angezündet? Weißt du das nicht?«

Einen Moment lang sah Mascha verständnislos in das starr gewordene, böse Gesicht, dann lachte sie verblüfft auf.

»Das kann doch nicht dein Ernst sein! Valja!«

»Lach nur! Lach nur!« Die Briefträgerin wandte sich ab und ging eilig davon. »Lach nur! Daß dir mal das Lachen nicht vergeht!« Sie drehte sich um und rief: »Seid wohl hergekommen, um unsere Männer abzumurksen?!«

Bansai schoß aus seiner Hütte und zerrte wie wild an der Kette.

Mascha stand an der Vortreppe, bis die Gestalt der Briefträgerin hinter der Biegung der Betonstraße verschwunden war.

Dann wischte sie sich mit der Hand über die Stirn, als versuche sie sich an etwas zu erinnern, und ging wieder hinein. Die Arbeit erledigte sich schließlich nicht von allein.

5 Lobatschow war unterwegs zur Chaussee, es ging sich angenehm und leicht, doch bohrte eine dumpfe Unruhe in ihm.

Man lud ihn als Zeugen vor, und in welcher Angelegenheit, war klar. Aber was die sich wohl von ihm so Wichtiges versprechen konnten, daß er deswegen einen ganzen Arbeitstag für diese Fahrt nach Prjajew opfern durfte, das begriff er nicht – Zeugen des Brandes gab es noch viele andere außer ihm, und zum Zeitpunkt des Eintreffens der Miliz, die dann unter dem Trümmerberg die Leichen entdeckte, war er längst weggewesen. Von Serjoga Dugin war, wie es hieß, kaum etwas übriggeblieben, während seine Mutter seltsamerweise unter einer Matratze gefunden wurde, die ihren Körper bis zu einem gewissen Grade vor dem Feuer geschützt hatte, so daß man bei der Spurensicherung an ihrem Hals mehrere Messerstiche entdeckte.

Seit dem Brand waren bereits fünf oder sechs Tage vergangen. Lobatschow stand früh auf, kam spät nach Hause und begegnete niemandem von den Dörflern. Doch von Mascha erfuhr er jeden Abend, was die Frauen in Saschkino und in Sawrashje selbst so erzählten, und er konnte nur darüber staunen. Wie sich herausstellte, wußte das Dorf bereits über alles genauestens Bescheid – wer Serjoga Dugin und seine Mutter Warwara erstochen hatte und weshalb: Serjogas Freund Wadim aus Saschkino sollte es gewesen sein, erstens, weil Serjoga seine Geliebte, die *irre* Verka Zwetkowa, nicht mit ihm geteilt hatte, und zweitens, weil er an jenem Tag für ihre gemeinsame Arbeit bei einem Datschenbau dreihundert Dollar bekommen hatte und Wadim seine eigenen dreihundert offenbar zuwenig erschienen waren. »Mascha, du mußt doch verrückt geworden sein!« entrüstete sich Lobatschow. »Hat ihnen Wadim das vielleicht selber gesagt? Oder woher wollen sie das wissen? Kann man denn so etwas über einen Menschen verbreiten, solange es nicht bewiesen ist? Und wenn nicht er es war? Und überhaupt – worauf beruht das alles?! Wer will es gesehen haben?! Und wenn er es gesehen hat, was wetzt er seine dreckige Zunge, statt zur Miliz zu gehen?« Mascha zuckte bedauernd die Schultern: Ich sag ja nur, was ich gehört habe.

Umsonst die vierzig Kilometer zum Prjajewer Kreisamt des Innern auf sich zu nehmen, hatte Lobatschow nicht die geringste Lust, und zunächst wollte er die Vorladung einfach ignorieren, zumal sie bis über die Ohren in der Arbeit steckten, und nachdem er ohnehin schon wegen des Brandes einen Tag verloren hatte, war es ihm den anderen gegenüber peinlich.

Wikentjitsch aber drehte das graue Papier hin und her, tippte sich gegen die Brille und sagte:

»Fahr du mal lieber, Serjosha ... Fahr nur, ein Tag macht das

Kraut nicht fett ... Besser, du fährst hin, sonst kriegen sie dich noch damit am Wickel – von wegen Vorladung mißachtet ... Hol sie doch der Kuckuck!« Und er winkte ärgerlich ab.

... Lobatschow stieg am Kreissowjet aus dem Bus.

Das Prjajewer Kreisamt des Innern hatte seinen Sitz in einem solide gebauten Zweigeschosser mit einer breiten gemauerten Vortreppe und einem Ziegeldach.

Lobatschow wies dem Diensthabenden die Vorladung vor, der sie mit düsterer Miene studierte.

»Ich weiß nicht, ob er da ist«, sagte er. »Meist ist er unterwegs.«

»Aber ich bin doch herbestellt«, sagte Lobatschow.

»Wennschon«, seufzte der Diensthabende. »Den Gang nach rechts.«

Lobatschow klopfte an und zog die Tür auf.

»Darf man?« fragte er den vielleicht fünfunddreißigjährigen stämmigen, dunkelblonden Leutnant, der, mit einem Papier beschäftigt, an seinem Schreibtisch saß.

»Sie dürfen«, erwiderte der Leutnant und krakelte etwas vor sich hin. »Warum denn nicht ... bitte.«

»Ich habe eine Vorladung«, sagte Lobatschow im Nähertreten und zeigte ihm das Papier. »Bin ich bei Ihnen richtig?«

Der Leutnant hob den Kopf, sah Lobatschow an und legte den Füller ohne alle Eile aus der Hand.

»Sind Sie«, sagte er und nickte ernst. »Hier steht ja – bei Tscherwjakow. Und ich heiße Tscherwjakow, also sind Sie bei mir richtig ... Nehmen Sie Platz, Bürger Lobatschow.« Er griff nach der Vorladung und las: »Sergej Alexandrowitsch.«

Lobatschow setzte sich, während der Leutnant seinerseits aufstand, Uniformjacke und Schulterriemen glattzog, sich zum Fenster abwandte und sekundenlang hinaussah auf die von Bäumen gesäumte leere Straße und das Dach eines Schuppens. Der Körper des Leutnants war gedrungen, die Uniformjacke umspannte den Rücken, der breit und glatt war wie bei einem Büffel. Er ging um den Schreibtisch herum, machte ein paar Schritte in das Zimmer hinein. Seine Stiefel knarrten.

»Ich weiß gar nicht, was ich mit Ihnen machen soll, Bürger Lobatschow«, sagte Tscherwjakow endlich. »Man sollte meinen – alles anständige Leute, mit Hochschulbildung, guckt man aber genauer hin, verdammt ...« Er seufzte und zog ratlos die Schultern hoch.

»Was wollen Sie damit sagen?« fragte Lobatschow verdattert. »Worum geht es? Weswegen haben Sie mich vorgeladen?«

Er spürte deutlich, daß der Leutnant sich dumm stellte, aber doch nicht einfach weil er so eine fröhliche, unbekümmerte Art hatte. Ein Gauner ist dieser Tscherwjakow! dachte er. Und was für einer.

»Von den Dörflern kommen Klagen über Sie«, sagte der Leutnant bitter und schüttelte den Kopf. »Ja, sie beklagen sich – andere Menschen sind sie, heißt es, so ungewohnt! Und wo was nicht niet- und nagelfest ist – so schnell kann man gar nicht gucken, wie diese Churramoboder es krallen!« Er hob die Stimme und durchbohrte Lobatschow mit dem kalten Blick seiner zusammengekniffenen braunen Augen. »Nein, regen Sie sich nur nicht auf!« Er hob abwehrend die Hand. »Wir brauchen gar nicht lange nach Beispielen zu suchen! Sagen Sie doch mal, Bürger Lobatschow, woher stammen die Ziegelsteine, die bei Ihnen vor der Tür gestapelt sind?«

Lobatschow öffnete den Mund, um ihm zu antworten, doch die Empörung verschlug ihm die Sprache.

Diese Ziegelsteine hatte er, wenn sich Zeit dafür fand, aus dem Fundament eines alten Kuhstalls an der Schlucht zusammengeholt. Den Kuhstall selbst gab es längst nicht mehr – bereits in den fünfziger Jahren hatte man ihn verfallen lassen, als in Saschkino eine neue große Tierzuchtanlage gebaut worden war. Die Wände waren eingestürzt, einen Teil des Materials hatte sich der Kolchos geholt, einen anderen die Leute aus Sawrashje weggetragen ... Das Fundament aber war unangetastet geblieben – wer hatte schon Lust, wegen ein paar hundert Ziegelsteinen in der Erde zu wühlen! Mit der Zeit war es zugewuchert.

Für ihn, Lobatschow, war das alte Fundament ein Geschenk des

Himmels – gute, gehärtete Ziegelsteine … man brauchte nur den Mörtel zu entfernen, um sie verwenden zu können: kostenlose Ziegelsteine! Natürlich war es zeitraubend (ewig fehlte sie einem – nicht mehr Geld, mehr Zeit müßte man haben!), aber trotzdem: wenn jede Kopeke zählte, wenn es emsig zu arbeiten galt, um mit dem verdienten Geld nicht nur die Familie zu ernähren, sondern auch noch etwas für Baumaterial zurückzulegen, wenn man Arbeit überhaupt erst einmal finden mußte, war man für jeden Ziegelstein dankbar!

»Die Ziegelsteine?« fragte Lobatschow zurück. »Ach, die Ziegelsteine? Haben Sie mich deswegen vorgeladen?!«

Er hätte dem Leutnant vieles erzählen können, was erklärte, weshalb die Einheimischen sich über sie beklagten! Natürlich waren sie Fremdlinge für sie. Wollen Russen sein und leben wie die Tschutschmeken! Nichts ist bei ihnen wie bei normalen Leuten! Nicht mal Wodka saufen die! Ein Schlückchen, und schon wird gepaßt! Nicht wie unsereins – sich vollaufen lassen, bis es oben wieder rauskommt! Und ihre Gänse sind so ungewöhnlich groß und mit glattem Gefieder – kein Vergleich mit unseren! Und in ihrem Garten wächst alles üppiger! Und ihre Ziegen, der Teufel soll sie holen, geben Milch! Uns, den Einheimischen, verkaufen die Milch! So was von unverschämt! Die kriegen's noch fertig und legen sich Kühe zu! Und bauen sich Häuser! Und in diesen Häusern haben sie dann, was kein normaler Mensch braucht – womöglich noch Warmwasser! Und ihre Kinder, die müssen natürlich studieren! Pascha, du wolltest doch Programmierer werden! – Nein, Papa, ich gehe jetzt ans Timirjasew-Institut, wir werden ja hier leben! Und von da, von seinem Landwirtschaftsstudium: Geld brauche ich nicht, ich habe doch mein Stipendium, und notfalls verdiene ich was dazu! Und zweimal im Monat: hierher zum Vater, beim Hausbau helfen! Und fragt man: Wie schaffst du das, Pawel, was ist denn mit deinem Studium?, heißt es: Alles erledigt, ich kann mir die Zeit nehmen … So sind die! Als würden sie von Motoren angetrieben, die sie einfach nicht zur Ruhe kommen lassen!

»Nein, nicht um die Ziegelsteine geht es!« sagte der Leutnant. »Wegen Ziegelsteinen, Sergej Alexandrowitsch, hätte ich Sie nicht herbestellt. Wir haben über anderes zu reden.«

Lobatschow konnte sich des Eindrucks nicht erwehren, daß Tscherwjakow seine Schlüsse bereits gezogen hatte und, nachdem er dies und das angetippt und auch die Ziegelsteine nicht vergessen hatte, sein Urteil feststand!

Der Leutnant nahm wieder Platz, legte die Fäuste auf den Tisch, sah ihn fest an und sagte:

»Einstweilen ist unser Gespräch friedlicher Natur … Eine Vorermittlung … Wenn ich Fluchtgefahr sehen würde, müßte ich Sie in Untersuchungshaft nehmen. Aber wohin sollten Sie fliehen wollen … Von Flucht haben Sie sicherlich genug …«, meinte er und brummte mißbilligend. »Ist Ihnen eigentlich dieses Hin- und Hergefahre noch nicht über?« Er seufzte und fügte fast bekräftigend hinzu: »Sie bestreiten es, daß Sie in der Nacht zum neunzehnten November im Haus von Dugin, Sergej Nikiforowitsch, und Dugina, Warwara Stepanowna, gewesen sind?«

»Ob ich im Haus von Dugin, Sergej Nikiforowitsch, und … ach, so ist das! Ja, das bestreite ich«, erwiderte Lobatschow, der sich plötzlich am Rande eines Abgrunds sah und deshalb seine Worte vorsichtig wählte. »Bei den Dugins bin ich nicht gewesen.«

»Dann müssen wir also zu Protokoll nehmen, daß Sie lügen«, sagte Tscherwjakow gelangweilt. »Sie sind gesehen worden, Sergej Alexandrowitsch, wie Sie das Haus verließen … und die Zeit ist auch bekannt – kurz nach ein Uhr nachts, wenige Minuten vor Ausbruch des Brandes.«

Lobatschow fühlte seine Hände schweißig werden.

»Aber nein!« sagte er und überlegte fieberhaft, wer so etwas gesagt haben konnte. Fomitsch? Ja, Fomitsch! Ach, der Schurke! Und vor allem – weshalb!

Er rückte unwillkürlich näher an den Tisch heran.

»Unsinn! Ja, ich war am Haus – ja, das stimmt … aber hineingegangen bin ich nicht! Sie haben mir nicht aufgemacht! Und nicht nach eins ist es gewesen, sondern gegen elf … kurz nach elf!

Aristow und ich kamen von der Arbeit ... Er ist gleich nach Hause gegangen, während ich noch zu Serjoga wollte – er hatte mir Werkzeug versprochen ... aber sie haben mir nicht aufgemacht!«

»Daß Sie mit Aristow von der Arbeit gekommen sind, das ändert nichts an der Sache«, sagte Tscherwjakow noch gelangweilter. »Bitte schön! Sie sind von der Arbeit nach Hause gekommen ... Danach konnten Sie ja noch einmal hingehen, nicht wahr?« Er verstummte, als warte er auf die Bestätigung seiner Worte, und da sie ausblieb, stellte er fest: »Also, Sie bestreiten es ...«

»Ich bestreite es«, sagte Lobatschow. »Ja, ich bestreite es. Ich bin nicht drin gewesen.«

»Und wie ist es zu erklären, daß bei der Spurensicherung am Tatort Ihr Messer gefunden worden ist?« wollte Tscherwjakow wissen.

Lobatschow überlief es eiskalt. Sein Messer?

O Gott, das stimmte ja – sein Messer hatte er Serjoga gegeben! Ein gutes Churramoboder Messer, von dem er sich sonst niemals trennte – im Dorf konnte man es immer gebrauchen und auch bei der Arbeit, auf dem Bau ... Serjoga gefiel es, und er hatte es ihm abgebettelt, um es als Muster zu verwenden – aus einer Wolga-Feder wollte er sich genauso eins machen ... der Griff, die Prägung – alles gleich ... er kenne welche in den Kfz-Werkstätten, die brächten es fertig, einen Floh zu beschlagen oder einen Teufel zu basteln, so ein Messer – das sei doch ein Klacks für die ... die Kopie, die sie ihm machen würden, werde vom Original nicht zu unterscheiden sein! Lobatschow hatte ihm seins überlassen und dafür Serjogas schäbiges Klappmesser geborgt bekommen. Zwei Wochen war das her ... nein, mehr!

»Schweigen Sie nur, schweigen Sie nur ...«, sagte Tscherwjakow kalt.

Er stand auf und trat wieder ans Fenster.

»Das hängt so zusammen ...«, setzte Lobatschow an und begriff entsetzt, daß es für ihn keine Chance gab, noch etwas zu beweisen.

Die Tür ging auf, und ein rotwangiger junger Bursche in grünem Jackett schaute herein.

»Wassil Petrowitsch!« sagte er und lehnte sich lächelnd gegen den Türpfosten. »Guten Tag!«

»Ah, grüß dich«, antwortete Tscherwjakow.

Der Bursche sah Lobatschow kurz an und zwinkerte Tscherwjakow zu.

»Sie führen wohl gerade ein Gespräch, Wassil Petrowitsch?«

»Ach …« Tscherwjakow machte eine wegwerfende Handbewegung, nahm seine Papirossy vom Tisch, fingerte eine aus der Schachtel und warf, bevor er sie in den Mund steckte, Lobatschow einen schrägen Blick zu. »Was kann es hier noch für Gespräche geben … wir dreschen leeres Stroh.«

Er blies in das Mundstück, drückte es mit den Lippen zurecht und zündete ein Streichholz an.

»Rauchst du eine?«

»Nein, ich habe schon. Was ich dir sagen wollte … Gestern bin ich mit Michalytsch an den Selenowskije-Teichen gewesen!«

»Und?« Tscherwjakow tat einen Zug und betrachtete den Burschen mit lebhaftem Interesse.

Der bekam plötzlich einen Lachanfall und wedelte sich mit der Hand vor dem Gesicht herum, als verscheuche er Mücken.

»Zum Totlachen! Ich sage zu Michalytsch: Wirf gleich alle Köder aus, sage ich, und fertig!«

»Und?«

»Er drauf: Nein, sagt er, wir legen hier probeweise fünf Stück aus und gehen erst mal auf die andre Seite …«

»Und?«

»Wir gehen also los«, der Bursche prustete und wedelte wieder mit der Hand, während in Tscherwjakows Gesicht ein breites Lächeln trat und jener Ausdruck dümmlicher Erwartung, mit der man sich für gewöhnlich auf die Pointe einer lustigen Geschichte gefaßt macht, »da versackt er doch plötzlich in einem Wasserloch!«

Tscherwjakow wieherte los.

»Naß bis zum Bauch! Und kalt ist es! Insektengeschwirr! Das Wasser eisig! Er flucht wie ein Wilder! Ab, zurück, sagt er – pfeif drauf! Wir kommen zur ersten Stelle ...« Der Bursche schüttete sich aus vor Lachen und konnte nur noch kraftlos wedeln. »Wir kommen an, und da hängt an jedem Haken schon ein Blei!«

»Mmm!« Tscherwjakow tat einen neuen Zug und ließ einen dünnen graublauen Strahl aufsteigen. »Es wimmelt da nur so von ihnen! Ich habe es doch gesagt: Mit der Schippe kann man sie rausholen!«

»Gegen zehn dann war schlagartig Schluß!« sagte der Bursche mit runden Augen und einer Miene, als mache er eine Mitteilung von höchster Wichtigkeit. »Mit einem Schlag! Schluß, aus!«

»Nein«, Tscherwjakow verzog das Gesicht, »nach zehn tut sich nichts mehr! Das kenne ich ...« Er schüttelte bedeutungsvoll den Kopf. »Sobald Bodenwind einsetzt, kann man seine Sachen zusammenpacken, da tut sich einfach nichts mehr!«

»Genau! Das habe ich Michalytsch auch gesagt: Fahren wir, sage ich! Aber nein, noch anderthalb Stunden haben wir dort rumgesessen – nicht einer hat angebissen!«

»Ja«, sagte der Leutnant bedauernd. »In drei Tagen könnte es bei mir klappen ... Vorläufig komme ich nicht weg ... Wie seid ihr denn hingefahren?«

»Na, mit dem Jeep ... Michalytsch hat ihn Moissejew abgebettelt ... Na schön, ich werd mal gehen ...« Er schüttelte den Kopf – wirklich, zum Totlachen! –, wollte schon die Tür schließen, guckte dann aber doch noch mal herein und sagte:

»Ach, hast du's schon gehört? Grad habe ich mit Merkulow das Protokoll aufgenommen ... dein Typ hat sich gestellt! Ein Lacher! Ich halte es nicht aus, sagt er! Jede Nacht träume ich von ihnen! Dugin hat ihn im Suff wegen Verka einen geilen Bock genannt und rausgeschmissen, sagt er ... da ist bei ihm die Sicherung durchgebrannt, und er hat zuerst ihn und dann seine Mutter abgemurkst, damit sie ihn nicht verrät! Das Geld hat er gleich mitgebracht, der Esel! Am Nachmittag fährt ihn Merkulow zum Tatort ... Nein, kannst du dir das vorstellen? Zuerst andere kaltmachen und dann den reuigen Sünder spielen!« Er prustete, winkte ab und schloß endgültig die Tür.

6 Lobatschow fuhr bis zur Straßengabelung – so kam es ihn billiger – und nahm dann den Waldweg nach Sawrashje.

Es war ein kalter und nebliger Tag, doch als es auf die Mittagsstunde zuging, färbte sich der Himmel blau und verhieß einen klaren Abend.

Er fühlte innere Leere und eine etwas erniedrigende Freude darüber, daß alles so glücklich ausgegangen war. Leutnant Tscherwjakow hatte sich nicht entschuldigt, sondern lediglich die Schultern hochgezogen und gemeint: Kommt vor, so was ... bloß gut, daß ich dich nicht in Untersuchungshaft gesteckt habe ... das nennt man Intuition! Und er hatte Lobatschow die Hand gereicht, die dieser bedenkenlos gedrückt hatte – er war ja rein aus dem Häuschen vor Freude, daß sich der Irrtum aufgeklärt hatte. »Und die Dörfler, die können dich gerne haben!« sagte der Leutnant unerwartet zum Abschied. »Ich bin selber vom Dorf, ich weiß Bescheid ... die können einem das Leben zur Hölle machen! Halt sie auf Distanz! ... Ach ja – das Messer kannst du dann mitnehmen ... ist bloß völlig hin, nichts mehr damit anzufangen.«

Er ging mit raschen Schritten am Waldrand entlang, der Wald atmete, raschelte, letzte Blätter vergoldeten das verdorrte Gras. Der Pfad stieg zu einem flachen Hügel an, hinter dem die Schlucht lag. Ein kalter Wind fuhr durch das dürre Gras, zog Nebelstreifen hinter sich her. An den silbrigen Feldhängen leuchtete das verfrühte Grün frostkalter Wintersaaten, mit zunehmend blauen Wäldern durchsetzt, fielen sie irgendwo weit weg zu der unsichtbar dahinfließenden Oka ab.

Der Pfad machte einen Bogen, und Lobatschow stieg, seinen Gang immer mehr beschleunigend, von dem flachen Hügel zur Schlucht hinab, hinter der bereits die Dächer von Sawrashje zu sehen waren.

»Schufte die!« murmelte Lobatschow. »Himmelhunde, padar lonat!«

Etwas klopfte immer heftiger in seiner Brust – weit heftiger, als ein Herz klopfen kann: da drin schien in der Tat ein rastloser Motor zu rotieren und zu klopfen.

»Na, macht nichts ... gleich, gleich ...«, redete er vor sich hin, während er fast schon in die Schlucht hinunterrannte. »Gleich reden wir ein Wörtchen miteinander, gleich!«

Wenige Minuten später war er zu Hause.

»Gleich«, sagte Lobatschow, indem er mit ungefügen Fingern den Karabinerhaken der Kette vom Halsband des Hundes losmachte. »Gleich wird das besprochen ... Nicht so wild! Sitz! Mit wem rede ich – sitz!«

Die Tür ging auf, und Mascha blickte, die Hände an einem Handtuch trocknend, aus dem Wohnwagen.

»Serjosha! Wo willst du denn hin? Warte!«

»Alles Blödsinn!« rief Lobatschow und lächelte angestrengt. »Sie haben mich gar nicht deswegen bestellt! Irgendwelcher Quatsch! Wissen selber nicht, was sie von einem wollen! Gar nicht deshalb! Irgendwas mit unserer Anmeldung war nicht in Ordnung ... ist alles geregelt!«

»Und wo willst du jetzt hin?« fragte sie mißtrauisch und zupfte mechanisch an dem Handtuch.

»Ich geh bloß noch ein Stück!« meinte er lachend. »Sieh doch, Bansai hat schon völlig das Laufen verlernt! Mag er sich ein bißchen austollen! ... Bis dann!«

Daß Bansai davonschoß, um über den Schnee zu wirbeln und irgendwelche Spuren aufzunehmen, befreite Lobatschow von weiteren Reden – er machte eine wegwerfende Handbewegung und lief dem Hund hinterher.

Der Motor klopfte indessen weiter in ihm und teilte die Zeit erbarmungslos in Sekunden ...

Das Haus Nikolai Fomitsch Pestrjakows stand, wie es gestanden hatte. Selbst die Apfelbäume, um die er in der Brandnacht so gejammert hatte, sahen fast unversehrt aus – lediglich bei dem einen, der Dugins abgebranntem Haus am nächsten stand, sah man an einigen Ästen vergilbte und zum Teil zusammengerollte Blätter.

Der Brandgeruch war nach wie vor stark. Das qualmende Holzgewirr indessen hatte sich nach der Räumung der Brandstätte in ein paar schwarze Stapel ordentlich zusammengelegter Bretter und Balken verwandelt.

Pestrjakow war damit beschäftigt, eine beschädigte Stelle in seinem Flechtzaun zu flicken.

»Nikolai Fomitsch!« rief ihm Lobatschow mit fröhlicher bebender Stimme zu. »Einen schönen Gruß von Tscherwjakow!«

»Was? Ah ...« Pestrjakow sah ihn argwöhnisch an. »Sergej Alexandrowitsch! ... Von was für einem Tscherwjakow?«

»Na, von dem Milizionär, von Leutnant Tscherwjakow!« erklärte Lobatschow. »Erinnerst du dich denn nicht?«

»Ach, von Tscherwjakow!« Nikolai Fomitsch winkte ab. »Ein Gedächtnis wie ein Sieb! Danke, danke ... Ich bin dabei, meinen Zaun auszubessern ... Ein Unglück! Ein Unglück! Alles verbrannt bei mir! Die da sind angerannt gekommen – seine Verwandtschaft –, alles haben sie von der Brandstätte weggeschleppt, was zu gebrauchen war! Wie die Ameisen! Nicht ein heiles Stück Holz übriggelassen! Die zerknautschten, angekohlten Töpfe – sogar die haben sie rausgeholt! Das sind Menschen, wie?«

»Tscherwjakow läßt dir noch bestellen, daß du dich schon mal auf die Strafe einstellen sollst, die dir altem Dummkopf blüht!«

»Was für eine Strafe?« fragte Pestrjakow mit zaghafter Verwunderung, ohne Bansai aus den Augen zu lassen. Die Kränkung bemerkte er gar nicht. »Was für eine Strafe denn?«

»Wegen Falschaussage«, erwiderte Lobatschow. »Dürfte ja wohl klar sein. Du warst es doch, der behauptet hat, er hätte mich unmittelbar vor Ausbruch des Brandes gesehen? Wie ich aus Serjogas Haus herauskam ... Oder?«

Pestrjakow wich zu seinem Haus zurück.

»Das war doch bloß eine Vermutung!« stöhnte er. »Sergej Alexandrowitsch! Das habe ich bloß als Vermutung geäußert! Ich weiß ja, daß Sie manchmal bei Serjoga vorbeikamen! Und da dachte ich mir ... Aber habe ich denn das gemeint, mein Gott!«

»Bleib stehen, wo du stehst, sonst laß ich den Hund los!«

Bansai knurrte drohend, und Lobatschow preßte die Hand fester um das Halsband.

Nikolai Fomitsch erstarrte, ein Bein in der Luft.

»Aber ... Sergej Alexandrowitsch!«

Seine Lippen bebten.

»Ein Schweinehund bist du, Fomitsch«, sagte Lobatschow bitter. Seine größte Wut war bereits verraucht. Was sollte er mit dem Kerl auch anfangen? – er konnte ihm ja nicht gut die Fresse polieren. »Und obendrein ein Dummkopf! Was hast du dir denn gedacht? Daß dir das so einfach durchgeht? Was für einen Preis du dafür hättest zahlen müssen – hast du dir das nicht überlegt?«

»Ich hab mir doch nichts dabei gedacht!« Pestrjakow drückte die Hände an die Brust. »Gar nichts gedacht habe ich mir, Sergej Alexandrowitsch! Bei Gott – gar nichts!«

Lobatschow sah ihn sekundenlang an, dann spuckte er auf die gefrorene Erde und ging davon.

Bansai knurrte heiser, sträubte sich und schielte mit blutunterlaufenen Augen zu der Vortreppe von Pestrjakows Haus zurück.

Worterklärungen

Aka: Älterer Bruder.
Amak: Onkel mütterlicherseits.
Arba: Zweirädriger Karren.
Artscha: Baumartiges Wacholdergewächs.
Aryk: Bewässerungsgraben, -kanal.
Askar: Soldat.
Atola: Mehlsuppe.
Basmatschen: Sowjetische Bezeichnung für die Mudshaheddin der zwanziger/dreißiger Jahre; von (turksprachig) »basmak« – einen Überfall verüben.
Chalat: langer Rock.
Chirman: Dreschplatz.
Chola: Tante.
Churramobod: In diversen persischen und turksprachigen Märchen verwendeter Ortsname. Wörtlich übertragen, bedeutet er Stadt der Freude, des Glücks; von Grün und Frohsinn erfüllte Stadt.
Dastarchon: Auf dem Fußboden ausgebreitetes Speisetuch, um das man im Schneidersitz oder halb liegend Platz nimmt.
Dehkon: Bauer.
Dshangal: Dickicht; gleiche Wurzel wie »Dschungel«.
Dshigda: Wilder Ölbaum, Ölweide.
Dshon: Liebevolle Anrede; Bedeutung: Seele, Liebling.
Duwol: Stampflehmmauer.
Gaschnis: Koriander.
Gauhora: Wiege.

Irghai: Kornelkirsche.
Kafgir: Rührlöffel.
Kaimok: Sahne.
Kamtschi: Peitsche, besonders geflochten aus dünnen Lederstreifen.
Karaghotsch: Feldulme.
Kaschma: Dünne Filzmatte.
Kat: Große quadratische Pritsche, auf der man im Schneidersitz oder halb liegend sitzt.
Kibitka: Filzzelt, Jurte der asiatischen Nomadenvölker; Stampflehm- oder Rohziegelhaus in Mittelasien.
Kischlak: Dorf in Tadshikistan und Usbekistan.
Kitmon: Hacke.
Kunghon: Metallkanne (usbekisch).
Kurpatscha: Decke, Unterlage.
Laghmon: Suppe.
Mantu: Gefüllte Teigtaschen.
Masor: Grabmal einer bekannten Persönlichkeit oder einfach Stätte, die sich mit dem Leben von Heiligen oder mit Geistern verbindet.
Muallim: Lehrer.
Nabot: Kandiszucker.
Naurus: Historisches Neujahrsfest nach dem Mondkalender, Fest der Erneuerung; als Frühlingsfest heute noch begangen (21. März).
Noswor: Pulverförmiges Gemisch aus gemahlenen grünen Tabakblättern und ungelöschtem Kalk mit leicht berauschender Wirkung.
Parwarda: Süßigkeit mit Ingwer und Minze.
Pijola: Mittelasiatische Teeschale.
Ruimol: (Kopf-)Tuch.
Saman: Ungebrannter Ziegel aus Lehm, dem gehäckseltes Stroh, Spreu, Dung u. a. beigemischt wird.
Sambusa: Gefüllte Teigtaschen.
Sandali: niedriges (Höhe 20–30 cm) Tischchen, an dem man auf dem Boden oder auf einem Kat sitzt.
Schurbo: Kräftige Hammelbrühe mit Reis oder Gemüse.

Tschoichona: Teehaus.
Soi: Schmales Tal, Schlucht.
Susani: Gestickte Gardine.
Tanur: Rundbackofen für Fladenbrot und → Sambusa.
Tjubeteika: Rundes gesticktes Käppchen.
Tschakka: Sauermilch.
Tschapon: Rock; Hirtenmantel aus Filz.
Ustod: Meister, Lehrer.

Anmerkungen

28 *Und entgeht dem allgemeinen Schicksal nicht*: Aus einem Gedicht von Gawrila Dershawin (1743–1816).
71 *Schin, schin*: Setzt euch.
73 *Ana, chured*: So, nun eßt.
Scharm makun, chur: Genier dich nicht, iß!
93 *Boi*: Liebevolle Anrede.
Ochir, sangpuschtak raft: Na schön, ist die Schildkröte eben weg!
94 *Dewona-i rus*: Verrückter Russe.
95 *Bale, modardshon-am, sangpuschtak raft*: Ja, liebes Mütterchen, die Sangpuschtak ist weg.
96 *Wosifi*: Sainiddin Mahmud Wosifi – afghanisch-tadshikischer Erzähler, Ende des 15./Anfang des 16. Jahrhunderts, Verfasser der das Alltagsleben der städtischen Bevölkerung jener Zeit schildernden »Merkwürdigen Ereignisse«.
97 *Nuschbod!*: Prost!
100 *Nosir Chusrau*: Nosir-i Chusraw Abu Muin (1004 bis nach 1072) – tadshikischer und persischer Lyriker, Philosoph und religiöser Führer.
103 *Duo-ji salomati-ji tu-am*: Ich bete für deine Gesundheit.
105 *Omin. Kalima-i chuschrui!*: Amen. Ein angenehmes Wort!
Tschil duchtaron: Vierzig Mädchen (geographischer Name).
106 *Sarduscht ... Budda, Isso ... Muhammad*: Zarathustra, Buddha, Jesus, Mohammed.
107 *fatsch-u latsch*: Unsinn, dummes Zeug.
110 *Chudo dod, Chudo girift!*: Gott hat es gegeben, Gott hat es genommen!

115 *Bud, nabud, jak kas-e bud*: Es war, und es war nicht, es war einmal ein Mensch ... (üblicher Beginn tadshikischer Märchen).
132 *Abu-Ali Ibn Sino*: Avicenna (um 890 bis 1037), tadshikischer Wissenschaftler, Philosoph, Arzt und Musiker; Verfasser des »Kanons der Heilkunde«, das im mittelalterlichen Europa als grundlegendes Lehrbuch der Medizin galt.
154 *Beljasch*: Vom russischen Familiennamen Beljakow abgeleiteter Spitzname; Bezeichnung einer Fleischpastetenart.
173 *San!*: Schlagt sie!
174 *Man todshik*: Ich bin Tadshike.
180 *Man, man! Tintsch!*: Ich bin's, ich! Leise!
181 *Hosir!*: Schnell!
184 *Wai doood!*: Hat es dich erwischt!
185 *Betschora*: Armer Kerl.
200 *Ushik*: Verkleinerungsform von »ush« – Natter (im Russischen maskulin).
211 *Chub. Maili*: Na gut. Einverstanden.
247 *Tamom schud*: Schluß, aus.
250 *Dar nasd-i magasin? Alischerow? Kutscha-i Donisch? Chub, maili, dar nasd-i magasin!*: Am Laden? Donisch-Straße? Gut, am Laden!
254 *E, schaiton!*: He, Teufel!
Dewona!: Verrückter Kerl!
267 *padar lonat*: Fluch, wörtlich: Verflucht sei dein Vater.
279 *Batscha, jakta tschoinak bijor!*: Bursche, bring eine Teekanne!
290 *Piter*: Volkstümliche Bezeichnung von St. Petersburg; sie war auch in der Zeit gebräuchlich, als die Stadt Leningrad hieß.
298 *E, chudshain!*: He, Hausherr!
320 *E, kutschuk!*: He, Hund! (usbekisch)
In dsho bijo! Sag!: Komm her! Hund!
324 *Pul nadori?*: Geld hast du?
Nadoram: Nein, habe ich nicht.
326 *Marhamat*: Bitte.
333 *Tschand?*: Wieviel?
Bist: Zwanzig.
E, Apa!: He, Schwester!

Dah merawad?: Geht's auch für zehn?

372 *Wowtschiki und Jurtschiki*: Das Wort »Wowtschiki« hängt mit »Wahhabiten« zusammen – einer Strömung des islamischen Fundamentalismus, die sich auf seiten der Opposition an dem Krieg beteiligte. Die »Jurtschiki« waren Kämpfer der Nationalen Front, Bewohner des Südens des Landes, im wesentlichen Kulober, die die gesetzliche Macht verteidigten.

380 *Tschutschmeken*: Abschätzige Bezeichnung für alle, die aus dem Kaukasus und aus Mittelasien stammen.

Alan Isler
Goetzens Bilder
Roman · Deutsch von Heidi Zerning

Alan Isler zeichnet mit leichter Hand und spitzer Feder das Bild eines Mannes, der die Wahrheit sucht und doch selbst eine Lüge lebt. So verknüpft er die Beschreibung einer ernsthaften Identitätssuche humorvoll und ironisch mit einem Blick hinter die Kulissen des akademischen Lebens.

»Eine Komödie der Irrungen und Wirrungen
mit hohem Tempo, voll von aberwitzigen Einfällen
und Zufällen.«
Süddeutsche Zeitung

»Ein brillanter Autor, der auch Schweres leicht
zu erzählen weiß. Ein köstlicher, nachdenklicher,
überaus komisch-ernster Roman.«
Kölnische Rundschau

BERLIN VERLAG

James Salter
In der Wand
Roman · Deutsch von Beatrice Horweg

In der Wand ist die Geschichte eines leidenschaftlichen Bergsteigers. Rand, ein Amerikaner, kehrt nach Europa zurück, um die schwierigsten Wände der Alpen zu bezwingen – meist allein. Das Klettern wird für ihn zu einer alles ausschließenden Obsession, für die er sogar die Frau, die er liebt, aufgibt.

»Ein phantastischer Roman – unwiderstehlich, traurig, weise und human.«
John Irving

»Außerordentlich poetisch, brillante Dialoge – und ein rasender Showdown.«
Frankfurter Rundschau

BERLIN VERLAG

Patricia Duncker
James Miranda Barry
Roman · Deutsch von Heidi Zerning

Drei Männder der englischen Oberschicht schließen einen Pakt: Damit die Talente eines ungewöhnlichen Mädchens nicht vergeudet werden, bekommt es eine männliche Identität. James Miranda Berry zieht in ein abenteuerliches Männerleben, das alle Winkel des 19. Jahrhunderts ausleuchtet.

»Diese hinreißende *education sentimentale* hält
von Anfang an in Atem«
Süddeutsche Zeitung

»*James Miranda Barry* erzählt plastisch,
emphtatisch und stellenweise sehr aufregend
von einem Mädchen, das sich der Welt
des 19. Jahrhunderts als Mann nähert.«
Kultur Spiegel

BERLIN VERLAG